최수철 중편소설집
내 정신의 그믐

문학과지성사
1995

지은이의 문학과지성사판 소설집

공중누각 (1985)
화두, 기록, 화석 (1987)

최수철 중편소설집
내 정신의 그믐

초판발행/ 1995년 7월 26일
2쇄발행/ 1995년 9월 5일

지은이/ 최수철
펴낸이/ 김병익
펴낸곳/ ㈜문학과지성사
등록번호/ 제10-918호(1993. 12. 16)

서울 마포구 서교동 363-12호 무원빌딩(121-210)
편집: 338)7224~5 · 7266~7 FAX 323)4180
영업: 338)7222~3 · 7245 FAX 338)7221

ⓒ 최수철, 1995
ISBN 89-320-0747-0

값 6,500원

* 잘못된 책은 바꾸어드립니다.
* 지은이와 협의에 의해 인지는 생략합니다.

내 정신의 그믐

차 례

머릿속의 불　7

얼음의 도가니　71

다리 꺾인 자의 잠　147

내 정신의 그믐　215

작가 후기　327

머릿속의 불

1

 얼굴에 와 부딪히는 바람이 점점 더 차가워지는 것으로 보아, 이제 강이 그리 멀지 않았음을 알 수 있었다. 자동차들이 강바람만큼이나 차가운 바람을 일으키고 있는 차도를 피해 아까부터 골목길을 택하여 주변을 두리번거리며 걷고 있던 나는 옷깃을 여미며 걸음의 방향을 바꾸었다.
 방금 전까지만 하여도 주택가 골목의 하늘을 듬성듬성한 기둥들과 엉성한 그물로 가로막던 전봇대와 전깃줄이 조금씩 시야에서 벗겨지고 있었다. 그 동안 나는 전봇대 또한 우리들 주변에서 사라져가는 것들 중의 하나라고 생각해왔으나, 내가 등을 돌린 후에도 그것들은 여전히 내 뒤에서 고압적으로 나를 내려다보고 있었다.
 한쪽 담 밑으로 차들이 구불구불 늘어서 있는 좁은 길을 빠져나온 나는 잠시 머뭇거리다가 대로를 가로질렀고, 그리고 그 바로 옆쪽 밑으로 나지막이 강이 흐르고 있는 것을 보았다. 그 옆에서 길은 계속하여 차도와 인도를 나란히 거느리고 그 강을 따라 굽이쳐 뻗어나가고 있었다.
　얼마 걷지 않아, 강을 옆구리에 끼고 산을 어깨에 힘겹게 둘러멘 눈앞의 풍경이 더욱 적막해지기 시작하면서, 그에 따라 그 풍경으로부터 떨어져나온 많은 것들이 황폐하게 모습을 드러내고 있었다.
　차도와 강의 사이로 난 좁은 인도는 곳곳이 파헤쳐진 채 방치되어 있었고, 그 와중에 깨어져 함부로 널려 있는 보도 블록 조각들, 난데없는 두루미의 목줄기처럼 구덩이의 흙더미 사이로 비집고 나와 있는 가로수의 뿌리, 찬바람을 견디기 위하여 그다지 신나 보이지 않는 놀이에 묵묵히 열중하고 있는 몇 안 되는 아이들, 그들의 스웨터 밑으로 비어져나와 있는 등과 배의 맨살, 그 차가운 살가죽의 묘한 색깔, 인도와 강을 양쪽, 위아래로 가르고 있는 허름한 축대, 그 축대 여기저기에서 강으로 미끄러져내리듯 형식적으로 만들어진 무너진 성채의 돌계단들, 그 위를 먼지와 이끼처럼 뒤덮은 관목들과 덤불들, 저 밑으로 강가의 진흙 바닥에 마구 널려 있는 또 다른 블록 조각들, 어디에선가 떠내려오다가 그곳에서 거꾸로 뒤집혀 강가로 밀려나온 허연 나뭇등걸, 그 모든 것들은 아무리 하찮은 것에 이르기까지 다시금 온전한 풍경의 일부로 되돌아갈 수 있기를 바라고 있었고, 그러고 보면 이 세상에 무심하게 보아넘길 수 있는 것은 아무 것도 없었다.

2

 한낮의 빛 속에 축적되어 있던 무수히 많은 작은 입자들이 하나씩 터지기 시작하면서 어슴푸레 저녁이 다가오고 있었다. 그러나 그 입자들이 터질 때 어두운 검은빛만이 밤을 머금은 차가운 저녁 공기 속으로 배어나오는 것은 아니었다. 순간순간 그것들로부터 천연색에 가까운 색조가 물감이 물 속에서 녹아 풀어지듯이 번져나오고 있었다. 서쪽의 들판 위로 저녁해와 함께 뉘엿뉘엿 어른거리는 붉은빛, 가까운 산 능선 너머의 부연 빛, 강물 위의 검은 남빛, 눈길 닿는 곳 도처의 어두운 회색빛, 더욱이 색의 변화를 일으킨 것은 오히려 내 쪽이어서 나는 가벼운 색맹의 유전 인자를 가진 사람이 된 양 오랜만에 조금은 흡족한 마음으로 주위를 돌아보며 걸었다.
 잠시 후에 나는 폭이 좁은 다리 앞에 이르렀다. 오래 전에 내가 아직 그곳에서 인연을 거두기 전까지만 하여도 그곳은 차들이 다니지 못하고 인도교로만 이용되었으나, 지금은 그 다리 위로 차량의 일방통행이 허락되고 있었다. 그 동안 내내 강을 따라 걸어온 나는 이를테면 강의 물결 속에 벗은 발을 담그듯이 그 다리 위로 발길을 옮겼다. 그러자 나와 함께 여러 대의 차들이 길 양쪽에서부터 오른쪽과 왼쪽의 깜박이등을 켜고는 꾸역꾸역 다리 위로 밀려들었다. 나는 노란색 페인트로 그어진 금에 의해 궁색하게 마련된 인도를 따라 난간에 바싹 붙어 걸었고, 그런 내 옆으로 차들이 때로 경적을 울려 나를 옆으로 밀어붙이며 획획 지나쳤다.
 나의 앞 저쪽으로부터, 돈을 아끼기 위해 시내까지 걸어갈 작정을 하고서 힘찬 걸음으로 걸어오고 있는 젊은 사내가 있었다. 그는 때 이르게 목도리로 목을 감고 그 나머지 반을 옷 안으로 우겨넣어서 상체의 앞쪽이 불쑥 튀어나와 있었다. 다리 건너로 버스가 오는 시간을 기다릴 수 없었던 그는 택시를 타는 대신 걸어나왔음을 친구들이나 애인이 눈치채지 못하게 하기 위하여 얇은 점퍼만을 걸치고 있었고, 차가운 바람에 대항하여 목도리 하나에 의존하고 있었다.

그가 어딘가 결연해 보이는 표정으로 내 곁을 지나치고 난 후, 내 눈앞에는 산과 강과 섬과 지는 해의 마지막 기운이 펼쳐지고 있었다. 그때 나는, 장엄한 풍경을 등지고 걸을 때에 나는 감히 풍경의 일부가 되지만, 그 비장한 풍경을 마주 바라보며 그쪽을 향해 걸을 때에는 아무리 걸어도 그 풍경의 발치에도 이를 수 없음을 깨닫지 않을 수 없었다. 나는 돌아서서 지금까지 걸어온 거리를 되짚어 돌아가고 싶었다.

그러나 나는 도망치듯 걷기를 계속하며, 외투의 옷깃을 바짝 세우고 세모진 것의 끝을 얼굴 앞으로 끌어올려서 그 양끝을 입에 물었다. 그리고는 나도 모르게 자꾸 걸음이 빨라진다는 느낌이 들 때마다 두 다리를 뒤로 잡아당기고자 애쓰면서 풍경의 먼발치에로 천천히 다가갔다.

3

자살을 하기 위해 수심이 깊은 강물 위의 다리를 택한 한 남자가 있었다. 발길이 낯설지 않은 다리 위를 걸어서 마침내 인적이 뜸한 그 중간쯤에 이르렀을 때, 그는 목이 약간 답답한 것을 느끼고는 작게 헛기침을 하였다. 그러자 목젖 부근으로부터 입 안으로 가래가 튀어 들어왔고, 그 순간 그는 깜짝 놀라고 말았다. 그리 큰 편은 아니었지만 덜컥 입 안을 차지한 그 가래 덩어리는 거의 즉각적으로 그에게 난감함을 불러일으켰는데, 말하자면 당장이라도 그 가래를 뱉고 말 것인가, 아니면 그냥 죽을 것인가 하는 작은 질문이 그를 난처하게 만들었기 때문이다.

만약 그가 그 가래침을 뱉고 나서 자살을 하게 되면, 남이 알든 모르든 상관없이, 어쨌든 그것이 그가 자발적으로 세상에 남기는 마지막 유물인 셈, 혹은 좀더 상징적으로 말하자면 마지막 유언으로 여겨질 수도 있는 일이었다. 당연한 말이지만 어찌 마지막 남기는 말이라는 것이 언어로만 이루어지며, 침이 그 말을 대신해서는 안 된다는 법이 어디 있겠는가. 하지만 그는 어떤 형태로든 이승에 유물이나 유언을 결코 남기고 싶지 않은 것이었다.

그러나 그렇다고 하여, 침 뱉기를 포기하고서 그 침 섞인 가래를 입에 넣고 죽는다는 것 또한 그에게는 전혀 내키지 않았다. 그렇게 되면 그는, 비록 죽음과 함께 육신과 물질적인 모든 것이 더불어 사라진다 하더라도, 이 지상에 대한 마지막 물질적인 기억으로 입 안의 뜨뜻한 가래와 차가운 강물의 감각을 지니게 될 터인데, 흔히들 생각하는 대로 영혼마저 완전히 소멸되어 그 자신이 아예 말살되어 버린다면 몰라도, 만에 하나 그렇지 않은 경우도 있을 수 있으니 그런 기억을 남기는 일은 가급적 피하고 보는 것이 현명할 것이기 때문이었다. 더욱이 살아 있는 동안에도 인간의 영혼은 가래침 하나로도 간단히 뭉개지거나 으깨어질 수 있는 일이니, 사후에 가래침이 그 기억만으로도 무슨 일을 벌일 수 있을지 그 누가 알겠는가.

그렇듯 당혹스럽기 그지없는 질문에 봉착한 그는 혀를 깨물린 짐승처럼 안절부절못하다가 마침내 결단을 내리기 위해 난간을 두 손으로 잡고 그 위로 몸을 기울였다. 그러나 아무래도 그는 입 안의 것을 뱉을 수가 없었다. 그것을 뱉어서 그것으로 하여금 먼저 그의 대신으로 떨어져내려 물에 빠지게 한다면, 그렇게 남겨진 그는 더 이상 죽을 수 없게 되고 말 듯한 근거 없는 위기감에 빠져들었기 때문이다.

그러저러하여 그는 결단을 내리지 못하고 그곳에서 오랫동안 망설였다. 급기야 그의 거동을 심상치 않게 여긴 사람들이 신고를 하여 경찰이 출동하였다. 순경이 다그치는 소리를 들으면서도 오랫동안 입을 굳게 다문 채 상대방의 얼굴을 물끄러미 바라보던 그는 대답을 하기 위해서, 혹은 자신의 난처한 사정을 털어놓기 위해서 마침내 입을 열었고, 그 순간 입 안 가득하게 고여 있던 가래침이 튀어나와 그 순경의 구두코 위에 털썩 떨어지고 말았다. 그리고 그날 결국 그는 아무 곳에나 침을 뱉었다는 경범죄의 죄목으로 벌금형을 치르고는 밤늦게 귀가할 수 있었다. 그 후 그는 오랫동안 그 다리 근처를 얼씬도 하지 않았다.

4

내가 다시 길을 건넜을 때 마침 두 대의 택시가 나란히 달려오더니 내 앞쪽에 멈추어섰고 승객들이 차에서 내렸다. 나는 걸음을 빨리하여 내게 가까운 뒤쪽의 택시에 올랐다. 내가 자리에 앉고서 문을 닫은 후에도 앞의 차는 떠날 기색을 보이지 않았다. 내가 탄 차의 운전사는 목을 뽑아 앞을 넘겨다보면서 경적을 몇 번이고 요란스럽게 울려대기 시작했다. 그러나 앞차는 여전히 움직이려 들지 않았고, 나의 차 또한 잠시 후진을 하여 그 차를 비켜나갈 생각을 하는 대신에 무슨 이유에서인지 오히려 차를 앞차의 뒤에 바짝 가져다 대고서 고집스럽게 경적을 울려대고 있었다.
 마침내 앞차가 출발을 하자 나의 차 역시 곧바로 그 뒤를 따라붙어 그곳을 떠났다. 얼마 후에 앞차가 교차로의 붉은 신호등에 걸려 도로 가운데에 정차하게 되자, 내 차의 운전사는 차선을 바꾸어 그 차의 왼쪽으로 다가가더니 창문을 내리고는 다짜고짜, 개인택시 운전사라는 게 그렇게밖에 못하겠어, 초보 운전자보다도 못하게시리, 똑바로 해서 남 줘, 운운하며 욕설을 퍼붓기 시작했다.
 저쪽에서도 미미하게나마 무어라고 응수가 있는 것 같았지만 나로서는 그 말을 알아들을 수 없었던 탓에 내 쪽 운전사의 뒤통수에 대고서 웬만하면 다투지 말고 그냥 가자고 말했다.
 그러자 운전사는 씩 웃으며 나를 돌아보더니, 장난하는 거예요, 괜히 그러는 거라구요, 이 좁은 바닥에서 같이 운전사 노릇으로 먹고 살면서 어떻게 싸울 수 있겠어요, 게다가 서로 한 다리 건너 다 알고 지내는 처지에, 상대가 자가용 운전자라면 또 모를까, 라고 대답하고는 급기야 웃음을 터뜨렸다.
 나는 머쓱하면서도 어이가 없어 아무 말 없이 창밖으로 고개를 돌렸다. 두 사람 사이의 욕이 섞인 대화는 신호등이 바뀔 때까지 계속되었다.
 야, 이 자식아, 너 정말 배추 안 가져다줄 거야, 네가 직접 시골에서 농사진 것도 아니잖아, 내가 두고 볼 거야, 잊지 말라구, 겨울이 벌써 낼모레야.
 우회전을 하기 위한 차량들이 내 차의 뒤에 쭉 늘어서서 경적을 울려댈 때까지도 그들의 중구난방격인 대화는 이어지고 있었다. 그러다가 직진 차량들을 위한 푸른 신호등이 켜지자 그제서야 그는 뒤를 한번 힐끗 돌아보고는 거칠게 차를 옆으로 틀어 우회전을 하였다.

그 후로 목적지에 이를 때까지 나의 차는 수시로, 텅 빈 길의 완만한 모퉁이를 돌 때마저도 경적을 울려댔다. 그리고 또한 자주 맞은편에서 갑자기 나타나는 차들 역시 속도를 줄이는 대신 경적을 몇 번 울리고는 바짝 코앞으로 들이닥쳤다. 그런 와중에서 운전자들은 서로 경쟁을 하듯 경적을 울리다보니 때로는 상대방이 내는 소리를 자신이 내는 소리로 착각을 하기도 하여 아슬아슬하게 스쳐지나가기도 하고 있었고, 게다가 그 착각은 많은 경우에 의도적인 것이었다.

아직 갈 길이 적지 않이 남아 있음을 알고 있었던 나는 눈길을 옆으로 돌렸다. 그리고는 어둠 속으로 가라앉고 나무들에 의해 가려진 강을 보기 위하여 유리창에 이마를 붙였다. 그러나 차가 이미 도시를 완전히 벗어난 터라, 달도 없는 하늘 아래로 강은 드문드문 서 있는 가로등 빛을 받아 물 위에 떠서 번들거리는 검은 기름의 모습으로만 간간이 나의 눈에 들어오고 있었다.

5

세상을 나름대로 온전하게 살아내기 위해 갖은 애를 써온 한 남자가 있었다. 그러나 그에게 있어서 제대로 산다는 것은 다른 모든 남들이 겉으로 보여주는 모습처럼 무심한 듯 시치미를 떼고서 그날 그날을 사는 것을 의미하는 것에 불과했다. 하지만 어찌 된 일인지 그에게는 그것이 그리 쉬운 일이 아니었다. 그래서 그는 결국 그야말로 살아 남기 위해 몇 가지 엉뚱하다 못해 파행적이기까지 한 행위를 주기적으로 반복하지 않을 수 없었는데, 이를테면 그것은 전략적인 파행인 셈이었다. 하지만 그때까지만 하여도 그는 자신의 머릿속에 불이 들어 있는지는 모르고 있었고, 더 정확히 말하자면 그러리라고는 상상조차 하지 못하고 있었다.

여하튼 그래서 그는 남들이 고개를 갸우뚱거리거나 설레설레 저으면서 보지 않을 수 없는, 아니면 적어도 어이가 없어하는 표정으로 눈을 크게 뜨고서 다시 한번 눈여겨보지 않을 수 없는 일들을 벌이기 위해 갖은 노력을 경주해왔다.

우선 그는 한때 색정광이라는 소리를 듣기에 마땅할 만큼 성적인 것에 집착을 하였고, 이윽고 그 열정을 그대로 영화에 옮겨놓고서 이미 죽은 사람들로부터 새로이 얼굴을 내밀고 있는 십대의 아이들에 이르기까지 전세계 영화 배우들의 온갖 브로마이드를 수집하는 일에 광적으로 매달리기도 하였다.

뿐만 아니라 한동안은 서예에 몰두하는 척하면서 항상 커다란 붓과 먹과 벼루를 몸에 가까이 두고서 엉터리 솜씨를 함부로 동원하여 주로 전서를 휘갈기기도 하였고, 복잡한 장치가 부착되어 있는 값비싼 사진기를 월부로 구입하여 목에 걸고 다니면서 대부분 엉뚱하게 여겨지는 것들에만 초점을 맞추어 셔터를 눌러대곤 한 적도 있었다.

그러면서 그는 자신이 전략적인 행동을 하고 있고, 그럼으로써 바보가 되는 것은 저쪽이고, 오히려 그의 쪽에서 세상을 기만하고 우롱하고 있다고 생각하였다. 그런 구체적이고 조금은 전문적인 일들 말고도, 야유회 같은 곳에 가서 인사불성으로 술에 취해 바지 속에 오줌을 내갈겨버리고는 아무 곳에나 쓰러져 자다가 혼자 어두운 산길을 내려온 적도 부지기수였으며, 또한 그가 하찮은 일을 빌미로 하여 뒤집어엎은 술상만 해도 헤아리기 어려울 정도로 많았다. 한번은 벽에 과녁판을 매달아놓고 표창을 던져 꽂는 놀이를 하는 중에 손바닥으로 정중앙을 가리는 객기를 부렸다가 손등에 표창이 꽂힌 적도 있었고, 그 자신이 남의 얼굴을 향해 표창을 던졌다가 귓불을 꿰뚫은 적도 있었다.

그러나 조금만 생각해보아도 지극히 당연한 일이지만, 그는 전략적인 파행으로 결코 행복할 수가 없었다. 아직은 애매모호한 말이지만, 단적으로 잘라 말하면, 무엇보다도 그는 자신의 머릿속에 불이 들어 있다는 사실을 눈치채지 못하고 있었던 것이다. 그런 탓에 그런 전략을 거듭할수록 그는 다른 사람들을 속이게 되기는커녕 점점 더 철저하게 자신을 해부하기에 이르렀다.

예를 들어, 자신이 찍은 그 많은 사진 중에 몇 개나마 현상을 하여 들여다볼 때면 그는, 그것들이 아무리 함부로 찍혀진 것들이라 하더라도, 그 속에 자신의 허약하기 짝이 없는 심성, 혹은 취향이 그대로 박아넣어져 있으며, 결국 거기에 포착된 것은 헛되이 몸부림치는 불건전한 그 자신의 모습임을 확인하게 되곤 하였다.

또한, 그가 괴발개발 그려낸 전서체의 글자들을 잠시나마 바라볼 때에도 사정은 마찬가지였다. 무의식적으로 그어진 획이나 삐침 하나하나가 의도적인 왜곡으로 가득찬 자신의 속마음을 그토록 정확하게 재현하고 있음을 목도하는 것은 그야말로 경이롭기까지 한 일이었다.

하물며 사진이나 서예가 그러할 정도니 여자들과의 관계라거나 음주 등등의 것들이 그 직후에 그에게 불러일으킨 환멸감에 대해서는 더 말할 것도 없는 것이었다.

그러나 그렇듯 마취도 안 된 상태에서 자기 자신을 해부해나가면서도 그는 자신의 머릿속에 불이 들어 있으리라고는 여전히 까맣게 모르고 있었다. 더욱이 그는 그렇듯 경황없는 속에서도 적어도 일상

생활에 있어서만은 여전히 결코 손해를 보지 않고자 누구 못지않게 정신적으로 육체적으로 분주했던 것이다.

6

그러던 어느 날 그는 야심한 시각에 어느 병원의 응급실에 누워 있어야 했다. 무슨 육체적인 장애 탓인지는 몰라도 그날 그는, 정신은 거짓말처럼 말똥말똥하였음에도 불구하고 몸은 전혀 움직일 수 없는 상태에 처해 있었다. 그가 알고 있는 사실은 단지 그가 다시금 그 전략적인 파행들 중의 하나를 저질렀고, 그 결과 곧 앰뷸런스를 통해 그곳으로 실려왔다는 것뿐이었는데, 그나마 그것도 다른 사람들이 그에게 알려준 것이었다. 그러나 그는 자신이 무슨 짓을 했는지 알지 못하고 있었으며, 그것은 그리 중요한 일이 아니었다.

실제로 그때 그는 마치 그의 이른바 영혼이라는 것이 마음만 먹으면 자리를 떨치고 일어서서 몸을 벗어날 수 있을 듯한, 오히려 홀가분한 느낌에 젖어 있었다. 그럴 정도로 그는 투명하기까지 하다고 할 선명한 의식을 가지고 있었다. 하지만 그의 그 선명한 의식이란 현실에 머물러 있는 동시에 실제와는 다른 별개의 세상에서 부유하고 있는 것이었고, 그렇기 때문에 오히려 정신이 그토록 맑을 수 있음을 그는 분명히 깨닫고 있었다. 그러나 이 또한 그런 탓인지는 몰라도, 한동안 그는 여전히 전신 마취라도 되어 있는 듯 손가락 하나 까딱할 수가 없었으며, 너무도 무겁게만 느껴지는 눈까풀이 그의 눈을 거의 덮고 있어서 그의 시야는 그 사이의 가느다란 틈을 통해 간신히 트여 있을 뿐이었다.

그러던 중에, 당연한 하나의 과정으로서, 그의 주위에는 하나씩 둘씩 그의 식구들, 부모와 형제들이 걱정스런 얼굴을 하고 모여들기 시작하였고, 그들은 그의 병세에 대해 이러쿵저러쿵 말을 늘어놓기 시작하는 듯하였다. 그러나 그들의 표정은 그리 심각해 보이지는 않는 듯하였으므로, 그 모습을 보면서 그 자신도 겨우 안심을 할 수 있었다.

일단 그의 상태를 확인하고 난 사람들은 잠시 침묵을 지키다가 이윽고 자연스럽게 그라는 인간 자체에 대한 화제 속으로 접어들었다. 그들은 요컨대 그가 이 지경에까지 이르게 된 탓이 어디어디에 있다는 이야기를 하고 있는 것이었는데, 하지만 그로서는 여전히 자신이 어느 지경에 이르러 있는 것인지 알 수 없었던 탓에 그들의 말을 받아들일 수도, 그렇다고 받아들이지 않을 수도 없는 노릇이었다. 그들의 말은 한참이나 계속되었고, 그러다가 그들은 급기야 서로가 서로를 한데 싸잡아 이 지경의 책임을 묻기 시작하였다. 하지만 그들은 논쟁을 오래 끌지 않고서 이내 그에게 정이 듬뿍 담긴 눈길을 한번씩 던지고는 응급실을 떠났다.

그리고 나서 시간이 계속 흘러 새벽녘에 이르렀고, 그때까지도 여전히 그는 명징한 의식을 유지한 채 자신이 놓여 있는 상황을 이해하려 애쓰고 있었다. 그때 그는 이미 입원실로 옮겨져서 병원 사람들로부터 놓여나 있던 터라 방안에는 그 외에는 아무도 없었다. 그는 그 기회를 이용하여 아무 소리라도 내보려 하였으나, 여전히 그는 자신의 입 안에 혀가 존재하고 있다는 사실조차 감각할 수 없었다.

그때 문이 슬그머니 열리더니 가운을 맵시 있게 걸친 한 간호사가 무엇인가를 담은 사각형 철제 쟁반을 들고 방안으로 들어왔다. 그녀는 침대 머리의 작은 탁자 위에 쟁반을 내려놓고는 그의 옆에 서더니 한동안 아래를 내려다보며 가만히 서 있었다. 그는 그녀가 아마도 그의 상태를 점검하고 있으려니 하고 생각하면서, 당장이라도 그녀의 손이, 젊은 당직 의사가 이미 몇 번이고 그에게 그렇게 했듯이, 다시금 눈까풀을 뒤집거나 입을 벌릴 것에 대비하고 있었다. 하지만 그녀는 한동안 아무런 행동도 취하지 않고 있었다. 그는 채 열리지 않은 눈으로 그녀의 동정을 살피기 위해 애썼지만, 그녀가 그의 옆에 바짝 붙어서 있었던 탓에 그로서는 그녀의 얼굴이나 상체의 움직임을 살필 수가 없었다.

그러나 굳이 그녀를 바라보지 않더라도 곧 그는 더할 나위 없이 정확하게 그녀가 하는 행동을 알 수 있었다. 놀랍게도 그녀가 한 손을 시트 밑으로 집어넣어 그의 하의를 더듬더니 바지춤으로 그 손을 쑥 집어넣었던 것이다. 물론 그는 순간 너무도 당황하지 않을 수 없었다. 하지만 여전히 꼼짝도 할 수 없었던 것에는 변함이 없었다. 그녀의 손은 생각했던 것보다는 따뜻했고 조금 크게 느껴졌다. 잠깐 그의 방광 위쪽에 머물러 있던 그녀의 손은 사타구니 쪽으로 미끄러지더니 그의 고환을 손바닥 안에 넣어 부드럽게 쓰다듬듯 하다가 가볍게 움켜쥐었다. 그는 그 은밀하고도 섬뜩한 감촉에 가슴이 움츠러들면서도 한편으로는 자신도 모르게 거의 자발적으로 그 놀람을 온몸으로 싸안으면서 그녀의 손 속으로 잦아드는 듯한 느낌에 사로잡혔다.

그리고 보면 그때 그의 몸 속에서는 감각 세포가 멀쩡히 깨어 있었던 셈이다. 그러나 그는 수동적으로 감각할 뿐이었고, 그 수동적인 감각 역시 그의 의식처럼 현실과 현실 너머의 틈바구니에 끼여서 더욱 선연해지고 있었던 것이다. 얼마 후 그녀는 손을 뽑아 약간 옆으로 젖혀진 시트를 잘 여며주고 난 후에 그의 방을 떠났다.

그녀가 사라지고 난 후에 그는 채 뜨여지지 않는 눈과 너무도 또렷한 의식과 감각으로 생각에 잠겼고, 그때 그의 생각은 의식과 감각 사이를 너울거리며 넘나들고 있었다. 그러면서 그는 차츰 그의 의식이 씻겨진다고 할까, 벗겨진다고 할까, 여하튼 그 자신이 아득히 멀어지는 듯이 여겨지면서, 이를테면 완전한 자신의 상태 속으로 천천히 접어들었다.

7

 하지만 그 남자는 그 경험을 겪은 이후에도 그렇듯 파헤쳐진 자기 자신에게 철저하게 저항하고 있었다. 스스로 자신을 속이는 전략에 충실하다 못해 아예 그 전략이라는 것이 생활의 전부가 되어버린 지경에서, 그는 이제 그런 삶의 방식을 버리는 것이 살갗이 찢겨져 속살과 핏줄이 무방비 상태로 드러나기라도 하는 것으로 여기고 있었던 것인지도 모르는 일이었다.
 다음날 아침에 눈을 떴을 때 그는 자신이 가벼운 뇌진탕 증세로 병원에 입원하여 머리에 붕대를 감고서 침대에 누워 있는 것을 발견했다. 시장 한복판에서 누군가가 그의 사진기를 빼앗아 머리를 내리쳤다는 것이다. 그날 오후에 그는 병문안을 온 한 친구를 그의 병실에서 맞이하였다. 그는 친구를 창문 쪽의 철제 의자에 앉게 했고, 자신은 그의 쪽을 향해 침대 위에 모로 누워 있었다.
 병원 신세를 지게 된 이유를 친구도 이미 알고 있었을 것이므로, 그는 내심으로 상처받는 자존심을 껴안고서 적지 않은 민망함에 시달리고 있었다. 그런 탓에 그로서는 오기를 부리지 않을 수 없었는데, 그 마당에 그에게는 선택의 여지가 많지 않은 것이 사실이었다. 하여 그는 친구에게 전날 밤에 있었던 꿈에서였는지 생시에서였는지 모를 그 일을 이야기하였다. 그때 그의 어조에는 전략적인 장난스러움과 의식적인 진지함이 한데 뒤섞여 있었다. 그는 일부 신자들이 간증의 자리에서 죄 많은 자신들에게 성령이 임하던 일을 묘사할 때 흔히 쓰는 어구들을 사용하여, 그녀의 따뜻하고 부드러운 손이 뱃속으로 스며들어와 병든 장기를 떼어내듯 자기의 하체를 더듬던 장면을 묘사해나가는 한편, 그 앞뒤로 외설스런 분위기를 깔아놓는 것 또한 잊지 않았다.

하지만 그러면서도 그는 평소와는 사뭇 달리, 웬일인지 이야기를 하는 자기 자신에 대해 잔뜩 신경이 곤두서는 것을 느끼지 않을 수 없었다. 그는 해서는 안 되는 일을 자신이 하고 있음을 의식하고 있었고, 그의 혀는 입 안에서 자꾸 헛되이 휘감기며 때로 옆으로 삐져나가기도 하고 있었다. 그러나 그는 기왕에 시작된 말을 멈출 수가 없었으며, 그러다 보니 온 생각이 입과 혀로만 집중될 수밖에 없었다. 앞에 앉아서 말을 듣고 있던 친구의 눈길이 언제부턴가 그를 넘어서 그의 뒤쪽을 향하고 있음을 그가 한참 후에야 알 수 있었던 것도 그런 연유에서였다.

그제서야 그는 이상한 느낌이 들어 문득 말을 멈추고서 친구가 바라보는 쪽으로 뒤를 돌아보니, 그의 바로 뒤에는 첫눈에 보기에도 전날의 그 간호사임에 틀림없을 듯한 젊은 여자가 그때처럼 각진 쇠쟁반을 들고서 그를 내려다보고 있었다.

깜짝 놀란 그는 다시 고개를 돌려 하릴없이 친구의 얼굴을 바라보았다. 친구는 짓궂은 웃음을 지으면서 그를 되바라보았다. 그렇다면 그녀는 이미 아까부터 그 자리에 서서 그의 이야기를 거의 전부 듣고 있었던 것이 되는 셈이었다. 그의 얼굴은 결국 당하고 말 일을 당하여 지독한 낭패를 겪고 난 듯 심하게 일그러졌다. 그로서는 이해할 수 없는 노릇이었다. 오전 내내 이런저런 검사를 받는 동안에 그는 그녀를 먼발치에서라도 볼 수 없었는데, 그런 그녀가 난데없이 그의 등뒤에 붙어서 있는 것이었다. 물론 실제로 그녀가 전날의 그 간호사임을 확신한다는 것은 무리한 일이었다. 하지만 이미 그것은 그리 중요한 일이 아니었다.

  침착한 표정으로 쟁반 속의 것을 추스르고 있는 그녀의 얼굴을 일별한 순간 그는 머릿속에 불이 확 붙는 것 같은 뜨거운 감각과 함께 전날 사타구니를 더듬던 그녀의 손이 갑자기 자신의 고환을 세게 움켜쥐는 듯한 느낌을 받았다. 이를테면 그의 모든 것이 들통이 나버린 것이며, 그때 그는 그 동안 자신이 벌여온 전략이 눈앞에서 뿌리째 뽑혀 넘어가는 것을 보았다. 막연하게나마 그는 심지어 이제 그에게 마지막 남은 가능성마저 사라져버린 것인지도 모른다고 생각하였는데, 그것은 결코 과장된 것이 아니었다. 얼굴이 벌겋게 달아오른 그는, 여전히 냉정함과 무심함을 잃지 않고 있는 그녀의 손길에 무기력하게 몸을 맡겼다. 이미 그에게는 어떤 식으로든 변명과 저항의 몸짓을 보인다는 것이 헛되고 또 헛되게 여겨지고 있었기 때문이다.

  얼마 후 병원을 나설 때 그의 모습은 한마디로 사람들의 돌팔매질에 쫓겨 달아나는 죄지은 자의 몰골에 다름아니었다.

8

  나는 아무것도 정리하지 못한 채 서울을 떠나왔다. 그러나 지금도 나는 그 떠남을 멈추지 못하고서 내가 잠시 머무르는 곳마다 아무 정리도 하지 못하고 다시 떠남을 거듭하고 있었다. 내 보따리 속에는 아무것도 들어 있지 않았으며, 나를 태운 차는 먹잇감의 냄새에 홀린 며칠 굶은 산짐승처럼, 나로 하여금 뒤를 돌아보지 못하게 하려는 듯, 맹렬하고도 맹목적으로 끝없이 캄캄한 산길을 내달리고 있었다. 강은 잠시 길에서 멀어졌으나, 이제 곧 길은 다시 강을 만나 함께 흐를 것이고, 그때 자동차는 나를 그곳에 내려놓을 것이다.

  차가 산기슭에 거의 맞닿은 모퉁이를 지나느라 속도를 줄일 때, 나는 문득 숲속에서 불꽃의 붉은빛이 나무들 사이로 퍼져나오고 있는 것을 발견하였다. 몸이 앞으로 나아가고 있는 나는 고개를 뒤로 돌려가며 그 울긋불긋한 기운의 진원지를 뚫어지게 바라보았다. 첫눈에 보기에 그것은 산불이었다. 하지만 그와 동시에 어딘가 산불과는 다른 데가 있음이 확연하였다.

  산기슭에서 달처럼 교교하고도 호젓하게 타오르고 있는 그런 불을 몇 번 더 보고 나서야 나는 길 위쪽의 숲속에 터를 잡은 인가에서 흘러나오는 불빛이 나뭇가지와 이파리들에 굴절되고 확산되면서 어둠의 바탕 위로 번져나가 그렇듯 주변을 벌겋게 물들이고 있는 것임을 깨달을 수 있었다. 그 불은 생각보다 훨씬 멀리, 숲속 깊이에 자리잡고 있었을 것이다. 그러나 그 사실을 알고 난 후에도 여전히 내 눈에는 그 붉은빛이 심상치 않게만 여겨지고 있었다. 그 심상치 않음으로 인하여 나는 까마득히 멀리에서라도 다시금 그 광경이 나타날 때에는 쉽사리 그로부터 눈길을 돌릴 수가 없었다. 열기는 없이 차갑게 얼어붙은 빛만으로 살아 있는 그 불은 내가 앞으로 움직일 때마다 기괴하게 번득이면서 크게 퍼져나가다가 나뭇가지에 걸리고 나뭇잎에 덮여서 추르르 움츠러들고 있었다.

  그 나타나고 없어짐의 단순한 반복 속에서 나는 마침내 그 심상치 않음의 정체를 알 수 있었다. 요컨대 그것은 내 머릿속의 불이었다. 내 머릿속의 불이 나의 눈앞에서, 숲속에 숨어서, 나를 지켜보는 맹수의 눈알처럼 타들어가고 있었던 것이다. 그 눈알의 빛은 정수리를 쪼갤 듯이 날카롭게 다시금 나의 머릿속으로 파고들고 있었다. 나는 나도 모르게 두 손을 올려 머리를 감싸안았다.

이제 나를 등에 태운 자동차는 그 도깨비불이 산기슭에서 나타날 때마다 괴성을 지르며 두려움 속에서 허둥지둥 달아나고 있었다. 그럴수록 나는 더욱 세게 내 머리를 싸쥐어야 했다. 겁먹은 산짐승은 완벽한 어둠으로 채워진 계곡 속에서도 숨을 헐떡거리며 네 발의 움직임을 멈추려 하지 않았다. 그 불은 이미 과거의 일이면서도 언제까지나 현재성으로 남아 있는 사람들의 죽음이었으며, 또한 아직 미래의 일이면서도 언제까지나 현재형으로 다가오는 나 자신의 죽음이었다.

계곡을 벗어난 후에 불은 다시 나타나지 않았다. 강이 뜨겁게 달아오른 길을 맞이하였기 때문이다. 그러나 나는 계속 달리고 있었다. 숲속의 불이 시야에서 사라져버린 지금 내 귀에는 이제는 불이 타닥거리며 타들어가는 소리, 그 소리가 들려오고 있었다. 어렸을 때 나는 때로 앞산 가까이에서 떠오르는 해를 바라보며, 태양은 몹시 뜨겁다고 하는데 어떻게 저 나무들은 불에 타지 않을까 하는 생각을 하곤 했다. 그러나 나무들은 타고 있었고, 그 재는 나의 머릿속에 쌓이고 있었다.

숲속의 불이 타는 소리는 여간하여 끊길 기미를 보이지 않았다. 그리고 나는 시간이 흘러도 그 소리가 결코 그치지 않을 것이며, 나중에는 환청으로 내 귓속에 남아 있을 것임을 짐작할 수 있었다. 그 소리는 막대기로 나무를 두드리고 풀섶을 헤치며 나를 향해 천천히 다가오는 몰이꾼들의 외침인 것이었다.

9

　나는 늦은 시간에 강이 내려다보이는 한 산장에서 여장을 풀었다. 어둠이 시간보다 많이 앞서 달린 탓인지 시간에 비해 밤은 훨씬 깊어 있었다. 어쩌면 바로 옆에서 강이 흐르고 있기 때문에 더욱 그렇게 느껴지는 것인지도 모를 일이었다. 그러나 도시의 후미진 외곽에 있는 그 산장을 찾느라고 고생을 하는 일은 피할 수 있었는데, 나는 몇 년 전에 이미 그곳에 들른 적이 있었기 때문이다. 하지만 그 동안 주인이 바뀌었는지 내가 도착했을 때 나를 맞이하고 내게 방을 안내해 준 사십대 중반의 사내는 처음 보는 얼굴이었다.
　일종의 개량 주택을 산장으로 개조한 그 집은 언덕 위에 자리잡고 있었고, 나의 방은 이층에 있었으므로 창문을 열면 멀리 강을 내려다볼 수 있었다. 하지만 여전히 하늘에는 별 하나 떠 있지 않았던 탓에, 창문을 통해 보이는 것은 강 건너의 이차선 도로 위로 드문드문 나타나는 불빛의 행렬과 그 앞쪽으로 완만한 곡선을 그리며 누워 있는 깊고 넓게 파인 자국일 뿐이었다. 찬바람을 맞으며 한참 동안 그 파인 자국을 바라보고 있자니 언젠가부터 나의 눈에는 그것이 검붉은색으로 보이고 있었고, 그런데도 나는 한참 후에야 그 사실을 깨닫고는 서둘러 창문을 닫고서 뒤로 물러섰다.
　방은 그리 넓지 않았지만 애초에는 가정집으로 쓰이던 시골의 산장답게 한쪽 귀퉁이에 작은 책상이 하나 놓여 있었다. 나는 가방에서 종이를 몇 장 꺼내어 책상 위에 내려놓았다. 그리고는 형광등의 조명이 너무 흐려서 책상 위에 있는 스탠드 전등을 켰다. 낡고 목이

긴 전등의 빛은 왼쪽 어깨 가까이에서부터 종이 위로 투사되었다. 나는 편지를 써나가는 동안 몇 번이고 전등을 돌아보아야 했다. 마치 누군가가 엉거주춤하게 옆에 붙어서서 왼쪽 어깨 너머로 고개를 들이밀고 내가 종이 위에 쓰는 내용을 훔쳐보고 있기라도 한 듯한 기분이 들곤 했기 때문이다. 그리고 돌아볼 때마다 나는 나도 모르게 흠칫 놀라곤 하였다.

지지부진함을 면할 수 없었던 내가 몇 장의 종이를 책상 위쪽으로 밀어놓고서 새 종이를 펴고는 매번 새로이 이미 조금 전에 쓴 서두의 내용을 다시 베끼는 것으로 시작하고 있을 때, 나는 내 뒤쪽에서부터 어떤 기척이 들려오고 있음을 알 수 있었다. 나는 두 손을 종이 위로 올려놓으며 전등을 피해 오른쪽으로 고개를 돌려 뒤를 돌아보았다. 그러나 나는 몸을 채 완전히 뒤로 돌리기도 전에 깜짝 놀라서 하체를 들썩이며 뒤로 돌아앉고 말았다. 손잡이 부분이 부실한 문이 빠끔히 열려 있었고, 그 틈을 애써 비집고 한 갓난아이가 문지방을 넘어서 방안으로 기어들어오고 있었던 것이다. 돌이 갓 지난 듯한 그 아이는 무표정에 가까운, 살짝 웃고 있는 듯한 얼굴을 바짝 치켜들고서 방 안쪽으로 열심히 사지를 움직이고 있었다.

나는 전혀 예상치 못했던 그 광경에 잠시 넋이 빠져 있었다. 그리고 여자 아이처럼 보이는 그 아기의 모습이 너무도 놀랍고 경이롭기까지 하여, 달려가서 안을 생각도 하지 못한 채 가만히 지켜보고만 있었다. 이윽고 문지방을 완전히 넘어선 아이는 고개를 갸우뚱거리며 앞을 살피는 듯하더니 곧장 나를 향해 기어오기 시작했다. 나의 눈길은 내 무릎 앞으로 차츰 가깝게 다가오는 그 아이의 움직임을 따르다보니 점점 아래로 숙여지고 있었다.

그때 조금 급하게 문이 열리더니 삼십대 초반쯤 되어 보이는 한 여자가 황망한 표정을 감추지 못하고서 안으로 들어섰다. 나는 다시 한번 놀라 고개를 번쩍 쳐들고는 몸을 일으켰다. 그녀는 나를 향해 가볍게 목례를 보내는 동시에 몸을 굽혀 아기를 안아들었다. 갑자기 공중에 들려져서 행동의 자유가 없어진 아이는 그녀의 팔 안에서 칭얼거리며 버둥거렸다. 여자는 난처해하는 표정으로, 한편으로는 나의 얼굴을 살피면서, 다른 한편으로는 아이를 달래기 위해 팔과 상체를 분주히 움직였다.

그녀는 아이가 없어진 것을 갑자기 깨닫고서 경황없이 방에서 뛰어나온 듯 실내의 공기가 썰렁함에도 불구하고 얇은 잠옷 위에 스웨터만 걸치고 있었다. 그 잠옷은 고급스러워 보였지만 이미 많이 낡은 것이었다. 아마도 누군가가 더 젊은 시절의 그녀에게 선물을 한 것인 모양이었다. 그때 우연히 나는 그녀가 아기를 안기 위해 몸을 굽힐 때부터 목 아래쪽의 반투명한 잠옷 너머로 젊은 여자의 것답지 않게 마르고 축 처진 그녀의 가슴이 어른거리는 것을 볼 수 있었다.

나는 그녀의 때 이르게 시든 가슴과 사지를 흔들어대는 아이에게서 눈을 뗄 수가 없었다. 나는 팔을 벌리고 그녀에게로 다가가서 아이를 안아볼 수 있게 해달라는 몸짓을 보였다. 그러나 그녀는 고개를 떨구더니 그대로 몸을 돌려서 문지방을 건너 방을 나가버렸다.

그녀가 문 뒤로 사라지자마자, 나는 문득 기억 속에서 그녀를 떠올릴 수 있었다. 그녀는 나를 기억하지 못할 것이나, 그녀는 조금 일찍 늙어버린 것을 제외하고는 옛날 모습 그대로였다.

예전에 내가 늦은 시간에 그 산장을 찾아들어 머물렀던 날, 그 다음날 아침 일찍, 그때도 지금처럼 그녀가 불쑥 문을 열고서 내가 누워 있던 방으로 들어왔다. 계절은 초여름이었는데, 그 방이 비어 있는 줄로 알았던 그녀는 막 머리를 감은 듯 젖은 머리카락을 두 손으로 매만지며 소매 없는 셔츠 차림으로 안으로 들어섰다. 나는 놀라서 몸을 반쯤 일으켰고, 나보다 더욱 놀랐던 그녀는 두 팔로 가슴을 싸안고서 밖으로 도로 뛰쳐나갔다. 너무 순식간의 일이어서 나는 그때 그녀의 가슴이 어떠했는지 볼 겨를이 없었지만, 여하튼 불과 몇 년 사이에 그때의 그녀가 결혼을 하고 아이를 몇인가 낳고서 말라붙은 가슴과 침묵의 표정으로 살아가고 있는 것이다.
  복도 끝에서 문이 닫히는 소리가 들리고 난 지 한참 후에도 나는 갑자기 출현했던 모녀에게서 다시 버려진 채로 방 한가운데 망연히 서서 그녀의 마른 가슴을 눈앞에 떠올리고 있었다.

10

  피로해 보이는 한 남자가 당분이 많은 주스라도 한잔 마시기 위해 회사 건물의 지하 다방에 들어섰을 때, 그는 마치 어떤 집의 지붕 위에 올라서서 그곳의 연통이나 굴뚝 같은 것을 통해 그 집 안의 비릿한 냄새와 느끼한 열기를 얼굴에 접한 듯한 느낌을 받았다. 아마도 좁고 어두운 층계가 굴뚝 속을 걸어들어가는 것 같았고, 실제로 실내에는 온갖 잡다한 냄새가 한데 뒤섞여 있었기 때문일 것이다.
  그는 구석진 자리에 앉아서 옆 탁자 위에 놓여져 있던 신문을 끌어당겼다. 다른 많은 사람들처럼, 아무런 할 일도 없고 아무 일도 하고 싶지 않을 때 그가 하는 일은 신문을 펴드는 일이었다. 그때 어항 가까이에 앉아서 탁자 위에 종잇장을 늘어놓고 있던 한 남자가 여종업원에게 메모지 한 장을 가져다달라고 소리쳤다. 그리고는 곧 이어, 종이만 한 장 달랑 가져오면 어떻게 하느냐, 볼펜도 가져와야지, 그렇게 눈썰미가 없어서 어느 짝에 쓰겠느냐, 하는 소리가 이어졌다. 그 사내는 얼마 후에 인주를 가져다달라고 말했고, 오직 그 사내만이 자기 자신에 의해 이루어진 떨떠름한 실내의 분위기에 무감했다.

그는 고개를 떨구고서 신문 위로 눈길을 옮겼다. 언제나 신문을 보노라면 그에게는 할말이 많이 생겼다. 우선 그 자신은 철이 든 이후부터 이 세상의 정신적이고 물질적인 모든 문제들을 오로지 경제원칙에 입각하여 받아들여서 재단하곤 하였는데, 신문은 그의 경우보다 한술 더 떠서 기사의 내용뿐만 아니라 기사를 쓰는 방식에 이르기까지 철저히 이른바 실제로 존재하는 것도 아닌 정치적인 논리에 등을 대고 있는 것이었다.

사실 많은 사람들이 정치적인 삶에서 멀리 벗어나지 않는 것이 제대로 사는 것이며 세상의 중심에 머물러 있는 것이라는 미망을 가지고 있었다. 그리고 신문 스스로 그 점을 잘 알고 있었으며, 그 사실을 결코 잊지 않고서 수시로 활용하려 드는 것이었다. 더욱이 정치라는 것은 비록 그것이 순간적이고 말초적인 것이라 하더라도 나름의 역사적인 맥락을 가지고 있는 법이어서 많은 정치가들은 자신들의 욕됨을 순간의 굴욕으로 치부하려 하는데, 그들이 그렇게 처세하는 데에는 마찬가지로 일회적이고 표피적인 신문이 기여하는 바가 적지 않다고 할 수 있었다.

이런저런 생각을 하며 신문을 뒤적이다가 그는 갑자기 고개를 치켜들었다. 실로 아찔한 일이었다. 그가 어떤 식으로든 일단 이야기를 시작하고 나면, 자신도 모르게 거의 항상 그 이야기는 얼마 가지 않아서 자연히 독설로 기울어졌고, 또한 그 독설은 이 또한 거의 예외없이 곧 자연스럽게 그를 제외한 다른 모든 남들에게로 향하는 것이었다. 철이 든 이후부터 항상 그래왔음을 어느 한 순간 충격 속에서 자각한 그는 한동안 현기증에서 벗어날 수가 없었다. 지금까지 독설은 그가 제법 똑똑한 생각을 할 수 있다는 증거일 수 있었고, 그런 생각을 가지기 위해서는 특히 신문 등등과 같은 싫든 좋든 만인의 손에 들어 있는 것을 가차없이 공격하고 필요할 때에는 매도하기도 서슴지 말아야 하는 것이었다.
 더욱이 섣부르게나마 얼마 전에 그가 잡지에서 읽은 바로는, 이제 현대인은 모든 것을 유희적으로, 게임으로 생각할 수 있어야 하는데, 그래야만 인간적인 실존을 위협하는 그릇된 이데올로기로부터 정신적으로 자유로울 수가 있다는 것이었다. 사실이 그렇다면 독설보다 더 거기에 부합되는 것은 흔하지 않을 터였다.
 그런데 이제 와서 과거의 그런 입장을 뒤흔드는 일종의 깨달음이 갑자기 뒤통수를 내리친 것이었다. 그는 쳐든 고개를 돌려 주위를 돌아보았다. 그때 멀리에서 여전히 인주와 도장과 물수건을 늘어놓고 종잇장들에 코를 박고 있는 사내의 모습이 그의 눈에 들어왔다. 그 순간 그는 자신이 그 사내와 다를 바 없고, 그 사내 자신이 아닐 이유가 없음을 인정하지 않을 수 없었다. 그 동안 그는 독설을 통하여 자신의 속에 도사리고 있는 이른바 대사회적인 온갖 욕망의 끈끈한 흔적을 발바닥 밑으로 감추고서 시치미를 떼고 있었던 것에 불과했기 때문이다.
 잠시 후에 다방을 나와서 밖으로 나가기 위해 건물 입구 쪽으로 걸어가던 그는 빙글빙글 도는 육중한 회전문 앞에서 딱 걸음을 멈추었다. 정지되어 있는 그 회전문을 미는 순간 언제나처럼 제대로 가늠이 안 되는 그 무게에 막막한 절망감을 느끼게 될 듯했을 뿐만 아니라, 이번에는 일단 그가 그 차갑고 섬뜩한 유리의 공간 속에 들어가게 되면 기다렸다는 듯이 그때 갑자기 도처에서 사람들이 달려들어 유리 칸막이에 입을 대고서 그 동안 그가 입에 담은 그 무수한 독설들을 그에게 퍼붓다가 급기야 유리 위에 미지근한 침을 마구 뱉어 댈 것 같은 위기감에 빠져들었기 때문이다. 그렇게 되면, 언제가 될지 몰라도, 여하튼 언젠가 그들이 물러간 뒤에도 그를 둘러싼 육면의 투명한 벽은 그 속에 그를 가둔 채 사람들의 타액으로 뒤덮여서 오랫동안 고름 같은 눈물을 줄줄 흘리고 있을 것이다.
 그날 그는 시간이 꽤 흐른 뒤에도 선뜻 발걸음을 떼어놓을 수가 없었다.

11

"그래서 내가, 당신 참 예의가 없구먼, 하고 말하니까 그 친구는 더욱 길길이 날뛰지 뭐요. 누구보고 함부로 그런 소릴 하느냐, 그런 당신은 대체 얼마나 예의가 바르냐, 하면서 마구 대드는 것이었지요."
"세상사라는 것이 참으로 묘해서 예의를 지키지 않는 상대방에게 예의를 지켜달라고 말하는 것은, 그것이 아무리 정중하게라 하더라도, 대개의 경우에 전적으로 예의에 위배된 행동으로 매도되기 일쑤인 법입니다. 실제로 누가 예의를 지키고 누가 지키지 않느냐 하는 것과는 상관없이 말입니다. 그게 바로 예의라는 것이지요."
"이야기가 좀 어려워지긴 했지만 아마도 그런 모양입니다."
 나와 사진사와 산장 주인과 산장의 또 다른 한 젊은 투숙객은 함께 이른 점심을 먹은 후 강을 등지고 걸으면서 이런저런 이야기를 나누며 뒷산 쪽으로 향했다. 산장에서 한자리에 합석하여 식사를 하고 난 후에 나는 그들의 산행에 따라나섰던 것이다.
 안내자 격인 사진사가 이끄는 대로 우리는 국도를 무단 횡단하여 몇 채의 인가를 지나서 한 폐가의 뒷담을 밟고 넘어 가파른 길을 올랐다. 얼마 걷지 않아서 뒤를 돌아보니 사진사가 장담했듯 벌써 아래쪽으로 산과 들과 강을 한아름에 껴안은 풍광이 눈이 시리게 펼쳐지기 시작하고 있었다. 그러나 우리는 걸음을 멈추지 않았다.

한참 후에 잠시 계곡 안으로 들어섰을 때 두 갈래 길이 나왔다. 한쪽은 통나무 두 개를 겹으로 붙여 만든 짧고 좁은 다리를 통해 개울을 건너는 것이었고, 다른 쪽은 개울을 따라 아래로 내려가게 되어 있었다. 앞서고 있던 나와 사진사는 잠시 멈춰서서 뒤를 돌아보았다. 하지만 나머지 두 사람의 모습은 나타날 기색을 보이지 않았다.

내가 잠시 머뭇거리고 있자, 사진사는 주위를 두리번거리더니 개울 밑으로 조금 내려가서 상록수와 흡사한 푸른 나뭇가지를 꺾어왔다. 그는 그 나뭇가지를 뒷사람들에 대한 신호로 삼아 통나무다리 위에 던져놓고는 그 위로 걸음을 옮기면서 중얼거렸다.

"우리를 보지 못하더라도, 눈을 뜨고 있는 이상 이렇게 해두면 무슨 뜻인지 알아보겠지요. 꽃이라도 있었으면 훨씬 그럴듯했을 뻔했구먼."

그 말을 들으며 나는 미소를 지으면서 한동안 그 가지를 내려다보다가 조심스럽게 그 위를 넘어섰다. 다시 경사진 길을 오르기 시작하여 계곡을 벗어나서 가까운 능선에 이르렀을 때 사진사의 발걸음은 더욱 빠르고 가볍게 움직이고 있었다. 목적지가 가까워진 것이었다. 앞서가던 그가 걸음을 멈춘 곳에 뒤이어 다다랐을 때 나는 그와 나란히 서서 높은 절벽 끝에서부터 시퍼런 강과 갈대 등속으로 뒤덮인 강 한가운데의 섬을 내려다보고 있었다. 안내자인 사진사가 길을 떠나기 전에 한 말에는 전혀 과장이 없었다. 바람이 거세고 냉랭하여서 땀이 밴 이마와 몸을 갑작스런 한기로 얼얼하게 만들고 있었지만, 우리는 고개를 더욱 뒤로 젖히면서 한껏 가슴을 펴고 있었다.

한참 후에 우리가 바위 위에 엉덩이를 걸치고서 담배를 피워 물 때쯤에 나머지 두 사람이 그곳에 도착했다. 그들 또한 한동안 멀리 많은 물과 바윗덩어리와 나무와 들풀이 한데 섞여 추락하여 엷은 안개의 바닥에 가라앉아 있는 듯한 풍경에서 눈을 떼지 못하였다. 이윽고 산장 주인이 걸음을 뒤로 물러서 사진사가 앉아 있는 바위 한쪽 귀퉁이에 걸터앉으면서 중얼거렸다.
"형님 말대로 장관은 장관이구먼요. 이제야 여길 데려오다니 너무 했습니다요. 이런 데를 자꾸 혼자 댕기니 마음에 병이 나는 게 아니오……"

그러나 아무도 그의 말을 듣지 않았다. 그러자 그는 머쓱한 표정을 짓는 대신에 입을 꾹 다물고는 목을 쭉 뽑아서 주위를 돌아보았다. 그 동안에 사진사는 어깨에 메고 있던 사진기와 가방을 내려놓더니 필름용 가방에서 소주 한 병과 안주될 만한 것을 몇 가지 꺼내 놓았다. 곧 나는 잔을 집어든 손을 쭉 뻗어서 술을 받으며 사진사의 얼굴을 유심히 바라보았다.

그의 외모는 분명 무기력해 보이기 짝이 없었다. 그러나 그는 단순히 무기력함에 젖어 있는 것이 아니라 반쯤은 자발적으로 그 속에 깊이 가라앉아 있는 듯이 보였다.

내가 들은 바로는 그는 얼마 전까지 산장에서 가장 가까운, 작지만 군청 소재지인 마을에서 사진관을 경영하고 있었는데, 어느 날부터 그 사진관을 젊은 점원에게 맡기고는 자신은 사시사철 인근의 관광지를 누비고 다니며 그곳에 놀러 온 외지인들을 상대로 사진 찍는 일을 하기 시작했다는 것이었다. 그러나 애초에 그 일은 그리 수지가 맞는 일이 아니었고, 더욱이 요즘 들어 부쩍 그는 사람들이 몰리는 곳에는 잠시만 머물러 있은 후에 혼자서 자주 산이나 강가를 배회하고 있었다. 그렇다고 그가 그 나이에 조금은 새삼스러운 일이기는 해도 어쨌든 이를테면 작품 사진 따위를 만들고자 좋은 장소를 찾으러 돌아다니는 것 또한 아닌 모양이었다. 그는 그렇듯 그냥 바깥으로 떠도는 것이었다.
 거기에 덧붙여 내가 하루 이틀 지켜본 바로는, 그는 거의 하루종일 술에 취해 있었다. 그러나 그는 결코 술에 취한 모습을 쉽게 드러내지 않았다. 그는 술을 마셔도 자신이 취한 것을 남들이 알아채지 못하게끔 술에 취하는 방법을 알고 있었고, 그를 알게 된 지 얼마 되지 않았지만 나는 내가 눈치챈 그 사실을 확신할 수 있었다. 그는 깨어 있는 동안 내내 술을 마시면서도 겉으로는 멀쩡한 모습을 유지하고 있다가, 저녁 무렵에 사람들이 벌이고 있는 술자리에 끼게 되면 그날 들어 아직 한잔의 술도 마시지 않은 사람처럼 새로이 술을 시작하여서 남들과 보조를 맞추어 조금씩 취해가곤 하였다. 그것은 우선 그가 퍽이나 말이 적었기 때문에 가능한 일이었다. 그러나 그는 사람들이 짐작하는 것보다 훨씬 이전에 이미 상당히 취해 있었던 것이다.
 며칠 전에 그는 자신의 취한 모습을 내게 이렇게 노출시켰었다. 그때 그는 얼굴로는 정색을 하고서 목소리를 한껏 내리깔아 말이 흐트러지는 것을 피하고 있긴 하였지만, 그의 속에서 밑도끝도없이 불쑥 튀어나온 그 한 토막의 이야기는 막연하고도 애매모호한 분위기를 안으로 싸안고서 술 취한 사람의 걸음처럼 한곳을 맴돌고 있었다.
 "어떤 물고기가 새 한 마리를 물 속으로 초청했지요. 물고기는 새에게 아주 잘해주었지요. 그렇지만 그 새는 아무래도 물 속에서 자유로울 수가 없었지요. 물고기는 그런 새를 이해할 수가 없었던 거예요. 그래서 참다 못한 물고기가 새에게 이렇게 말했지요. 너는 지금 나를 무시하고 있구나. 그렇지 않으면 아마도 너는 욕심이 너무도 많은 동물인 모양이다. 그렇지 않고서야 내가 베풀어주는 호의를 이렇게 무시할 수가 있느냐 말이야. 하는 수 없이 새는 물 속의 삶에 적응하고자 노력하였지요. 하지만 여전히 물고기는 화를 참지 못하고서 새에게 다시 이렇게 말했지요. 너는 대체 세상을 가지고 뭘 어쩌려고 그러느냐. 너는 기껏해야 세상 앞에 삐딱하게 서서 꼬나본다거나 주머니에 손을 넣고 고개를 떨구고 있거나 그것도 아니면 그냥 앉은 채로 버티는 정도일 뿐인데, 대체 너는 뭘 어쩌려고 그러느냐."
 그의 말을 들으면서 나는 그의 전력에 대해 궁금증을 느끼면서, 말수도 적은 그가 어쩌다가 하필 우화 형식에다 자기 생각을 담게 되었을까 하는 생각에 잠기지 않을 수 없었다. 실제로 그가 그 이야기를 하고 있는 동안에 주위에 앉아 있던 다른 몇 명의 사내들이 또 그 별종 별주부전 타령이냐고 핀잔까지 주었던 것이다. 그러나 그는 아랑곳하지 않고 자신이 만들어놓은 우화 같기도 하고 동화 같기도 한 이야기의 울타리 안에서 뒷짐을 지고 한없이 오가고 있을 뿐이었다. 그러면서도 화가 난 물고기의 말을 자신의 입으로 옮길 때에는 실제로 상대방에 대한 적의가 그의 눈에서 술기운처럼 번질거리고 있음을 알 수 있었는데, 그때 그 젖은 술기운 위에서는 그의 머릿속을 태우고 있는 불이 파란 불꽃을 일으키며 타들어가고 있었다.
 그런 와중에서 그의 이야기는 상대방이 잠깐 맥을 놓치는 사이에 자주 전혀 엉뚱한 쪽으로 흘러들어가 오랫동안 그곳에 고여 있기도 하였다. 하지만 그는 그런 정도의 말을 매일 엇비슷이 하고 난 후에는 다시금 침묵 속으로 잦아들어갔다. 이후로 그에게는 실제로 술에 취해버리는 일만 남아 있는 것이었다.
 절벽 위에 앉아서 소주 한 병을 나누어 마시고 난 우리는 아무 쪽으로나 내려가서 막걸리라도 한잔 하자고 채근하는 산장 주인의 뒤를 따라 엉덩이를 털고 일어나서 능선을 버리고 건너편의 비탈길을 내려가기 시작했다.
 중간중간에 길은 덤불과 관목들에 의해 막혀서 이리저리 멋대로 뻗어나가며 간신히 아래쪽을 향하고 있었고, 곳곳에서 흑염소가 튀어나와 앞과 뒤를 내달려서 우리를 놀라게 하였다. 이번에는 나와 사진사가 뒤에 처져서 내려가고 있었고, 걸음이 훨씬 빨라진 산장 주인은 그 흑염소들을 손으로 가리키며 키득거리면서 젊은 투숙객에게 무어라고 농을 건네고 있었다. 그러나 뒤에서 보기에도 젊은이는 그의 말에 아무런 관심도 기울이지 않고 있었다.

12

그날 저녁에 나는 다소 수다스럽고 과장벽이 있는 산장 주인에게서 그 젊은 투숙객에 대한 이야기를 듣게 되었다. 그는 내가 들르기 전에 이미 일 년 전부터 거의 매달 정기적으로 그곳에 내려와서 며칠 동안 산장에 묵고는 돌아가곤 했는데, 그도 역시 워낙 말이 없는 위인이었던 터라 처음에는 주인으로서도 자세한 사정을 알 길이 없었으나, 대충 짐작하건대 아마도 그는 누군가를 만나기 위해 그곳을 찾는 모양이었다.

그러던 중에 그가 평소보다 조금 더 오래 머무른다 싶던 어느 날, 예전부터 그와 서로 알아온 사이처럼 보이는 몇 명의 남녀, 젊은이 둘과 중년에 이른 나머지 둘로 이루어진 사람들이 자동차에 가득 타고 와서 그를 붙들고는 다짜고짜 서울로 돌아갈 것을 강압적이다시피 종용하였다. 하지만 그는 그들의 말을 한사코 들으려 하지 않았고, 그런 와중에서 그의 입에서는 한 가지 말, 내가 이렇게라도 그 여자를 보호해야 한단 말이야, 라는 소리가 맹목적이고 반복적으로 되풀이되고 있었다.

그러나 그날 결국 그는 곧 그들에게 끌려서 그곳을 떠나고 말았다. 주인이 그의 소지품을 챙겨서 차가 떠나기 직전에 간신히 넘겨줄 수 있었을 정도였다. 그때나 지금이나 주인은 그들이 그의 친척들인지, 아니면 그가 보호해야 한다고 소리쳤던 어느 여자의 가족인지 알지 못한다. 단지 그때 그는 그들 사이에서 문제되고 있는 여자가 인근의 산자락에 있는 외지인 소유의 별장들 중의 어느 하나에 머무르고 있는 모양이라고만 막연하게 짐작할 수 있을 뿐이었다. 하지만 한 달쯤 지나고 나서 그는 다시 그곳에 나타났고, 그 후 그의 정기적인 방문은 다시금 되풀이된 것이었다.

주인의 이야기는 당연히 나로 하여금 그에 대해 호기심을 가지게 했다. 그러나 그날 산행을 함께한 이후로 나는 그를 다시 볼 수 없었다. 산에서 내려와서 사진사와 함께 늦게까지 마신 술로 일찍부터 취해버린 나는 이른 시간에 잠자리에 들었고, 아침에 일어나서 아침상을 받았을 때 기다렸다는 듯 내게로 다가온 주인은 간밤에 그가 돌아오지 않았다고 말했다.

그는 아내의 핀잔 어린 눈길을 받으면서도 자초지종을 자세히 늘어놓았다. 사위가 어둑어둑할 무렵에 잔뜩 상기된 표정으로 돌아온 그는 웬일인지 방에 들어갈 생각도 하지 않고, 방향을 잃은 발걸음으로 어두운 집 주변을 서성이고 있었다. 그때 주인이 왜 그러느냐고, 무슨 일이 있었냐고 묻자, 그는 얼굴에 그야말로 괴이한 웃음을 떠올리고서 불쑥 그 여자가 임신을 했노라고, 드디어 해냈노라고 소리치듯 말했다. 그리고는 다른 말을 덧붙이지도 않고서 버스 정류장 쪽을 향해 성큼성큼 걸어가기 시작했다. 주인이 그의 뒤에 대고서 야심한 시간에 어디로 가느냐고 묻자, 그는 뒤를 돌아보지도 않은 채 주먹 쥔 한 손을 들어보이며 약혼할 준비를 챙기러 읍내에 나간다고 대답했다. 하지만 그날 그는 산장으로 돌아오지 않은 것이었다.

산장 주인은 말을 마치고 나서, 미간을 살짝 찡그리며, 잘은 몰라도 그 여자는 요양중이었던 모양인데 그런 상태에서 임신을 했다면 그 사정을 알고도 남을 일이라고 속삭이듯 덧붙였다. 잠시 후 그가 탁자 위에 반주로 놓여진 소주병을 들어올렸을 때 나는 내 앞에 놓여져 있던 빈 잔을 손바닥으로 막고서 상체를 뒤로 젖혔다. 그리고는 다른 잔에 술을 따라 그의 앞으로 밀어놓고는 자리에서 일어섰다.

13

과거의 기억뿐만 아니라 불과 얼마 전까지의 일을 떠올릴 때에도 자신의 이기적인 욕망이니 타락이니 하는 말들을 우선적으로 머리에 떠올리지 않을 수 없었던 한 남자가 있었다. 실제로 지금까지 그에게 있어서 인간의 모든 관계는 인연이나 즐거운 우연에 의해 이루어지는 것이 아니었다. 그에게는 근본적으로 인간 사이의 관계가 싫든 좋든 어쩔 수 없이 서로서로 거미줄처럼 연루되는 것에 불과했다. 다시 말하여 사람들은 각자의 개인적인 욕망으로 인하여 서로서로 연루되는 것일 뿐이었다. 그러므로 당연히 그 관계는 불순한 것일 수밖에 없는 것이었으며, 그래서 그는 가급적 그 관계를 효율적으로 활용하는 데에만 관심을 두었다.

그런 탓에 일찍부터 그는 이른바 사랑이라는 감정에 가까운 어떤 심정의 움직임이 자기의 속에서 일어나는 것을 버거워하였다. 게다가 그것은 그에게 현실적으로도 큰 불편함을 유발하기 일쑤였다. 그렇기 때문에 그에게 있어서 사랑은 거의 항상 기술적인 문제에 불과했다.

그리고 그때 으뜸되는 가치의 자리를 차지하는 것은 당연히 쾌적함이었다. 그 쾌적함의 이름으로 사랑의 감정적이고 감상적인 취향은 옆으로 제쳐질 수 있었다. 여자와 관계를 맺어나가는 데에 있어서 경제적인 손실이 유발된다고 하더라도 그것이 치명적인 타격이 아닌 이상, 그에게는 어느 정도의 쾌적함을 그가 경험할 수 있느냐 없느냐 하는 것이 가장 중요한 일일 수 있었다.

그렇다고 그가 말하는 쾌적함이 거창한 어떤 것을 의미하는 것은 아니었다. 그것은 재치 있는 말 한마디, 육체적이고 생리적인 어떤 장점, 혹은 감정의 깔끔한 마무리 등등에 의해 지극히 간단하게 확보될 수 있는 것이었다.

뿐만 아니라 적어도 여자들과의 관계에 있어서는, 그의 욕망은 일단 고개를 쳐든 후에는 다른 모든 것을 떨쳐버리고서 그 욕망 스스로 만족되기 위하여 집요하게 그를 몰아붙여대기 일쑤였다.

언젠가 그는 한 여자와 그다지 심각할 것도 없는 사이를 유지하면서 몇 달간 교제를 한 적이 있었는데, 어느 날 그녀가 고백할 것이 있노라고 말하며 그를 불러냈다. 그날 그녀는 약간의 술을 마신 후에 공연히 죄라도 지은 사람의 표정으로 사실은 자신이 잠깐 결혼 생활을 한 적이 있노라고 털어놓았다. 이 년 전에 불과 두 달간 한 남자와 살다가 곧 이혼을 하고 말았던 것인데, 그 결과 하여튼 그녀에게는 이혼녀라는 딱지가 붙어 있었던 것이다.

어렵게 그 말을 하고 나서 그녀는 펑펑 울기 시작했다. 그때 그는 어쩌면 자신의 삶과 다소간 깊게 연루되었을 수도 있었을 그녀를 바라보면서 묘한 불쾌감을 씹어야 했다. 우선 그는 남들이 보는 앞에서 눈물과 울음 소리를 마구 쏟아내는 그녀에게서 심한 이질감을 느끼지 않을 수 없었다. 조금 과장해서 말하자면 그는 그런 그녀와 그런 그녀를 무덤덤하게 내려다보고 있는 자기 자신이 같은 인간이라는 동물군에 속한다는 사실에 잠깐 의아한 마음을 가지기까지 하였다. 그리고 곧 이어 그는, 요즘에는 이혼도 돈이 많아야 한다는데 그녀의 전남편이라는 친구는 어떻게 이혼을 했을까 하는 엉뚱한 생각을 하고 있었다.

그러는 동안에도 그녀는 좀처럼 울음을 그치려 하지 않았다. 그러자 문득 그는 그녀가 그렇게 울면서 죄도 아닌 일을 죄처럼 밝히는 것이 그녀와 자기 사이의 연루됨을 결정적인 것으로 만들고 싶어하는 욕구를 암암리에 가지고 있기 때문이라는 사실을 머리에 떠올렸다. 하기야 그같이 결혼 적령기를 훨씬 넘어선 후에도 독신으로 남아 있는 사람들의 연애는 곧장 결혼으로 연결되기 십상인 것을 그가 모르는 바가 아니었으며, 더욱이 그녀 또한 다른 많은 여자들처럼 한번 만난 사람을 집중적으로 계속하여 만나는 편을 훨씬 마음 편해하는 쪽이었다. 따지고 보면 그가 느낀 불쾌감의 원인은 거기에 있었다. 그녀는 고백과 눈물이라는 이름의 전차를 타고서 일방 통행로를 내달려 그에게 다가오고 있었던 것이다.

하지만 문제는 그때 이미 그의 속에 잠깐 동안이라도 그녀를 소유하고 싶다는 욕망이 똬리를 틀고서 들어앉아 있었다는 점이다. 그는 그 점이 조금 아쉽고 안타까웠다. 사실, 그의 속에 들어 있던 최소한의 양심이 그로 하여금 그녀를 그냥 떠나보내도록 채근하고 있기는 하였다. 그러나 그 동안 그녀에게 많은 시간을 할애하면서 이미 반쯤 그녀에 대한 욕망에 내밀려 있던 그는 그렇게 할 수 없었다. 욕망은 어떤 식으로든 해결해버리는 것이 쾌적한 일이었다.

하여 그는 내심의 갈등을 무릅쓰고서 그녀에게 이혼 따위는 아무런 중요성도 가지지 않는 것이다, 그것이 왜 내게 용서를 구할 일이겠는가, 애초부터 나를 속이려 들었던 것은 아니지 않느냐 등등의 말로 그녀를 달랬다. 그녀는 물기 젖은 눈으로 빛을 밝히며 그를 바라보았다.
 두말할 것도 없이 그날 그들은 동침을 했다. 그녀와의 밤은 그에게 많은 쾌적함을 안겨주었다. 그 쾌적함은 많은 부분 그녀의 육체에서 비롯된 것이긴 했지만, 한편으로는 어차피 그녀가 이혼을 한 경력을 가지고 있는 여자라는 생각에서 연유된 것이기도 하였다. 그리고 그는 가급적 나중의 생각에 집착하고자 했다. 그 이유는 나중에라도 가능한 한 그녀에 대한 미련을 가지지 않기 위한 것에 다름아니었다.
 그러고 나서 그날 이후로 이번에는 그가 죄인 아닌 죄인이 되어 그녀에게 고백을 하는 입장을 취하게 되었다. 그는 더 이상 그녀와 관계를 가지는 일을 피하고서, 우리가 결합하는 데에는 현실적으로 생각보다 훨씬 큰 어려움이 있을 듯하다는 말을 고통이 실린 어조로 되풀이하였다. 그런 식으로 몇 번 만나지 않아서 결국 그녀는 그의 의중을 알아차리게 되었다. 그러나 그녀는 심하게 화를 내지는 않았다. 그녀로서는 심증을 가질 수는 있더라도 확증을 잡을 수 있는 처지에 있지 못했기 때문이다. 그녀는 자신의 의심에 스스로 반신반의하여, 반쯤 화가 난 냉소적인 눈길로 그가 말하는 동안 내내 그를 바라보다가 어느 날 자리를 박차고 그 앞을 떠나갔다.
 한편, 연루라는 불순한 인간 관계가 그에게 필연적으로 간간이 장난스러움을 발동시키게끔 하였다는 것을 따지고 보면 그리 무리한 일이 아니었다. 그가 자신의 한 친구의 아내와 잠자리를 같이한 것도 그 장난기 탓일 수 있었다.
 어느 날 출근을 하던 길에 그는 집 앞에서 우연히 대학 동기와 마주쳤다. 알고 보니 친구는 그와 같은 아파트 단지에서 살고 있었다. 친구는 기혼자여서 많은 시간을 집에서 보내는 편이었는데, 그러다 보니 자연히 그는 그 친구를 만나면서 그 친구 부부와 자주 어울릴 기회를 가지게 되었다. 때로 별다른 계획이 없이 얼떨결에 휴일을 맞게 되거나 하면, 그는 자신의 차에 두 사람을 태우고서 교외를 돌아오기도 했고, 그런 날에는 으레 그의 집에서 늦게까지 술추렴을 하기가 예사였다.
　그 일이 벌어졌던 상황은 더 자세한 말이 필요한 것도 아니었다. 친구는 매사에 지극히 조심스럽고 행동이 느린 편이었는 데 반해 그의 아내는 남편의 뜻을 존중하는 듯하면서도 그의 공연한 신중함 따위를 공공연히 농담의 대상으로 삼곤 했고, 또한 친구는 그에게 차를 너무 빨리 몬다고 지적을 자주 하는 편인 데 비해 그녀는 먼저 그의 옆자리에 올라타서 오히려 그에게 시원하게 추월도 해가면서 좀더 빨리 달릴 수 없느냐고 보채곤 하였다. 요컨대 그녀에게는 해서는 안 될 분명한 이유가 있는 일을 제외한 나머지는 모두 해도 되는 일에 속하는 것이었다.
　그러다가 어느 날 그들이 함께 여행을 떠나서 어느 호텔에 묵게 되었을 때, 그날따라 무슨 일에선지 하루종일 흥분한 기색이 있던 친구는 공연히 호기를 부리면서 그녀와 그에게 아무런 격의가 없는 관대함을 보였고, 그때 그들은 그 친구가 방심한 틈을 타서 굳이 해서는 안 될 이유가 있는 것도 아닌 그 일을 벌이고 말았다. 그 일을 하면서 그는, 외국 영화에서만 보던 그렇고 그런 일들이 이제 우리들에게도 이렇듯 자연스럽게 일어날 수 있구나 하는 생각을 하면서 정말 세상 참 많이 변했다는 것을 몸으로 실감하고 있었다. 그리고 아마도 그녀 또한 그와 같은 감회에 젖어 있었을 터였다.
　그러고 나서 며칠 후에 그는 느닷없이 자신의 사무실 앞에서 그 친구를 맞이해야 했다. 이제야 밝히자면 그는 어느 정도 궤도에 오른 한 회사에서 기획 관계의 연구실 하나를 맡고 있었는데, 아마도 문간에서 오랫동안 망설이고 있다가 우연히 그와 마주치게 된 모양인 그의 친구는 그를 발견하자 이제는 물러설 곳도 없다는 듯이 분연히 몸을 앞으로 내밀면서 눈을 부릅뜨고 그를 노려보았다. 그때 그는 화가 난 그의 시선이 회전이 잔뜩 걸린 야구공처럼 핑글핑글 돌며 그에게로 날아오는 것을 보았다. 그 순간 그는 잠시 멍청해져서 그의 속의 그 무엇이 그토록 그 야구공에, 아니 그의 시선에 힘을 넣고 회전을 일으켰을까 하는 생각을 하였다.

하지만 애초에 대답은 명약관화한 것이었다. 친구는 그가 자기의 아내와 관계를 맺은 것을 알게 된 것이었다. 그는 기가 막히지 않을 수 없었다. 친구의 아내는 자기가 그와 같이 잤다는 것을 남편에게 굳이 밝혀서는 안 될 이유가 없기 때문에 그 친구에게 그 이야기를 털어놓은 것임을 그는 어렵지 않게 짐작할 수 있었기 때문이다.

그는 여유를 가지고자 애쓰면서 친구를 한쪽 구석으로 데리고 갔다. 친구는 그의 손길을 뿌리쳤지만 순순히 그를 따라왔다. 그 잠깐 동안의 시간적 공백을 틈타서 그는 머릿속으로 부지런히 상황을 검토하였다. 그리고는 아무래도 역공을 펼치는 편이 좋을 것 같다는 결론을 내렸다. 그래서 그는 친구에게서 눈길을 피하여 창문을 통해 5층 높이에서부터 아래를 내려다보는 대신, 위층으로 올라가는 층계의 인조 대리석 난간 위에 한쪽 팔을 걸치고는, 마치 투수의 커브공에 대비하여 타이밍을 잡는 야구 선수처럼 한쪽 다리를 약간 꺾고서 그를 정면으로 마주 바라보았다. 그때 그는 와이셔츠 바람이었는데 두 팔의 소매를 걷어올리고 있었기 때문에 팔뚝을 통해 돌난간의 섬뜩한 한기가 그대로 전해지고 있었다. 그 한기는 금방 겨드랑 밑까지 파고들었다. 하지만 그는 그런 감각 따위를 내색할 처지가 아니었다.

하지만 그러면서도 그때 그는 자신이 해도 너무한다는 생각을 하고 있었다. 친구는 진지함과 심각함을 넘어서 폭발 직전에 있는데 그는 상대방이 처해 있는 상황을 전적으로 도외시하고서 팔에 느껴지는 차가움과 운동 선수의 자세만을 의식하고 있었기 때문이다. 더욱이 마음속으로 그는 어떻게 하면 그 친구의 방해를 받지 않고 그와 그녀의 관계 속에 예전의 그 쾌적함이 그대로 머물러 있도록 할 수 있을까 하는 생각도 하고 있었다. 그런 생각의 결과로 그는 여전히 말없이 그를 노려보고만 있는 친구에게 자기도 모르게 불쑥 말을 내뱉었다.
"얼굴을 찡그리면 위 점막도 찡그린다는 말 못 들었나? 평소에 가뜩이나 속이 아파서 쩔쩔매는 사람이 왜 그리도 난해한 표정을 짓고 있는 거야?"
기선을 제압하고자 했던 그의 그 말이 친구에게 미친 영향은 생각보다 훨씬 컸음에 틀림이 없었다. 친구는 어이가 없다는 쪽으로 표정을 바꾸더니 차츰 인간 말종을 대하듯 그를 바라보기 시작했다. 이번에는 친구가 그를 자기와 같은 인간이라는 동물로 보고 있지 않은 것이었다. 그러나 그는 친구의 반응을 지켜보면서 속으로 안도의 한숨을 내쉬었다. 그 정도라면 적어도 더 이상의 난처한 상황은 벌어지지 않을 듯했기 때문이다.
그의 예상대로 그날 친구는 정작 하려던 말에 대해서는 한마디도 하지 않고 돌아가버렸다. 아마도 친구는 그가 더불어 이야기할 가치도 없는 인물이라고 생각하였을 것이다. 그러나 여하튼 그 덕분에 그는 어떻게 해서든 지키고자 했던 쾌적함의 원칙을 무사히 지켜낸 것이고, 그 사실만으로도 그는 큰 다행함을 느끼지 않을 수 없었다.
하지만 항상 그렇듯이 복잡한 현실 속에서 겪게 되는 상황들은, 그것이 아무리 일상적인 것이라 하더라도, 결코 간단하지도 단순하지도 않은 것이었다. 문제되는 상황들로부터 멀리 떠나왔다고 느끼는 어느 한 순간에 그것들은 느닷없이 사람들의 뒷덜미를 잡아채는 일이 비일비재한 것이었다. 이는 비단 그의 성격이 복잡하거나 분열적이기 때문만은 아닐 터였다.

서둘러 말하자면, 그때 사무실로 찾아온 친구 앞에 서서 태연함을 가장하며 짐짓 능청을 떨었을 때, 당시에는 경황이 없어서 제대로 자각하지 못하고 있었지만, 사실 그때 그는 두려움에 사로잡혀 있었던 것이다. 그는 친구가 육체적인 폭력을 가해오면 어떻게 할까 하는 생각에 두렵기도 했고, 간통죄로 고소를 하겠다고 협박하는 경우 또한 두려웠으며, 타협을 하여 돈으로 문제를 해결하는 것 또한 두렵기는 마찬가지였다.

나중에야 그는 그때의 자신이 더할 나위 없이 뻔뻔스러웠던 만큼, 그 두려움 또한 얼마나 크고 깊었던 것인가를 깨달을 수 있었다. 그리고 그 깨달음과 함께 다시금 생생하게 기억되는 그 두려움은 그 후 그의 뻔뻔스러움을 공공연히 비웃으며 그를 떠나려 하지 않았다. 그래서 그는 그 일과는 그다지 상관이 없는 일을 겪을 때에도 그와 유사한 정도의 두려움에 실제로 몸을 부르르 떨어야 했고, 수시로 뻔뻔스러움과 두려움 사이에서 갈피를 잡지 못하고 허둥거려야 했다.

이혼녀와의 일도 마찬가지였다. 그 얼마 후에 그는 자신이 그녀에게 미련을 느끼고 있음을 깨달았다. 스스로 생각해보아도 어처구니없는 일이었지만, 분명 그는 미련을 느끼고 있는 것이었다. 한번은 길을 걷다가 먼발치에서 우연히 그녀의 모습을 본 적이 있었는데, 그때 그는 갑자기 숨이 막혀서 목구멍을 열어제치고 헐떡거리며 옆 골목으로 들어서야 했다. 그리고 그제서야 그는 알 수 있었다. 한마디로 미련이란 욕망의 함정이었다. 물론 두려움 또한 욕망의 또 다른 함정일 것이다.

그 이후로 그는 공적으로든 사적으로든 사람들을 만나면서 거의 항상 미련과 두려움, 그 두 감정 중의 어느 하나에로 기울어지게 되고 말았다. 그가 아무리 냉정함을 겉으로 드러낸다 하더라도 그는 욕망의 다른 쪽 끈인 미련에 발목이 묶여서 비틀거리고 있었으며, 마찬가지로 그가 아무리 자신의 뻔뻔스러움을 전시라도 하는 듯 행동한다 하더라도 그는 내심으로 욕망의 잠정적인 끝인 그 두려움에 짓눌려 땀을 흘리는 것이었다.

하지만 오래지 않아 그는 왜 자신이 그런 지경에 이르고 말았는가 하는 것 또한 알 수 있었다. 이미 말했듯이, 그는 인간 관계를 불순한 것으로 여기고 있었고, 결국 미련과 두려움은 그 불순함의 필연적인 부산물에 다름아닌 것이었다.

그러나 이유를 알고 난 후에도 여전히 그 두 역설적인 감정은 그를 놓아주지 않았다. 그리고 그것들은 차츰 그의 마음속에 병을 일으키고, 나아가 머리로 치받아 머릿속 불의 훌륭한 연료가 되어서, 그 불로 하여금 그의 온몸을 태워버리도록 부추기는 데에 힘을 제공하고 말았다. 하여 그는 그렇듯 머릿속에서 불이 기승을 부리고 있는 상황에서, 얼굴을 바짝 가져다대고 불 속을 들여다보듯 안면이 그 뜨거운 열기로 화끈거리는 것을 느끼며 과거의 몇 가지 일들을 수시로 돌아보지 않을 수 없었던 것이다.

14

지금 그 남자는, 기왕에 인간의 관계가 연루라면, 왜 그 연루됨을 연결됨으로 바꾸어놓을 생각을 하지 못했을까 하는 질문을 자기 자신에게 던지고 있다. 그 동안 그는 사람들 사이에서 기꺼이 하나의 연결고리가 되려 하는 대신에 연결의 그물 전체를 하나로 싸잡아서 회의하고 의심하기를 일삼았다.
 어떤 사람들은 세상을 사는 것이 즐겁고 아름다운 추억을 만드는 과정이라고 생각하기도 하는 모양이었지만, 그는 추억이란 마치 연체 동물의 흡판처럼 머릿속에 아프게 들러붙어 떨어지려 하지 않는 것들이라고 생각해온 것인지도 모르는 일이었다. 그런 경우에 당연히 추억 또한 그 들러붙음과 아픔으로 인하여 그에게 미련과 두려움을 불러일으키는 존재들이었다.
 하지만 그런 쾌적하지 못한 감정들을 피하여 살아온 마당에, 지금 이 순간 그에게 남겨진 것은 무엇일까. 그리고 과연 지금 그는 진정한 의미에서 자신의 지난날을 반성의 심정으로 돌아보고 있는 것인가. 행여, 이런저런 이유로 인하여 지금 그의 속에서는 그 동안 왜곡된 욕망들이 잠시 진정되어 서늘하게 가라앉아 있는 탓에 이런 말을 함부로 내뱉을 수 있는 것이고, 시간이 지나서 이런저런 다른 계기로 인하여 다시 그 욕망이 머리를 꼿꼿이 쳐들 때면, 그는 또 온갖 견강부회로 그 자신을 정당화시켜서 다시금 그 욕망에 몸을 내던지지는 않을 것인가. 요컨대 그는 그를 믿을 수 없었으며, 그 불신이 지속되는 한 그의 머릿속의 불은 결코 꺼지지 않을 것이다.
 그는 내내 그를 의심한다. 아니, 의심하고 자실 것도 없이, 그저 그는 구제가 불가능할지도 모를 그를 담담하게 지켜본다.

15

 아침녘의 썰렁한 기온에 몸을 수축시키다 못해 두 눈을 번쩍 떴을 때 누군가가 나의 방문을 두드렸다. 내가 누운 채로 대답하자, 아침 식사를 할 준비가 되면 언제라도 아래층의 주방으로 내려오라는 주인 여자의 말이 밖에서부터 들려왔다.

식사를 마친 후에 나는 언덕을 내려가서 잡초와 돌들이 무성한 강가의 젖은 땅 위를 걸었다. 겨울의 아침 강은 어찌 보면 스모그에 잔뜩 찌든 도심의 하늘을 올려다볼 때와 흡사한 느낌을 가지게 하곤 했다. 이곳에서는 가슴속이야 더할 나위 없이 청량하지만 시야가 너무도 막막하다보니 마음속으로 슬그머니 답답함마저 찾아들기 때문인 모양이었다.

한동안 강가를 걷다가 무심코 뒤를 돌아보니 자동차 한 대가 국도를 벗어나서 산장 쪽으로 난 좁은 길을 따라 다가오고 있었다. 나는 먼지를 잔뜩 뒤집어쓰고 있는 그 낡은 차를 바라보며 천천히 산장 앞마당으로 향했다. 그곳이 비록 서울에서 그리 멀지 않은 곳이긴 했어도 친구의 도착은 생각보다 훨씬 이른 것이었다. 차에서 내리는 친구에게 내가 손을 내밀자 그는 고개를 돌리며 주위를 돌아보면서 내 쪽을 향해 대충 손을 쑥 내밀었다. 그것은 평소에 그가 보여주던 장난스런 행동들 중의 하나였다. 나는 공중에서 어렵게 그의 손을 찾아 쥐고는 가볍게 흔들었다.

언제나처럼 그의 차는 오랫동안 닦거나 씻은 손길이 닿은 적이 없어 두터운 먼지로 덮여 있었다. 누군가가 그에게 왜 세차를 할 생각을 하지 않느냐고 언젠가 물었을 때, 그는 대답을 얼버무리고 말더니, 나중에 내 귀에 대고서 속삭였다. 대학을 마친 후부터 외국 생활을 오래한 탓에, 동전을 넣어서 기계 장치로 차를 씻어내는 데에 익숙해져 있던 그에게는 남들에게 차를 씻도록 맡기는 것이나 스스로 차를 닦아내는 것이 왠지 모르게 속물적인 소시민 근성에 젖어 있는 듯이 여겨진다는 것이었다.

그 말을 듣고 나는 그에게, 그의 말마따나 그가 오래 외국 생활을 했던 탓에 아직 우리식의 현실 감각을 가지지 못하고 있다고 면박을 주었었다. 아직 근대화의 과정인 우리에게 있어서 자동차라는 개념이 서구의 것과는 같을 수 없음을 그가 간과하고 있음을 나는 지적하고자 했던 것인데, 하지만 그런 말을 하면서도 그때 나는 그가 이곳의 도처에서 발견되는 소시민 근성에 대해 내심으로 가지고 있는 거부감의 맥락을 막연하게나마 짚어볼 수 있었다.

그는 자동차의 뒷문을 열고서 자신의 가방을 꺼내 들고서는 차의 열쇠를 내게 던져주었다. 그의 행동을 예상치 못했던 나는 다시금 공중에서 어렵게 그 열쇠를 받아쥐었다. 사실 나는 아까부터 조금 당황해하고 있었다. 서울을 떠나오기 전에 나는 나의 차를 그에게 맡기고 왔던 것이고, 며칠 전에 그에게 전화를 걸어서 나의 차를 가져다달라고 부탁을 했던 것인데 그는 자신의 차를 가져온 것이었다. 하지만 그렇다고 그것이 의아해할 일인 것도 아니었다. 그 차가 누구의 손아귀에 들어가게 되었는가는 오래 생각해볼 것도 없는 질문이었기 때문이다.

어차피 나는 회사측에 아무 예고도 사후 통고도 없이 여행을 떠난 것이었고, 그들에게는 나의 여행이 무단 결근으로 처리될 뿐일 것이었으니, 그들이 내게서 그들 소유의 차를 회수해간 것은 지극히 당연한 일이었다.

처음 한동안 나는 내게 차를 빌려주려 하는 친구의 제의를 거절하였다. 그러나 그는 별말도 없이 막무가내로 내 말을 들으려 하지 않았다. 그때 나는 어쩔 수 없이 예전에 내가 외국에서 갓 돌아온 그를 회사내의 모 연구소에 천거하여 중요한 자리에 앉게 해주었음을 상기하고 있었다. 그 일로 그는 내게 빚이 있었던 것이다. 자동차를 사이에 두고 밀고 당기는 실랑이를 하는 동안 내내 나는 그 사실을 머리에 떠올리고서 이렇게라도 그에게 빚을 갚을 기회를 주는 것 또한 나쁜 일은 아닐 것이라는 교활한 타협을 나 자신과 벌이고 있었다. 그리하여 결국 나는 그 생각을 끊어버리기 위해서라도 그의 제의를 받아들여야겠다고 마음을 굳혔다.

 그날 나는 산장에서 점심때까지 머물러 있다가 그와 함께 식사를 하고는 그곳을 떠났다. 내가 그에게 가까운 정류장이나 역에까지 태워다주겠노라고 몇 번이고 말했으나 그는 내게 혼자서 먼저 떠날 것을 고집했다. 내가 산장 주인과 인사를 나눈 후에 좁은 마당을 벗어나오기 위해 차의 방향을 반대로 틀어나갈 때 아직 브레이크의 감을 익히지 못했던 탓에 차가 앞으로 쭉 밀렸다. 그리고는 나무로 된 대를 건드려서 그 위의 화분을 떨어뜨려 깨뜨리고 말았다. 내가 차 문을 열려 하자 친구는 웃으면서 두 손으로 문을 잡고는 자기가 알아서 할 것이니 그냥 가라고 말했다. 나는 감긴 핸들을 풀며 가속기를 밟은 발에 힘을 주었다.

 산장을 완전히 떠나기 전에 후면경으로 뒤를 보니, 세 살짜리 아이를 앞세우고 어린 아기를 가슴에 안은 산장의 여주인이 부엌 앞에 나와 서 있었다. 나는 반쯤 들어올렸던 손을 도로 털썩 떨어뜨렸다. 차가 국도로 들어서고 난 후에야 나는 약혼을 하겠다는 그 젊은 투숙객이 자신의 방에 남겨둔 가방을 가져갈 생각도 없는 듯 다시 나타나지 않고 있음에 생각이 미쳤다. 나는 기어를 바꿔넣으면서 하릴없이 주변을 두리번거리고 있었다.

16

   나의 여정은 강의 흐름과 닮아 있었다. 강은 오랫동안 나의 시야에서 사라지기도 하였지만, 언제나 어김없이 나의 앞과 뒤와 옆에서 다시금 모습을 드러냈다. 강은 자동차보다 뜀박질을 훨씬 잘하고 장난을 무척이나 좋아하는 어떤 활기찬 존재처럼 훌쩍훌쩍 높은 산을 뛰어넘기도 하고 계속 속으로 달려들어가기도 하다가 다시 어느 틈에 내게로 튀어나와서 나를 깜짝 놀라게 하였다.
   강이 홀로 산과 들을 누비며 내게 보이지 않게 되면 나는 그것에 대한 기억 속으로 가라앉았고, 그때마다 자주 강은 조금은 엉뚱하게도 동해 바다에 있는 한 섬과 짝을 이루며 다시 나의 시야 속으로 떠올랐다. 말하자면 조금 전부터 나는 일전에 홀로 동해안의 어느 섬을 여행했을 때의 기억을 강과 함께 되살리고 있는 것이다.
   몇 년 전에 잠시 일에서 놓여날 수 있었던 어느 날, 쾌속선 대신에 정기 여객선을 타고서 오랜 시간 동안 선체의 요동에 시달린 후에 그 섬에 도착한 나는 머리가 어질거려 흔들리는 걸음으로 언덕길을 올라 작은 호텔에 숙소를 정하였다. 방을 얻어 창문을 활짝 열었을 때 기대했던 대로 내 눈앞에는 산과 바다가 함께 어우러진 채 펼쳐져 있었다. 눈높이를 훨씬 상회하는 곳까지 산봉우리가 솟아올라 있었고, 그 산자락이 끝나는 곳에는 얼마간의 여유만을 두고서 어느새 시퍼런 바닷물이 산의 정기를 녹아들이고 있었다.
   그곳에서 오랜만에 한가한 시간을 보낼 수 있었던 나는 대개 아침 일찍 식사를 하고 호텔을 나와서 섬을 위아래로 오르내리며 하루를 보낸 후에 해질 무렵에 호텔 앞의 포구로 돌아와 소주와 함께 해물로 저녁 식사를 때우곤 하였다. 그리고 시간이 지나면서 자연스럽게 나는 섬 주위의 물색이 유난히 짙고 푸르른 것은 물 속에 해초가 많은 데다가 그 해초들이 강한 햇살에 녹아 물에 떠 있기 때문이라는 사실이라거나 그 섬의 곳곳에 얽힌 전설과 역사, 근해에 솟아 있는 섬들에 얽혀 있는 내력 등등을 하나씩 알아나가게 되었다.

하루 해가 저물면 나는 호텔로 돌아와서 매일 그곳 로비에 조그맣게 마련되어 있는 라운지에 들러 혼자 커피를 마시거나 때로 맥주를 마셨다. 그러나 그곳에서 나는 쉽게 혼자일 수 없었고, 게다가 그곳은 사실 이름이 라운지인 것이지 실제로는 다분히 시골 다방 같은 분위기를 지니고 있었던 터인데, 일례로 손님이 음료수나 술을 주문하면 그것을 가져온 여종업원이 앞자리나 옆자리에 앉아서 자기도 같은 것으로 한잔 마시게 해달라고 부탁을 하는 것이었다.

그런 탓에 첫날 나는 그래도 명색이 호텔 라운지라는 곳에서 여종업원이 앞자리에 멋대로 털썩 주저앉아 차 한잔 사달라고 말했을 때 처음에는 조금 어이가 없었다. 그러나 나는 그것이 그녀만의 잘못이 아님을 잘 알고 있었으므로 언짢은 속마음을 감추고서 그녀에게 그렇게 하라고 말했다. 그러나 내심으로 기분이 그러했던 탓에 나는 그녀에게 아무런 관심도 가질 수 없었다.

이튿날 내가 다시 그곳에 들르자 그녀는 또다시 내게 전날과 똑같은 행동을 취했고, 잠시 후에 그녀가 내 앞에 앉아 아무런 맛도 못 느끼며 건성으로, 거의 의무적으로 커피를 마시기 시작했을 때 그제서야 나는 그녀를 자세히 뜯어보게 되었다.

그녀는 나이가 대충 삼십대 중반쯤 되어 보였고, 평범한 생김생김에 살갗과 머리카락에는 윤기가 없었으며 팔뚝과 허리와 다리의 곳곳에는 힘든 삶으로 인하여 조금씩 불어나기 시작한 군살이 군데군데 붙어 있었다. 그리고 얼굴 또한 멍하니 방심하는 듯한 무표정과 억지로 지어내는 듯한 조금은 선정적인 미소 사이를 주기적으로 오가고 있을 뿐이었다.

그녀의 그런 모습은 분명 다분히 상투적인 것이었다. 그리고 그 상투적인 모습은 그것을 바라보는 사람들로 하여금 그것과 똑같이 상투적인 상상을 불러일으키는 한편 그 뻔한 상상에 힘입은 진부한 질문을 던지고 싶은 욕구를 급작스럽게 충동질하고 있었다.

분명 그녀는 어린 나이에 고향을 떠나 타지를 전전하다가 급기야 이렇듯 뭍으로부터 멀리 떨어진 섬에까지 흘러들어온 것일 터였다. 그리고 이제 얼마 후 그녀는 그곳 사람들에게 얼굴이 익을 무렵이면 다시 이곳을 떠나서, 아마도 그때부터는 그곳보다 더 작은 다른 섬들을 떠돌게 될 것이다.

그러나 나뿐만 아니라 그녀 자신에게도 아무 의미가 없을 그런 잡념들 끝에서 나는 무엇인가 전혀 의외이고도 생소한 어떤 것이 내 속으로 스며들어서 나를 자극하는 것을 느낄 수 있었다. 그것은 나 스스로도 놀랄 정도로 산을 지나고 들을 가로질러 흐르는 강의 모습이었다. 요컨대 나는 그 섬에 도착한 이후부터 계속하여, 산과 바다를 바라보는 나의 눈앞으로 강의 모습이 수시로 끼여드는 것을 막연히 의식하고 있었으며, 그리고 그 순간 그 여자를 앞에 두고 바라보면서 불현듯 그 강의 모습이 더욱 선명해지는 것을 경험한 것이었다.

나는 마주치며 흐르는 두 줄기의 제법 큰 강과 커다란 호수를 가진 도시에서 자라났다. 그런 탓에 강은 어렸을 적부터 내게 있어서 너무도 친숙한 존재였으며, 물놀이와 가족 나들이 등등으로 나는 여름과 겨울의 많은 시기를 강에서 보냈다. 그러므로 나는 강이라는 존재에 너무도 익숙해져 있었는데, 역설적이게도 바로 그런 탓에 오히려 나는 강의 존재를 그다지 의식하지도, 소중한 것으로 여기지도 않고 있었다. 그러다가 훗날 오랫동안 고향을 떠나 있다가 되돌아와 어린 시절의 많은 추억을 휘감으며 내 기억 속에서 흐르는 강의 존재를 의식하게 되었을 때, 그리고 돌아와 다시 그 앞에 섰을 때, 그때 이미 그 강은 오염되어 있었다.

늦은 봄의 어느 날 저녁에 강가로 나왔을 때, 강에서는 심한 악취가 풍기고 있었고, 상류에 생긴 댐으로 인하여 수위가 형편없이 낮아진 강의 수면은 시커먼 오물들로 뒤덮인 채 멈춰 있는 듯, 간신히 몸을 뒤채어 움직이듯 흘러가고 있었다. 내가 잠시 일종의 방심을 하고 있었던 사이에 이미 강이 썩어버렸다는 사실을 그때 그렇듯 목도하면서 나는 그 강과 함께 내 속에 들어 있던 과거의 추억과 내가 강과 다시 어우러지게 될 미래의 삶이 함께 썩어버린 것임을 알 수 있었다.

국민학교 초기 시절에 나의 가족들은 여름이면 자주 도시락을 싸들고 강으로 나가곤 하였다. 물은 맑고 찼으며 모래는 부드럽고 깨끗했다. 그런데 흠이 한 가지 있다면 햇볕을 피할 만한 나무 그늘 같은 것이 강 주변에 별로 없었다는 점이다. 더욱이 그때만 하여도 비치 파라솔 같은 것이 흔하지 않았던 터라 사람들, 특히 아이들은 오랜 시간 그대로 햇볕에 노출되어 있거나 어른들 중에도 기껏해야 우산 같은 것을 쓰고 모래에 앉아 있을 뿐이었는데, 잠시나마 그늘에서 쉬려면 강으로부터 조금 떨어져 있는 송림에까지 갔다가 다시 강으로 되돌아와야 했다.

그런 불편함을 감수하던 중에 어느 날 아버지는 청색 방수천과 네 개의 기둥으로 이루어진 천막이랄까 차양 같은 것을 만드셨고, 그날 이후로 우리는 그것을 들고 강가로 나가게 되었다. 어설프게 만들어진 그 천막은 그러나 그런대로 우리에게 훌륭한 그늘을 제공하였다. 그리고 그 무렵에는 누가 먼저라고 할 것도 없이 그런 종류의 햇볕

가리개가 여기저기에서 눈에 띄기 시작하고 있었다.
 그러던 어느 날 늦게까지 물놀이를 하고 나서 천막을 걷어 돌아가던 중에 아버지는 이렇게 매번 들고 다니기가 번거로우니 그곳 주변 어딘가에 그것을 감추어두었다가 나중에 올 때 되찾아서 사용을 하자고 말씀하셨다. 특히 네 개나 되는 나무 기둥은 많이 무겁지는 않았어도 손에 들고 오래 걷기에는 다소 무리였기 때문이다.
 그날 우리는 근처에 있는 깨밭의 모래 이랑 속에 천막을 넣어두었다. 두터운 비닐로 된 천은 당연히 썩을 염려가 없었고, 단지 나무 기둥이 조금씩 삭아들어가는 기미를 보이긴 하였지만 그해 여름 동안 내내 그것들은 강가에 얼마든지 널린 돌들의 도움을 받아서 차양의 버팀목으로서의 역할을 충분히 해내었다. 그리고 그해에 이른 가을이 찾아와 갑자기 기온이 떨어지기 시작한 이후로 우리는 강가를 찾지 않게 되었다.
 다음해 다시 여름이 왔을 때 어느 날 나는 문득 그 천막에 생각이 미쳤다. 나는 여름이 충분히 무르익기를 기다리지 못하고 어느 초여름날에 강가의 깨밭을 찾았다. 그런데 예상했던 바와는 달리 그곳은 황폐하게 버려진 채 잡초들만이 모래 더미들과 한데 휩쓸려 있었다. 나는 주의 깊게 그곳을 뒤졌다. 그리고는 흙에 거의 파묻혀 있는 천막을 찾아냈다. 그때 나는 몹시 경이로운 마음을 금할 수가 없었다. 그 경이감은 아마도 행복감의 다른 모습이었을 것이다. 비닐천의 구겨진 부분이 찢어지고 색이 바래고 나무들이 거의 썩어 있긴 했어도 그렇다고 그 놀라운 행복한 느낌이 줄어드는 것은 아니었다. 자연 속에 묻혀서 자연과 함께 모습이 바뀌어가면서도 우리를 기다려주는 것들이 있음을 깨달았기 때문이다.
 그러나 강은 성급한 인간들에게 내몰려 그들을 닮아서 조급하게도 단번에 썩어버리고 말았으며, 바다 한가운데의 섬에 와서 나는 그 강의 영상을 내내 머릿속에 넣고 돌아다니고 있었던 셈이다. 모든 것을 오물로 바꾸어버리는 사람들의 손길이 닿지 않은 곳에 모처럼 이르러 그렇듯 청정한 장면의 한가운데에 서 있자면 내 속에서는 아직 살아 숨쉬는 강이, 아니 죽었던 강이 되살아나서 나를 그 강물의 수면 위로 떠올렸다.
 그런 반면에 주민들이 이제 곧 섬 전체가 종합적으로 개발되어 자기들의 생활도 훨씬 나아질 것이라고 말하는 것을 들을 때마다, 내 속의 그 강물은 놀랍게도 한 순간에 썩어버려서 악성 종양에 가로막혀 피가 제대로 흐르지 못하는 혈관처럼 헐떡거리기 시작하였다. 요즘 도처에서 횡행하는 그런 식의 재개발이 이루어진 이후에 섬의 주민들은 예전의 섬을 기억할 수 있을 것인지, 더욱이 그때 섬의 주인은 누가 될 것인지 하는 등등의 질문들이 폐수처럼 내 속으로 꾸역꾸역 흘러들어오고 있었기 때문이다.
 한참 후에야 나는 피곤에 지친 자세로 의자에 비스듬히 앉아서 입구 쪽을 바라보고 있는 그녀 앞으로 되돌아왔다. 아마도 그녀는 손님이 들어서면 당장이라도 자리에서 일어설 준비가 되어 있었을 것이다. 그녀의 그런 모습을 유심히 지켜보면서, 나는 다시금 내 머릿속에서 유년 시절의 강이 맑게 흐르다가 썩어서 납작하게 졸아붙기를 고통스럽게 반복하는 것을 볼 수 있었다. 인위적인 외압에 의해 오염되고 훼손된 그 강은 굽이쳐 흐르다가 내 앞의 그녀에게 이르러 순간적으로나마 맑게 빛나기도 하고, 때로는 강이 겪은 그 질곡의 드라마를 그대로 지니고 있는 그 작은 여인을 머금자마자 거무튀튀한 색으로 변색이 되어버리기도 하였다.
 하지만 나는 여전히 아무런 말도 그녀에게 건넬 수가 없었다. 전날 밤 나는 그녀가 늦은 밤에 어느 객실에서 나오는 것을 우연히 본 적이 있었다. 어쩌면 지금 그녀는 내가 한밤중에 그녀를 나의 방으로 초대하기를 은근히 기다리고 있는 것인지도 모를 일이었다. 나는 말없이 자리에서 일어서서 다시 호텔을 나왔다. 그리고는 포구의 허름한 식당 앞에 펼쳐져 있는 평상 위에 앉아서 산오징어회를 안주로 하여 소주를 마셨다. 저녁 식사를 할 때 이미 반주로 소주 한 병을 마셨던 터라, 다시 한 병을 다 마신 후에 나는 제법 취해 있었다.

계산을 치르고 다시 호텔로 올라왔을 때에 이미 라운지의 문은 닫혀 있었다. 나는 불 꺼진 창문을 유심히 바라보았다. 그러나 이미 그녀는 어디에도 없을 것이다. 밤이 되면 그녀는 아무 곳에도 존재하지 않는 것이 되는 것이다. 마치 썩은 강이라는 존재가 자주 사람들의 어두운 기억, 기억의 어둠 속으로 눈 없는 벌레처럼 꼬리를 감추고 사라져버리듯이.

나는 천천히 걸음을 옮겨 계단을 올라갔다. 나의 방이 있는 삼층에 이르러 벽에 어깨를 부딪힐 듯하며 걸을 때였다. 갑자기 복도 끝에 있는 특실의 문이 요란하게 열리면서 몇 명의 사람들이 우당탕탕 소리를 내며 튀어나왔다. 그리고는 누군가가 외치는 소리가 들려왔다.

"서두르라구. 이런 기회를 놓치면 평생 후회할껴."

그 소리와 함께 중년의 남자들과 여자들 몇몇이 한데 섞여 내 옆을 지나갔다. 그녀들은 모두 라운지에서 근무하던 여자들이었고, 그녀들 사이에 그녀 또한 끼여 있었다. 저고리에 맨팔을 꿰며 맨 마지막으로 달려나오던 그녀는 나를 발견하는 순간 걸음을 늦추었다. 그리고는 술기운에 풀어진 눈으로 웃음을 지으며 빠르게 종알거리고는 일행을 뒤따라 달려갔다.

"술 드셨나보죠? 우리도 술 마시러 나가요. 오늘 모처럼 봉이 걸렸거든요."

그녀의 말이 끝나고 난 한참 후에야 나는 그 말이 의미하는 바를 제대로 알아들을 수 있었다. 그리고 그때 이미 그녀는 계단 밑으로 사라져버린 뒤였다. 나는 약간 비스듬하게 선 채로 복도의 끝, 계단으로 꺾여드는 모퉁이, 그곳에 어려 있는 어렴풋한 빛을 오랫동안 바라보고 있었다. 내 속의 강이 그쪽으로 흘러들어 그녀라는 또 다른 강을 만나 함께 썩어가고 있었으며, 그러나 나는 여전히 그 강의 이름조차 모르고 있는 것이다.

  돌이켜보면 그날 이후로, 서울로 돌아온 후에도 나는 강이라는 존재를 오래 잊어본 적이 없었다. 하지만 나는, 그때 그 섬에 머물면서 잠시 쉰 후에 다시금 투철하게 일을 시작해야 한다는 강박관념에 내내 사로잡혀 있던 나 자신이 또 하나의 검은 강일 수 있었음을 모르고 있었다. 그 강은 그녀를 거쳐서 내게까지 흘러들어오고 있었고, 가당치도 않게 그녀에게 연민을 느끼고 있던 나는 강과 함께 흐르다가 무수히 많은 막힌 곳에 걸려 맴을 돌며 머물다가 썩어가고 있었다. 그리고 어느 날 그 사실을 깨달았을 때, 내 머릿속의 강은 유황과 석유를 머금은 불이 되어버렸다.

17

  자신이 속한 사회에서 이를테면 사람들이 예민하게 반응하고 민감함을 드러내는 문제를 주로 담당했던 한 남자가 있었다. 사실 그에게는 그런 능력이 있었던 셈인데, 한마디로 그는 자신에게 다가오는 힘들에 특히나 예민한 존재라고 할 수 있었다. 그러나 역설적이게도 미묘한 문제의 처리를 위해서는 이쪽의 둔감함이라는 것이 거의 필수적이라는 사실이었다. 따라서 그가 그런 일들을 자주 맡게 된 것은 그 자신이 그 일만큼이나 섬세하거나 예민한 사람이어서가 아니라, 그 반대로 단호하고 의뭉스럽기까지 한 인물이기 때문이라는 결론은 쉽게 얻어질 수 있는 것이었다.

그런데도 불과 얼마 전까지 그는 그 간단한 사실을 알고 있지 못했다. 그 동안 그는 사람들이 그에게 그런 일들을 맡길 때마다 그들이 자신의 능력을, 이를테면 사람들을 다루는 잠재력을 공적으로 인정하는 것이라고 생각하였었다. 너무도 명백한 그런 오해를 그가 그토록 오랫동안 지니고 있었던 이유들 중에는, 그 스스로 자신이 세상과 인간사의 구조랄까 메커니즘이랄까 하는 것을 조금은 이해하고 있다고 내심으로 자부하고 있었던 탓이 적지 않았다. 요컨대 그는 인간 관계의 어려운 부분들을 풀어나가는 자기 나름의 방식을 가지고 있다고 믿었던 것이다.

하지만 분명 사정은 그렇지 않았는데, 따지고 보면 사람들은 당장 기분이 껄끄럽다거나 훗날 심정적인 불편함이 여운으로 남는다거나 하는 일을 피하기 위하여 제삼자인 그를 관여시킨 것이며, 그런 경우가 반복되는 와중에서 그로 하여금 자기들이 관여하고 싶지 않은 그런 일들을 전담하여 해결하게끔 한 것이었다. 그 증거로서 그는 공적인 업무들뿐만 아니라, 상사들이나 심지어 친구들의 여자 문제 혹은 피해 보상 문제, 위자료 문제 같은 지극히 사적인 일들에까지 차츰 관여하지 않을 수 없게 되었다는 점을 들 수 있었다. 그리고 그때마다 사람들은 적절한 금전적인 보답과 함께 그의 자만심을 교묘하게 부추기기를 결코 잊지 않았다.

그러나 반복하여 말해서, 그런 물질적이고 정신적인 부추김이 그가 그런 일들의 처리에 적극적으로 나서게 하는 데에 충분하게 작용한 것은 결코 아니었다. 이를테면 그는 세상을 살아갈 때 상대방과 자기 사이의 주파수를 잘 맞추고, 또 필요하다면 채널을 돌리기만 해도 해결되지 않을 일이 없는 법이라고 스스로 믿어왔던 것이다. 그럼에도 불구하고 그가 보기에 사람들은 그 간단한 방법을 깨닫지 못하고서 어리석게도 공연히 일을 착잡하게 만들고 있을 뿐이었다.

따라서 그가 할 일이라는 것은 대부분의 경우에 어떤 수단을 써서라도 그 문제되는 인물들의 채널을 바꿔놓고 그의 주파수를 적당히 조정해주는 것이었다. 그들은 스스로 자신들의 채널을 돌릴 줄도 몰랐고, 주파수가 잘못되어 있다는 사실도 짐작조차 못하고 있었다. 그리고 실제로 그런 그의 방법은 상당한 실효를 거둔 것이 사실이었다. 물론 그렇다고 해서 그가 이른바 궤변가였던 것만은 아니다. 그는 결코 말만으로 어찌해보려 한 적은 거의 없었고, 그 대신 그는 최소한의 손해를 감수하고서 최대한으로 물질적인 여건들을 활용하여 일을 마무리짓곤 하였다. 그래야만 뒤끝이 깨끗해지는 것이었는데, 그러면서 때로 그는 이제 인간의 실제적인 손익과 감정의 맥락에 대해서만은 어쩌면 원격 조종까지 할 수 있게 되지 않을까 하는 허황된 기대감에까지 이르게 되었다.

하지만 그러던 어느 날 그는 급기야 자신의 눈에는 세상사에서 더 이상 채널 그 자체밖에는 아무것도 보이지 않고 있음을 자각하기에 이르렀다. 또한 삶에서 가장 중요한 행위라고 할 수 있는 것도 역시 오직 주파수를 조정하는 손가락의 움직임에 지나지 않게 되고 말았다. 그 단순한 인식이 그에게 가한 충격은 지대한 것이었다. 놀란 그는 그 자신의 채널을 마구 돌려보았고, 고의적으로 주파수를 마구 흩트려보았다. 하지만 채널은 그저 겉돌기만 했고, 한번 혼선을 일으킨 주파수는 영영 원래의 자리로 되돌아오지 못하고서 수많은 다른 전파들과 함께 허공을 배회하고 있었다. 그리고 그때 그는 그의 눈앞을 점령하고 물러가지 않으려 하는 그 채널이라는 것이야말로 결국 그 자신의 욕망이 물체화된 것, 혹은 코드화된 것, 바로 그것이라는 것을 깨닫지 않을 수 없었다.
 그런 자각이 찾아든 이후부터, 그의 머릿속에서는 무수히 많은 단편적인 기억들이 돌에 매달려 오랫동안 물 속에 가라앉아 있던 시체들처럼 완전히 부패되어 하나씩 떠오르기 시작하였다. 그리고 그때마다 그는 몸을 떨며 머리를 세차게 가로저어대면서, 그 동안 그가 무의식적으로 그 기억들을 다시 떠올리기를 두려워하여 그것들을 의식의 뒤안, 망각의 늪 속으로 밀어넣어버리고 있었음을 알 수 있었다.
 그런 와중에서 그는 어떤 일이나 어떤 상황을 접할 때마다 하루에도 몇 번씩이고, 이것은 예전에 언젠가, 그리고 어디에선가 겪었던 것임에 틀림없다는 생각에 휘말리곤 했으며, 실제로 그때 그곳에서 느꼈을 감정이나 기분을 다시금 생생하게 경험할 수 있었다. 하지만 그것이 언제, 어디서였는지는 아무리 애를 써보아도 기억할 수 없었고, 심지어 처음 경험하는 일에 있어서도 과거에 이미 그것과 거의 흡사한 경험을 한 적이 있음에 분명하다는 강박관념에서 헤어나올 수가 없었다. 그리고 당연히 그 강박관념은 어느 순간부터 그에게 공포감을 불러일으켰다.
 그러다 보니 그에게는 더 이상 낯설거나 새로운 상황이 남아 있지 않았다. 하지만 또한 그렇기 때문에 역으로 그에게는 모든 현실적인 상황들이 낯설고 생경하고 생소할 뿐이었다. 하여 그는 자주 그런 자신에게 진절머리가 나곤 했는데, 하지만 그때도 역시 그는 그 역겨운 감정 또한 예전에 수시로 느끼던 것에 불과하다는 마찬가지의 느낌을 떨칠 수가 없었다. 말하자면 그는 세상에 대해서건 자기 자신에 대해서건 더 이상 제대로 역겨워할 수조차 없어진 것이었으며, 그때마다 그라는 주체마저 그 역겨움 속으로 빨려들어가버리고 마는 것이었다.

그런 연유로 인하여 마침내 그는 모든 면에서의 막다른 골목에 이르고 말았다. 그때 사실 그는 아예 모든 일에서 손을 놓아버리고 싶은 욕망에 시달리기도 하였다. 그러나 손을 놓을 때 놓는다고 하더라도, 그것은 우선 그를 자신의 늪에서부터 건져놓고 난 다음의 일이었다. 그래서 그는 스스로 그에게 충격 요법을 가하기로 하였다. 그리고는 기회가 자신을 찾아주기를 착잡한 심정으로 기다렸다.

며칠 후, 오랫동안 속을 썩이던 충치를 뽑아버리기 위해 치과에 들렀을 때였다. 그는 의자에 앉아서 얼굴을 뒤로 젖히고 있었다. 간호사가 구강을 세척하고 난 후, 흰 옷을 입으니 여의사가 양손에 금속제 기구들을 가지고 그에게로 다가왔다. 그때 비록 막연하게나마 불현듯 그는 마침내 기회가 왔다는 느낌을 가질 수 있었다.

이윽고 차가운 물체 두 개가 그의 입 속으로 들어와 안쪽을 벌리기 시작할 때 그는 치켜뜬 그의 두 눈으로 의사의 눈을 올려다보며 흡사 뇌성마비 환자처럼 혀를 간신히 움직여서 일그러진 발음으로 중얼거렸다. 나는 바로 이 입으로 거짓말을 했어요. 그 동안 나는 무수히 많은 거짓말을 했어요. 의사의 놀란 두 눈이 그를 내려다보았다. 그러나 그녀는 여전히 두 개의 기구로 지렛대를 만들어 그의 입 속을 들여다보고만 있었고, 그 속에서는 계속하여 같은 말이 반복되어 흘러나오고 있었다.

그녀는 그런 기괴한 장면은 처음 보는 듯 지렛대를 뽑아낼 생각조차 하지 못하고 있었다. 그의 입 안에서는 혀 밑에 고인 침이 차갑게 식은 채 천천히 식도 쪽으로 흘러들어가고 있었다. 하지만 그는 구역질 같은 것도 느끼지 못하고 있었다. 그러면서 그는 다시금 한 가지 사실을 확연하게 깨달았다. 자기에게 다가오는 힘에 민감하다는 것은 자기 자신의 개인적인 고통에 민감하여 두려워하는 것이었다.

18

 이제 얼마 더 나아가지 않아서 강은 앞을 가로막은 큰 도시의 한가운데로 흘러들어가야 할 것이다. 그곳에서 강은 다시 크나큰 수난을 겪을 것이고, 더욱이 나마저 도시의 초입에서 그 강을 버릴 것이다. 섬에 다녀온 이후로 내 고향의 강은 차츰 맑아져가고 있었다. 그러나 나는 즐거울 수가 없었다. 큰 도시의 한복판에서 여전히 오염된 채로 남아 있는 나는 이제 강마저 곧 나를 버리고 말 것임을 예감하고 있었기 때문이다.
 내가 갑자기 강을 따라가는 여정에 오른 것도 그 불길한 예감을 떨치기 위한 것이었다. 그러나 이렇듯 강을 가까이 두고 있는 마당에도 나는 지나온 날들의 욕망을 내 속에서부터 완전히 떨쳐내지 못하고 있었다. 요컨대 나는 나 자신의 욕망 속에 화석으로 굳어져가고 있음을 스스로 인정하지 않을 수 없었다. 말하자면 지금 나는 소금 기둥이 되어 여전히 타락의 도시를, 타락한 나 자신의 모습을 돌아보며 서 있을 뿐이었다.
 소금 기둥이 된 내 속에서 살아 움직이고 있는 것은 머릿속의 불뿐이었다. 하여 나는 눈을 감을 때에도 시야를 가로막은 그 어둠 속에서 또 다른 두 개의 눈이 나를 바라보고 있음을 발견할 수 있었다. 내 것이 아닌 그 두 눈이 눈까풀을 들어올리면 그 틈으로부터 빛이 쏟아져나오고 있었다. 그 빛은 욕망과 타락에서부터 빠져나오기 위해 발버둥치면서도 한 순간 눈조차 제대로 감지 못하고 있는 나의 몰골을 차갑게 지켜보고 있었다. 그 눈빛을 몸에 받으며 나는 무엇으로부터 벗어났을 때 다시 그것에 대한 미련에 사로잡히는 한 마리의 동물이 되어, 열량의 소모를 막기 위해 해가 중천에 떠오를 때까지 내내 잠이 들어 있을 뿐이었다.
　종교를 가진다면 불교 신자가 되는 쪽을 택하겠다고 그야말로 비종교적으로 큰소리를 치던 내가 소금 기둥 따위의 기독교적인 이미지에 이토록 깊이 사로잡혀 있다는 것은 실로 흥미로운 일이었다. 이는 어쩌면 아직 내가 삶의 장식적이고도 외면적인 모습들에 현혹되어 있기 때문인지도 모르는 일이었다. 하지만 어쩔 수 없는 일이었다. 그렇기 때문에 나는 더더욱 소금 기둥으로 굳어져가고 있는 것이었다. 심지어 어떤 때에는 불상 앞에서 절을 하는 다른 사람들의 모습 또한 한갓 소금 기둥들로 보이기도 했다. 그 소금 기둥들은 빗물과 바람으로 인한 침식과 풍화를 피하기 위해 신전의 지붕 밑으로 숨어드는 것이었으며, 그런데 지금 나는 유동하는 물의 길쭉한 덩어리에 다름아닌 강을 옆에 두고 빠른 속도로 내달리고 있는 것이었다.

19

　사회에 처음 발을 내디딜 때 철저히 맨주먹이었던 한 남자가 있었다. 싸움을 할 때 맨주먹이면 무엇보다도 자신이 맨주먹임을 분명히 의식하는 것이 가장 중요한 일일 것이다. 자신이 공정한 선의의 경쟁에 의해 밀렸다고 생각될 때 대개의 경우에 사람들은 그 패배에 승복하는 법이다. 그리고 이때 안분지족이라는 말이 지니는 화기로운 분위기도 제대로 자리잡을 수 있다.

그러나 어릴 적부터 그가 겪었던 것과 같은 상황에서처럼 그 경쟁에 외부적인 여건이 결정적으로 작용하고 있음을 의식하지 않을 수 없을 경우에는, 사람들은 분노하여 그 패배를 인정하려 들지 않고, 결국 세상살이는 파행으로 치닫게 된다. 그 와중에서 일부 공정한 경쟁에서 진 사람들마저도 자신들의 실패를 온전히 받아들이려 하지 않게 된다는 것은 어찌 보면 차라리 당연한 일일 수 있다.

그러나 어쩌면 그는 맨주먹이었다는 바로 그 사실로 인하여 애초에 경쟁의 원칙 따위를 안중에 두지 않고서 살아온 것인지도 모르는 일이었다. 그리고 보면 그는 맨주먹이었기 때문에 사회로부터 소외를 당한 것인지, 아니면 오히려 맨주먹이었기 때문에 이 사회의 턱밑에 그 나름의 날카로운 비수를 들이댈 수 있었던 것인지, 잘 판가름이 나지 않는 것 또한 사실이었다.

그러니 이제 그에게는 더 이상 책임을 전가할 대상도 남아 있지 않았다. 더욱이 남들에게서 이상한 냄새를 잘 맡아내고 혐의점을 잘 잡아내는 사람의 경우에는 대개 그 냄새는 그 사람 자신의 몸에서 나는 악취인 법이고, 그 혐의점 또한 그가 자기 자신에게 걸어놓고 있는 것에 불과할 수 있었다. 단지 그는 그 사실을 잘 모르고 있을 뿐이었다. 사실 그 또한 지금까지 그런 오류를 범해온 셈이었다. 그런데 불과 얼마 전에야 그는 조금은 우스꽝스런 계기로 인하여 자신이 착각하고 있는 바를 우연히 깨달을 수 있었다.

그날 한적한 교외를 달리다가 눈에 띄는 식당에 들러 매운탕을 먹고 난 뒤에 그는 식당 뒤쪽으로 따로 떨어져 있는 화장실에 들러 소변을 보았다. 그곳은 천장이 낮은 재래식 화장실이어서 냄새가 고약했던 탓에, 그는 목을 뽑아 반쯤 열린 창문 가까이로 얼굴을 가져다 대고서 밖을 내다보았다. 멀지 않은 곳에서 부부로 보이는 늙수그레한 남녀가 밭둑길 위로 걸어오고 있었다. 그는 아무 생각 없이 그들의 모습을 지켜보고 있었다. 그때 아낙네가 먼저 화장실 벽 사이로 삐죽이 나와 있는 그의 얼굴을 발견하고는 팔꿈치로 남자를 찌르며 무어라고 말했고, 그러자 남자도 그를 보게 되었다. 그러나 그 남자는 자신을 응시하는 그의 눈길을 잠시 마주 바라보더니, 이내 민망하다는 듯이 고개를 저으며 얼굴을 돌리고서 걸음을 빨리하여 그의 시야에서 사라졌다.

잠시 후에 눈을 깜박거리며 지퍼를 올리던 그는 순간 손길을 멈추었다. 그는 벽을 하나 앞에 두고서 이쪽의 아랫도리를 드러내고 이쪽의 악취에 휩싸인 채 바깥의 멀쩡한 두 사람을 똑바로 바라보고 있었던 것이다. 그러면서도 그는 방금 전에 초라한 차림을 한 그들의 삶에서 오히려 쾌적하지 못한 냄새를 맡고 있었고, 그 남자에게 무기력함의 혐의를 걸고 있었다. 그 생각이 드는 순간 그는 오싹한 한기를 느꼈는데, 분명 그것은 소변을 누고 난 다음에 찾아오는 생리적인 현상만은 아니었다.

20

어느덧 계곡 사이로 언뜻언뜻 도시의 전경이 눈에 들어오고 있었다. 나는 머리가 무거워지면서 눈이 뻑뻑해지고 뒷목이 결려오는 것을 느끼고 있었다. 여행을 떠난 이후로 나의 머릿속의 불은 두통과 공존하고 있었다. 어떤 때에는 발바닥이 땅에 닿을 때마다 몸을 관통하는 신경선이 철사처럼 빳빳해지는 듯 날카로운 두통이 일어나면서 그 철사 끝에서 불이 활활 타오르는 듯하였다. 그러다 보니 나의 거동 하나하나는 철저히 그 타오르는 불의 거동 뒷전에 머물러 있었다.

 하지만 아무리 그렇더라도 머릿속의 불에 대해 내가 먼저 사람들에게 입을 열 수는 없는 노릇이었다. 행여 속수무책으로 무턱대고 감상적이 되어보고 싶은 욕구가 발동하여 내가 그런 발설을 하고 나면, 사람들은 자신들을 돌아보는 대신 각기 자신의 성향과 취향대로 내 머릿속의 불을 판단하고 단죄하려 들었을 것이다.
 그제서야 나는 머릿속에 불을 넣고 다니는 것이 이를테면 벌을 받는, 혹은 스스로 벌을 주는 행위일 수 있음을 깨달았다. 언젠가 승려들이 화두를 들고 공부를 하다가 머릿속으로 열이 치밀어 화두꽃이 피어서 죽는 경우가 있다는 말을 들은 적이 있었다. 그 말을 듣고 나서 나는 또한 불이 꽃에 다름아니며, 머릿속의 불은 곧 종교일 수도 있다는 것을 알았다. 보통 불은 가슴이나 배에 있는 것이지 머리에 있는 것은 아니었는데, 그렇다면 나의 경우에는 내가 그 불을 품고 있는 것이 아니라, 그 불이 나를 제어하고 있는 셈이었다.
 하지만 나로서는 그 불의 정체를 끝내 알 수 없을 것이 분명했다. 더욱이 지금 나는 마치 추워서 문을 열지도 못하고 방안에 가득찬 악취를 참으며 살아가듯이, 나 스스로 그 불을 내 속에 가둬두고 달리 어쩌지도 못하면서 매일매일을 견디고 있는 것인지도 모르는 것이었다. 그런 생각에 앞과 뒤로 단단히 물릴 때, 내가 할 수 있는 일은 단 하나뿐이었다. 나는 정신을 한곳에 모아서 나의 온몸에 퍼져 있던 나머지 불까지도 긁어모아 머릿속으로 끌어올렸다. 그리고는 핸들을 잡은 손에 땀이 밸 정도로 힘을 주고서 앞서 달리고 있는 자동차의 뒤로 바싹 다가섰다.

21

　오랫동안 강을 벗어나지 못하고서 강과 함께 차를 달리던 한 남자가 있었다. 그러다 보니 자연히 그의 여정은 강을 닮아 있었다. 강이 시야에서 사라질 때마다 국도의 곳곳에는 교차로나 횡단보도와 함께 신호등이 있었고, 붉은 등에 막혀 차에 제동을 걸 때마다, 그는 차의 브레이크가 온전치 않다는 것을 알 수 있었다. 이미 오래 전부터 브레이크를 밟을 때마다 북북 소리가 심하게 나는 것으로 보아 이른바 라이닝이라는 것이 거의 닳은 모양이었다.
　그러나 그는 경사가 급한 내리막길에서도 속도를 줄이지도 않았고, 뿐만 아니라 평소와는 달리 엔진 브레이크를 거는 것도 염두에 두고 있지 않았는데, 이는 어쩌면 막연한 자기 방기의 충동으로 인한 것일 수 있었다. 그는 가속도에 몸을 맡겨서 앞차나 커브 길의 모퉁이 가까이까지 바짝 그의 차를 접근시켰다가 결정적인 순간에 급하게 브레이크를 밟으면서 아슬아슬하게 모퉁이를 돌기도 하고 아니면 그냥 내처 앞차를 추월해버리곤 하였다.
　그러면서 그는 실제로 자신이 차를 벗어나서 맨발로 내리막길을 내리달리고 있는 듯한 느낌에 사로잡혀 있었다. 그는 아무 생각도 할 수 없었지만, 그러나 어쩌면 그는 그 모든 것들을 한꺼번에 생각하고 있는 것인지도 모를 일이었다. 이미 오래 전부터 애를 쓰고 있었지만 그는 아직 정리해놓은 것이 아무것도 없는 것이었다. 하지만 분명한 것이 있다면, 그것은 각의 큰 모퉁이를 돌 때마다 실제로 그의 속생각이 몸의 움직임에 따라 이쪽저쪽으로 급격하게 쏠리고 있다는 사실이었다. 브레이크에 올려진 발끝이 가볍기만 한 것은 그 스스로 자신의 생각이 이제 그만 어느 쪽으로든 결정되기를 바라고 있었던 탓이었다. 하지만 아무것도 결정되는 것도, 바뀌는 것도 없었다.

이제 제동 장치에서는 쇳소리가 심하게 울리고 있었다. 드디어 라이닝이 다 닳아버리고 쇠 원판에 직접 제동력이 가해지는 모양이었다. 쇠와 쇠가 마찰되는 그 날카로운 금속성은 높은 속도에서 감속을 하는 경우에는 거의 울리지 않다가 신호등 앞에서 차를 완전히 정지시키는 바로 직전의 순간에 기다렸다는 듯이 갑작스럽게 일어났다. 그런 탓에 그는 차를 세워야 할 곳에 이르게 되면 급하게 속도를 떨어뜨린 다음에 브레이크를 살짝살짝 밟아주면서 차가 저절로 서게끔 유도해야 했지만, 여전히 그의 관심은 가능한 한 빠른 속도로 달려가는 데에 있었다.

이제 정말로 곧 강과의 여정은 끝이 날 것이다. 도시로 들어서는 마지막 고개 위에 이르러 삐죽삐죽 솟아 있는 사람들의 온갖 거처가 훨씬 가깝게 눈에 들어온 순간, 그는 거의 반사적으로 가속기를 밟은 발에 더욱 힘을 주었다. 어물거리다가는 영영 강을 놓쳐버릴 것 같았기 때문이다. 이제 곧 강은 마지막으로 그의 앞에 모습을 보여줄 것이다. 자동차가 아무런 제동도 받지 않고서 언덕의 발치에 거의 이르렀을 때에 그는 계곡 아래쪽으로 땅이 열리면서 강이 펼쳐지는 것을 보았다.

그러나 그 강은 그의 정면에서 길을 가로막고 있었고, 길은 반원을 그리며 강을 스치며 지나가고 있었다. 하지만 그는 손과 발을 아무것도 움직이지 않고 있었다. 또다시 뒤를 돌아볼 수는 없었기 때문이다. 그 순간 속도계의 바늘이 그의 눈길을 잡아끌며 옆으로 휙 젖혀졌고, 그와 동시에 불이 들어 있는 그의 머리가 기름을 잔뜩 머금은 짧은 심지처럼 순식간에 타들어갔다. 뜨거운 열과 바람을 가진 어떤 강한 힘이 그를 휘감으며 온몸의 얼얼함 속에서 그와 함께 공중으로 솟구쳐 올라갔고, 그리고 그 마지막 순간에 그는 자신의 몸이 산산이 흩어져버리는 것을 느끼고 있었다.

얼음의 도가니

1

　나는 저 멀리 건물들 한쪽 옆으로 펼쳐져 있는 눈 덮인 들판과 그 뒤쪽의 흰 산자락을 바라보며 홀로 서 있었다. 내 바로 앞에는 인조목으로 된 긴 의자가 하나 놓여 있었다. 그 긴 의자에는 머리가 긴 어린 처녀가 초록색 파카를 입고서 내게 등을 돌리고 앉아 있었다. 그리고 그녀의 곁에는 덩치가 큰 셰퍼드종의 개 한 마리가 긴 의자의 등받이 위에 두 발을 올려놓고서 내 쪽으로 얼굴을 향하고 있었다.
　나의 시선이 나를 떠나서 한바퀴 작은 원을 그리고 되돌아왔다. 나는 그 시선을 되돌려서 아무 생각 없이 개의 얼굴을 바라보기 시작했다. 가볍게 차려입은 옷 속으로 찬 기운이 파고들어 내 몸을 얼리고 있었다. 간밤의 온갖 착잡한 회한과 욕망의 덩어리였던 나의 몸이 차츰 차갑게 식어서 바깥쪽부터 얼음과 유리로 변해가고 있는 것이었다. 나는 점점 더 뻣뻣하게 얼어붙고 있었고, 그럴수록 나는 더욱 뚫어지게 개를 바라보고 있었다.

　그때 무엇인가 심상치 않음을 느꼈는지 그 개가 내게로 눈길을 돌렸다. 그리고는 나를 따라서 내 눈 속을 빤히 들여다보기 시작했다. 그러나 나는 눈길을 비키지 않았다. 나는 상대가 개였으므로 그 개를 무시하고 있었고, 실제로 나는 그 개를 경멸하고 있었다. 만약 그가 사람이었다면 당연히 나는 그렇게 눈을 똑바로 뜨고 오랫동안 바라볼 수 없을 것이었다. 게다가 나는 개라면 이런 경우에 어떤 반응을 보일 것인가 하는 호기심을 느끼고 있기도 했다.

　그는 나를 바라보면서 혀를 길게 늘어뜨린 채 한시도 쉬지 않고 헐떡거리고 있었다. 우리는 결투를 벌이려는 사람들처럼 그렇게 대치한 상태에서 서로를 응시하고 있었다. 나는 이제라도 곧 그가 목을 움츠리며 고개를 돌리고서 여주인의 어깨에 볼을 부벼댈 것이라고 생각했다. 그러나 그는 시간이 많이 지난 후에도 더욱 꼿꼿하게 머리를 쳐들고서 나를 마주 바라보고 있었다. 나는 차츰 그를 바라보는 것이 힘들어졌다. 그러나 내가 먼저 포기할 수는 없는 노릇이었다. 그때 나는 나의 눈길이 그 개처럼 헐떡거리고 있음을 깨달을 수 있었다.

　마침내 나는 나의 예상이 어긋났음을 인정하지 않을 수 없었다. 내가 나도 모르게 눈을 깜박인 순간, 나는 내 속에서 그 동안 내가 미처 눈치채지 못하고 있던 급소가 열리는 것을 보았다. 나의 급소, 그 빈틈이 맥없이 스르르 벌어져서 속수무책으로 노출되는 것을 나는 그 개의 눈을 통해서 본 것이었다.

　나는 두 눈에 힘을 그러모았다. 그러나 이미 때는 늦은 뒤였다. 셰퍼드가 머리를 내 쪽으로 들이밀며 입을 크게 벌렸고, 그와 동시에 나무토막처럼 빳빳해진 그 길고 축축한 혀가 꼿꼿하게 일어섰다.

　"컹."

쩡. 시야를 가득 메우고 있던 눈부신 설원이 쩡 소리를 내며 얼음판처럼 갈라졌고, 그 순간 거의 얼음과 유리로 변해 있던 내 몸 위로 뜨거운 쇳물이 부어졌다.

그 소리는 완전한 금속성이었다. 단단한 금속이나 광물끼리 서로 강하게 부닥쳐서 비벼지고 으깨지면서 일어나는 소리, 나는 어떤 살아 있는 생명체가 그런 소리를 낼 수 있을 줄은 정말 몰랐다. 그 소리에 의해 나는 그 시뻘건 물에 단번에 녹아버리면서 나의 열린 급소 속으로 빨려들어갔다. 나는 그 울음 소리 속, 그 어둡고 긴 터널 속에 들어와 갇힌 것이었다. 나는 나의 눈길을 마구 휘둘러댔다. 그러나 출구는 없었고, 그 속에서는 나의 시선 또한 존재하지도 않았다.

셰퍼드는 눈에서 푸른 불꽃을 튀기며 계속하여 미친 듯이 나를 향해 짖어댔다. 긴 의자의 등받이 위로 넘어와 있던 두 다리가 나를 잡으려는 듯 공중에서 허우적거렸다. 어린 처녀가 놀라서 어쩔 줄 몰라하며 그의 목을 껴안으려 하고 있었다. 그 요란한 야성의 울부짖음 소리에 사람들이 놀라 움직임을 멈추고 돌아보았다. 한 젊은 남자가 저쪽에서부터 이쪽으로 달려오고 있었다.

그러나 이미 나는 그곳에 없었다. 분명 내 두 다리는 그곳에서 땅을 딛고 있었지만, 그러나 이미 나는 그곳에 없었다. 기껏해야 내게는 심장에 가해진 둔탁한 고통 정도만 남겨져 있을 뿐이었다. 그때 나는 가물거리는 의식 속에서 나 자신에게 묻고 있었다: 나는 나 자신을 용서할 수 있는가.

2

이곳에 도착한 첫날 아침에 두 손으로 창문을 열어제쳤을 때, 눈 앞을 가로막은 흰 들과 산과 계곡의 모습이 차고 건조한 바람과 함께 방안으로 쏠려들어왔다. 그때 나는 그 희고 푸른 자연의 광경이 찌렁찌렁거리는 소리를 내는 것을 들을 수 있었다.

이곳은 참으로 이상한 도시이다. 이 도시는 대관령에 아주 가까이 위치하고 있는 겨울 휴양지이다. 사람들은 이 도시에 진평이라는 이름을 주어 부르고 있다.

이곳에는 눈과 사람과 건물, 그외에는 아무것도 없는 듯하다. 물론 자세히 돌아보면 그외에도 눈에 띄는 것들이 있긴 하다. 특히 크고 작은 개들이 많이 있다. 그들은 눈에 보이고 발바닥에 와 닿는 그 눈이라는 물질의 정체를 알지 못하여 허둥거리며 이리저리 뛰어다닌다. 그들은 나름대로 인간들의 움직임을 흉내내려 하는 것이지만, 따지고 보면 인간들 또한 그들을 흉내내고 있는 것이며, 그런 의미에서 이 도시에는 엄밀한 의미에서의 개란 존재하지 않는다.

내 방의 냉장고 안에는 우유와 과일만 가득하고, 다른 것은 아무것도 없다. 그러나 나는 아무런 허기도 느끼지 못한다. 이곳은 참으로 이상한 나라이다.

나의 지금 심정은 나의 발과 발톱에 그대로 드러나 있다. 양말을 벗겨보면 길게 자란 발톱, 일부는 꺾이고 일부는 심하게 긁힌 자국이 남아 있는 그 발톱, 검게 변색되어 있는 그 발톱의 끝, 가늘고 파리한 발가락. 그러나 나는 발톱을 깎을 생각을 가지지 못한다. 그 발톱에 신경과 핏줄이 통해 있어서 자르려 하면 맨살을 자르는 듯한 고통을 느끼게 될 것 같기 때문이다. 그래서 나는 때때로 하루에 몇 번 욕실에서 따뜻한 물을 두 발 위에 끼얹을 뿐이다.

일찍부터 먹고 사는 모든 문제를 책상 앞에서 해결하려 했던 한 남자의 고독이 그 발 위에 그대로 드러나 있다. 어쩌면 나는 적어도 저 책상 위에는 아무런 비극도 드라마도 없으리라 생각했던 것인지도 모른다. 무수한 비극과 드라마가 만들어지는 그곳, 그 책상 위는 태풍의 핵 같은 곳일 수 있으니까. 그러나 그 핵의 주변이 무너졌을 때, 그 큰 기압차로 인한 엄청난 소용돌이란.

애초에 젊은 날부터 책상 앞에서 모든 것을 해결하려 했던 것이 잘못이었다. 만약 내가 미쳐버린다면, 나는 어느 날 밤 시퍼렇게 벼려진 톱으로 나의 책상을 반으로 잘라내고 있을 것이다. 한밤중에 미친 내(그)가 땀을 뻘뻘 흘리며 책상을 가르고 있을 때, 내가 서재로 들어선다. 나는 내(그)가 급기야 책상을 잘라내고 있음을 발견하고는 경악한다. 그때 그가 뒤를 돌아본다. 그 순간 나는 가슴을 쓸어내린다. 그는 내가 아니다. 제도 속에 정연하게 배열된 수많은 책상들의 열 한쪽 밖으로 삐죽이 나와 있는 나의 책상을 잘라내고 있는 것은 내가 아니다. 언제까지고 나는 그를 알아보지 못하는 것이다. 내가 그를 알아보지 못하는 한 나는 그가 아니다.

나는 창가를 떠나서 방을 나온다. 엘리베이터 안에는 부부인 듯한 젊은 남녀와 세 살쯤 되어 보이는 남자 아이 하나, 다섯 살 정도의 여자 아이 하나가 타고 있다. 나는 엘리베이터가 아래로 움직이기 시작하는 순간에 그 빠른 속도에 의해 아찔함을 느낀다. 다른 어른과 아이들도 마찬가지인 모양이다.

나이가 더 어린 남자 아이가 말한다.
　"아이 부끄러워."
　좀더 나이가 든 여자 아이가 말한다.
　"부끄러워가 뭐야. 이럴 땐 어지럽다고 해야지."
　"난 부끄러운걸. 아이 부끄러워."
　나는 미소를 지으며 아이들을 지켜본다. 그러나 그들의 부모인 두 남녀는 잔뜩 경직된 표정을 풀지 않고서 각기 눈길을 다른 곳에 고정시킨 채 아무런 반응도 보이지 않는다. 여자 아이는 힐끔 어른들을 바라보고는 눈길을 내리깔며 입을 다문다.
　이곳은 실로 이상한 나라이다. 엘리베이터가 멈춘다. 순간 나는 부끄러움을 느낀다.

　나는 콘도미니엄 지하에 있는 식당을 지나쳐서 볼링장으로 들어간다. 그곳은 생각했던 것보다 훨씬 많은 사람들로 붐비고 있다. 나는 사람들 사이를 어슬렁거리며 걷는다. 무수히 많은 핀들이 매 순간 요란한 소리를 내며 넘어가고 있고, 사람들은 바닥이 미끄러운 레인 위에서 어렵게 균형을 잡고 있다.
　나는 볼링장을 나와서 피닉스호텔 쪽으로 향한다. 그때 저쪽에서 체인을 감은 자동차 한 대가 철벅거리며 들어온다. 그때 나는 그것이 무엇인지 알 수가 없어서 멍한 표정으로 그 자리에 멈춰선다. 어처구니없게도 나는 미처 그것이 자동차라는 생각을 하지 못하고 있었던 것이다. 아마도 체인이 내는 낯설고 기묘한 소리 때문이었던 모양이다. 나는 나를 향해 다가오는 그 물체를 무엇이라고 불러야 할지, 그것을 어떻게 파악해야 좋을지 몰라서 입을 반쯤 벌린 채 한동안 더 그것을 바라본다. 그 순간 나는 오랫동안 정신병원의 폐쇄병동에 갇혀 있다가 갑자기 밖으로 풀려나와 두리번거리며 주위를 돌아보는 정신병 환자에 다름아니었다.
　얼마 후에야 나는 그것이 체인을 감은 자동차임을 깨닫는다. 그와 동시에 세상이 다시 내게 강력한 흡반을 가진 불가사리처럼 들러붙는다. 그것을 떼어내면 내 가슴의 살도 한 움큼 패어나갈 것이다. 그리고 그제서야 나는 왜 내가 지금 폐쇄 병동에 들어 있는 것인지 그 이유를 어렴풋이나마 알 수 있게 된다.
　그러나 여전히 나는 내가 왜 이곳을 훌쩍 떠나지 못하는지는 잘 알지 못하고 있다. 카프카의 한 분신은 성안에 들어가기 위해 그토록 고심을 하였지만, 지금 나는 우연히 들어서게 된 이 성을 벗어나지 못하여 하릴없이 배회를 하고 있는 것이다. 그러면서 나는 끊임없이 많은 소리를 듣고, 막막하게 다가오는 사물들의 존재를 느끼며, 그리고 또한 개의 텅 빈 눈알을 바라보듯 나를 들여다보고 있다.

3

　흔히 우리는 먼지로 돌아간다라는 말을 쓴다. 그런데 허무적인 어조를 제하고라도, 애초에 먼지와 다름없는 존재가 먼지로 돌아간다니? 먼지 같은 존재가 먼지로 돌아간다는 말인가? 그렇다면 먼지(같은) 것이 (진짜) 먼지로 돌아간다는 것이니, 정말 그렇다면, 우리는 죽어서 (진짜)가 되는 것인가?
　먼지가 먼지로 돌아가지 않기 위해 발버둥치는 것, 심지어 먼지가 먼지이지 않기 위하여 발버둥치는 것, 그것이 먼지의 비극이다. 그리하여 먼지는 사소한 기류의 움직임과 대기의 기온 변화에 따라 자리를 바꾸고 공중으로 날아오르는 것이며, 그렇지 않으면 장롱이나 책장 밑에 고여서 한데 엉겨 간신히 굴욕의 무게를 획득하는 것이다. 하지만 이 또한 먼지와 같은, 먼지와 다를 바 없는 생각이지 않은가. 나의 이런 하찮은 생각은 지금 교묘하게 먼지의 이름을 빌리고 있다.

지금 나는 예전의 스크랩북에서 우연히 발견하여 책갈피에 끼워두었던 신문지 조각을 들여다보고 있다. 누렇게 변색된 손바닥만한 크기의 그 종이 위쪽에는 '유명인사와 함께 즐기는 숨은 그림 찾기'라는 글귀가 큼직하게 씌어져 있고, 그 밑에 서부 사나이의 복장을 차려입은 한 남자가 조랑말을 타고서 뒤뚱거리는 모습이 여러 가지 색으로 그려져 있다. 그리고 맨 밑에는 그 그림 속에서 찾아야 할 것들의 이름이 나열되어 있다.

시계, 전화기, 술병, 발바닥, 만년필, 개똥벌레, 개똥벌레······ 나는 무심한 눈길로 그 물건들의 이름을 하나씩 더듬어나간다.

이제 과거라고 이름부르기도 거북한 시기의 어느 날, 나는 신문 가두판매대 근처의 택시 정류장에서 그 그림을 처음 보았다. 바바리 코트를 입은 한 남자가 택시를 기다리며 스포츠 신문을 펴들고 있었고, 그때 우연히 나는 그가 펼쳐든 울긋불긋한 신문의 한쪽 귀퉁이에서 그「숨은 그림 찾기」그림을 보았다. 붉은색의 박스 속에 들어 있는 그림의 주인공은 첫눈에 보아도 나(그) 자신이었다. 그리고 실제로 그 그림 오른쪽 하단에 '소설가 임휘경'이라고 만화가의 필체로 적혀 있었다.

만화가는 그의 작은 눈과 뾰족한 코, 그리고 갸름한 얼굴 모양을 잘 포착하여 우스꽝스럽고 재미있는 캐리커처를 그려놓고 있었다. 게다가 만화가는 자주 심각하게 인상을 쓰는 그의 특징을 드러내기 위해 이마와 뺨에 주름살을 여러 겹 그어놓기를 잊지 않고 있었다. 그러나 어찌 보면 차라리 그 그림은 사십오 세가 된 지금의 그의 모습을 그대로 옮겨놓은 듯했다.

 그는 그 그림 속에 들어 있다는 물건들의 목록을 읽어나갔다. 시계, 전화기, 술병, 발바닥, 만년필, 개똥벌레, 개똥벌레…… 불룩한 궁둥이 위에 무겁게 걸려 있는 권총은 어찌 보면 만년필 같아 보이기도 하였다. 그렇다면 발바닥은, 개똥벌레는? 그러나 그는 찾을 수가 없었다. 그 대신 그의 눈앞에서 맨 밑에 적혀 있는 물건들의 이름이 무한 증식을 해나가기 시작했다. 시계, 전화기, 술병, 발바닥, 만년필, 개똥벌레, 박쥐, 올빼미, 주걱, 밥솥, 입술, 치욕, 칫솔, 함정, 하마, 플로피 디스켓, 주사위, 도박, 죽음, 책상……

 그때 그 그림이 갑자기 그의 눈앞에서 휙 걷혀졌다. 그가 고개를 숙이고서 너무도 열심히 그 그림을 들여다보고 있는 것을 발견한 신문의 임자가 깜짝 놀라서 신문을 걷은 것이었다.

 그 순간 그는 눈앞이 캄캄해지면서 그 신문지가 하늘로 휙 날아오르는 것 같은 느낌을 받았다. 그의 표정이 심상치 않아 보였는지, 신문의 임자는 신문을 뒤집어서 그가 방금 전에 들여다보던 부분을 살펴보았다. 그리고는 이내 그림 속의 인물과 그를 비교하기 위해 양쪽을 힐끔거렸다.

 그는 사람들 사이를 헤치고서 택시 정류장 앞을 벗어났다. 한참 걷다가 뒤를 돌아보니 신문의 임자는 다시금 신문 속에 얼굴을 묻고 있었다. 그때 그 남자는 이미 찾기 시작하고 있었을 것이었다. 시계, 전화기, 술병, 발바닥, 만년필, 개똥벌레, 박쥐, 올빼미, 주걱, 밥솥, 입술, 치욕, 칫솔, 함정, 하마, 플로피 디스켓, 주사위, 도박, 죽음, 책상……

 고개를 돌린 그는 계속 걸으면서, 내가 언제 이렇게까지 되었나

하는 생각을 하고 있었다. 아주 간단하게, 그리고 그야말로 순식간에 이미 그는 그렇게 되어 있었다. 요컨대 그는 그 동안 자신이 경계해오던 것들에 너무 가까이 다가간 것이었다. 그는 목이 비틀리는 것 같은 느낌을 받았다. 누군가의 손이 그의 멱살을 움켜쥐고서 놓아주지를 않고 있었다. 그의 입 속에서 밖으로 뻗쳐나온 그 손이 거꾸로 그의 목을 죄고 있는 것이었다. 그는 걸음을 더욱 빨리하면서 자기 자신에게 물었다. 나는 나를 용서할 수 있는가.
 그리고 그 며칠 후, 그는 한국을 떠났다.

 그런데 그 그림이 오려져서 스크랩북 속에 끼여 있다가 십여 년이 지난 최근에 다시 그의 눈앞에 나타난 것이다. 그는 그림을 찬찬히 살펴보며 개똥벌레를 찾아본다. 그러나 여전히 아무곳에서도 그 곤충은 눈에 띄지 않는다.
 결국 그는 그 그림 속에 개똥벌레는 없다고 생각한다. 개똥벌레뿐만 아니라, 시간이 지나면서 이제는 그곳에 아무것도 남아 있지 않은 것이다. 먼지. 그러나 그는 눈길을 돌리지 않는다. 먼지, 그렇다. 그는 그림 속에서 먼지를 찾기 시작한다. 그 그림 속에 들어 있을 것이고, 들어 있어야 마땅한 것은 먼지이다. 먼지가 아닌 어떤 다른 것이 그 속에 들어 있을 수 있다는 말인가.
 그는 눈이 침침해지는 것을 느낀다. 그의 눈까풀이 먼지처럼 흔들리며 스르르 감긴다. 이윽고 조랑말을 타고 있는 듯 그(나)의 고개가 가볍게 까닥거리기 시작한다.

4

 금발의 머리를 가진 삼십대 중반쯤의 여자가 다시금 내 앞을 가로막고 있다.
 내가 처음 이 이상한 나라로 들어설 때, 그녀는 누군가를 배웅하고 있던 중이었다. 자동차 한 대가 길을 막고 서 있었고, 그녀는 그 차 옆에 서서 차 안에 타고 있는 사람과 열린 차창을 통해 이야기를 나누고 있었다. 그곳은 건물 앞의 일방통행로였던 탓에 앞으로 나아갈 수 없었던 나는 그 차 뒤에 나의 차를 세우고서 그들이 말을 끝내기를 기다렸다.
 이윽고 멈춰서 있던 앞차가 앞으로 스르르 움직였다. 그러자 그 금발의 여자는 아쉽고 안타까운 듯 차를 따라 앞으로 몇 걸음 움직였다. 그러다가 스스로 의식하지 못하는 사이에 자동차의 뒷모습에 시선을 빼앗기고서 길 위로 내려서고 말았다.
 앞으로 나아가려던 나의 차는 이번에는 그녀에 의해 앞이 막히고 말았다. 하는 수 없이 나는 다시 그녀의 뒤에 차를 세우고서 그녀가 인도로 올라가주기를 기다렸다. 그러나 그녀는 주변 상황을 고려할 경황이 전혀 없는 모양인 듯 길을 막은 채 망연히 서서 멀리 텅 빈 모퉁이를 바라보고 있었다.
 그때 내 뒤쪽의 한 차에서 경적을 울렸고, 그제서야 그녀는 깜짝 놀라 언뜻 정신을 차리고서 길을 비켜주었다. 곧 나는 그녀의 표정을 살피고 싶은 충동을 애써 가라앉히고서 그녀의 옆을 지나쳐 달려갔다.

지금 그녀가 다시금 내 앞을 가로막고 있고, 이번에도 나는 자동차를 타고 있다. 그녀는 자전거를 타고서 눈이 녹아 있는 포도를 골라 달리고 있다. 그러나 콘도미니엄과 정원 지대, 그리고 하천을 따라 나 있는 그곳의 길은 그리 넓지 않아서 나는 선뜻 그녀의 옆을 지나치지 못하고 있다.

그녀는 미끄러운 길 위에서 어렵게 균형을 잡느라 이리저리 어지럽게 핸들을 조작하며 자전거 위에 올라앉아 있다. 그러나 그녀 또한 자기 뒤를 바짝 따르고 있는 자동차의 존재를 아까부터 잔뜩 의식하고 있음이 분명하다. 그녀는 가능한 길 옆으로 바싹 붙으려 한다. 그러나 그때마다 눈과 얼음으로 이루어진 장애물이 나타나서 그녀로 하여금 본의 아니게 길 안쪽으로 들어서게 한다.

그러다가 마침내 길이 조금 더 넓어진 곳에 이르렀을 때, 그녀는 뒤도 돌아보지 않고서 왼손을 앞뒤로 흔들며 이제 지나가도 된다는 신호를 보낸다. 나는 조심스럽게 그녀의 옆으로 다가간다. 바로 그때 그녀의 몸이 심하게 흔들리면서 자전거가 옆으로 미끄러져버린다. 그녀는 바닥으로 나동그라지고 자전거의 페달 부분이 내 자동차의 문 아래쪽을 긁는다.

나는 황급히 차를 세우고서 그녀에게로 뛰어간다. 그녀는 더듬거리며 괜찮다고 말하는 한편, 자동차에 생긴 긁힌 자국을 살핀다. 그녀의 입가에 핏물이 배어나온다. 나는 그녀를 부축하여 차에 태우고 자전거는 트렁크에 싣는다. 그리고 얼마 후에 나는 그녀가 나와 같은 콘도미니엄에 묵고 있음을 알게 된다.

5

　노랫소리. 얇은 종잇장이 떨리는 소리. 내가 훼손시킨 그 많은 종잇장들이 나방떼처럼 한꺼번에 몸을 떨어대는 소리.

　　그날 밤 나는 의자 밑에 웅크린 (죽음의) 그림자를 보았다네
　　맹목적인 삶이 삶에의 의지를 강화시키는 법이니
　　그날 밤 나는 (삶의) 시체를 유기한 것이라네

　죽음의 예감이 강해지면 실제로 죽음이 가까이 다가온다고 했다. 글 속에서 죽음의 문제가 자주 환기되면, 실제로 글 속의 죽음이 현실 속에 그림자를 드리우고서 집 주변을 서성대듯 글쓴이의 주위를 떠돈다고 했다. 그리고 그것이 지금 내가 기다리고 있는 바이다.
　지금 로즈마리는 내 앞에 서서 의자에 앉아 있는 나를 내려다보고 있다. 그녀가 자전거를 타다가 넘어진 이후로 우리는 세 번에 걸쳐 만났다. 그녀는 내 자동차에 남긴 상처에 대해 보상을 하겠다고 했고, 나는 완강하게 그녀의 말을 받아들이지 않았다.
　삼일째 되는 날, 밖에서 저녁을 먹고 났을 때 그녀가 나를 자신의 집으로 초대했다. 한국에 머문 지 삼 년째 되는 그녀는 모 어학원에서 독일어 강사를 하고 있었고, 그 삼 년 동안 그 어학원의 사장과 사랑을 하게 되어 한국에 발목이 잡혀 있었다. 그러나 결국 그는 그녀를 떠나는 쪽을 택했고, 그 결과로 이제 그녀는 그녀대로 다음주

에 한국을 떠나게 되어 있었다.
 그 유럽 여인은 동양인들의 편편하고 윤곽 없는 얼굴 속에 들어 있는 정신적인 것에 대해 집착을 한 것이고, 그 동양의 남자는 서양인들의 뚜렷한 윤곽 속에 현란하게 드러나는 물질적인 것에 끌린 것이었다. 그녀가 한국어를 어느 정도 할 수 있게 된 것도 그에게서 배운 덕분이었으며, 여하튼 그만하면 울퉁불퉁한 몸을 가진 그녀로서는 이곳의 낮은 야산에 미만해 있는 은근하면서도 척박하기도 한 문화적인 분위기 속에서 오래 버틴 셈이었다.
 자전거는 그가 남긴 유일한 물건이었으며, 눈과 얼음으로 덮인 그곳에서 그녀가 거의 악착같이 자전거 타는 데에 매달린 것 또한 나름대로 마음의 마지막 매듭을 짓고자 한 탓이었다.
 그녀가 따라준 코냑을 두 잔째 마시고 났을 때, 그녀가 화장실에 다녀오기 위해 자리를 떠났다. 그녀가 돌아오는 소리가 들릴 때, 나는 내가 앉아 있는 쪽의 스탠드 전등을 껐다. 자연히 나의 상체는 밝은 빛의 물 속을 벗어나 어둠의 수면 위로 떠올라 있었다. 내 앞으로 돌아온 그녀가 그런 나를 바라보며 몸의 움직임을 멈추었다.

 지금 나와 그녀는 침대 위에 함께 누워 있다. 내가 프랑스에서 체류하는 동안에 얻은 몇 안 되는 성과들 중의 하나는 서양 사람들을 대할 때 느끼게 되는 심리적인 부담감이 많이 줄어들었다는 것이다.
 우리는 극심한 불면으로 끊임없이 몸을 뒤척이듯 수시로, 상대방에게 동의도 구하지 않고서 체위를 바꾼다. 이윽고 내가 몸을 일으킨 자세에서 그녀의 넓고 너무도 흰 등을 내려다보는 순간, 나는 몸속에서 일어나던 욕망의 꿈틀거림이 갑자기 덫이 되어 덜컥 내 수족을 채우는 것을 느낀다.

나는 어디에 있는가. 나는 아무곳에도 없다. 로즈마리 또한 보이
지 않는다. 나는 혼자 발가벗은 채 온통 흰색 타일로 뒤덮인 욕실 속
에 들어와 있다. 나는 순백의 인조석으로 만들어진 세면대 앞에 서
있다. 내가 그 앞에 서서 혼자 자위 행위를 하고 있는 것이다. 나는
고개를 돌려 주위를 돌아본다. 내가 돌아봄에 따라 실내 또한 나의
눈길에 따라 빙글빙글 돌아간다. 나는 뒤를 돌아볼 수 없다. 내가 뒤
를 돌아보면 어느새 앞의 벽면이 휙 뒤로 돌아와 내 시야를 가로막고
있는 것이다.
　내 눈을 벗어난 빛이 벽에 부딪혀 되돌아오면서 플래시를 터뜨린
다. 나는 내 앞의 그 흰 세면대가 등을 돌린 로즈마리의 뒷모습임을
깨닫는다. 그러나 그것은 지극히 가벼운 느낌일 뿐, 그녀는 여전히
보이지 않는다. 계속하여 터지는 플래시에 의해 내 몸은 점점 빛이
바래지고 순식간에 여위어져서 더욱더 가늘고 얇아져간다.
　그러다가 마침내 나의 몸은 한 장의 사진 속에 갇히어, 한 장의 사
진이 되어 팔랑거리며 떨어져내린다. 타일 바닥에 닿은 그 사진은
눈 위에 떨어진 불꽃이 푸시식 소리를 내며 움츠러들 듯, 불에 든 어
린 아이의 손가락처럼 오그라든다.
　나는 이 종잇장을 벗어나고 싶다. 나는 다시금 입체적이 되고 싶
다. 나라는 종이가 입체에의 꿈을 꾸고 있다. 그러나 그 꿈의 결과는
자명하다. 결국 나는 구겨지고 말아서 삐죽삐죽 울퉁불퉁해질 뿐인
것이다.

　그때 로즈마리의 입에서 알아들을 수 없는 울림이 묘한 소리가 터
져나온다. 아마도 그녀는 독일어로 욕을 하는 모양이다. 그녀는 내
게서 거칠게 몸을 빼내어 침대를 내려선다. 그녀가 욕실로 들어가서
요란하게 문을 닫는 소리를 냈을 때에야 나는 몸에서 힘을 빼고 앞으

로 털썩 쓰러진다.
 그 상태에서 나는 알아들을 수 없는 그 독일말의 여운을 귓속에서 다시 음미한다. 그때 나는 나도 모르게 '보편성'이라는 말을 중얼거린다. 외국 문화와의 교접. 어쩌면 내가 '문학의 보편성'이라는 말을 입에 담을 때, 암암리에 염두에 두고 있었던 것도 바로 이런 상황에 불과한 것인지도 모르는 일이다. 그런 경우에 어쩌면 외국 문화라는 것은 자칫하면 이쪽의 몸의 일부를 세척해내는 세면대에 지나지 않는 것일 수 있는 것이다.
 나는 나 자신의 어처구니없는 생각에 표정이 일그러져나오는 것을 막기 위해 얼굴을 시트 속에 파묻는다. 나는 나를 용서할 수 있는가. 지금 나는 자학을 하고 있구나. 모든 것이 너무 늦어버린 것이라고 생각하고 있구나. 그 상태에서 나는 어떤 소리를 듣는다. 우리 일상의 벼랑 한쪽 옆에는 항상 기차의 철로가 깔려 있다. 평소에는 잘 보이지 않지만 조금만 주의를 기울이면 언제 어디서든 그 철로의 존재와 마주치게 된다.
 나는 엎드린 채로 그 철로 위에 귀를 대본다. 저 아득히 먼 곳에서부터 기차가 달려오는, 너무도 멀어서 달려오고 있다기보다 달리고 있는 소리가 떨림처럼, 울림처럼 전해져온다. 그러나 어쩌면 그 기차는 언제까지고 울림으로만 남아서, 영원히 내 곁에 이르지 않을지도 모른다. 나를 향해 다가오는 그것은 내 삶의 미래가 아니라, 과거이기 때문이다. 돌아올 수 없는 길을 따라 과거가 끊임없이 나를 향해 다가오고 있는 것이다. 현재를 위협하는 과거라는 위기의 벼랑이 죽음의 철로처럼 우리와 동행하고 있음을 나는 모르고 있지 않는 것이다. 그러니 나는 나를 용서할 수 있는가.

6

아무것도 한 일이 없이 또 하루가 지나갔다. 하기야 나는 아무런 준비도 없이 이곳에 들어왔다. 애초에 내 머릿속에는 내가 나를 용서할 수 있을 것인가 하는 질문이 이를테면 공안처럼 들어 있을 뿐이었다. 말하자면 그것이 내가 이곳으로 들어오기 위해 유일하게 준비한 것이었다.

지금 나는 나의 방에 홀로 누워 있다. 방안의 습도를 조절하기 위해 자동차에 싣고 온 전기 난로는 방금 전에 꺼진 상태이다. 그러나 난로에 부착되어 있는 가습기는 여전히 작동이 되고 있다. 긴 통 속에 들어 있는 물이 끓으면서 증발되는 소리가 천식 환자의 목구멍에서 나는 소리처럼 들려온다. 밖에서는 눈이 내리고 있다. 그러나 비와는 달리 눈은 아무런 소리를 내지 않는다.

잠깐 잠이 들었었던 모양이다. 눈을 뜨는 순간 나는 깜짝 놀라 주위를 돌아본다. 누군가가 내 곁에서 고르고 깊은 숨을 내쉬는 소리가 들려오기 때문이다. 이 어둡고 외로운 방안에 나 아닌 누군가가 있다는 말인가. 나와 함께 누워 잠을 자고 있는 사람이 누구라는 말인가. 그 평안한 숨소리에 나는 더욱 가슴이 뛰는 것을 느끼며 몸을 일으킨다. 그리고 그제서야 나는 깨닫는다. 이제 수위가 많이 줄어든 가습기가 그렇듯 안정되고 규칙적인 소리를 내며 수분을 공기 속에 풀어놓고 있는 것이다.

이곳으로 들어오기 보름 전에 나는 '배경과 윤곽' 출판사의 대표와 호텔 앞에 서 있었다. 우리는 자동차가 호텔 지하주차장으로부터 올라오기를 기다리는 중이었다.
"제목은 정했나요? 요즘도 제목을 항상 맨 나중에 단다지요?"
"그런 셈입니다. 아직 작품이 완전히 끝나지 않아서 확정은 짓지 않았지만, '악마의 서' 정도로 하면 어떨까 생각중입니다. 사실 그 문제에 대해서도 상의를 드리려 했는데요. 어떤가요, 제목으로 이미 너무 많은 걸 보여주는 게 아닐까요?"
평소의 습관대로 그는 말을 하면서도 한자리에 가만히 서 있으려 하지 않았다. 그는 움직임을 좋아하고 특히 걷는 것을 좋아했다. 그런 탓에 자동차로 인해 걸을 기회가 더욱 줄어든 요즘 그는 제한된 공간에서의 짧은 종종거림 또한 마다하지 않았다.
"그게 루시디의 소설을 직접적으로 연상시키기는 하지만, 아무려면 어때요. 제목이라는 거, 그게 책이라는 물건에다가 눈알을 그려 넣는 건데, 요기로움 같은 것도 있어야지요. 요기라는 거, 내가 볼 때는 그게 현실의 또 다른 진실이에요. 게다가 제목이라는 거, 뭔가의 얼굴이라는 거, 따지고 보면 그게 바로 악마적이라고 할 수 있는 거 아니에요?"
그의 말은 나를 침묵시켰다. 그런 식으로 항상 그는 나로 하여금 나 자신이 소설가 이상의 다른 그 무엇인가라고 믿게끔 했다. 그때 그 순간 나는 무당과 같은 존재가 되어 있었다.
그런 와중에도 그는 계속 걷고 있었고, 나 또한 그의 걸음걸이를 따라서 함께 이리저리 움직이고 있었다. 그러다 보니 나는 그와 나란히 걷기도 하고, 뒤처지기도 하고, 또 때로 그를 앞서서 걸음을 옮기기도 하고 있었다. 이윽고 내 뒤를 따르던 그가 걸음을 멈추었을 때, 검은색 승용차가 크게 원을 그리며 우리들 앞으로 다가왔다.
그러나 결국 나는 그 책의 출간을 포기하고 말았다. 며칠 후 새벽

여섯시쯤에 그 장편소설을 탈고하고서 컴퓨터 속에 들어 있는 원고를 프린터를 통해 종이 위에 옮겨놓았을 때, 나는 문득 한 가지 사실을 깨달았다. '악마의 서'라는 제목은 결코 내가 나의 자유 의지로 정한 것이 아니었다. 그 동안 자주 만나면서 그가 교묘하게 나를 부추겨서 그런 종류의 글을 쓰게 하고 결국 제목까지 그런 식으로 정하게 한 것이었다. 나는 머릿속이 단번에 서늘해지고 말았다. 언제부터 나는 그의 주술에 걸려들기 시작한 것일까. 그는 어떻게 이토록 감쪽같이 나를 조종할 수 있었을까.

지금 나는 컴퓨터의 화면 속에서 가상의 뮤직 비디오 한 편을 나의 두 눈으로 똑똑히 보고 있다.

마르고 유약해 보이는 용모를 가진 한 남자 가수가 분장실 바닥에 쭈그리고 앉아 있다. 밖에서는 무대 앞에 운집해 있는 청중들이 홍분의 도가니 속에서 박수를 치며 그의 이름을 연호하고 있다. 그때 티비 실황 중계를 마친 연출자가 분장실로 뛰어든다.

그가 가수에게 어서 무대 위로 나가라고 다그친다. 가수는 몸이 이상하다고, 갑자기 몸 전체가 아프다고 말한다. 그러나 연출자는 그의 말에 아랑곳하지 않고서 그를 강제로 일으켜세운다. 가수가 비명을 지른다. 연출자는 주머니에서 알약을 꺼내어 그에게 먹으라고 한다. 가수는 싫다고 세차게 고개를 내젓는다. 그러자 연출자는 강제로 그의 입 속에 알약을 쑤셔넣는다.

그가 약을 삼키느라고 꺽꺽대는 사이에 연출자는 그를 강제로 무대 위로 밀어낸다. 무대 위로 나온 그를 향해 사람들은 두 손을 흔들어대며 열렬히 환호한다. 동료가 그에게 기타를 건네준다. 그는 기타를 메고서 무대 앞쪽으로 나아간다. 세 줄기의 강한 조명이 그의 위로 쏟아진다.

그는 점점 더 뻣뻣하게 느껴지는 몸을 간신히 추스르며 노래를 부르기 시작한다. 조명이 점점 더 강하고 뜨겁게 그를 비추어 몸을 달구기 시작하고, 가라앉지 않는 관중들의 소란한 반응이 그의 귓속에 굵은 쇠줄을 박아넣는다. 그의 살과 뼈는 뜨겁게 달아오른다. 그러나 놀랍게도 그의 속은 점점 더 차갑게 얼어붙는다. 마침내 그는 자기도 모르게 비명을 내지른다.

그와 동시에 그의 몸이 변하기 시작한다. 더 이상 묘사할 것도, 설명할 것도 없다. 그는 조명 속에 완전히 노출된 채 괴물로 변해가는 것이다. 그의 두 눈알이 앞으로 튀어나와 쩍 갈라지면서 그 속에 들어 있는 어둡고 깊은 동공을 드러낸다. 그의 온몸에 털이 돋아나서 옷을 뚫고 밖으로 솟구쳐나오고, 그의 혀가 진저리를 치면서 그의 몸을 벗어나 어디로든 달아나기 위해 앞쪽으로 뻣뻣하게 곤추선다.

그러나 청중들은 그의 그런 변화를 지켜보면서 더욱 열광한다. 그들은 자신들이 보고 있는 것을 차마 믿지도 못하면서 정신을 잃을 듯 흥분과 도취의 상태로 빠져든다.

나는 책상 위에 펼쳐져 있던 '악마의 서' 원고를 탁 덮어버린다. 순간 뮤직 비디오가 꺼지면서 그 속에 들어 있던 괴물이 조그맣게 줄어들어 원고 갈피 속에 끼여버린다. 괴물은 내 손의 무게에 저항하기 위해 두 손과 두 다리로 종잇장을 밀어내려 한다. 그러나 나는 손에 더욱 힘을 주어서 종이를 내리누른다. 그리고는 그 옆에 놓여 있던 디스켓을 들어 손안에서 구겨쥔다.

가습기 속의 습기가 많이 줄어들고 있다. 그럼에 따라 깊은 잠에 빠진 자의 그 평안하고 고요하던 숨결이 악몽에 의해 방해를 받는 듯 점점 더 메마르고 황폐한 소리로 바뀌어진다. 나는 거의 말라붙어가고 있는 가습기의 긴 통을 눈앞에 떠올린다. 얼마 남지 않은 수증기들이 채 공기 중으로 빠져나오지도 못하고서 뜨겁게 달아오른 그 통의 벽에 닿아 순식간에 말라버린다. 지금 내게 들려오는 소리는 그 수증기들이 내지르는 비명 소리이다. 가습기의 뜨거운 위벽이 단말마의 탐욕에 사로잡힌 흡반처럼 습기를 빨아들이고 있는 것이다. 그러나 그 습기는 채 흡수되기도 전에 뜨거운 공기로 화해버려 더욱 그 갈증을 부채질한다.

마침내 가습기가 타오르는 목줄기를 부여잡고서 꺽꺽 소리를 내기 시작한다. 부실한 위장의 트림 소리 같은 그 소리에 의해 내 가늘고 좁은 머릿속에 들어 있는 많은 생각의 가지들이 쩍쩍 갈라져버린다. 그리고 그 잔가지들이 내 두개골의 안벽에 필사적으로 매달리다가 도가니처럼 달아오른 두개골의 벽에 닿아 오히려 파르르 불똥을 일으키며 희검은 재로 화해버린다.

7

한 카페의 구석자리에 앉아 있던 나는 문득 바싹 다가서는 무료함을 떨쳐내기 위해 오랜 습관처럼 주머니에서 종이를 꺼내놓고 그 위에 쓰기 시작한다. 나는 옆도 돌아보지 않으면서 내 생각의 말을 마구 내달리게 한다.

현대의 신은 일상이다. 현대에는 일상이 곧 신이다. 일상은 우리를 바위에 단단히 비끄러매어놓은 뒤 우리를 짐승처럼 마비시켜서 우리의 간과 심장에 살이 붙게 한다. 그리고는 독수리의 부리로 그 살점을 쪼아먹는다. 그러나 그 신은 관대하다. 특별한 경우를 제외하고는 우리로 하여금 거의 고통을 느끼지 않게끔 세심하게 배려를 하는 것이다.
 진평에 도착한 후, 나는 내 간과 심장에 살이 붙는 것을 느끼고 있다. 나는 낮 시간에는 주로 방안에 머물고, 이른 아침과 늦은 저녁에 많이 걷는다. 말하자면 낮에 많이 활동하는 그 일상이라는 신의 눈길에서 조금이나마 벗어나 있기 위해서이다.
 그러나 곧 나는 심장과 간에 살이 붙으면 일상적으로 살아가는 데에 상당한 어려움과 불편함을 경험해야 한다는 사실을 깨달았다. 신은 하루의 곳곳에 좁은 문을 만들어놓고서 인간들로 하여금 수시로 그 좁은 문을 빠져다니게끔 만들어놓은 것이다. 그런 탓에 우리는 우리 스스로 가슴과 배를 열어서 일상이라는 신에게 기꺼이 간과 심장의 살점을 제공하려 한다.
 갑자기 나는 글쓰기를 멈춘다. 나는 종이 위에 씌어진 나의 생각을 비웃는다. 악마의 이야기가 어느새 신의 이야기로 넘어가 있는 것이다. 게다가 모든 신의 이야기가 신화가 될 수 있겠는가.

 '악마의 서'가 담긴 디스켓을 구겨버린 뒤에 나는 '배경과 윤곽' 사를 찾아갔다. 그때 이미 나는 술에 취해 있었다. 술기운에 의지하려는 생각은 추호도 없었음에도 불구하고, 친구들과 함께 점심을 먹으며 반주로 마셨던 술기운이 찬바람을 맞으면서 내 속으로 더욱 깊이 파고들어 나를 뒤바꾸어놓은 것이었다.
 사장은 자리에 있었고, 그 앞에서 나는 대충 나의 의사를 밝혔다. 예상했던 대로 그는 불쾌감이 섞인 우려를 드러냈다. 나는 벌떡 일어서서 획획 바람을 일으키며 코트를 걸쳤다. 그러자 그가 나를 붙잡았고, 하는 수 없이 나는 다시 바람을 일으키며 외투를 벗었다. 그 후로 나는 몇 번이고 더 벌떡 일어나서 외투를 획 걸쳤다가 다시 벗고서 그 자리에 주저앉았다. 그리고 그때마다 그는 내가 일으키는 바람을 얼굴에 받으며 손을 쳐들며 상을 찡그렸다.
　마침내 밖으로 나왔을 때, 나는 내가 그에게 무슨 말을 했는지 잘 기억할 수가 없었다. 나는 부끄러움으로 인하여 술기운에 의한 것보다 더욱 뜨겁게 얼굴을 붉히며 가까운 카페로 들어갔다. 커피를 마시고서 술을 깨기 위해서였다.
　그곳에서 나는 커피를 마시다가 앉은 채로 머리를 벽에 기대고서 잠시 잠이 들었다. 얼마 후에 눈을 떴을 때, 내 앞에는 한 젊은 여자가 앉아 있었다.
　내가 정신을 차리는 것을 본 그녀가 내게 말했다.
　"저는 '배경과 윤곽'사에 근무하는 윤서경입니다. 저희 사장님의 부탁으로 본의 아니게 뒤를 따라왔습니다. 이번 작품에 대해서는 일단 모든 결정을 유보해주셨으면 하는 게 저희 입장입니다. 그런 의미에서 한 가지 제안을 드릴까 하는데……"
　그녀가 제안한 내용은 출판사측에서 다음주 토요일에 진평에 있는 콘도미니엄을 빌려 작가들과 편집진들이 함께하는 신년 간담회를 가질 예정이니 그 자리에 참가해달라는 것이었다. 그리고 내가 원한다면 당장 내일부터라도 미리 그곳에 가서 머물 수 있도록 손을 써놓겠다는 것이었다.
　그녀가 말을 끝냈을 때, 나는 간단하게 대답했다.
　"그 제안에 대해서도 일단 대답을 유보하도록 하지요."
　나의 냉담한 말투에도 불구하고 그녀는 여전히 미소를 띤 얼굴로 나를 바라보고 있었다. 내가 조금 의아해하며 그녀를 마주 바라보자, 그녀가 정색을 하고서 내게 말했다.
　"선생님께서는 저를 전혀 기억하지 못하시는군요. 저는 예전에 선생님을 여러 번 뵌 적이 있는데 말입니다. 물론 그때는 제가 아주 어렸었죠. 저는 윤현탁씨의 딸입니다."

그 말을 듣는 순간 나는 말 그대로 뒤통수를 한 대 얻어맞는 듯한 충격에 빠지고 말았다. 윤현탁 선생. 나의 대학 시절의 은사였고, 문학을 시작한 이후로 내게 실로 많은 것을 베풀어주신 분. 내가 어떻게 그 동안 그분을 까맣게 잊고 있을 수 있었을까. 내가 언제부터 그분의 존재를 머릿속에서 지워놓고 있었던가.

다음날 나는 그녀와 함께 윤현탁 선생을 찾아갔다. 그러나 나는 그 동안의 나의 무관심으로 인해 자책감이라는 형벌을 받아야 했다. 그가 중병에 걸려 있다는 말을 듣고 나서 나는 병명조차 알고 싶지 않았다. 나는 나의 자책감이 최고조에 이르게 하고 싶었기 때문이었다. 그가 위암으로 인해 이제 삶의 끝에 거의 이르러 있다는 사실을 내게 알려준 사람은 물론 윤서경이었다.

스승은 남한강을 따라 내려가다가 팔당댐에 조금 못 미치는 곳에서 가정부 한 사람과 간호사 한 사람, 그리고 딸과 함께 살고 있었다. 그는 외부와의 접촉을 완전히 끊고 있었다. 사람들과의 접촉으로 피로해지는 것을 피하기 위해서뿐만 아니라, 그 스스로도 자신의 모습을 남들에게 보이고 싶어하지 않아했기 때문이었다. 내가 그를 만날 수 있었던 것 또한 오로지 그의 외딸인 윤서경 덕분이었다.

그는 나를 알아보는 듯했으나 이미 기력이 쇠진하여 거의 말을 하지 못하고 있었다. 그러나 그날 그와의 만남에 대해 나는 거의 할말이 없다. 나는 그야말로 피골이 상접한 그에게서 아직 죽지 않은 세포들의 생명에의 여운이 동물적인 집착에 힘입어 간신히 지탱되고 있는 것을 보았다. 그러나 나는 더 이상 그날의 일에 대해 이야기하고 싶지 않다.

하지만 단 한 가지, 그는 나를 그냥 놔주지 않았다. 단독 주택의 이층에 있는 침실에서 그를 대하고 있던 나는 점점 더 황망해지는 심정을 가누지 못하여 그만 도망치듯 그의 앞에서 물러났다. 그런데 충계를 내려오다가 문득 이상한 느낌이 들어 뒤를 돌아보니 어디에서 그런 기력이 났는지 스승이 문을 빠끔히 열고서 나를 내려다보고 있었다. 아래층의 거실에 앉아 있던 간호사가 서둘러 이층으로 올라갔다. 그 순간 나는 발걸음이 완전히 비틀려버리고 말았다. 나는 두 손으로 벽을 짚으면서 간신히 휘청거리는 몸을 지탱할 수 있었다.

8

 밤중에 깨어 있으려는 성향. 삶과 죽음과 더 나아가 문학이라는 것. 나는 그냥 잠이라는 것에 저항한다. 그러면서 나는 현실 속에서 의도적으로 죽음 속으로 잦아들고자 한다. 그것은 한밤중의 어둠 속에서만 가능한 일이다. 밤중에 잠이 깨어 자리에서 일어나 서성거리는 지금, 나는 모든 것이 너무도 간단히 뒤집혀 있는 것을 발견한다.
 그때 나는 탁자 위에 던져져 있는 사진 묶음을 발견한다. 짧지 않은 시간을 살아오면서 나는 내 손으로 사진들을 앨범 속에 정리해본 적이 한번도 없다. 게다가 나는 사진 찍기를 많이 꺼리는 편이다. 찍는 행위의 번거로움도 그러려니와 나중에 사진을 볼 때에도 나는 오히려 그 사진 속의 풍경에 의해 지워져 있는 실제 상황에 신경이 쓰여서 마음이 번거롭기 짝이 없다.
 그러나 여하튼 그 동안 이래저래 사진들이 쌓였고, 나는 그것들을 비닐 봉지에 든 채로 검은 가죽 가방에 모두 넣어두고 있었다. 그런데 최근 언젠가 나는 그 가방을 잃어버렸다. 따라서 아마도 내가 그 사진들을 다시 찾을 수 있는 가능성은 거의 없을 것이다.

나는 사진들을 집어든다. 그 속에는 로즈마리의 모습이 담겨 있다. 그녀의 사진을 찍고 그 사진들을 현상한 것이 내가 이곳에서 한 유일하게 생산적인 일인 셈이다. 며칠 전의 불화에도 불구하고 나는 여전히 로즈마리에게 집착하고 있었다. 슬픔과 슬픔이 만나 위로를 이루고, 고통과 고통이 만나 마취를 이루듯, 나는 이곳에서 나의 유폐의 감정과 그녀의 유폐의 감정이 만나게 하고 싶었다. 그렇게 마주친 이중의 유폐의 감정이 우리를 자유롭게 해줄 수 있을 것이기 때문이다.

사진은 모두 열세 장이다. 그러나 단 한 장을 제외한 나머지 열두 장은 모두 똑같은 모습과 자세를 담고 있다. 검은 바탕에 흰 꽃무늬가 그려진 상의를 입고 있는 그녀는 지금 팔걸이 의자 위에 앉아 있다. 두 팔이 팔걸이 위에 걸쳐져 있고, 가지런히 모아진 두 다리는 갈색 치마 밑에서 무릎 부분이 약간 오른쪽으로 기울어져 있으며, 상체는 꼿꼿이 세워져 있다. 길게 늘어뜨려진 머리카락은 일부는 등 뒤로, 일부는 가슴 위로 드리워져 있고, 등은 편안하게 의자의 등받이 위에 기대어져 있다. 그리고 얼굴을 유심히 살펴보면, 둥글고 큰 두 눈은 대부분 정면을 응시하고 있고, 갸름하고 오똑한 코는 오롯이 자기 자리에, 그리고 입술은 가운뎃손가락의 길이만큼 정확히 일자로 다물어져 있다.

사진들 속의 앉은 자세와 얼굴 표정은 모두 거의 흡사하다. 그러나 자세히 들여다보면 모두가 조금씩 다르다. 시선의 방향이 달라지기도 하고 고개도 약간씩 다른 방향으로 돌아가 있기도 하며 실제로 표정 또한 미묘하게나마 분명히 구별된다. 그녀는 멍하니 망연한 표정을 짓고 있기도 하고 때로 사진기의 렌즈를 노려보듯 뚫어지게 보기도 하며 방심한 시선으로 약간 위쪽을 올려다보고 있기도 하다.

나는 그 사진들을 탁자 위에 늘어놓기 시작한다. 그러다가 문득 나는 그 사진들을 일렬로 배열해보고 싶은 생각을 가진다. 사진들 속에 들어 있는 그녀가 조금씩 변화하고 있는 모습에 따라 그 사진들을 재구성하려는 것이다. 내 손이 사진에 닿을 때마다 처음 그것들이 생겨나던 순간의 소리가 다시금 반복되어 일어난다. 찰칵, 찰칵, 찰칵, 찰칵, 찰칵.

내가 그 사진들 모두를 내 나름의 어떤 순서에 따라 펼쳐놓음으로써 이 순간 그녀의 삶도 완성될 것이다. 나는 이리저리 사진들을 옮겨놓는다. 한 사진을 두번째 위치에 놓았다가 금방 고개를 설레설레 저으며 다시 집어든다. 탁자 위에서는 옮겨졌다가 되돌아오기를 반복하는 우리네 삶이 펼쳐졌다가 접혀졌다 하는 일을 끊임없이 되풀이한다.

그때 한 사진이 특히 내 눈길을 끈다. 그 중 그녀의 독특한 모습이 가장 잘 포착되어 있는 사진이다. 그러나 나는, 공연한 두려움으로 인하여 내가 사랑하는 상대방의 감정을 의도적으로 접어버리듯이, 굳이 그 사진을 뒤쪽으로 밀어놓는다. 그리고 그와 동시에 나는 그녀의 모습이 가장 어색하고 이상하게 찍혀져 있는 사진이 그 다른 사진들의 배열 속에서 비로소 적당한 자리를 차지하는 것을 보며 기쁜 마음을 가진다. 그렇게 하여 한낱 우리의 그림자가 이제 우리와 같은 인간이 되는 것이다.

사진의 배열이 어느 정도 완성되었다고 느낄 때, 나는 청바지 앞주머니에 두 손을 찌르고서 잠시 벽에 기대어선다. 그리고는 조금 떨어진 곳에서 사진들을 한눈에 바라본다. 그 속에는 현재도 과거도 미래도, 아무것도 없다. 그러나 미세하게 바뀌는 자세의 변화, 표정의 바뀜이 천천히 그녀로 하여금 하나의 생명체로 되살아나게 한다. 하물며 사진이란 것도 이러하니, 우리의 삶이란 또한 어떠하겠는가.

그때 나는 까닭모를 충동과 두려움에 사로잡혀 탁자 앞으로 다가가서 일렬로 늘어서 있는 사진들의 열을 두 손으로 흐트러뜨린다. 이제 사진들은 다시 한데 뒤섞여 광택나는 삶의 파편으로 돌아가 있다. 그제서야 나는 가슴이 철렁 내려앉는 것을 느끼며 허둥지둥 사진들을 다시 배열해보려 한다. 그러나 나는 이미 바로 전의 그 순서를 기억하지 못한다.

나의 손은 갈팡질팡하며 움직인다. 이미 애초에 순서는 존재하지 않는 것이다. 그녀의 뺨 밑에 가볍게 어려 있는 이 미소는 방금 전에 어디에서 비롯되어 어떻게 모습을 바꾸었던가. 나는 차라리 그녀를 전혀 모르는 다른 사람에게 내 대신 그 배열을 해달라고 부탁하고 싶은 욕구를 느낀다. 방금 나의 속으로 충만되어 들어섰던 그녀의 존재를 나 자신의 손으로 이제 어찌 다른 모습으로 바꾸어놓을 수 있을 것인가.

나는 지치고 당황한 나머지 경황없는 손길로 사진들을 밀고 당기고, 집었다가 놓고, 다시 마구 흐트러뜨린다. 그리고 매번 배열된 모습이 마음에 들지 않을 때마다 처음부터 새로이 시작한다. 겨우 그런대로 마음에 드는 순서가 이루어졌다는 느낌이 드는 경우에도, 나의 불안정하고 부주의한 손길이 나도 모르게 사진들을 그만 뒤섞어놓기도 한다.

그러다가 마침내 나는 다시금 사진들을 일렬로 늘어놓는 데에 성공하고서 홀가분한 표정으로 상체를 일으킨다. 그렇게 새로이 완성된 그녀의 모습은 방금 전의 것과는 전혀 다른 것일 터이다. 나는 그 사실을 잘 알고 있지만, 그러나 나로서는 어쩔 수 없는 노릇이다.

나는 그 사진들 속에 들어 있는 움직임과 변화를 한눈에 보기 위해 사진의 열을 따라 옆으로 천천히 걸음을 옮긴다. 나의 걸음에 따라 그녀의 표정과 모습이 미세하게 변화하며 홀로그램처럼 면밀히 나를 주시한다. 나는 사진들을 따라 함께 걸으며 비로소 그 사진들을 완성시키는 것이다.

이윽고 나는 생명이 담겨 있는 그녀의 변화와 되살아난 그녀의 눈길을 사랑하게 된다. 그러면서 나는 그녀를 살아나게 하기 위해 내가 옆으로 옮기고 있는 나 자신의 발걸음 또한 사랑하게 된다. 나는 모든 움직임을 사랑하게 되며, 그리하여 그 움직임 속에서 살아 생동하는 그녀를 통해 일상의 죽음을 극복할 수 있을 듯한 가능성을 느낀다.

나는 차츰 더욱 대담해진다. 나는 탁자 한가운데쯤에 멈춰서서 왼쪽의 첫 사진에서 시작하여 오른쪽의 마지막 장에 이르기까지 재빠른 눈길로 그 사진들을 훑는다. 나의 눈길이 사진 속에 담긴 그녀의 표정 위를 덤벙덤벙 뛰어간다. 그리고 그때 마침내 탁자 위에 편편한 종잇장으로 놓여 있던 그녀가 그 열두 장의 모습을 모두 끌어안으며 천천히 몸을 일으킨다.

나(그녀)는 그녀(나)를 나(그녀)의 몸으로 껴안았다. 그녀(나)는 두 팔로 내(그녀의) 목을 감싸안고서 얼굴을 내(그녀의) 오른쪽 어깨 위에 뉘었다. 그녀(나)의 몸을 탁자에서 떼어낸 나(그녀)는 그녀(나)를 꼭 껴안은 채로 걸어서 옆에 놓여 있는 안락의자 위에 그녀(나)를 내려놓았다. 그러나 우리는 포옹을 풀지 않았다. 그녀(나)는 이미 온몸이 땀으로 젖어 있었다. 나(그녀)는 그녀(나)를 내(그녀의) 쪽으로 바싹 끌어당기며 천천히 그녀(나)의 몸 속에 뿌리를 내렸다.

9

마침내 그날이 되었다. '배경과 윤곽'사의 편집진들과 그들에 의해 초대받은 사람들이 진평에 도착할 무렵에 나는 일부러 콘도미니엄을 떠났다가 시간을 맞춰 애초에 약속 장소로 정해져 있었던 피닉스호텔의 지하 바로 들어섰다. 이미 자리를 차지하고서 술을 마시고 있던 사람들이 몸을 일으키며 나를 맞이했다. 친하게 지내지는 않지만 그 동안 안면이 터 있는 소설가와 시인 몇 명, 그리고 신문사 문화부 기자 두 명의 모습이 눈에 띄었다.
　나는 사람들과 간단히 인사를 나누면서 대충 눈길을 돌려 윤서경을 찾았다. 그러나 그녀는 보이지 않았다. 나는 불안함과 궁금함을 동시에 느꼈으나, 내 속에서 일어나는 심한 감정의 부침으로 인하여 차마 사람들에게 윤서경에 대해 물을 수가 없었다. 그리고 보니 출판사 대표의 모습도 보이지 않았다.
　내가 자리에 앉아 담배를 피워물 때, 오른쪽 옆에서 누군가가 내게 불쑥 말했다.
　"선생님, 이쪽을 봐주십시오."
　나는 무심코 소리가 난 쪽을 돌아보았다. 편집부 직원 중의 한 사람이 사진기에 눈을 대고서 나를 바라보고 있었다. 그 순간 플래시가 연속적으로 터지는 동시에 찰칵찰칵 소리가 일어났다. 나는 반사적으로 손을 들어 눈을 가리려 하였다. 그러나 곧 나는 출판사측에서 자료 사진을 확보해놓기 위해 이 기회에 사진을 찍어두려는 것임을 짐작할 수 있었던 탓에, 입에서 담배를 빼들고 손을 떨구었다. 내가 얼굴을 움직임에 따라 찰칵하는 섬뜩한 소리와 눈을 찌르는 강한 빛이 계속하여 나를 포착했다.
 그리고 그때마다 나는 단절되고 있었다. 열리고 닫히는 사진기의 렌즈 앞에서 나의 삶이, 나의 현재의 모습이, 나 자신이 너덜너덜 찢겨지고 있었다. 그런데 대체 누가 나의 단절된 삶을 다시 이어줄 것인가. 나는 모욕을 당하는 듯한 불쾌감을 이겨내기 위해 마침내 손바닥으로 얼굴을 가렸고, 그제서야 사진기도 작동을 멈추었다.

 독한 술을 주문하여 술잔을 몇 순배 돌리고 난 후부터, 이미 전작이 있었던 모양인 사람들은 조금씩 눈에 띄게 취해가며 분주히 말의 술잔을 주고받고 있었다. 그러나 언제부턴가 나는 푹신한 의자의 등받이에 몸을 기댄 채 눈길을 다른 쪽으로 돌리고 있었다. 바의 한쪽에는 무대가 마련되어 있고 그 뒤로 연주 시설이 갖추어져 있었으며, 그 앞에서 혼성 삼인조 그룹이 연주를 하고 노래를 부르고 있어서, 사람들은 자유롭게 무대 위로 올라가 춤을 출 수 있었다.
 나는 세 명의 연주자들을 유심히 바라보았다. 그들의 외모가 어딘가 매우 특별했기 때문이었다. 나의 눈길이 각별한 관심을 가지고 그들에게로 향해 있음을 눈치챈 이영신 편집장이 내게 말했다.
 "저도 조금 전에 알았는데, 저 사람들은 필리핀인들이랍니다. 싼값에 고용해서 일주일 내내 노래를 부르게 하는 거지요."
 하지만 얼마 후부터 내가 조금 술기운이 오른 눈길로 바라보고 있었던 것은 연주를 하는 외국 사람들이나 춤을 추는 사람들이 아니었다. 그 무대 위쪽에는 특이하게도 십이 인치 가량의 티비 수상기 한 대가 부착되어 있었고, 아까부터 그 화면을 통해 비디오에 담긴 한 외국 폭력 영화가 방영되고 있었다. 내가 얼마 전부터 시선을 고정시키고 있었던 것은 바로 그 티비 화면이었다.

물론 티비에서는 아무런 소리도 들려오지 않는 채 벙어리가 된 화면만 움직이고 있었다. 그리고 나 또한 아무것도 이해하려 하거나 줄거리를 따라잡을 생각도 하지 않고 있었다. 하지만 그러면서도 나는 그곳에서 눈길을 돌릴 수가 없었다.

방금 전에 제목을 알 수 없는 그 폭력 영화가 끝난 뒤, 잠시 막간이 있은 후에 지금 다시금 그 티비 화면 속에는 널리 알려진 만화 영화 「톰과 제리」의 장면들이 담겨지고 있다. 영화가 시작되자마자 언제나 그러하듯이 이미 고양이인 톰이 생쥐인 제리를 붙잡기 위해 기를 쓰고 뒤쫓고 있고, 제리는 자주 위기일발의 상황에 처해지면서도 톰의 손아귀에서 매번 아슬아슬하게 벗어난다.

사람들은 아무도 내가 자기들로부터 멀리 떨어져나와서 저 멀리 천장에 매달려 있는 티비 화면을 바라보고 있으리라고는 짐작도 못하고 있다. 어쩌면 티비를 바라보는 나의 눈길이 그만큼 망연하고 무기력했기 때문인지도 모르는 일이다.

그러던 어느 순간 나는 문득 내 앞과 옆에서 벌어지고 있는 사람들의 행동과 움직임들보다 오히려 그 만화 영화 속의 기발한 움직임들이 훨씬 실감이 나고 현실적이고 그럴듯하다는 느낌에 빠져든다. 그리고 바로 그 다음 순간 내 눈앞에서는 나를 포함한 우리들의 모습과 만화 영화 속의 모습들이 서로 겹쳐져버리기 시작한다. 나는 티비를 보면서 사람들을 지켜보고 사람들을 바라보면서 티비를 보고 있는 것이다.

박기섭 기자가 자신의 옆에 앉아 있는 소설가 송일환에게 무엇인가를 물은 모양이다. 그가 갑자기 격앙된 목소리로 말하기 시작한다.

"요컨대 문학에서의 포스트모더니즘이란 삶의 급소가 없어진 시대의 문학이죠. 온몸이 성감대 같은 것이 되어 온갖 복잡하고 교묘한 자극에 자발적이고 적극적으로, 그리고 복잡하게 반응하는 시대의 문학 말입니다. 그러면서 우리는 그 적극성과 자발성의 함정에 자주 빠져드는 거죠. 그런 식의 반응이 본질적이고 핵심적인 것인 양 착각을 하고서 말입니다. 그러다 보니 삶은 점차 더 끈질겨졌습니다. 삶의 사지를 잘라내고 잘라내도 여전히 꿈틀거리는 겁니다. 그래서 결국 남는 것이라곤 무한히 증폭되거나 축소되는 일상의 끝없는 변주일 뿐이지요."

"급소가 없어졌다는 말은 재미있는 지적이군요. 하지만 어쩌지요, 오히려 저는 선생님의 그 말에 급소가 찔린 것 같은 기분이 드니 말입니다? 그렇다면 아직 급소에 대한 희망은 남아 있는 게 아닐까요?"

제리가 도망을 치다가 톰에게 포크를 떨어뜨린다. 톰은 포크에 찔린 척하면서 가슴을 싸안으며 쓰러진다. 계속 달아나던 제리는 멈춰서서 조심스럽게 눈치를 살피며 톰의 곁으로 돌아온다. 그리고는 톰의 눈을 까뒤집고 그의 맥박을 더듬어본다. 이윽고 톰이 죽었다고 판단을 내린 제리는 눈물을 흘린다. 그때 톰이 슬며시 몸을 일으키면서 제리를 잽싸게 손바닥 안에 나꿔챈다. 그제서야 속았다는 사실을 깨달은 제리는 소리를 질러대며 톰의 손을 벗어나기 위해 기를 쓴다.

누군가가 다시금 송일환에게 무어라고 물은 모양이다. 그가 똑같은 어조로 말을 다시 시작한다.

"나는 나의 문학이 좋은 의미에서의 포스트모더니즘의 계열에는 속하고, 나쁜 의미에서의 포스트모더니즘 계열에는 속하지 않는다고 생각합니다. 그런 의미에서 나는 포스트모더니스트이고, 또한 바로 그런 의미에서 나는 포스트모더니스트가 아닌 거죠."

나는 일전에 난데없이 송일환이 일본의 한 젊은 작가의 작품에 관련되어 표절 시비에 말려들었던 일을 기억 속에서 떠올린다. 그 순간 내게는 갑자기 그의 얼굴이 무대 위에서 노래를 부르고 있는 필리핀 음악인들의 검게 뭉개진 듯한 모습과 그리 달라 보이지 않는다.

간신히 위기를 모면한 제리가 갈갈대며 웃어대다가 톰이 재빨리 양탄자를 잡아채는 바람에 또다시 그의 손에 잡히고 만다. 톰은 계속 소리를 질러대는 제리의 입을 작은 양초로 틀어막는다. 그리고는 초에 불을 붙이기 위해 주위를 돌아보며 성냥이나 라이터 같은 것을 찾는다. 잠시 후 성냥을 찾아든 톰은 제리의 입에 물린 양초에 불을 붙인 후에, 아직 불이 붙어 있는 그 성냥개비를 멀리 집어던진다. 그리고 그 성냥개비는 공교롭게도 한참 달게 낮잠을 자고 있는 불독의 꼬리 위에 떨어진다.

뜨거움에 잠을 깬 불독은 화가 치밀어 톰에게로 달려온다. 그리고는 톰의 목을 움켜쥐고서 제리의 입에서 양초를 뽑아 톰의 꼬리에 불을 붙인다. 톰은 입을 한껏 벌리고 비명을 지르지만 불독은 아랑곳하지 않고서 그를 움켜쥔 채 커다란 나무 곁으로 질질 끌고 간다.

사람들의 말소리가 마구 엉켜서 들려온다. 그 말 거짓말이죠? 선생님은 평소에 거짓말을 잘 하잖아요. 그러니 빨리 그 말도 거짓말이라고 말해줘요. 어서요. 대체 내게서 무슨 말을 듣고 싶은 거야? 그런 식으로 묻는데 내가 어떻게 대답을 할 수 있다는 거지? 그러지 말고 우리도 춤을 추자구. 그리고 나면 내가 무슨 말을 하고 싶어하는 건지 알 수 있을 게야. 그래, 그래, 자꾸 그러지 말고 두 사람이 우선 춤을 추기 시작하라구. 그래야 분위기가 전체적으로 살아날 거 아니야. 젊은 사람들답지 않게 왜들 그래. 새삼스럽게 내 눈치보는 건 아닐 테고.

불독이 톰을 들어올려 얼굴을 노려보자 톰은 목을 움츠리고 고개를 갸우뚱거리는 한편 한껏 교태스럽고도 애교가 담긴 표정을 지으며 불독을 마주바라본다.

　너 향수를 바꾼 모양이구나. 그래, 얼마 전부터 다른 향수를 쓰고 있어. 근데 정말 남자들은 이해할 수 없어. 평소에는 그렇게 무뎌 보이던 위인들이 내가 옛날의 그 향수를 쓰지 않는다고 다들 한마디씩 하는 거 아니겠니?

　불독의 표정은 점점 더 험악해져가고 그에 따라 톰은 더욱 눈을 가늘게 뜨고 입꼬리를 늘이면서 두 손을 마주쥔 채 땀을 흘린다. 이윽고 불독은 나무의 굵은 가지 하나를 잡아당겨 그 끝을 땅바닥에 닿게 한 후에, 거기에 톰을 매단다. 그리고는 그 가지를 갑자기 놓아버린다. 꼬리에 불이 붙은 톰은 로켓처럼 하늘로 날아오른다. 벙어리 톰이 입을 크게 벌려 비명을 지른다. 오우, 오우!

　그때 그 동안 한쪽 구석에 조용히 앉아 있던 또 한 소설가 한기홍이 술잔과 술병을 들고서 내 앞의 빈자리로 와서 털썩 주저앉는다.

　이미 술에 많이 취한 그가 자신의 잔에 술을 따르며 중얼거린다.

　"개똥들 같으니라구. 옛날에 개똥을 주우러 다니는 신이 있었지. 그래서 그가 자주 다니는 마을에는 개똥이 하나도 없었지. 그러자 어느 날부턴가 그 개똥을 주우러 다니는 신을 흉내내는 자들이 많이 생겨나기 시작했지. 개똥이 귀해졌기 때문이고, 그러다 보니 귀한 걸 찾는 행위까지도 귀하게 여겨지기 시작한 거지. 개똥같으니라구."

　그는 술잔을 한 번에 비우고 나서 고개를 반쯤 떨구며 말을 이었다.

　"그래서 이제는 너나 할 것 없이 개똥을 주우러 다니지. 우선 소설가라는 존재들이 앞에 나서서 다른 사람들이 무심히 내갈긴 개똥을 주우러 다니고, 그들이 흘려놓은 개똥들을 평론가들과 신문기자들이 나눠가지고, 그게 다시 원래의 자리로 돌아가는 거지. 이 얼마나 완벽한 개똥의 연쇄고리고, 개똥의 먹이사슬인가. 그러면서도 그 자들 모두는 수시로 '개똥도 약에 쓰려면 없다'라고 주워섬기기 일쑤지. 개똥같으니라구."

그때 누군가가 저쪽에서 나지막하게 한숨을 내쉬었다.

"아이쿠, 맙소사. 또 저 개똥 타령이군."

"이해해줘. 저 친구는 살아 있는 걸 포기하지 않는 한, 저런 식으로 세상 욕을 하지 않으면 견딜 수가 없을 테니까."

"저게 욕이야? 저걸 욕이라고 하는 거야?"

하늘 높이 날아올라 잠시 대기권을 벗어났던 톰은 다시 지상으로 머리 쪽부터 떨어져내려서 정원 한가운데의 땅속에 목 부분까지 처박힌다.

그때 간신히 들려 있던 한기홍의 이마가 땅 위의 구멍 속으로 숨어드는 타조의 머리처럼 쿵 소리를 내며 탁자에 닿는다.

그때 언제 다가와 앉았는지, 박기섭이 내 쪽으로 고개를 기울이며 묻는다.

"아드님이 이번에 대학에 들어갔다지요? 이건 그냥 하는 말이지만, 일전에 아드님이 의절 선언을 한 건 제가 보기에도 아무래도 지나친 것 같더군요."

나는 깜짝 놀라 잠시 그를 돌아본다. 그리고는 곧 그가 나의 막내 동생과 친구 사이라는 사실을 상기한다. 그런데 의절이라니. 그것을 의절이라고 불러야 한다니. 그러나 나는 이내 티비 화면 쪽으로 시선을 되돌린다.

그는 지금 내가 방심하고 있는 중에 나의 의표를 찌르려 하는 것이다. 그는 마음속으로는 내게 '아드님으로부터 의절을 당한 소감이 어떠셨나요?'라고 묻고 싶은 것이다. 그리고 더 나아가 이곳 진평에 계속 머무르려 하는지, 그리고 혹시 내가 당분간 절필을 선언하려는 것은 아닌지 알고 싶기도 할 것이다.

 그러나 그때 막 「톰과 제리」가 끝나고 만다. 나는 고개를 돌려 박기섭을 바라본다. 그러나 이미 「톰과 제리」가 끝난 마당에 내게는 더 이상 할말이 아무것도 없다. 나는 갑자기 생각이 났다는 듯 새삼스러이 주위를 돌아보며 그에게 묻는다.
 "윤서경씨가 보이지 않는군요. 무슨 일이라도 있나요?"
 "네, 아버님이 몹시 편찮으신 모양입니다. 그렇지 않아도 우리도 함께 오지 못해서 섭섭해하던 참이었습니다. 환자의 상태를 봐서 괜찮으면 내일쯤 혼자 들어오게 될지도 모른다고 하더군요."
 그때 방금 전의 그 편집부 기자가 술에 취한 듯 비틀거리며 다시 사진기의 셔터를 눌러대기 시작한다. 그때 나는 눈앞에서 사진기에 부착된 플래시의 전구가 퍽 터져버리는 것을 목도한다. 그리고 그 마지막 찰라에 갇힌 음화 속에서 나의 단절된 눈빛이 번뜩 죽음의 허연 뿌리를 드러내는 광경을 지켜본다. 그 모습은 어떤 강력하고 갑작스러운 소리처럼 내게로 달려든다. 컹. 그 소리의 입자들이 공중에서 파편처럼 흩어졌다가 다시 모여들어 내게 묻는다. 나는 나를 용서할 수 있는가.

10

 길이 눈 속에 덮여 있다. 내 발이 눈 위를 더듬어 사라진 길을 찾아낸다. 나의 두 발이 눈을 덮고 누운 길의 잠을 성가시게 하고 있는 것이다. 이윽고 나는 길을 가만히 내버려두기 위해, 길 따라 걷기를 포기한다.

이제 내 발이 눈 속으로 가라앉기 시작한다. 눈이 빠른 속도로 녹으면서 구두 위쪽을 통해 양말을 적셔온다. 나는 다시금 양말 속에 들어 있는 나의 발톱을 상기한다. 이제 습기를 머금은 나의 발톱은 이끼에 뒤덮인 음지 식물처럼 더욱 푸르게 변색될 것이다. 그러나 양말이 완전히 젖어버리기 전에 나는 다시 길로 돌아와 있다.

다섯 살쯤 되어 보이는 한 여자 아이가 아빠의 품에 안겨 쇼핑센터 쪽으로 걸어가고 있다. 남자는 이마에 땀을 흘리고 입에서는 더운 김을 뿜고 있으면서도 딸 아이를 내려놓으려 하지 않는다.

약간 뒤처져서 걸어오던 여자가 그 아이에게 말한다.
"아빠 너무 힘드시니 이젠 그만 내려서 걸어라."

그러나 아이는 고개를 내저으며 아빠의 목에 바싹 매달린다. 그러자 남자는 상기된 얼굴 위에 조금은 처연한 미소를 지으며 고개를 끄덕인다.

여자가 걸음을 빨리하여 아이의 얼굴을 들여다보며 똑같은 말을 반복한다.
"아빠 너무 힘드시니 이젠 그만 내려서 걸으라니까."

아이가 아빠의 목에 얼굴을 파묻는다.

남자가 말한다.
"힘들어도 참을 수 있으니 그냥 내버려둬요."

그러나 여자는 아이에게 더욱 바싹 다가서며 다시 말한다.
"아빠 너무 힘드시니 이젠 그만 내려서 걸으라는 엄마 말 못 들었니?"

아이는 아빠 몸의 일부가 된 채 미동도 하지 않는다.

남자가 다시 말한다.

"그냥 내버려두라니까."
"어서 내려오지 못해?"
"당신이야말로 그냥 내버려두라는 내 말 못 들었소?"
 두 사람은 우뚝 걸음을 멈추고서 서로를 노려본다. 여전히 처연한 남자의 표정 위로 분노의 표정이 어리고, 여자는 적의로 충혈된 눈동자로 싸늘하게 남자를 응시한다. 아이가 고개를 쳐든다. 남자는 아이의 몸을 추스려 고쳐안고서 다시 걷기 시작한다.
 아이가 아빠의 얼굴을 만지며 말한다.
"아빠도 이렇게 해봐. 난 지금 바람을 잡아먹는 거야. 하늘도 떼어먹고."
 아이가 얼굴을 젖히고 입을 뻐끔거리며 바람을 잡아먹고 하늘을 떼어먹는 시늉을 해보인다.
"아빠도 이렇게 해봐. 재미있어. 내 입은 너무 작지만, 아빠는 입이 크니까 더 잘 될 거야."
 남자는 아이를 따라서 입을 뻐끔거리며 숨을 들이마신다. 그의 얼굴에서 처연한 기운이 조금씩 벗겨진다. 그러나 그 뒤를 따르는 여자의 걸음은 점점 더 느려지기만 한다.
 자신의 아들이나 딸을 바라보며 자기 자신의 모습을 발견할 수 있는 기회가 많은 부모는 얼마나 행복한가. 그 반면에 자신의 아들이나 딸을 바라보며 자기 자신을 발견할 수 있는 기회가 적은 부모는 얼마나 불행한가.

 언젠가부터 나는 점차 사물이 되어가고 있었다. 그것은 마치 병의 진행과도 흡사했다. 나는 매일 나의 몸이 말단에서부터 조금씩 물건으로 변해가고 있는 것을 지켜보고 있었다. 그런 증상은 우선 나의 두 손과 그 두 손에 닿는 물건들 사이의 본능적인 친화력으로부터 비롯되었다.
 그러나 곧 나는 그 친화력이 다른 무엇보다도 경계해야 할 대상이라는 사실을 깨달았다. 그 친화력에 빠져들어서 내 몸이 반사적이고 습관적으로 그 물건들의 일부가 되어가고 있었던 것이었다. 그리하여 나를 잠식한 그 물건들이 나를 좌지우지하며 나로 하여금 자기들 식으로 행동하게 만들고 있었다.
 나는 차츰 내게 닿는 모든 것이 되어갔다. 나의 손가락이 만년필을 닮아가더니 급기야 만년필이 되고 말았고, 얼굴은 원고지로 변해갔으며, 내 몸은 책상의 일부가 되어갔고, 자주 내 입에서는 타자 치는 소리가 빠져나갔으며, 내 몸 속에서는 검은색 잉크가 잉크병을 닮은 심장을 중심으로 하여 가는 고무 튜브 모양의 핏줄기를 따라 순환을 하고 있었다.
 그러다 보니 나는 거의 자동적으로 글을 써나가고 있었다. 나는 글쓰기에 있어서의 이른바 노하우를 완전히 습득하고서 무척 많은 글을 무척 빠른 속도로 써내고 있었다. 그러면서 나는 마치 나 자신이 내가 만들어내는 글의 일부인 양 착각을 하고 있었다.
 그뿐만이 아니었다. 나는 모든 관계 속에서도 하나의 사물이 되어갔다. 나는 아빠라는 물건이었고, 남편이라는 물건이었고, 아들이라는 물건이었고, 친구라는 물건이었으며, 아침녘에 신문지에 싸인 채 좌변기 위에 놓여져 있는 장식물이었고, 술집 탁자 위에 놓여 있는 커다란 술잔이었고, 빠른 속도로 내달리는 자동차의 부품이었다.
 불현듯 그런 생각에 강하게 사로잡히게 된 그날, 나라는 타자기는 티비 방송국에서 프로듀서로 일하고 있는 친구로부터 들은 바 있는 한 가련한 중에 대한 이야기를 쓰고 있었다. 그날은 몹시 더운 여름날이었다.

기획 프로그램의 일환으로 방송국 촬영팀은 민담이나 설화 속에 등장하는 암자들을 찾아다닌다. 그리고 그때그때마다 탤런트들을 동원하여 그 이야기를 꽁트식으로 꾸며나간다. 그러던 중에 그들은 이제는 불타버리고 없는 절터를 찾아 깊은 산속으로 들어가게 된다.

그곳에는 절 대신 한 작은 암자가 있고, 한 스님이 그 암자를 지키고 있다. 그들은 그 스님이 매우 재치가 있고 임기응변이 뛰어나다는 사실을 발견하고는 그에게 촬영에 직접 참여해줄 것을 즉흥적으로 요청한다. 그 절에 얽힌 민담의 내용은 옛날 한 스님이 도적들로부터 절을 지키기 위해 기지를 발휘하는 것인데, 마치 엄청나게 큰 거한이 그 절에 사는 것처럼 꾸며놓음으로써 도적들을 퇴치한다는 것이다.

예상했던 대로 그 스님은 자신이 맡은 역을 훌륭히 소화해내고, 많은 사람들이 그의 연기를 칭찬한다. 촬영팀이 그와 작별을 하고서 서울로 돌아온 뒤 한 달쯤 후에 그 프로그램이 방영된다. 그리고 나서 며칠 후 그 촬영을 주도했던 프로듀서는 난데없이 그 스님의 방문을 받는다. 그가 그 프로듀서에게 하는 말은, 방송 속에 승려가 등장하는 일이 많을 터이니 자기가 앞으로 그 역을 전담하면 어떻겠냐는 것이다. 한마디로 그는 티비에 출연하는 데에 재미가 든 것이고, 남들의 칭찬에 헛된 자신감이 든 것이다.

프로듀서는 어처구니없어하면서도 그런 기색을 애써 감추고서 그를 달래어 돌려보낸다. 실제 사정이 여의치 않지만 혹시 그런 기회가 생기면 연락을 취하겠다는 언질을 준 것이다. 그 승려는 떠나면서 프로듀서에게 연락처를 남기는 것을 잊지 않는다. 이미 그는 아주 그 암자를 떠난 것이며, 지금도 그는 서울 근교에 머물면서 프로듀서에게서 연락이 오기를 기다리고 있는 중이다.

다소 과장이 섞여 있을지도 모르는 그 이야기를 듣고 난 후에 나는 그 이야기를 거의 잊고 있었다. 그 후 모 대중 잡지로부터 원고청탁을 받았을 때, 문득 나는 그 이야기를 머리에 떠올렸다. 그리고는 그 즉시 타자기를 끌어당겨놓고서 일사천리로 그 이야기를 소설로 꾸며나가기 시작했다.

중간쯤에 이르러 때로 이야기가 잘 풀려나가지 않기도 하였으나, 그때마다 내가 실제로 엉덩이를 들썩이며 말꼬리를 슬쩍 뒤집으면 미처 예상하지 못했던 길이 내 앞에 새로이 열렸다. 그러면 나는 속도를 줄이지 않고서 서둘러 그 길로 뛰어들었다. 그러다가 어느 순간, 이런 빌어먹을, 나는 갑자기 주먹으로 타자기를 내리쳤다.

나는 나 자신의 이야기를 쓰고 있었다. 나는 소설이 거의 끝나갈 무렵에야 겨우 그 사실을 깨닫게 되었다. 나 또한 지금 처음에 자리 잡았던 나의 암자를 떠나서 어딘지도 모를 곳을 떠다니며 누군가 나를 불러주기를 기다리고 있는 것이 아닌가. 나는 나를 용서할 수 없었다.

나는 벌떡 일어섰다. 그러나 이미 나의 몸은 자유롭지 않았다. 내 대신 능란하게 글자를 만들어가던 타자기가 어느새 내 몸에 바싹 들러붙어서 함께 딸려올라왔기 때문이었다. 그러나 다시 보니 그것이 아니었다. 내 몸의 일부가 타자기가 되어 내가 다리를 움직이려 할 때마다 덜그럭거리고 있는 것이었다.

나는 타자기가 된 나의 부분을 내게서 떼어냈다. 그리고는 의자를 밀어뜨리며 돌아섰다. 앞으로 휘적휘적 걸어나가는 나의 발걸음에 걸려서 선풍기가 옆으로 넘어졌다. 모로 누운 상태에서도 선풍기는 맹렬하게 돌아가는 것을 멈추지 않았다. 나는 발길질로 선풍기의 쇠그물을 걷어찼다. 선풍기가 구르면서 바람을 사방으로 방사했다. 나는 내친김에 그것의 목 부분을 힘껏 내리밟았다.

발의 아픔을 무릅쓰고 몇 번을 그렇게 내리쳤을 때에야 지지대의 쇠와 플라스틱의 연결 부분이 부러졌다. 그러나 붉은 동맥과 검은 정맥에 의해 연결된 해바라기 모양의 동체 부분은 팬의 회전을 멈추려 하지 않았다. 나는 더 이상 어찌할 수가 없었다. 그렇다고 전원을 끊거나 플러그를 뽑고 싶지는 않았다. 왠지 비겁하게 느껴지는 그런 행동을 하는 대신 나는 그토록 끈질기게 돌아가고 있는 선풍기를 한동안 바라보다가 한쪽 발을 절뚝거리며 방을 나갔다.

그날 이후로 내 머릿속에서는 지금도 그 선풍기가 돌아가고 있다.

그 후 나는 곧 프랑스로 넘어가 있었다. 이제 와서 돌아보아도 내가 왜 프랑스로 떠나지 않으면 안 되었던가 하는 것은 그다지 중요한 질문이 아니다. 요컨대 나를 둘러싼 모든 일상적인 것들이 내 목을 따기 위해 시퍼런 칼날을 턱밑에 바싹 들이대고 있었고, 그것들이 그다지 중요하지 않은 사소한 것들이었던 만큼 나는 더더욱 그런 상황을 견디기 힘들어했던 것이다.

나는 나를 둘러싼 모든 크고 작은 관계들 속에서 마비와 죽음의 냄새를 맡았다. 그러나 사실은 그 죽음의 냄새가 나의 내장으로부터 비롯되는 것임을 나는 알고 있었다. 내가 곧 살아 있는 시체였다. 나는 일상이라는 방부제, 일상이라는 클로로포름이 담긴 병 속에 들어앉아 시체로서의 삶을 연장시키고 있었던 것이다. 나는 그 병을 깨어버려야 했다. 그렇게 하여 비록 내 몸이 공기 중에 닿아 한 순간에 썩어버리는 한이 있더라도 나로서는 반드시 그렇게 해야만 했다.

사물이 되어가는 고통은 실로 대단한 것이었다. 나는 아무것도 참을 수가 없었다. 더 나아가 나는 못 참겠다고 생각했다. 나는 참지 않겠다고 다짐했다. 하지만 남들이 나의 그런 고통을 아무렇지도 않게 치부해버릴 때, 나 또한 내가 구체적으로 뭘 못 참겠다는 것인지 혼란스러워졌다. 그리고 바로 그것이 내가 프랑스로 간 이유였다. (그러나 과연 내가 진정으로 참을 수 없었던 구체적인 것들은 무엇 무엇인가. 나는 나를 용서할 수 있는가.)

그 무렵에 나는 끊임없이 글을 썼지만, 한 선배가 내게 지적해준 말은 전적으로 사실이었다. 지금 너는 계속하여 많이 써대지만, 그러나 많이 쓰는 만큼 정작 너는 네가 뭘 쓰고 있는지도 제대로 모르고 있는 것이다. 그 말 또한 내가 프랑스로 가야 하는 직접적인 이유를 제공하는 것이었다.

그런데 프랑스에서 나는 무엇을 했던가. 책을 몇 권 썼고, 특히 많은 여행을 했다. 그러나 나는 6년이나 지난 후에야 귀국길에 오를 수 있었다. 막상 그곳에 도착한 나는 더욱 무기력해지지 않을 수 없었다. 이를테면 그곳에서 나는 어떤 흡인력에 의해 끌어올려지다가 중간에 멈춰버린 지하수 같은 입장에 처해 있었다. 나는 계속하여 뿜어 나올 수도, 그렇다고 다시 가라앉을 수도 없게 되어버린 것이었다.

도불한 지 얼마 되지 않아서 나는 한국의 작가라는 이름으로 그곳의 모 일간지와 인터뷰를 했고, 이곳의 인권 문제에 대한 그 인터뷰 기사가 신문지상에서 예상했던 것보다 훨씬 중요하게 다루어지는 바람에, 그 결과로 나는 6년 동안 이곳으로 돌아올 수 없었다. 이곳에 있는 한 소설가가 내게 만약 섣불리 귀국을 하다가는 정보부에 구속될지도 모른다고 귀띔을 해주었고, 나는 상황이 안전하다는 보장이 없는 한 돌아올 마음을 가질 수 없었던 것이다. 그러나 나는 그 문제에 대해서는 더 이상 길게 이야기하고 싶지 않다.

나는 그곳에서 변칙적인 방법으로 이곳으로부터 송금을 받았다. 그러나 당연한 말이지만 송금으로 생활을 꾸려나간다는 것은 애초에 한계가 있는 일이었다. 나는 그곳에서 생활을 하기 위해 많은 일을 해야 했다. 가족들이 그곳으로 오겠다는 의사를 표명했을 때, 나는 그 말을 묵살하지 않을 수 없었다. 특히 나 같은 경우에서, 아무런 대책이 없이 외국에서 접하게 되는 무수한 일상적인 것들은 그 자체로 독처럼 치명적일 수 있음을 나는 잘 알고 있었기 때문이었다. 그리하여 결국 이곳과의 연락은 점점 뜸해지고, 그런 와중에서 나의 아내는 내게 이혼 통지를 하고서…… 아, 그러나 그 고통의 세월을 담고 있는 나의 이야기는 어찌 이리도 쉽고 간단하게 풀어져나오는가.

지금도 내 머릿속에서는 그 선풍기가 돌아가고 있다. 그날 꿈틀거리며 끈질기게 돌아가던 그 선풍기에 마지막 일격을 가하여 아예 생명을 끊어놓아야 했던 것은 아닐까. 옛날 이야기 속에서는 소금을 만들어내는 요술 맷돌이 아직도 바닷속에서 돌아가고 있다. 나는 그런 옛날 이야기투 속에 빠져서 아직도 그 무엇으로부터 벗어나지 못하고 있는 것인가. 나는 달라지고 변화하려 했지만, 그러나 아무것도 달라진 것도, 변화한 것도 없다. 그러니 나는 나를 용서할 수 있는가.

나는 반쯤 끊어진 목으로 머리를 돌려대는 선풍기이다. 나는 여전히 바닷속에서 열심히 염도를 조정하고 있는 맷돌이다. 나는 벽 속에 갇혀서 지금도 남의 이야기를 엿듣고 있는 남자이다. 그러니 내가 어찌 나를 용서할 수 있겠는가.

11

카페에서 커피를 마시고 자리에서 일어서던 나는 다시 털썩 주저앉는다. 문득 우리는 하루종일 앉았다가 일어서기만을 끊임없이 반복하고 있다는 생각에 사로잡혔기 때문이다. 나는 다시 일어선다. 그러나 하루라는 것이 앉았다 일어서는 것을 빼놓으면 달리 무슨 행동이 있을 수 있을까 하는 생각이 다시금 나를 주저앉히려 든다. 그러나 나는 어깨에 힘을 주고 카페 밖으로 걸어나간다.

현기증을 무릅쓰고 똑바로 서 있으면 그렇게 선 채로 하늘을 꿰뚫는 듯하다. 아니, 그렇게 선 채로 나는 나 자신을 꿰뚫는 듯하다. 그렇게 선 채로 하늘을 꿰뚫고, 나 자신을 꿰뚫고 나는 어디로 가려 하는가. 내가 나를 관통하여 나아갈 수 있는 그 끝간데는 어디일까. 이윽고 천천히 발걸음을 떼어놓은 나는 오랫동안 눈길을 따라 걷는다.

나는 오랫동안 앉지도 서지도 않고 멀리까지 걸어나갔다. 한참 후에 나는 눈길을 벗어나서 고속버스 터미널의 대합실에 들어갔다. 그곳의 가판대에서 주간 시사잡지를 한 권 샀다. 나는 잠시 서서 망설이다가 결국 플라스틱으로 된 의자에 다시 앉았다. 나는 윤서경을 기다리고 있는 것이었다. 그러나 나는 그녀가 언제 진평에 도착할지, 뿐만 아니라 오긴 올 것인지조차 모르고 있었다. 나는 그냥 그렇게 그곳에 앉아 있는 것이었다.

내가 주간지의 목차를 살펴본 후에 막 다음 장을 넘기려 할 때, 한쪽으로부터 사람들의 웃음 소리가 터져나왔다. 고개를 돌려보니 그곳에는 열예닐곱 살쯤 되어 보이는 한 소년이 서 있었다. 첫눈에 보기에도 그는 분명 정신박약아였다. 그는 머리에서부터 시작하여 엉덩이에 이르기까지 움직임이 자꾸 한쪽으로만 쏠리면서 간신히 균형을 잡고 있었고, 얼굴의 표정을 유지하는 신경의 끈도 느슨하게 풀려 있었다.

추위를 제대로 막아낼 수 있을지 의심스러울 정도로 초라하고 남루한 차림을 한 그는 젊은 여자들에게 갑자기 다가가서 그녀들을 놀라게 하고 있었다. 여자들은 비명을 지르며 뒤로 물러서다가 이내 하나같이 웃음을 터뜨렸다.
  그러다가 때로 그는 젊은 남자의 우악스런 손길에 잡혀 희롱을 당하거나 머리를 얻어맞기도 하고 있었다. 그리고 그때마다 주위 사람들의 웃음이 그를 에워쌌다. 그러면 그는 그 웃음 소리에 힘입어 더욱 짓궂게 행동했다.
  사람들은 그의 행동을 어처구니없어하고 있었고, 그는 그 나름대로 자기의 행동에 웃음을 터뜨리는 다른 사람들의 반응을 어처구니없어하고 있었다. 사람들은 그의 행동을 재미있어하고 있었고, 그는 그 나름대로 그들의 반응을 즐기고 있었다.
  대합실 안에 있는 사람들을 하나씩 건드려보며 반응을 살피던 그는 이윽고 내 옆에까지 다가왔다. 그러나 나는 달리 그를 대할 방법을 찾지 못하여 그냥 잡지에 눈길을 주고 있었다. 그러자 그는 더욱 바싹 얼굴을 내 쪽으로 들이밀다가, 내가 계속 아무런 반응도 보이지 않자 나중에는 내 눈과 잡지 사이로 얼굴을 쑥 들이밀었다. 그와 동시에 사람들 사이에서 다시금 요란한 웃음의 파문이 일어났다.
  그와 눈이 마주친 나는 마음이 착잡해졌지만, 꾹 참고 미소를 지어보였다. 그러자 그는 몸을 조금 움찔했다. 그는 자신에게로 향한 쓸쓸한 미소에 익숙하지 않은 모양이었다. 예전에 내가 살던 지방의 한 도시에도 그와 같은 정신박약아가 있었다. 그 아이 또한 버스 터미널의 대합실에서 자주 마주칠 수 있었다. 그리고 얼마 후에 나는 그가 역과 터미널을 하루씩 번갈아가며 찾는다는 사실을 알 수 있었다. 하필 도시 전체에서 바로 그 두 곳만이 그의 활동 무대였는데, 지금에야 나는 그때 그가 사람들이 떠나고 도착하고 서로 만나고 헤어지는 그 공간에 대해 자기로서도 잘 파악할 수 없는 호기심을 느꼈던 것임을 짐작할 수 있었다.

지금 금방 그는 내게서 흥미를 잃은 모양이었다. 자기 같은 바보에게 쓸쓸히 미소를 짓는 바보가 또 어디에 있다는 말인가. 그는 간신히 그렇게 생각하고 있을 것이었다. 그때 환경 보호의 필요성을 홍보하는 운동원들이 대합실 안으로 들어갔다. 그는 얼른 내 곁을 떠나서 그들에게로 다가갔다. 그리고는 그들에게 손을 뻗어서 그들이 들고 있는 용지를 자기에게도 달라고 졸랐다. 그들 중의 하나가 기가 막히다는 듯 웃으며 그에게 종이 한 장을 건네주었다. 그러자 그는 환경 파괴의 심각함을 알리는 그 종이의 내용을 음미하듯 오랫동안 찬찬히 복잡한 문구를 들여다보았다. 그런 그의 곁으로 헌병 둘이 나타나 절도 있는 걸음으로 대합실 안을 오가기 시작했다.

너는 일상에서 벗어나 있다. 너의 얼빠진 표정, 너의 남루는 일상으로부터 영원히 비껴나 있다. 너는 현재에 머물러 있지 않다. 너는 과거에 머물러 있으면서도 이미 미래로 넘어가 있다. 너의 과거가 네게는 현재이며 미래이고, 너의 현재는 과거와 미래가 머무는 공간이며, 너의 미래는 과거와 현재 속에 들어 있다. 요컨대 네 속에는 현재와 과거와 미래가 모두 함께 화해롭게 들어 있는 것이다.
그런 의미에서 너는 나의 미래이다. 나의 현재와 과거와 미래를 통틀어 나는 기꺼이 너라는 미래 속으로 들어간다.

그 동안 두 대의 버스가 도착했고, 바깥이 어둑어둑해질 무렵이 되었어도 윤서경의 모습은 보이지 않았다. 그녀는 이미 내게 좋은 친구가 되어 있었다. 내가 그녀에게 우정을 느낀다는 사실은 놀라운 일이다. 게다가 그 사실을 놀라운 일로 받아들이는 나 자신의 태도 또한 놀랍기 짝이 없다. 그러나 여하튼 놀라운 일임에는 틀림이 없다.

그녀는 나보다 거의 이십 년이나 연하인 여인이었고, 그 동안 불과 세 번 정도밖에 만난 적이 없다. 하지만 여전히 나는 아직도 그 사실을 놀랍게 받아들이는 나 자신에 대해 놀라지 않을 수 없다. 대체 그것이 왜 그토록 놀라운 일이라는 말인가. 우선 그녀는 매력적인 여자이며, 다음으로 그녀는 나보다 나이가 스무 살이나 연하이다. 그것이 바로 내가 그녀에게 우정을 느끼고 있는 이유이다.

더욱이 나는 처음부터 그녀가 나를 관찰의 대상으로 삼고 있음을 알고 있었다. 지금보다 십여 년쯤 젊었을 적에 나는 스승의 집을 간간이 방문했다. 나는 비교적 눈에 띄는 외모를 지니고 있었고, 그 무렵에 신문지상에 이름과 사진이 오르는 적이 종종 있었으므로, 그녀는 나를 비교적 인상적으로 기억하고 있었다. 그 후 그녀는 출판사에서 근무하며 나의 작품을 접하면서 자기도 모르게 나에 대한 그 인상을 부풀려나갔다. 그러다가 마침내 나를 다시 만나게 되었을 때 그녀는 일종의 감개를 느끼게 된 나머지 남다른 관심을 가지고서 나의 일거수일투족을 지켜보게 된 것이었다.

스승을 만나고 나오던 길에 나는 나를 배웅나온 그녀와 함께 강가에 있는 한 카페에서 차를 마셨다. 한 시간 남짓 이야기를 나누고서 밖으로 나온 우리는 함께 잠시 강가를 따라 걸었다. 나무로 꾸며진 선착장 위에 내려섰을 때, 나는 나무 기둥에 한쪽 어깨를 기대고서 한쪽 다리에만 힘을 주고 비스듬히 선 채 강과 강 너머의 산들을 바라보았다.

그러다가 문득 고개를 돌려 그녀를 바라보았을 때, 그녀가 눈에 보이지 않았다. 나는 깜짝 놀라지 않을 수 없었다. 방금 전까지만 해도 곁에 서 있던 그녀가 한 순간에 사라져버린 것이었다. 나는 눈을 크게 뜨고 주위를 돌아보았다. 하지만 눈에 들어오는 것은 황량한 들판과 넓은 강과 멀찍이 떨어져 있는 산들뿐이었다.

그때 무엇인가가 나의 다리 부분에 닿았다. 나는 다시 한번 깜짝 놀라 아래를 내려다보았다. 그녀는 그곳에 있었다.

무릎을 오그리고서 앉아서 두 손으로 나의 장딴지와 무릎을 만지고 있던 그녀가 고개를 뒤로 젖혀 나를 올려다보며 말했다.

"다리가 정말 단단하시군요."

그녀의 말을 듣는 순간 나는 잠시 아뜩해하지 않을 수 없었다. 그녀는 그 동안 나의 다리가 단단할 것이라고 내심으로 짐작하고 있었고, 지금 그 사실을 자신의 손으로 직접 확인한 것이었다. 그녀는 나라는 존재를 확인하고 있었고, 그러나 나는 내가 누군가에 의해 확인의 대상이 된다는 사실에 어지러움을 느끼고 있었다. 나는 누구인가. 나는 그녀처럼 나를 확인할 길이 없었다. 나는 내가 누구인지도 모르는 채, 다른 누군가로 확인되고 있었다. 그렇다면 결국 나는 복제되고 있는 것이었다. 나는 나를 관찰하는 그녀의 시선 앞에서 또 다른 나로 헛되이 무한복제되고 있었다.

나의 앞에 얼빠진 표정과 남루, 나의 미래가 다시 나타난다. 그는 눈빛을 휘번득거리고 시시각각 표정을 바꾸며 사람들 사이를 빠져다닌다. 그는 차 시간을 확인하랴 화장실에 다녀오랴 서둘러 차에 오르랴 바쁘게 움직이는 사람들 그 누구보다도 바쁘다는 인상을 남들에게 주고 싶어하고 있는 것이다.

지금 그는 몹시 바쁘다. 여자 친구가 진평으로 그를 만나러 오기로 되어 있는데, 그만 시간을 잘못 보아서 뒤늦게 그곳에 나타난 것이다. 그는 대합실 안을 둘러보고 나서 밖으로 뛰어나가 버스들 사이를 살펴본다. 그녀는 너무 나이가 많지만, 그로서는 자기처럼 정박아가 아닌 그녀를 감지덕지해야 한다. 그는 계속하여 황급히 발을 움직인다.

그녀는 아무 곳에도 보이지 않는다. 그러나 그녀가 도착한 지 이미 사십 분이 지나 있는 것이다. 그는 멀리 눈 덮인 세상을 휘휘 돌아본다. 그러나 그녀는 어디에도 보이지 않는다. 그는 땅바닥과 하늘 구석구석까지도 찾아본다. 하지만 그녀는 아무 곳에도 없다. 그렇다면 그녀는 애초에 오지 않은 것이다.

그때 거짓말같이 그녀가 나타난다. 늙고 뚱뚱하고 그처럼 남루한 그녀가 땅에서 솟았는지 하늘에서 떨어졌는지 불쑥 대합실 안으로 들어서서 그에게로 다가온다. 그리고는 주름살과 늘어진 살점으로 덮인 얼굴을 잔뜩 찌푸리며 그의 귀를 움켜쥔다. 그러나 그는 너무도 행복하기만 하다. 그녀는 그의 귀를 잡은 채 그를 질질 끌고 간다. 하지만 그는 그녀가 나타나주었다는 사실만으로도 너무도 기쁘고 황홀할 뿐이다. 그녀의 입에서 흘러나오는 거친 말도 그의 흡족함을 누그러뜨리지 않는다. 그에게는 그녀가 자기보다 훨씬 나이가 어리고 얌전한 여자 친구로만 보이는 것이다.

너무도 행복하고 기쁘고 황홀한 탓에, 그는 그토록 고양된 감정을 감추고서 그녀에게 대체 어디에 갔다 오는 것이냐고 짐짓 꾸짖듯 소리친다. 이윽고 나의 미래가 나의 눈앞에서 사라진다.

내가 복제된 존재에 불과하다면, 과연 그렇다면 내 속에 들어 있는 그녀에 대한 우정은 어디에서 복제된 것일까. 그러나 우리는 많은 경우에 어디에서 비롯되었는지는 몰라도 어디로 나아가는지 알 수는 있다. 그렇듯이 우정이 그 무엇인가로부터 복제된 것이라면, 그 우정이 다시 사랑을 복제해내지 못할 것도 없는 것이다.

지금 그녀는 내 앞에 나타나지 않지만, 우리는 언젠가는 만날 것이다. 사랑은 미래적인 어법을 가능하게 한다. 어디에서든 우리는 다시 만날 것이다. 나는 기꺼이 미래형으로 말하고 싶어진다.

우리는 만나서 함께 많은 일을 할 것이다. 그러면 그녀는 그때마다 말을 할 것이다. 시간을 잘 지키시는군요. 술을 좋아하시는군요. 사진 찍기를 싫어하시는군요. 동물을 좋아하시는군요. 머리결이 부드럽군요.

또한 우리는 육체적인 사랑을 나눌 것이다. 오랜 망설임 끝에 이루어진 그 행위가 끝나고 난 후, 그녀는 내 곁에 누워서 아직 열기가 남아 있는 손으로 땀에 젖은 나의 가슴을 쓰다듬으며 속삭일 것이다.

"사랑을 격렬하게 하시는군요."

그러면 그제서야 나는 어렴풋이나마 조금씩 나 자신을 확인할 수 있게 될 것이다. (하지만 그렇다고 나는 나를 용서할 수 있을 것인가.) 그러나 나는 여전히 복제물로 남아 있을 것이다. 나는 나 자신이 복제물임을 확인하게 될 뿐일 것이다.

이제 나 또한 그 소년처럼 대합실을 떠날 것이며, 어쩌면 나는 로즈마리를 찾아갈 것이다. 그녀는 떨떠름한 표정을 지으면서도 나로 하여금 방에 들어올 수 있게 해줄 것이며, 아마도 우리는 함께 잠자리에 들어 사랑을 나눌 수도 있을 것이다. 그렇게 되면 아마도 나는 동양인의 편편한 몸으로 그녀의 울퉁불퉁한 몸을 이기기 위해 격렬하게 몸을 움직일 것이다.

12

오늘 나는 콘도미니엄을 나와서 피닉스호텔로 숙소를 옮겼다. 아직 며칠 더 그곳에 머물 수 있었지만, 나의 일행들은 간담회 일정이 끝나자마자 원색의 옷을 차려입고서 다른 사람들 속에 끼여들고 있었고, 내게는 그런 그들 사이에 남아 있을 하등의 이유가 없었다.
　나는 내가 어디에 새로운 숙소를 잡았는지 아무에게도 말하지 않았다. 아마도 그들은 내가 진평을 떠났다고 생각할 것이다. 로즈마리도 역시 내가 어디에 머무는지 모른다. 아마도 그녀 또한 나의 방에 다른 사람이 들어 있는 것을 발견하고서 내가 훌쩍 이곳을 떠난 것으로 여길 것이다. 그리고는 어쩌면 나로서는 알아들을 수 없는 그 울림이 묘한 말을 다시금 입에 담을지도 모른다. 하지만 이제 그녀 자신에게도 남자 친구가 그 콘도미니엄에 머물 수 있도록 배려해준 기간이 얼마 남지 않았을 것이다. 그리고 우리는 아마도 다시는 만날 수 없을 것이다.
　어느새 내일이면 이틀간의 연휴가 끝난다. 그리고 지금은 이미 어두운 밤이다. 이미 이곳은 눈에 띄게 썰렁해져 있다. 많은 사람들이 날렵하게 자신들의 출구를 통해 이곳을 빠져나가버렸다. 그러나 나는 여전히 출구를 찾지 못한 채, 몸무게가 너무 나가서 약한 다리를 건너지도 못하고, 심장과 간에 살이 너무 붙어서 좁은 통로를 빠져나가지 못하고, 발톱이 너무 길어서 이쪽 절벽에서 저쪽 절벽으로 뛰어넘지도 못하고서 이곳에 남아 있는 것이다.

　자기 자신에 대한 환멸감으로 어둠 속에 우뚝 서서 그 캄캄함으로 눈멀어 있을 때에, 역설적으로 그 캄캄함에 차츰 익숙해지다가 어둠 속에서 점점 더 밝아지는 시야. 나는 그렇게 하여 얻어진 눈밝음으로 세상과의 거리를 유지한다.
　전화벨이 울렸다.
　"여보세요."
　"나 남복동입니다. 들어와 계셨습니까?"

잘못 걸린 전화였다.
"어딜 거셨습니까?"
"아이쿠. 이거 죄송합니다."
그러나 내가 방금 들은 말들은 마치 내 속에서 일어난 우연한 파동에 지나지 않는 듯하다. 잠시 후에 다시 전화벨이 울렸다. 나는 전화기를 집어들고서 잠시 기다렸다. 그러나 저쪽에서도 아무런 소리가 없었다. 한참 만에 내가 물었다.
"누구세요?"
"난 줄 알잖아(요)."
전화 통화의 상태가 교착과 대치의 상황을 거듭하고 있다. 나는 흡사 대설주의보의 예감을 느낀다. 또 다시 전화벨이 울렸다.
"임선생님이신가요? 전 박기섭입니다. 이제야 계신 곳을 찾아냈군요. 난 임선생께서 이곳을 떠나시지 않았을 거라고 확신하고 있었죠. 그래서 다른 사람들과 내기까지 걸었답니다. 이제 내가 이겼으니 사람들한테 술 얻어먹으러 내려가야겠습니다. 임선생께서도 함께 자리하시지 않겠습니까?"
나는 그의 청을 받아들일 마음도, 그럴 이유도 없었다. 사실 내가 '유명 인사와 함께 즐기는 숨은 그림 찾기'에 연루된 것도 박기섭의 개입에 의한 것이었다. 그가 나서서 그 유명 인사들의 목록에 나의 이름을 올린 것인데, 나는 나중에 그 그림을 보고 나서야 그런 사실을 알 수 있었다.
"그럼 전화 끊기 전에 한마디만 여쭤보겠습니다. 지금 이곳에서 뭘 하고 계신 거지요? 중요한 작품을 구상중이신가요? 그렇다면 나중에 우리 신문사 출판부도 한번 고려해주시기 바랍니다. 그리고 그게 아니라 막말로 절필 선언이라도 하실 요량이라면, 그때는 저희 신문사 지면을 할애해드리겠습니다. 제가 너무 결례를 범하신 거라면……"
 "그건 그렇고 윤서경씨의 아버지, 윤현탁 선생이 돌아가셨다는 소식 들으셨습니까? 저도 오늘 아침에야 알았습니다. 아마 발인이 모레쯤인 모양이더군요. 우리들 중에서도 몇이 내일 아침 일찍 장지로 가보려 하는데, 같이 가실 생각이 있으시면 나중에라도 이쪽으로 연락을 주십시오. 그럼 이만 끊겠습니다."
 나는 여전히 전화 통화가 교착 상태에 빠져 있다고 생각한다. 내가 들은 것은 그 교착 상태가 내는 혼선음에 불과할 뿐이다. 그러나 곧 나는 내 머릿속이야말로 교착 상태에 빠져 있음을 인정하지 않을 수 없다. 느닷없이 충격이라는 주파수에 맞춰진 내 머릿속이 전기 방전을 하며 혼선음을 만들어내고 있는 것이다.

 나는 잠시 내려놓았던 수화기를 다시 집어들면서 탁자 위의 수첩을 끌어당겼다. 곧 이어 스승의 외딸의 물기 머금은 무거운 목소리가 뗏목처럼 강물을 따라 떠내려오다가 내 몸에 턱 걸렸다.
 "아버님께서 돌아가셨다는 말을 방금 들었습니다."
 "전 장례식을 치르면서 내내 선생님만을 기다렸어요. 연락이 전혀 되지 않더군요."
 "아버님이 날 기다렸다는 말인가요?"
 "아니에요, 제가 선생님을 기다렸어요. 아버님은 임종 직전에 제가 당신을 기다리고 있다는 사실을 알고서 역정을 내셨지요. 어디 계시죠? 진평에서는 나오셨나요?"
 "아니요, 난 지금도 여전히 그곳에 있어요."
 "아니에요, 사실은 그렇지 않아요. 아버님이 선생님을 기다렸어요. 제가 선생님을 기다리다니요. 말도 안 돼요. 죽은 아버님이 지금도 선생님을 기다리고 있다구요."

스승은 자신의 죽음으로 또 다른 변주를 부리고 있는 것인가. 어차피 출구는 없는 마당에, 이제 새삼스레 누군가의 기다림이 출구가 되어줄 수 있다는 말인가. 나는 도저히 이 성을 벗어나지 못할 것이다. 출구는 없다. 봄이 와서 이 눈과 얼음의 성이 녹는다고 하더라도 나는 여전히 이곳에 갇혀 있을 것이다.

스승은 그런 줄 알면서도 죽다니. 그런 식으로 나를 이곳에서 끌어내려 하다니. 자기가 나의 미래인 줄 알다니.

"아버지는 눈을 뜨시고 입을 크게 벌리고서 숨을 거두셨죠. 눈까풀은 쉽게 닫혀졌지만, 입은 아무리 다물려놓아도 금방 다시 벌어졌어요. 그 입 안으로 들여다보이는 구멍이 어찌 그리도 크고 깊은지. 나는 그 구멍에다가 내 귀를 가져다 대고서 숨소리를 들어보려 했어요. 우물 속에서 나는 물방울 소리 같은 것을 들으려 했지요. 그러나 아무 소리도 들리지 않았어요. 바람 소리도 없었어요. 돌아가셨구나, 나도 모르게 내가 그렇게 말했어요. 그리고 그 순간 아버지는 돌아가시고 만 거예요. 아마도 아버지는 내 말에 가슴이 철렁 내려앉았을 거예요. 내가 염라대왕처럼 아버지에게 죽음의 선고를 내린 거지요. 내일 와주시겠어요?"

자기 자신에 대한 환멸감으로 어둠 속에 우뚝 서서 그 캄캄함으로 눈멀어가다가도, 어느 순간 역설적으로 그 캄캄함에 차츰 익숙해져서 시야가 어둠 속에서 점점 더 밝아지는 법이다. 그러나 지금 나의 눈은 어둠에 전혀 익숙해지지 못하고 있다. 심지어 나는 두 눈이 뽑혀진 듯 아예 시야라는 것 자체가 내 앞에서 사라진 듯한 느낌을 받는다. 그리고 그때 그 먹물 속에 남아 있는 것은 환멸감뿐이다.

또다시 전화벨이 울렸다. 내일쯤 큰눈이 내릴 것을 알리려는 모양이었다.

"나야(요). 자고 있었나(요)? 새벽부터 잠을 깨워서 미안해(요)."
 나는 목소리의 임자가 누군지 금방 알아차린다. 그 목소리는 이미 술에 젖어 있다.
 "새벽이라니(요)? 이제 겨우 저녁 다섯신데(요)."
 "지금이 저녁 다섯시라구(요)? 말도 안 되는 소리 하네(요). 지금이 새벽이 아니란 말이야(요)?"
 "밖을 봐(요). 저게 새벽의 모습인가(이라니요). 온통 눈 천지라서 정신이 없구먼(요). 물론 술 탓도 있겠지만(요)."
 "이런 개똥같은(군요). 난 정말 새벽인 줄 알았네(요). 왜 이렇게 잠이 안 오나 했더니…… 정말 개똥같군(요). 이거 정말 술을 끊든지…… 그건 그렇고 윤현탁 선생이 돌아가셨다는 말 들었나(요)?"
 "들었네(어요). 장지가 퇴계원 쪽에 있는 공원묘지라더군(요)."
 "그래, 어쩔 건가(요)? 그분이 벌써 돌아가시다니(요). 정말 개똥같아서……"
 어쩔 것인가. 나는 나를 용서할 수 있을 것인가.

13

 독일의 한 여자 시인은 모든 자살이 타살이라고 했다. 그러나 너무 일반적으로 말해버리는 것이지만 나는 모든 타살 또한 근본적으로 자살이라고 말하고 싶다. 그렇다면 모든 자살은 타살일 수 있고, 모든 타살은 자살일 수 있으며, 따라서 모든 죽음은 자살이다, 아니다 모든 죽음은 타살이다.
 그리고 지금 나는, 인간은 인간으로서의 삶의 조건들과 인간들 사이의 관계 속에서 자발적으로 죽음이라는 운명을 선택하는 것이라고 생각한다. 모든 죽음은 자살이다.

아프리카의 어느 곳으로 기억된다. 그곳에는 다년생 나비들이 살고 있다. 그 나비들은 일 년 중의 한철 동안 잠을 잔다. 그들은 많은 양분을 섭취하여 몸에 충분한 영양을 저장하고서 약속이나 한 듯 어떤 높고 넓은 절벽 같은 곳에 몰려들어 그곳에 매달린다. 수천 수만 마리에 달하는 그 검고 어두운 색깔의 나비들은 한데 엉겨붙어 절벽의 일부를 이루고서 잠에 든다. 그러면 그들이 잠들어 있는 동안에 무수히 많은 다른 동물들이 그들을 찾아든다. 온갖 날짐승들, 뿐만 아니라 벽을 탈 수 있는 모든 다른 동물들이 그들의 통통하게 살찐 몸통을 뜯어먹는다. 그들은 전적으로 무방비 상태에서 자기들의 일부를 내놓는다. 그것이 어찌 자살이 아니겠는가. 그 절벽 밑으로는 그들의 날개가 낙엽이나 마른 꽃잎처럼 떨어져내려 수북이 쌓인다. 그러다가 이윽고 죽음의 시간이 지나서 그들이 한철 동안의 잠에서 깨어났을 때, 그들은 부산히 몸을 움직이다가 날개를 푸덕이며 일제히 날아올라 하늘을 까맣게 뒤덮는다.

그들은 모두 떠나고 없다. 나는 일부러 콘도미니엄의 접수계에 가서 그 사실을 확인했다. 나는 차를 버려두고 버스를 타고서 휴양의 공간이 아니라, 삶의 공간인 이웃 마을로 나온다. 그곳에서 나는 한 허름한 시골 이발소로 들어간다.

지금 나는 자줏빛의 낡은 의자 위에 앉아 있다. 사십대 후반의 대머리 이발사는 열심히 성의를 다하여 나의 머리를 깎고 있다. 그는 손을 부지런히 놀리고 있을 뿐만 아니라, 내 옆과 뒤에서 마치 여인을 껴안고 블루스를 추듯 팔과 허리를 움직이고 있다.

오랜만에 날이 푸근하여 이발소를 찾는 사람이 많은 모양이다. 그러나 그뿐이다. 이발소 안에는 아무런 드라마도 없다. 나는 가뭇가 뭇 잠의 위협을 받는다. 나는 드라마가 삶의 급소라고 생각해왔다. 그렇다면 그 공간 속에는 급소가 없는 셈이다.

출입문 옆의 긴 의자 위에 앉아서 신문을 뒤적이며 시간을 죽이고 있는 두 늙은이들의 말이 느릿느릿하게 들려온다. 요즘 젊은애들은 의리가 없어. 모든 게 한 순간이야. 그야 젊은 애들은 젊으니까 눈길을 이리저리 옮기는 거고, 늙은이들이야 늙어서 눈길을 옮길 여력도 없어서 하는 수 없이 한곳만 계속 바라보는 거지. 그렇다고 그게 의리라는 건가.

그들의 말과 목소리가 결정적으로 이 공간 속의 급소를 뭉개버린다. 지금 이곳은 그들의 마르고 주름진 살갗처럼 관절이나 매듭도 없이 펼쳐져 있을 뿐이다.

이발사의 몸이 내 오른쪽 옆에 바싹 붙는다. 걷어붙여진 그의 팔뚝은 길고 짧은 머리카락들로 덮여 있다. 그 팔뚝이 흉측한 털로 뒤덮인 괴물의 앞발처럼 내 눈앞으로 다가왔다가 멀어지기를 반복하고 있다. 그 순간 나는 가운 밑에 든 두 손을 움켜쥐며 숨을 훅 들이마신다.

그 괴물의 두 앞발 끝에는 가위와 철제 빗이 예리한 발톱으로 매달려 있는 것이다. 그 발톱들이 능란하게 움직이며 나를 쓰다듬는다. 주술이 담긴 그 털과 쇠붙이의 애무에 의해 나는 그만 싸늘하게 오그라들면서 파리가 되어버린다. 이제 나는 한 마리의 파리이다. 나는 털이 수북이 덮인 앞다리로 얼굴을 끊임없이 쓰다듬는다. 그러나 괴물의 발톱은 나를 가만 내버려두지 않는다. 빗은 나의 털을 가지런히하고 가위는 그 털을 잘라낸다. 이윽고 나의 여섯 개의 다리도 다른 털처럼 하나씩 차례로 잘려나간다.

그러다가 결국 나의 날개들마저 잘게 잘려버린 후, 나는 한 편의 극적인, 그러나 엉터리에 불과한 드라마처럼 다른 머리카락들에 섞여 바닥으로 버려진다.

　나의 아비는 지금의 내 나이쯤에 자살을 했다. 사실 나는 그가 정확히 몇 살에 죽었는지 알고 있지 못하다. 사업을 하던 그는 수시로 업종을 바꿔가면서 끊임없이 밖으로만 나돌았다. 그는 술을 많이 마셨고 주변에는 항상 친구들이 들끓었다. 그러다가 그는 죽기 얼마 전에야 우리 가족 곁으로 돌아왔다. 그리고는 그 얼마 후에 유서도 남기지 않고 스스로 목숨을 끊었다. 그의 죽음은 많은 의문을 남겼다. 하기야 그가 갑자기 집으로 돌아온 것도 의문이라면 의문이었다.
　지금도 나는 그가 왜 죽어야 했는지 알고 있지 못하다. 하지만 그 대신 나는 언젠가부터 그가 입버릇처럼 자주 입에 담던 말을 유언처럼 기억하고 있다.
　"내가 어렸을 적에 어느 식당에서 이런 글귀를 보았지. '삶이 그대를 속일지라도 슬퍼하거나 노여워하지 마라.' 제기랄. 그 후 나는 내내 그 글귀를 머릿속에 담고 있었어. 그러다가 어느 순간 그게 아니라는 걸 깨달은 거야. 삶은 결코 우리를 속이지 않았어. 삶은 그냥 삶일 뿐이야. 속인다면 그건 우리가 삶을 속이는 거지. 그런 줄도 모르고 나는 삶이 나를 속일지도 모른다는 생각에 항상 긴장을 하고 있었어. 그리고 때로는 삶이 실제로 나를 속일까봐 전전긍긍하기도 했지. 그뿐인가. 어떤 때는 삶이 나를 철저히 속이고 있다는 생각에 분개를 하기까지 했지. 하지만 돌아보면 삶은 한 순간도 나를 속인 적이 없었어. 그 사실을 깨닫는 데에 무려 삼십 년이 걸린 거야. 진작에 그걸 눈치챘으면 내 눈앞에서 세상이 달라졌을 텐데."
　이 말을 하고 나서 그는 자주 내게 이렇게 덧붙였다.
　"내가 너를 위해서 해줄 수 있는 말은 이것뿐이다."

그러나 당시에 내게는 전혀 그 말이 진지하거나 솔직하게도, 그리고 나름대로 아비로서의 충정을 담고 있는 것으로도 들리지 않았다. 나는 그의 말 자체에 화가 나 있었다. 오, 나의 아비여, 당신이 내게 해줄 수 있는 말이 그것뿐이라니. 당신의 그 도저한 오만함이라니, 나의 아비여. 그렇게 말하는 당신의 그 오만함이 나를 질리게 한다. 당신은 왜 삶이 자기를 속이지 않았다는 사실을 알게 되었을 때 자살을 하게 되었을까. 그리고 왜 그 말을 내게 반복하여 말해서 나로 하여금 지금까지도 당신에 대한 까닭없는 부채감을 느끼게 하는 것일까.

요컨대 당신은 내게 선수를 쳤다. 당신은 교묘하게 당신과 나의 자리를 바꾸어놓았다. 그렇다면 나의 아비여, 나는 이제 당신에게 그 오만함을 돌려주겠다. 지금 이 순간 살아 있는 내가 죽은 당신에게 해줄 수 있는 말은 이것뿐이다: 나 또한 지금껏 나를 속이는 세상과 투쟁을 벌여왔다. 그러나 나는 결코 당신처럼 죽지 않을 것이다.

그런 내게도 아들이 하나 있다.
모 출판사에서 제시하는 주간 자리를 마다하고서 프랑스로 갔다가 결국 6년 후에야 돌아오게 되었을 때, 어느새 나는 조금 유명해져 있었다. 그 덕분에 나는 중앙 일간지에 연재소설도 쓸 수 있었고, 그동안 출판한 책들 덕분에 적지 않은 인세를 거둬들일 수 있었다.
게다가 새로이 들어선 정부에서는 나의 명예를 회복시켜주는 의미에서 문화훈장을 주겠다는 뜻을 전해왔다. 바른말을 하였다는 이유만으로 그 동안 내가 외국에서 겪었을 많은 고초를 위로한다는 것이 그들이 내세운 취지였다. 그러나 당연히 나는 그런 제안이 새 정부가 자기의 이미지를 바꾸려는 계산의 결과라는 것과, 그 훈장을 받는 것이 현실적으로 내게 아무런 이득이 되지 않는다는 사실을 잘 알고 있었다. 따라서 내가 그 훈장을 거부한 것은 너무도 당연한 일이었다. 나는 내가 예전의 그 「숨은 그림 찾기」에서처럼 여전히 조랑말을 타고서 어디론가 허랑허랑 가고 있을 뿐이라는 사실 또한 잘 알고 있었던 것이었다.

그런 와중에서 나는 나의 아들을 만날 기회를 몇 번 가질 수 있었다. 많은 시간을 서로 떨어져 지냈으니, 나는 나의 아들에 대한 기억을 그다지 많이 가지고 있지 못했고, 그 아이 또한 그러할 것이었다. 물론 적어도 내게는 몇몇 특징적인 기억들이 남아 있었지만, 너무 어렸던 그에게는 그런 것들마저도 없을 것이었다.

그런 탓에 그는 내가 다가설수록 뒤로 물러섰다. 그러던 어느 날의 만남에서 그는 더 이상 나를 만나지 않겠다고 내게 말했다. 어렸을 적에는 그가 끊임없이 입을 뻐끔거리며 내 하늘을 잘라먹더니, 우리가 서로 만나지 못하는 동안 내가 줄곧 그의 하늘을 잘라먹고 있었던 모양이었다. 나는 아무런 할말이 없었다. 그때 아주 잠깐 나는 나의 아비의 어투를 다시 뒤집어서 이렇게 말하고 싶었다: 우리는 우리가 세상을 속이고 있다고 생각하게 되는 경우가 종종 있지만, 실제로는 세상이 항상 우리보다 한 수 위에 있는 것이란다.

그러나 나는 차마 그런 말을 할 수가 없었다. 그 또한 성장하면서 그 말의 뜻을 되씹어나가다가 또다시 그 말을 뒤집어볼 것이고, 그러면서 나와 그의 자리가 조금씩 뒤바뀌는 와중에 결국 그도 역시 나에 대한 채무 의식을 가지게 될 것이기 때문이었다.

하지만 어쩌랴. 여하튼 나는 그를 태어나게 했다는 사실에 죄의식을 느끼고 있었고, 그가 태어났을 때부터 그를 두려워하고 있었다. 내게서 비롯된 그 생명체가 나는 두려웠다. 내게 속해 있다는 이유만으로 그것이 나를 전적으로 지배하게 될 것이라는 생각은 내게 위기감을 불러일으켰다. 그것은 사랑과는 별개의 문제였다.

그러나 아무리 그렇다고 해도 사람들이 너와 나의 상황을 의절이라는 말로 부르다니. 아무리 말하기를 좋아한다고 하기로서니, 우리를 의절이라는 표현 속에 가두어두려 하다니.
  하지만 정말 그렇다면 우리의 사랑은 의절이라는 이름 속에 들어 있구나. 그 의절이라는 말이 역설적으로 우리로 하여금 부자 사이임을 다시금 절감하게 해주고 있구나. 우리는 서로의 하늘을 잘라먹다가 이제 남은 것이라고는 서로의 입밖에는 없는 것이구나.

  나는 눈을 번쩍 떴다. 나는 이발소의 딱딱한 의자 위에 앉아서 잠이 들어 있었다. 내가 몸을 추스리자 거울 속에서 늙은 이발사가 수건으로 손바닥을 탁탁 치며 내게로 다가왔다. 그가 웃으면서 내게 뭐라고 말을 했지만, 마치 독오른 말벌이 귓가에서 날아다니듯 윙윙거리는 소리만이 귓속을 파고들고 있었다. 그때 나는 깜짝 놀라며 거울 속의 한쪽 귀퉁이를 바라보았다. 짧은 순간 그곳에서 푸슈킨의 시구가 적혀 있는 그 액자를 발견하였기 때문이었다. 그러나 눈을 감았다가 다시 뜨자 그 자리는 다시 더러운 벽 모서리로 돌아가 있었다. 그리고 나 또한 늙고 피로한 중년 남자의 모습으로 돌아가서 무덤덤하게 거울에 비쳐지고 있었다. 나는 나를 용서할 수 있을까.

14

  이곳의 물의 느낌은 유난히 쾌적하다. 나는 머리를 감고 나서 수건으로 머리카락을 닦아내며 세면대 쪽으로부터 몸을 돌린다. 그러다가 나는 문득 걸음을 멈춘다. 방금 머리에 묻어 있던 샴푸 거품을 대충 씻어낸 후에 다시 한번 머리를 헹구었던가. 그러나 나는 기억을 할 수가 없다. 놀라운 일이다. 이 또한 놀라울 것이 전혀 없는 일인지도 모르지만, 그래도 여하튼 내게는 무척 놀라운 일이다. 몇 순간 전의 시간과 기억이 내게서 완전히 빠져나가버린 것이다.
　나는 욕실 문턱 위에 서서 손가락으로 머리카락을 만지며 한동안 망설인다. 잠시 방심하면 일상은 그런 식으로 내게 보복을 가한다. 결국 나는 다시 돌아서고 만다. 그리고는 세면대에 물을 가득 채우고서 머리를 담근다. 열을 머금은 깨끗한 액체가 모근 가까이까지 스며든다. 그리고 그제서야 나는 깨닫는다. 방금 전에도 지금과 똑같은 느낌을 경험한 것이다. 나는 이미 머리를 헹궈낸 것이다.
　나는 고개를 번쩍 쳐든다. 머리카락을 타고 내리는 물방울이 나의 몸 위에 간지럽고도 섬뜩한 감촉의 줄을 죽죽 그으며 아래로 주르르 주르르 흘러내려간다.

　예전에 내가 살던 썰렁한 기와집 뒤에는 야산이 있었고, 유난히 꽃과 나무가 많은 그곳에는 양봉을 하는 사람들이 많이 드나들고 있었다. 어느 날 날이 어둑어둑해질 무렵에 나는 무슨 일론가 혼자서 그 야산 자락을 걸어내려오고 있었다.
　산길은 그런대로 두 발을 건사하기에 적당한 넓이였고, 경사 또한 아무 생각 없이 터벅터벅 걸어내려가기에 알맞았다. 나는 방금 아카시아나무들이 모여 있는 곳을 지났다. 나는 곧 길 한쪽 옆의 편편한 곳에 벌통들 십여 개가 나란히 놓여 있는 것을 보게 될 것이었다.
　나무 그늘 위로 드리워진 엷은 어둠의 그림자로 인해 벌통들의 모습은 음산한 지하실에 일렬로 늘어서 있는 관들을 연상시키고 있었다. 이제 조금만 더 어둠의 골이 깊어져서 세상이 그 골 속으로 무너져내리면 그 관들의 뚜껑이 열리고 죽음과 어둠의 꽃에서 독을 빨아들이는 흡혈곤충들이 쏟아져나올 것이었다.
 나는 내 머릿속의 연상 작용으로 인해 공연히 몸이 으스스해지는 것을 느꼈다. 나는 마지막으로 다시 한번 힐끔 그 벌통들 쪽을 쳐다보고 나서 걸음을 서둘러 그곳을 벗어나려 했다. 그러나 그때 그 흘 낏거렸던 눈길로 그만 나는 그 자리에 못박히고 말았다. 그 일별 속에서 정체 모를 무엇인가가 불쑥 모습을 드러내더니 내 망막에 강하게 들러붙었기 때문이었다.
 그 순간 내 속의 무엇인가가 내게 그쪽을 보지 말라고 외치고 있었다. 그러나 나 자신도 당장 눈길을 돌려서 그곳을 떠나고 싶은 강한 충동을 느끼고 있었음에도 불구하고, 나는 어떤 힘에 끌려 그쪽을 자세히 바라보지 않을 수 없었다. 그리고 이내 나는 진저리를 치고 말았다.
 두번째 벌통의 입구에, 그러니까 벌들이 드나드는 통로 위에 무엇인가가 들러붙어 있었다. 그 무엇인가가 통로를 거의 틀어막다시피하고서 날이 저물어 기진맥진하여 벌통으로 돌아오는 벌들을 모두 잡아먹고 있는 것이었다. 그리고 실제로 그때 내 귀에는 그 동물이 벌들을 입 속으로 집어넣고서 씹어먹는 소리가 들려오고 있었다.
 그때나 지금이나 나는 그것이 유난히 커다란 나방이었는지, 아니면 박쥐나 혹은 올빼미 같은 것이었는지 알지 못하고 있다. 게다가 나는 그것이 어떤 식으로 그 나무판자 위에 붙어 있었는지도 자신있게 말할 수가 없다. 어쩌면 그것은 작은 곤충들을 잡아먹는 더 큰 곤충이었거나 아니면 날짐승일 수도, 그리고 들쥐 같은 것일 수도 있을 것이었다.
 여하튼 그때 나는 숲속의 습기찬 어둠과 그림자가 흉측한 생명체로 현현한 듯한 그 모습과 또한 그것의 입 안에서 벌들이 으깨어지며 내지르는 비명과도 같은 그 소리에 온몸이 얼어붙은 채 꼼짝도 하지 못하고 있었다. 나는 차츰 눈앞이 침침해졌고, 그러자 그 소리가 점점 더 커지더니 이윽고 가뭇가뭇 잘 알아들을 수 없는 인간의 말소리로 바뀌어 메아리 같은 것으로 내 속으로 찾아들고 있었다.

그 말들은 주로 명령법으로 이루어져 있었다. 이러지 마. 날 그냥 내버려둬. 날 먹지 마. 그러나 그 명령법 속에는 애원과 호소만이 가득 들어차 있을 뿐, 명령과 요구의 어감은 전혀 들어 있지 않았다. 이러지 말아줘. 날 그냥 내려둬줘. 날 먹지 말아줘.

그 후로 나는 그날의 그 기억으로부터 자유로울 수가 없었다. 그 장면과 그 소리가 여전히 그 정체 모를 짐승처럼 내 연상과 기억과 추억의 입구에 단단히 들러붙어서 삶에 지친 나의 고단한 감정과 감상을 씹어삼켜버리고 있었다. 요컨대 그로 인해 내 의식의 실핏줄과 감각의 통로는 자주 틀어막혀버리곤 했던 것이었다.

나는 그 짐승의 발과 아가리를 피해서 무사히 나의 집으로 들어가기 위해 애써야 했다. 살아오면서 매 순간 내게는 언제나 낭비할 시간도 힘도 남아 있지 않았다. 살아 남기 위해서 나는 이 일상이라는 괴물의 손아귀를 피하여 눈에 보이는 어떤 입구를 통과해야 했다. 그렇지 않으면 나는 죽는 것이었다.

그렇기 때문에 나는 한곳에 오래 머물러 있을 수도 없다. 이제 더 늦기 전에 이곳을 떠나야 한다. 이 방안에 있는 모든 사물들, 이 도시에 있는 모든 것들이 벌통 입구에서 벌들을 잡아먹던 그 짐승처럼 나를 사로잡으려 할 것이다. 그 동안 그것들은 나를 유심히 관찰하면서 나를 잡아먹는 방법을 깨닫게 되었을지도 모르는 일이다. 이제 나는 처음에 이곳으로 들어오기 위해 그토록 애를 썼듯이, 지금은 다시 이곳을 빠져나가는 길을 얻기 위해 모든 노력을 기울여야 하는 것이다.

15

 나는 양손에 짐을 들고서 콘도미니엄 건물의 현관 앞에 서 있다. 자동차에 오르기에 앞서 다시 한번 설원의 풍경을 바라보기 위해서이다. 한낮 작은 소품 하나가 무대 전체를 바라보고 있는 기분이다. 그러나 막상 소품이 하나라도 없어지면 무대는 썰렁해지는 법이다.
 나는 고개를 돌린다. 건물 현관 앞쪽으로는 여름에만 사용하는 분수대가 둥글게 자리를 차지하고 있고, 그 주위에 인조목으로 된 다섯 개의 긴 의자가 일정한 간격을 두고 놓여져 있다. 나는 앞으로 몇 발자국 걸어나간다. 다섯 개의 긴 의자들 중의 하나와 나 사이의 거리가 비스듬하게 좁혀진다. 나는 그 긴 의자 뒤쪽에 멈춰선다.
 그 긴 의자 위에는 이십 세가 채 안 되어 보이는 한 어린 처녀가 초록색 파카를 입고서 내 쪽으로 등을 돌리고 앉아 있다. 그녀의 곁에는 덩치 큰 셰퍼드종의 개 한 마리가 긴 의자의 등받이 위에 두 발을 올려놓고서 내 쪽으로 얼굴을 향하고 있다. 그는 길게 늘어뜨린 혀로 급박하게 숨을 헐떡거리며 쉴새없이 주위를 두리번거리고 있다. 그 길고 붉은 혓바닥은 주인인 어린 처녀의 검고 가늘고 긴 머리카락과 썩 어울리는 대비를 이루고 있다. 나는 그녀의 뒷모습에서 어린 윤서경을 발견한다.
 나는 세상을 온통 뒤덮고 있는 눈밭을 다시 바라본다. 그러나 나의 시선은 얼음 덩어리나 단단하게 뭉쳐진 눈뭉치처럼 땅의 경사면에 따라 떼구르르 굴러다닌다. 나는 눈길을 돌려서 내 앞에 있는 개의 두 눈을 들여다보기 시작한다. 분명 만지면 미끌거리고 탄력이 있을 듯해 보이는 그 눈알들은 작은 물고기처럼 주변의 풍경을 전혀 이해하지 못하고 있다. 흰 세상은 하나의 큰 장막이 되어 그의 눈알들을 가리는 동시에 이내 그대로 난반사되어 주위로 흩어진다.
 나는 나도 의식하지 못하는 사이에 점점 더 뚫어지게 그 두 눈을 응시한다. 분주히 움직이는 눈동자들 속에는 표정도 감정도, 빛도 어둠도, 심지어 초점마저도 들어 있지 않은 채, 눈알이 완전히 텅 비어 있다. 나는 입술이 마르고 손가락 끝이 타들어가는 듯한 감각을 느끼며 눈길마저 잃어버린 그 동공 속으로 점점 더 깊이 빨려들어간다.
 그때 그 셰퍼드가 무엇인가 심상치 않은 것을 느낀 듯 내 쪽으로 고개를 돌린다. 그가 드디어 내 시선을 의식한 것이다. 나와 눈이 마주친 그는 내가 눈길을 돌리려 하지 않자, 고개를 오른쪽으로 한번 갸우뚱해보이고는 마치 흉내를 내듯 나를 빤히 바라보기 시작한다.
 나는 눈길을 돌리지 않는다. 나는 개의 두 눈 속에서 온갖 모양의 유리 조각으로 바뀐 온갖 종류의 감정들이 따그르락 소리를 내며 굴러다니는 모습과 그 소리를 들을 수 있다. 그때 불현듯 나는 그가 일상이라는 신이 내게 보낸 전령임을 깨닫는다.
 그러나 나는 그 개에게 생명이 얼마 남지 않았음을 알 수 있다. 그는 이미 반쯤 죽어 있는 것이다. 내가 그에게 간곡히 말한다. 하루만 더 버텨라. 그 다음엔 네 마음대로 해도 좋다. 나도 널 더는 잡지 않고 그냥 보내주마. 곧 그의 눈에 생기가 돈다. 그의 삶이 하루가 더 연장된 것이다.
 그때 나는 나를 향한 그의 두 눈동자 속에서 짧은 순간 어떤 옅은 색의 유성 페인트가 슬쩍 끼얹어지는 것을 본다. 기름처럼 번들거리는 빛이 축축한 안구 위에 짧게 어리고, 그 순간 나는 내 온몸으로 번들거림을 느낀다. 그는 내 속에 들어 있는 온갖 욕망을 본 것이다.

"컹."

컹. 너는 누구냐. 네 직업은 무엇이냐. 내 정신의 그믐.

그 소리에 의해 이제 나는 한 순간에 얼음 속에 들어와 있다. 그 최면과 마비의 공간 속에서 나는 거의 썩어버린 나의 몸을 이끌고 이곳, 눈과 얼음의 나라, 진평을 천천히 떠나간다.

나는 세상과 마찰되면서 그 마찰열로 인해 항상 뜨겁게 달아올라 있었다.

나는 도가니였다. 애초에 쇠붙이를 녹이기 위한 용도로 단단한 흙이나 흑연 따위로 만든 우묵한 그릇이었다. 그 도가니 속에서 온갖 것들이 들끓고 있었다. 온갖 과거의 기억들, 앞날에 대한 두려움, 지금 이 순간의 막막함…… 현재와 과거와 미래의 모든 것들이 한데 뒤섞여 꼬리에 꼬리를 물고서 그 끓는 쇳물 속에서 텀벙거리고 있었다.

그뿐만이 아니었다. 때로는 그 많은 시간대들이 서로 뒤엉켜서 전혀 다른 물질로 합성이 되어버리기도 하였다. 그렇게 합성이 되어버린 물질은 정물처럼 그 도가니 속에 가라앉았고, 그때 문득 나는 나 자신도 그 속에 들어 있음을 깨달았다. 나 자신도 나라는 그 도가니 속에서 다른 모든 것들과 함께 녹아들어 끓어넘치고 있는 것이었다.

그러나 다음 순간 나는 다시 깨달았다. 나는 대기권에 잘못된 방식으로 진입한 우주선이었다. 나는 그 마찰의 순간에 생겨난 열을 감당할 수 없었다. 그런 탓에 나는 진정으로 도가니이지도 못했다. 나는 마음으로는 기꺼이 도가니가 되어 나 자신과 세상의 모든 것에 대항해 뜨겁게 투쟁을 벌이려 하였지만, 그러나 실제로 나는 그 온갖 것들이 혼효된 열탕과 뜨겁게 달아오른 나 자신을 견뎌내지 못했고, 견뎌낼 자신도 없었다.
　이를테면 나는 어처구니없게도, 그리고 비겁하게도 얼음으로 된 도가니였다. 그런 탓에 나는 스스로 도가니라고 자처하면서도 실제로는 뜨겁게 끓고 있는 것들이 내게 닿을 때마다 몸서리를 치며 달아나려 했고, 그런 와중에서 그 시뻘건 쇳물마저도 나라는 얼음에 닿아서 푸르르 진저리를 치며 제풀에 식어버리기에 이르고 말았다. 요컨대 나는 아무것에도 진정으로 닿으려 하지 않았고, 그 결과로 아무것도 내게 제대로 닿을 수가 없었다. 그런 까닭에 나는 그런 나를 용서할 수가 없었다.
　나는 나를 용서할 수가 없다.

16

　한글 워드 프로세서. ALT-S, ALT-X, COPY CREUSET＊.HWP A: ▯, PARK ▯.
　나는 드라이브에서 디스켓을 뽑은 후에 휴대용 컴퓨터를 닫았다. 그리고는 3.5인치 디스켓을 손바닥 위에 올려놓고서 가만히 들여다보았다. 그 동안 쓴 내용을 당장이라도 종이에 출력시켜서 원고 상태로 들여다보고 싶은 마음이 간절했지만, 나는 프린터를 가지고 올 생각은 미처 하지 못했다. 그러나 여하튼 이제 내가 이곳, 진평에서 해야 할 일은 모두 끝난 것이고, 이로써 '형설출판사'의 대표인 신석호를 만날 수 있는 염치도 생긴 셈이었다.
　나는 컴퓨터 옆에 놓여 있는 사진 뭉치를 들고서 잠시 망설이다가 이내 마음을 정하고서 쓰레기통 속으로 던져넣었다. 「숨은 그림 찾기」가 담긴 신문지 조각도 손안에서 구겨져서 사진 뭉치의 뒤를 따랐다.

밖은 아직 환한 낮이었다. 창문이 환하게 빛나고 있는 시간에 소설을 마쳐보기는 실로 오랜만의 일이었다. 새삼스레 나는 피로가 몰려오는 것을 느꼈다. 나는 옷 속으로 손을 밀어넣어 어깨 밑의 근육을 어루만졌다. 그때 나의 손에 습포제가 만져졌다. 나는 어젯밤에 그것을 붙였다는 사실을 잊고 있었던 것이었다. 나는 손을 더 뻗어서 그것을 떼어냈다.

언젠가부터 줄곧 나의 등뒤의 근육 여기저기로 통증이 옮겨다니고 있었다. 그 통증은 내 몸 곳곳에 흩어져 있는 급소였다. 급소, 정신과 육체 사이의 접점, 내 정신의 그믐. 내 생각은 자꾸 내가 방금 끝낸 소설의 말미 부분으로 돌아가려 하고 있었다. 나는 디스켓을 봉투에 넣고서 그 봉투를 다시 외투 안주머니에 집어넣었다. 그러나 나는 여전히 선뜻 방을 나설 마음을 가지지 못하고 있었다.

방바닥이 눈앞으로 다가왔다가 멀어지고, 다시 다가왔다가 멀어진다. 지금 나는 팔굽혀펴기를 하고 있다. 이제는 정말 진평에 내가 아는 사람이라곤 아무도 남아 있지 않다. 바닥이 눈앞에 바싹 다가올 때면 피가 이마와 관자놀이에 몰려들어 두 눈을 충혈시킨다. 내가 팔에 힘을 주어 펴고서 고개를 쳐들 때, 바닥은 잠시 내게서 멀어지고, 머릿속의 피도 원래의 자리로 돌아간다. 지금 내게 바닥은 하나의 벽이다. 그리고 지금 나의 피는 스스로 그 벽 위에 뿌려지기를 원하는 듯 그쪽을 향해 솟구친다.

온몸에 땀기운이 스멀거리는 것을 느끼며 몸을 일으켰을 때, 나는 파리 한 마리가 유리창에 붙어서 밖으로 나가기 위해 날개를 파드닥거리는 것을 발견한다. 방안에서 용케도 살아 남은 그 파리는 추운 밖으로 나가는 것이 곧 죽는 것임을 모르고 있는 것이다.
 그러나 나는 몇 번이고 그를 밖으로 내보내주고 싶은 충동을 느낀다. 결과야 어떻든 그 자신이 간절히 원하는 것을 누가 말릴 것인가. 그러면서도 나 자신은 언제 이곳, 진평을 떠날 것인지 결정을 내리지 못하고 있다. 이곳에서 계속 스승의 딸을 기다릴 것인가.
 나는 까닭없이 얼굴이 달아오르는 것을 느끼며 찬바람을 맞기 위해 무심코 유리창을 반쯤 연다. 그때 아까의 그 파리가 지그재그에 가까운 곡선을 그리며 유리창을 우회하여 열린 틈을 통해 차가운 공기 속으로 사라진다. 나는 그가 죽도록 도와준 것이다.

 저녁이 되어 방안이 어둑어둑해질 무렵에, 나는 허청거리는 걸음으로 층계를 올라가서 로즈마리의 방으로 갔다. 나는 그녀가 아직 그곳에 머물러 있는지조차 알고 있지 못했다. 그러나 지금으로서는 그 방이 내가 찾아갈 수 있는 유일한 곳이었다.
 초인종을 누르고 얼마 지나지 않았을 때, 문이 조금 열리고 그 틈으로 얼굴의 일부가 모습을 나타냈다. 방안은 불을 켜지 않은 듯 어두웠고 복도에도 아직 불이 켜져 있지 않았으므로 그 얼굴은 검고 불투명한 윤곽으로 그려져 있다.
 그러나 나는 그 얼굴의 임자가 로즈마리임을 알 수 있었다. 나라고 밝히면서 내가 문에 손을 대자 그녀가 문을 닫으려 했다. 나는 문에 닿은 손에 반사적으로 힘을 주었다. 그러자 그녀도 따라서 힘을 주었다. 우리는 졸지에 문을 사이에 두고서 서로 자기의 얼굴을 문짝 뒤에 숨긴 채 한쪽은 닫으려 하고 또 한쪽은 열려고 하고 있는 것이었다.
 실제로 그 동안 나는 얼마나 많이 이런 비슷한 느낌에 시달렸던

가. 내가 안으로 들어서려 할 때 문이 닫히려 한다. 나는 양쪽 어깨로 좁은 문을 비집고서 기필코 안으로 들어가기 위해 안간힘을 쓴다. 그러다가 갑자기 문이 확 열릴 때, 어느새 나는 텅 빈 공간 속에 빨려들어와 있다.

불현듯 그런 생각이 찾아든 순간 나의 두 손에서 힘이 탁 풀려버렸다. 그리고 그와 동시에 문이 강하게 닫히면서 나의 오른손이 옆으로 미끄러지더니 손목 부분이 문틈에 끼고 말았다. 내가 외마디 비명을 지르자 얼른 문이 다시 열렸고, 나는 손목을 뽑아서 왼손으로 감싸쥐었다.

활짝 열린 문 앞에 선 로즈마리가 안타까워하는 몸짓을 지으며 두 손을 내게로 내뻗었다. 결국 나는 문을 연 것이었다. 완강히 닫히려는 문을 여는 것이 그토록 간단한 것임을 나는 미처 모르고 있었다. 나는 여전히 손을 움켜쥔 채 지독한 통증을 참으며 검은 윤곽이 둘러쳐진 로즈마리의 얼굴을 향해 미소를 지어보였다. 그러나 검은 얼굴로 지은 나의 미소는 검은 미소였던 모양이었다. 그녀의 표정은 더욱 어둠침침하게 가라앉고 있었기 때문이었다.

이윽고 나는 몸을 돌려서 어둠침침한 복도를 따라 걸었다. 나는 로즈마리가 복도로 나와서 나의 뒷모습을 바라보고 있음을 알 수 있었다. 그러나 나는 돌아보지 않았다.

방으로 돌아온 나는 손목을 오랫동안 찬물 속에 담근 채 두었다. 푸른색 핏줄들과 직각으로 교차하는 붉은색 상처가 물 속에 든 십자가처럼 손목 위에 새겨져 있었다. 그리고 얼마 후 나는 짐을 꾸리기 시작했다.

17

지금 나는 눈길을 걷고 있다. 걷기가 점점 힘들어진다. 길이 점점 더 눈밭과 구별되지 않아지고, 발이 눈 속으로 푹푹 빠지기 시작한다. 잠시 방심한 사이에 방향 감각을 잃은 나머지 길을 잃고 만 것이다. 마치 바다에서부터 물이 차오르듯이 눈이 점점 더 높이 발목을 타고 오른다. 나는 물이 거의 줄어든 가습기처럼 꺽꺽거리다가 급기야 발이 한쪽으로 미끄러지면서 바닥에 넘어진다. 나는 몸을 일으키고서 뒤를 돌아본다. 길은 시야에서 사라지고 없다. 멀리 눈 덮인 산이 보일 뿐, 주위는 온통 눈의 사막이다. 나는 이미 오래 전부터 눈길이 아니라 눈 위를 걷고 있었던 것이다.

나는 이해할 수가 없다. 나의 짐을 실은 자동차는 어디로 가버렸을까. 그리고 나는 이미 어두워진 뒤에 진평을 떠났는데, 지금은 왜 환한 대낮이라는 말인가. 나의 컴퓨터는 무사할까. 나는 한 손으로 디스켓이 들어 있는 외투 안주머니 부분을 감싼다.

나의 온몸은 뜨겁게 달아올라 있다. 내 손이 눈에 닿을 때마다 푸시시거리며 눈이 녹아들면서 매캐한 냄새와 함께 수증기가 피어오른다. 그 순간 나는 깨닫는다. 나는 다시금 내가 방금 쓴 소설의 말미로 되돌아와 있는 것이다. 그러나 나는 여전히 내가 있는 공간이 소설 속인지 현실 세계인지 알 수가 없어서 자꾸 주위를 돌아본다.

그러나 그 어느 곳에도 급소는 없다. 나는 글을 쓰면서 내내 나 자신의 틀로부터 한치도 벗어나지 못한 것일까. 실제로 소설을 막 끝내고 나서 고개를 쳐들 때, 그 누구의 얼굴도 떠오르지 않았다는 사실 또한 그 증거인 것은 아닐까.

그때 나는 눈앞에 덩어리진 눈이 동그마니 수북하게 쌓여 있는 것을 발견한다. 나는 허옇게 얼어붙은 눈으로 그 눈덩이를 뚫어지게 바라본다. 나는 그것이 흡사 우뚝 서 있는 개의 모습과 비슷하다고 생각한다. 그 순간 나는 놀랍게도 그 개의 눈두덩 부근에 소름이 돋듯 핏발처럼 실핏줄이 일어나는 것을 본다. 그 가늘고 붉은 실핏줄은 미세한 그물망처럼 주위로 퍼져나간다. 이윽고 그 실핏줄 사이로 푸른 정맥도 돋아난다. 그리고 다음 순간,

컹.

나는 앞으로 넘어진다. 얼굴이 눈 속에 파묻히고, 얼음과 불의 혀가 옷 밖으로 드러난 내 살갗을 뒤덮는다. 그리고 여전히 내 귓가를 떠나지 않는 그 컹 소리가 눈뭉치가 되어 멍멍하게 내 귓속을 파고든다.

하지만 급소는 네(그의) 속에 남아 있다. 만약 네(그)가 너(그) 자신이 세상의 급소가 되려 한 것이고, 그래서 세상의 모든 공격적인 것들이 네(그에)게로 몰려든 것이라면, 남들은 모두 너(그)를 용서할 것이다. 그리고 너(그)와 의절을 한 네(그의) 아비와 네(그의) 아들은 이미 너(그)를 용서한 것이다.

너(그)와 그녀, 너희가(그들이) 다시 만난다면, 그녀는 네(그에)게 이렇게 말할 것이다: 이리로 걸어나와요. 나와 함께 걸어요. 그러다 보면 당신은 당신이 누군지 알 수 있을 거예요. 그리고 당신은 당신을 용서할 수 있을 거예요.

아마도 중요한 것은 변화가 아니라 화해이다. 얼음과 도가니의 화해. 얼음으로 만들어진 도가니 속에 쇳물이 부어짐으로써 이루어지는 화해.

사실 모든 것과의 투쟁, 일상이나 삶 자체와의 투쟁에서 네(그)가

제대로 해낸 싸움이 무엇이 있는가. 너(나)는 너(나)를 용서할 수 있는가. 그러나 너(나)는 지금까지 너(나) 자신의 변화를 도모하기 위해 네(내) 주변의 모든 것과 투쟁을 벌인 것이 아니다. 너(나)는 세상과 화해하기 위해 모든 노력을 한 것이다.
 이제야 너는 그 사실을 깨닫고 있는 것이다. 그러므로 너는 너를 용서한다.
 이제 나는 나 자신을 용서할 수 있다. 나는 나 자신을 용서한다.
 그리고 나(너)는 지금부터 이 소설을 새로이 다시 써야 한다.

 저 멀리로부터 지진으로 땅이 벌어지듯 두 줄기의 실핏줄이 붉은 철로처럼 빙산 속을 가르며 내게로 달려온다. 예감처럼 전해지는 기관차의 울림, 실핏줄의 떨림, 그 가늘고 따뜻한 실핏줄에 의해 돌 속에 급소가 박히고 거대한 빙산이 두 쪽으로 갈라진다.
 쩡.

다리 꺾인 자의 잠

1

 밤이 깊어갈수록, 하늘은 더욱 선연해진 별빛에 의해 맑게 씻겨지고 있었다. 나는 텐트 안에 모로 누워 망사로 된 창을 통해 직사각형의 캄캄한 하늘을 올려다보고 있었다. 돔형의 텐트 앞쪽을 지탱하고 있는 지지대에는 흰색 플라스틱 등이 하나 매달려 있었고, 그 불빛을 중심으로 하여 종류를 분간할 수 없는 크고 작은 많은 날벌레들이 분분히 날아다니고 있었다. 그 벌레들은 어쩌다 내가 텐트 밖으로 나갈 때면, 마치 진한 향기를 풍기는 꽃가루들처럼, 혹은 어리광을 부리는 아주 작은 애완동물들처럼 내 종아리의 맨 살에 휘감기고 있었다. 그리고 그때마다 나의 살갗은 그 냄새와 감촉을 기꺼워하면서도, 알레르기 반응을 보이듯 이곳저곳에 발진을 일으키고 있었다.
 해가 지고 나서 한참 후까지도, 땅이 가쁜 호흡으로 뿜어대는 후끈후끈한 열기에 의해 대기는 뜨거운 물처럼 빽빽하게 세상을 채우고 있었다. 그리고 그 속에서 나는 온몸으로 땀을 발산시켜 그 대기의 습도와 온도를 높이고 있었다. 그러나 이제 시간이 자정으로 접어들고 있는 지금, 하늘과 땅 사이의 공기는 청정하고 투명해져서 제법 선선한 바람을 일으키고 있었다.

나는 몸을 일으켜서 망사로 된 문의 지퍼를 내리고서 밖으로 나왔다. 그러고는 텐트로부터 몇 걸음 떨어져서 주위를 돌아보았다. 막막하게 펼쳐진 나의 어두운 시야 속에서, 저 멀리 들판이 끝나는 곳에 피라미드 모양의 산이 하나 검뿌옇게 솟아 있었다. 완벽한 좌우 대칭을 보여주고 있는 그 산은 그저 그렇게 양쪽으로 밋밋하게 깎아놓은 듯 세워져 있어서, 보는 이에게서 아무런 감응도 불러일으키지 않고 있었다. 그 산은 이를테면 비극의 색채라거나 하다못해 그 흔한 감상적인 드라마의 여운조차도 지니고 있지 않았다. 그리고 그 산을 배경처럼 등지고서 서운구는 플라스틱제 휴대용 탁자 앞에 미동도 없이 앉아 있었다.

방금 전까지, 그는 나와 함께 텐트 안에 누워 있었다. 옅은 잠에 빠져들어 있던 나는 그가 갑자기 벌떡 일어나 앉는 것을 느끼고서 잠에서 깨어났다. 그는 내게 등을 보인 채 잠시 멍하니 전방을 응시하며 앉아 있었다. 그러다가 불쑥 몸을 일으키더니 곧장 밖으로 나갔다. 그 모습은 마치 밤새 노닥거리다가 어느새 새벽이 왔음을 깨닫고서 황급히 달아나는 도깨비의 몸짓을 연상시켰다. 아니, 그보다는 술에 취해 잠들었다가 문득 눈을 뜨고서 자신이 낯선 남자와 누워 있는 것을 발견하고는 깜짝 놀라 몸을 추스리는 여자의 행동과 흡사했다고 하는 편이 더 정확한 것인지도 모른다.

나는 지난번 사고로 인해 아직 부자연스런 몸을 천천히 움직여서 그의 쪽으로 다가갔다. 그는 앉은 채로 벼락을 맞아서 돌로 화한 사람처럼 꼼짝도 않고 있었다. 그의 곁에는 복잡한 장치가 부착된 사진기 두 대와 비디오 촬영기 한 대가 각기 삼각대에 받쳐져서 세워져 있었고, 그 위에는 비를 막기 위한 차양 같은 것이 씌워져 있었다. 그로 인해 나는 그가 단순하고 조잡하게 처리된 무대 장치 한가운데에 자리잡고 있다는 느낌을 받았다. 더욱이 지금 그는 벼락이 치기를 기다리고 있었다. 이곳에서 그는 벼락이 치는 순간, 바로 그 찰나에 번개를 사진기에 담으려 하고 있는 것이었다.

하지만 낮 동안에 하늘을 덮고 있던 구름은 여전히 돌아올 기미를 보이지 않고 있었다. 그래도 밤에 뇌우를 동반한 소나기가 내리리라던 일기 예보가 전적으로 틀리지 않는다면, 조만간 비구름이 몰려와 별빛을 가려버리거나 아니면 최소한 마른 하늘에서 벼락이 치기는 할 것이다. 서운구처럼 나도 그렇게 믿고 있었다. 그러나 서운구 자신이 말했듯이, 엄밀히 말하자면 그것은 일기 예보를 믿는 것이 아니라, 기상의 변화무쌍한 조짐과 활동을 믿는 것이라고 해야 할 것이다. 실제로 날벌레들은 공기 중에서 비 냄새를 맡은 듯 부산하게 움직이고 있었으며, 그도 또한 비를 예감하고서 그렇듯 밖에 나와 앉아 있는 것이었다.

내가 다가서는 기척을 느낀 그는 어두운 들판 위로 풀어놓았던 시선을 돌려 나를 바라보았다. 그는 내가 잠시나마 눈을 붙이고 있는 줄 알았다는 표정을 짓고 있었다. 그의 초췌한 얼굴에는 피로한 기색이 역력했지만, 스산한 흐트러짐 같은 것은 보이지 않았다. 내가 아까 낮에 이곳으로 그를 찾아왔을 때에도, 그는 그런 자세로 나를 맞았었다. 그는 내가 한 손으로 허리를 받친 채 걸어오는 것을 보고서 한참 후에야 내게 '몸은 좀 어때?'라고 물었을 뿐이었다.

내가 끙 소리를 내며 맞은편 자리에 앉자, 그는 가스 버너를 켜고서 물을 끓였다. 그러고는 두 개의 머그컵에 커피를 타서 하나를 내게 내밀었다. 그는 커피를 마시며 수시로 깊이 숨을 들이마시고 있었다. 그는 바람 속에 스며들어 있는 풀과 흙의 냄새를 감지하여 대기 속에서 이루어지고 있는 변화를 감지하려 하는 듯했다. 그는 거의 주술적으로 그 행위를 되풀이했으며, 그 호흡의 리듬에 따라 시간은 천천히 흘러가고 있었다.

멀리 떨어진 고속도로 쪽으로부터 차들이 달리는 아련하고도 어렴풋한 소리가 마른 땅을 적시는 가는 빗줄기 소리처럼 들려오고 있었다. 나는 컵을 손에 든 채, 가까운 들판 사이로 난 두어 갈래의 길들을 바라보고 있었다. 좁은 논둑길로 이어지며 시야에서 사라지고 있는 그 길들, 별들의 창백한 빛을 받아 드문드문 시커멓게 그림자를 드리우고 있어서 마치 그 빛과 그림자에 의해 새끼줄처럼 꼬여진 듯이 보이는 그 길들은 내게 과거의 편린들이 어지러이 널려 있는 공간 속으로 들어서는 회상의 통로처럼 보이고 있었다.

그때 나는 그리 멀지 않은 곳에서 갑자기 사이렌 소리 같은 것이 요란하게 일어나는 것을 들으며 고개를 쳐들었다. 그러고는 곧 그것이 자동차의 도난 경보기가 울리는 소리라는 것을 알 수 있었다. 그러나 서운구의 차는 만일의 경우에 대비하여 텐트 뒤쪽 구릉 옆의 낮은 지대에 세워져 있었다. 그때 나는 낮에 이곳으로 오면서 낚시꾼들이 몰려 있는 저수지를 지나쳤던 일을 상기했다. 그들이 타고 온 차들 중의 하나가 그 소리를 울려대고 있는 것이었다.

나는 몸을 일으켜서 저수지가 있던 쪽을 바라보았다. 과연 그곳 저 멀리에서는 자동차의 경보등이 번쩍거리고 있었다. 강력한 빛을 발하는 개똥벌레 네 마리가 벌판 한가운데에 앉아 있는 듯한 그 모습은 또한 땅으로부터 짧고 작은 번개가 끊임없이 솟구치는 장면과도 흡사했다. 나는 그 소리와 불빛이 서운구의 심기를 거슬리게 할 것임을 짐작할 수 있었다. 그는 큰 짐승을 잡기 위해 작은 짐승들을 그냥 보내고 있는 사냥꾼이었다. 그는 큰 빛을 포착하기 위해 다른 아무런 불빛도 없는 곳을 찾아 이곳으로 와서 잠복해 있었다. 그런데 그런 작은 짐승들, 작은 빛들의 존재는 그가 노리는 사냥감을 쫓아 버릴 수도 있는 것이었다.

2

 벼락이 치기를 기다리며 들판에 나와 앉아 있는 서운구에 대해 이야기하기 위해서는, 나로서는 우선 나와 서운구, 그리고 우리 사이에 들어 있는 또 다른 한 인물, 박상도에 대해 말하는 것으로부터 시작하지 않을 수 없다.
 삼 년 전의 여름에, 나는 잠시 울릉도에 머물고 있었다. 그 무렵, 이런저런 사정에 의해 근 구 년 만에 대학을 졸업하기에 이른 나는 가을 졸업식을 며칠 앞두고서 거의 충동적으로 혼자 여행길에 올랐다. 이제 몇 가지 삶의 기로에 봉착한 마당에, 나름대로 생각을 정리해야겠다는 명분에서였다. 나는 가능한 한 돈을 아껴가며 동해의 해안선을 따라 남쪽으로 내려가다가 이틀 후에 울산에 도착했다. 그리고 그곳에서 새벽에 울릉도행 여객선을 탔다. 그것은 애초의 계획에는 없는 일이었지만, 여하튼 나는 온갖 종류의 사람들과 더불어 약 여덟 시간 정도 파도에 흔들린 끝에 그 섬에 도착하였다. 그리고 뭍에 첫발을 내디디면서 비로소 나는 내가 원했던 여정을 밟고 있음을 실감할 수 있었다.
 내내 혼자이긴 했어도, 이박 삼 일 예정으로 울릉도를 돌아보며 나는 그런대로 지루하지 않은 시간을 보낼 수 있었다. 섬이 그리 넓지 않아서 시야의 한쪽은 항상 청록색의 바다가 차지하고 있었고, 그로 인해 나는 어느 곳에 발을 들여놓든간에, 심지어 성인봉의 정상에 올랐을 때에도, 내가 바다와 육지의 접경에 머물러 있다는 느낌을 받고 있었다.

그러나 바로 그 때문인지는 몰라도 나는 서울을 떠날 때 기대했던 만큼 차분히 생각에 잠길 수 있는 여유를 얻을 수 없었다. 나의 의식과 상념은 자꾸 눈앞의 풍경과 정황에 사로잡혀서 공전을 하고 있을 뿐이었다. 그리고 그로 인해 오히려 나의 머릿속은 점점 더 산만해지고 있었으며, 그 점이 나를 차츰 초조하게 만든 것이 사실이었다.

그리하여 이틀째 되는 날 저녁에, 나는 비교적 이른 시간에 포구 앞의 한 식당에서 산오징어회를 안주로 하여 소주를 마시며, 이제 더 이상 객지에서 어물거리기보다는, 다음날 아침 일찍 첫 카페리호를 타고 주문진으로 나가서 그곳에서 곧바로 서울로 돌아가는 편이 낫겠다는 생각을 하고 있었다. 그러기 위해서는 아무런 생각 없이 취기가 오를 만큼 술을 마시고 일찍 잠자리에 드는 것이 상책일 것이었다.

그때 나는 내가 앉아 있는 자리 바로 옆의 유리창을 통해 바깥에서부터 몇몇 사람이 고개를 기울여가며 안을 기웃거리고 있는 것을 발견했다. 짐작하건대 그들은 그곳이 술 마시기에 적당한 곳인지를 살피고 있는 모양이었다. 그들은 한동안 유리창 앞에서 어른거리고 있었지만, 나로서는 그 유리창이 워낙 더러웠을 뿐만 아니라, 밖의 골목이 어두웠던 탓에 그들의 모습을 분간할 수 없었다.

이윽고 그들은 마음을 정했는지 한데 몰려 옆으로 돌아서 식당문을 밀고 안으로 들어섰다. 그리고 그 희끄무레한 모습들이 밝은 불빛에 드러나게 되었을 때, 그들 중에서 맨 앞에 서 있던 한 사내가 큰 소리로 내 이름을 부르며 내 쪽으로 다가왔다.

"남인이 아니야, 한남인. 역시 내 생각이 맞았군."

나는 얼떨결에 소주가 묻은 손으로 그가 내민 손을 잡았다. 그러고는 그가 흔들어대는 대로 내 손을 맡긴 채 그의 얼굴을 바라보다가, 얼마 후에야 그가 박상도임을 기억해낼 수 있었다. 나는 그가 한눈에 나를 알아보았다는 사실에 놀라지 않을 수 없었다. 그도 그럴 것이, 그와 나는 고등학교를 졸업한 후에 한번도 만나지 못했던 것이었다.

그때 나는 박상도의 뒤에 서 있던 네 명의 남녀 중에서 또 한 사내가 앞으로 나서며 내게 손을 내미는 것을 발견하고는 다시 깜짝 놀랐다. 그는 조금은 수줍어하는 듯한 얼굴 위에 멋쩍은 미소를 짓고 있었는데, 그가 바로 서운구였다. 그도 또한 나의 고등학교 동기였으며, 나는 그와도 졸업 후에 전혀 만나지 못했던 것이다.

박상도의 일행은 곧 그의 부산한 몸짓에 이끌려 나의 자리에 동석을 했다. 그는 나머지 사람들을 내게 차례로 소개를 해주었다. 그리고 그 후로 한동안 두서 없이 오고 가는 말을 통해, 나는 차츰 그들이 그곳, 울릉도에 와 있게 된 이유를 알 수 있게 되었다.

박상도가 공연히 크게 울리는 목소리 속에 다분히 자기 과시적인 어조를 감추며 내게 설명해준 바에 따르자면, 이미 그는 어느 정도 인정을 받는 극작가 겸 연출가가 되어 있었다. 그는 이미 스스로 두 편의 창작극을 썼고 그 중의 한 편은 직접 연출하여 소극장의 무대에 올리기까지 하였으며, 최근에 어느 원작 소설을 시나리오로 각색하여 호평을 받았다고 했다. 그 결과, 그는 이번에 ㅎ방송국 창사 이십주년 특집 드라마의 극본 집필을 전격적으로 맡게 된 것이고, 지금 그는 그 작업의 사전 준비를 위한 현지 답사차 그곳에 와 있는 것이었다.

그 드라마는 울릉도를 주요 배경으로 하여 그곳에 몇대째 살고 있는 두 집안의 영욕에 대한 이야기를 다룸으로써 우리 역사의 접혀진 한 페이지를 다른 각도에서 조망해보려는 의도를 가지는 것이었는데, 그 속에 독도라는 공간까지도 끌어들여 이야기의 규모를 넓히려는 야심을 가지고 있는 모양이었다. 그리고 실제로 박상도와 동행한 다른 세 사람은 그 드라마의 연출자와 촬영 기사, 그리고 극본 쓰는 일을 돕는 스크립터였다.

나는 그 말을 듣는 동안 박상도의 얼굴을 유심히 살펴보았다. 그러면서 나는 거의 십 년 가까운 세월에도 불구하고 그의 모습이 거의 변하지 않았음을 깨달았다. 검은색 일색의 거친 옷으로 몸을 감싼 그는 예전보다 더 얼굴이 거무튀튀해지고 살갗이 거칠어져 있었으며 다듬지 않은 긴 머리카락이 함부로 솟구쳐 있긴 했지만, 작고 길쯤한 얼굴과 가느다란 눈, 그리고 윤곽이 분명하면서도 어딘지 일그러져 보이는 코와 입술이 풍기는 섬뜩한 인상은 여전했던 것이다. 그런 탓에 그의 얼굴은 한편으로는 세파에 찌들어 더욱 초조해하고 불안해하는 기색을 드러내고 있었지만, 다른 한편으로는 어느 순간 성장과 변화가 멈춰버린 듯한 어린 아이의 얼굴과 다를 바 없었다.

그런 그가 극작가로서 나름대로 자리를 잡았다는 것은 내게는 실로 의외의 일이었다. 그러나 그가 내게 한 말은 어쩌면 그 속에 어떤 내막을 숨기고 있는지는 알 수 없어도, 거짓된 것은 당연히 아닐 터였다. 단지 내가 그런 방면으로 워낙 문외한이어서 그 동안 그의 소식을 모르고 있었던 것이며, 지금 그의 옆에 앉아 있는 사람들은 그의 말에 대한 더할 나위 없는 증인들이었다. 그는 수시로 손가락을 머리카락 속으로 집어넣고서 신경질적으로 두피를 긁어대고 있었는데, 그런 다분히 의식적인 행동도 오히려 내게 그의 말에 대한 믿음을 공고히해주고 있었다.

그러나 나를 의아하게 만든 것은 박상도의 변모만이 아니었다. 그와 함께 서운구가 내 앞에 나타났다는 사실도 그만큼이나 나를 놀라게 한 것이었다.

고등학교 시절에, 박상도는 극심한 가난에 시달리고 있었다. 자세한 집안 사정은 알 수는 없었어도, 그는 거의 끼니를 이을 거리를 가지고 있지 못했다. 그는 학교의 온갖 허드렛일을 하는 것으로 간신히 학비를 면제받고 있었다. 그리고 나는 그가 겨울이면 밤에 남의 집 연탄을 훔쳐다가 자신의 판잣집 아궁이를 덥힌다는 것과, 심지어 어두운 골목길에서 하급생들의 주머니를 뒤져서 빼앗은 돈으로 저녁을 때우곤 한다는 것 등등의 사실을 알고 있었다. 처음 한동안 나는 그와 가깝게 지내고 있었는데, 그때 그는 다분히 위악적으로 자랑처럼 그 사실을 내게 털어놓았던 것이다.

그처럼 그는 살아가기 위해 극악스러운 행동을 하지 않을 수 없었으며, 그렇기 때문에 동급생들은 물론이고 선배들까지도 체구가 왜소한 그를 전혀 건드리지 못했다. 게다가 그는 친구들과 함께 길을 걷다가 느닷없이 지나가는 젊은 여자들의 가슴을 움켜쥐는 행동을 보여주곤 했는데, 그것은 단순히 흥미로움의 차원을 넘어서서 모두에게 경악감을 느끼게 하기에 충분한 것이었다.

그에 비해, 서운구는 전혀 다른 인물이었다. 그는 집이 비교적 유복한 편이었으며, 체격이 크고 얼굴이 반듯했는데, 그런 점들을 빼고는 어느 모로 보나 평범하기 그지 없었다. 어쩌다가 친구들에게서 이름 때문에── '운구'라는 이름이 장례 때에 관을 나르는 일을 뜻하는 것이었으므로── 놀림을 받게 될 때도 그는 거의 아무런 반응도 보이지 않아서, 그들로 하여금 제풀에 맥이 빠지게 만드는 위인이었다. 그 나이 또래의 이름에 대한 터무니없는 자의식 같은 것이 그에게는 전혀 없었던 것이다.

하기야 그에게도 다소 엉뚱한 면이 없지 않았다. 한번은 여럿이 어울려 있는 자리에서 담배 이야기가 나왔을 때, 그가 불쑥 자기에게 담배가 있다고 말해서 우리를 놀라게 한 적이 있었다. 실제로 곧 그는 가방을 뒤져서 담배 한 갑을 꺼냈는데, 그러나 그 담배는 거의 피울 수가 없는 상태였다. 너무 오랫동안 그의 가방 속에 들어 있었던 탓에 바싹 말라붙어 있었고, 손안에서 당장이라도 바스라져버릴 지경이었기 때문이었다. 그는 그답지 않게 나름대로 약간의 객기를 부리려고 담배를 가지고 다닌 모양이었지만, 결국 그는 자신의 소심함을 그런 식으로 우리에게 증명한 셈이었다.

나는 삼학년이 되어 반이 갈릴 때까지 그들 두 사람과 이 년 동안 같은 반에 속해 있었다. 한동안 나는 박상도와 가깝게 지냈다. 그에게서 일종의 우정 같은 것을 느낀 것도 사실이었다. 우리는 방과 후에 함께 학교 뒷산을 쏘다니면서 많은 이야기를 나누었는데, 특히 조숙했던 그의 말들은 나를 놀라게 하고 자극하기에 충분했다. 그러나 나는 오래지 않아 그를 경원하게 되었다. 나는 내가 그의 파행적인 행동들을 이해할 수 있다고 믿고 있었지만, 시간이 지남에 따라 차츰 그것들을 견딜 수 없게 되었던 것이다.

예컨대 그는 학교의 개가식 도서관에 들를 때마다 책에서 마음에 드는 부분을 함부로 찢어내어 가지고 다니곤 했는데, 그것이 내게는 영 마음에 들지 않았다. 어느 날 내가 그에게 내 생각을 말하자, 그는 전혀 이해할 수 없다는 눈길로 나를 바라보았다. 돌이켜보면, 그 무렵 그는 그런 식으로 자기를 추궁하는 말을 이해하려 하지 않았고, 어쩌면 이해하는 일을 두려워하고 있었던 것인지도 모른다. 여하튼 그 후로 나는 그와의 사이에 거리를 두기로 했다. 그러자 곧 그도 내가 자기를 멀리하는 기미를 눈치채고서 마치 상처입은 짐승처럼 내게 노골적으로 적대감을 보이기 시작했다.

그리고 다시 서운구에 대해 말하자면, 나는 애초에 그에게 아무런 흥미도 느끼지 못하고 있었고, 박상도도 역시 매사에 물러터진 그에 대해 자주 경멸감을 내비치곤 하였다. 그러나 정작 서운구 자신은 우리들의 태도에 그리 개의치 않고 있었다. 그런 마당에 그들 두 사람이 적지 않은 시간이 지난 후에 함께 어울리고 있는 것을 보게 되었으니, 나로서는 잠시나마 혼란스러워하지 않을 수 없었던 것이다.

그날, 이야기가 계속 진행됨에 따라, 그리고 서운구가 간간이 낮은 목소리로 귀띔해준 바를 듣고서, 나는 그들이 어떤 관계를 이루고 있는지 대강 짐작할 수 있게 되었다. 서운구는 그럭저럭 대학을 졸업한 후에 은행에 취직하였다. 그가 대리가 된 지 얼마 되지 않았을 때, 박상도로부터 불쑥 전화가 걸려왔다. 퇴근 후에 함께 만난 자리에서, 그는 서운구에게 자기가 그 동안 희곡 작가로 데뷔하였음을 밝히고는, 이번에 두번째로 쓴 작품을 직접 무대에 올리기 위해 후원자들을 물색하고 있으니 도와줄 수 없겠냐고 물었다. 문예진흥원 측에서 얼마간의 자금 지원을 받기로 되어 있지만, 그것만으로는 배우들을 움직이기에 턱없이 모자란다는 것이었다.

서운구는 무엇보다도 얼떨떨함을 떨치지 못한 채 그의 말을 들으며 그의 얼굴을 멍하니 바라보지 않을 수 없었다. 그로서는 그 동안의 시간상의 공백을 메우는 일과 상대방의 변모의 폭을 따라잡는 일에서 공히 어려움을 겪고 있었던 것이다. 그로 인해 그는 여간하여 당혹감에서 벗어나지 못하고 있었지만, 그러나 상대방에게 불신감을 느끼고 있지는 않았다. 더욱이 그가 요구하는 돈이 얼마 되지 않는 것 같았던 터라, 서운구는 일단 그의 제안을 받아들이기로 하였다.

그러자 박상도는 다시금 불쑥 엉뚱한 말을 꺼내어 그를 놀라게 했다. 기왕에 후원자가 되는 김에, 자신의 연극에 단역으로 출연해보는 것이 어떠냐는 것이었다. 그때 비로소 서운구는 상대방이 자기를 만난 이후로 단 한번도 미소를 짓거나 얼굴의 긴장을 푼 적이 없음을 깨달았다. 그리고 그 터무니없이 진지한 표정과 쏘아보는 듯한 눈빛을 바라보며, 서운구는 자기에게는 연극을 할 만한 재주가 없고 아직까지 연극에 관심을 가져본 적도 전혀 없노라는 말을 늘어놓는 것이 너무도 어설픈 짓에 불과하다는 사실을 본능적으로 인식하고 있었다. 결국 그는 대답을 얼버무리려는 의도에서 나중에 극장으로 놀러 가보겠노라고 말했다. 그리고 며칠 후, 극장에서 다른 배우들과 함께 그를 만났을 때, 얼마 시간이 지나지 않아서 이미 그는 한 사람의 단역 배우가 되어 있었다. 마침 공연은 저녁 시간에만 하기로 되어 있어서, 은행 근무에 지장을 받지 않을 수 있었던 것이다.

그의 말을 듣고 났을 때, 비록 내색을 하지는 않았지만 나는 박상도라는 존재에 대해 까닭 모를 의구심이 내 속에서 일어나는 것을 느꼈다. 아마도 그 이유는 지난날 세상에 대한 적의로 활활 타오르던 그의 눈을 내가 여전히 생생하게 기억하고 있기 때문인 듯했다. 그 눈빛에 대한 기억에 내몰린 탓인지, 내 머릿속에서는 그 의구심이 꼬리에 꼬리를 물고서 일어나고 있었다.

예전부터 그는 교묘하게 주변 사람들을 조종하거나 느닷없이 공격적으로 그들의 허를 찔러서 세상에 대한 자신의 내밀한 복수심을 충족시키려 하던 인물이었다. 그렇게 보자면, 그가 연극을 하고자 결심한 것은 그런 치밀한 계산과 노골적인 공격성의 차원에서 자신이 좌지우지할 수 있는 하나의 우주를 만들려 하는 것일 수 있는 일이었다. 그리고 아마도 그는 서운구뿐만 아니라 후원자라거나 동조자로 포섭한 다른 사람들도 여럿 무대 위에 세우려 했을 것인데, 그것은 그 우주 속에 직업적인 배우들보다는 자기가 주변에서 접하는 사람들을 대거 끌어들이려 했던 것일 터이다. 물론 그 이유는 자금의 부족 때문이기도 했겠지만, 그런 현실적인 여건 못지않게 그로서는 그 우주가 자신이 속한 일상 속에 좀더 깊이 뿌리를 내리게 하려는 욕망을 지니고 있었기 때문일지도 모르는 것이다. 말하자면 직업적인 창녀들을 상대하기보다는, 순진한 여자들을 유혹하여 잠자리로 끌어들일 때 더 큰 쾌감을 느끼는 호색한처럼.
 그러나 곧 나는 나 자신의 생각에 제동을 걸었다. 나는 내 생각이 과도하다는 것을 인정하지 않을 수 없었다. 사람은 변하는 법이었다. 나는 서운구가 어물어물하다가 박상도의 전략에 그만 일방적으로 끌려들어갔다는 쪽으로만 생각하고 있었다. 그러나 여하튼 저렇듯 박상도가 변모한 것이 사실이라면, 서운구도 역시 예전의 자신과는 다르게 변할 수 있는 것이었다. 그는 박상도의 제안에 자기도 미처 예상하지 못한 강한 충동을 느끼고서 거의 자발적으로 거기에 응한 것일 수도 있을 테니까. 비록 그들의 관계 속에 심각한 불균형이 자리잡고 있다고 하더라도, 그 관계는 그들에게 나름대로의 의미가 있기 때문에 유지되고 있을 것이다. 그렇다면 어쩌면 문제는 지금 내가 전혀 그들을 이해하려는 마음을 가지고 있지 않다는 점일 수도 있을 것이다.
 그때 나는 연출자와 뭐라고 이야기를 나누고 있던 박상도가 갑자기 소리치듯 말하는 것을 들으며, 고개를 그쪽으로 돌렸다.
 "생각은 이제 그만. 결단과 실천으로. 그것만이 생각을 이끌어가는 힘이니까."
 그 말에 연출자는 씁쓰레한 표정을 지으며 자기 앞에 놓인 잔을 집어들었다. 그 표정을 바라보는 순간 퍼뜩 나는 내가 방금 가졌던 의구심들이 어쩌면 모두 사실에 가까운 것인지도 모른다는 것을 직감했다. 그리고 그날 이후로 나는 그 막연한 직감을 하나씩 현실적인 것으로 확인해나갈 수 있었다.
 다음날, 나는 아침 일찍 그곳을 떠나려던 계획을 버리고서 그들과 행동을 함께하기로 했다. 두 사람이 적극적으로 만류를 한 탓도 있었지만, 그보다는 내 속에서 한시라도 빨리 그들로부터 떨어지려는 욕망과 그들 곁에 머무르며 관찰을 해보고 싶다는 호기심이 서로 싸움을 벌이던 끝에, 결국 마음이 후자 쪽으로 기울었기 때문이었다.
 아홉시쯤에, 우리 일행은 울릉도에 하나밖에 없는 호텔을 함께 나서서 간단히 아침을 먹었다. 그러고는 곧 미리 약속이 되어 있던 마을 사람 몇몇과 만나서 대화를 나누었다. 그런 후에 마을 유지 중의 한 사람이 내준 승용차를 타고 순환도로를 따라 이동을 하면서 해안에 산재해 있는 포구들을 돌아보았다. 점심을 먹고 나서는 여관을 경영한다는 한 청년의 안내를 받아 특히 경관이 좋다는 섬 동쪽의 해안 절벽으로 올라갔다. 날이 그리 맑지 않아서 수평선이 선명하게 보이지는 않았지만, 그곳까지 오르는 동안에 보았던 풀숲과 나무와 시내와 바위들 하나하나도 인상적이었거니와, 이윽고 절벽 끝에서 내려다보이는 바다와 백사장과 구름의 풍광은 우리로 하여금 잠시 말을 잊게 하였다. 특히 촬영 기사는 조금 흥분한 모습으로 촬영기의 초점을 이리저리 돌려대며 연출자와 이야기를 나누고 있었다.
 절벽을 내려올 때쯤 하여, 구름이 몰려 있던 하늘에서는 결국 빗방울이 듣기 시작했다. 그러나 다행히 우리는 비에 흠뻑 젖기 전에 차에 오를 수 있었다. 호텔로 돌아온 후, 우리는 각기 몸을 씻고 옷을 갈아입은 후에 식당에 모여 앉아서 이른 저녁을 먹었다. 그리고 그곳에서 나는 그들 사이에 자리잡고 있는 갈등의 기미를 감지할 수 있었다.
 우선, 삼십대 후반의 연출자는 박상도를 바라볼 때마다 얼굴에 알게 모르게 불안감이 어리고 있었다. 그러나 그보다는 이십대 후반쯤으로 보이는 여성 스크립터가 다른 누구보다도 박상도를 못마땅해 하는 기색을 역력히 드러내고 있었다. 머리가 짧고 얼굴에 화장기가 거의 없는 그녀는 눈이나 코와 입이 자그마해서 전체적으로 단아한 인상을 주고 있었는데, 눈을 내리깔면 다소곳해 보이다가도 눈을 들어 상대방을 바라볼 때는 매사에 지극히 투철한 성격을 가지고 있음을 드러내고 있었다. 아까 절벽을 오르던 중에 박상도가 빈정거리며 하는 말에 따르면, 그녀는 얼마 전에 단막극을 한 편 쓰기도 했다는 것이었다.

그녀는 무엇보다도 자존심이 몹시 상한 듯했다. 그녀는 방송국측으로부터 드라마 집필과 관련하여 박상도와 구체적인 협의를 하도록 지시를 받은 것인데, 그가 자기를 무시할 뿐만 아니라 다른 사람들에게도 안하무인격으로 행동하는 것을 보고서 분개하고 있었던 것이다. 그러나 그녀는 자기로 인해 상황이 악화되는 것을 원하지 않는 듯, 자주 원망 어린 눈길로 연출자를 건너다보기만 할 뿐, 별다른 말을 하지 않고 있었다. 그리고 연출자는 그녀의 시선을 의식하면서도 짐짓 시치미를 떼는 것으로 어렵게 균형을 잡아가고 있었다.

내가 보기에 박상도도 그녀의 그런 반응을 눈치채고 있음이 분명했다. 그러나 그는 거의 고의적으로 보일 정도로 그녀를 따돌리고서 드라마의 구성에 대해 연출가나, 그보다는 더욱 자주 서운구와 더불어 이야기를 나누고 있었다. 어쩌다가 그녀가 의견을 말하면 그는 신중한 표정으로 눈빛을 깜박이고는 아무런 대꾸도 하지 않았다.

박상도의 곁에서 서운구는 시종일관 말이 없이 그의 말을 듣기만 하며 때때로 수첩에 그의 말을 적어넣곤 하였다. 처음에 나는 그가 박상도의 도움으로 이번 드라마에서 배역을 얻은 것으로 여기고 있었다. 그러나 사실을 알고 보니 그렇지가 않았다. 내가 넌지시 물어보자, 박상도는 그렇게 되려면 아직 한동안 더 기다려야 한다고 대수롭지 않게 대답했던 것이다. 서운구는 휴가를 내어 여행삼아 이번 답사 여행에 끼게 되었는데, 그로 인해 그는 본의 아니게 박상도의 과시욕과 자만심을 채워주는 소품 역할을 하고 있는 것이었다.

그리고 끝으로 머리가 반쯤 벗겨진 사십대 중반의 촬영 기사는 나이가 든 사람답게 결코 감정을 드러내는 법이 없이 내내 데면데면한 얼굴로 자기 할 일만 하고 있었다. 그러나 그도 역시 그리 심정이 편안하지만은 않은 모양이었다. 그는 때로 오랫동안 박상도의 옆모습이나 뒷모습을 물끄러미 바라보다가 갑자기 휙 고개를 돌려버리곤 하였던 것이다.

사정이 그러하다 보니, 그들은 박상도를 중심으로 하여 이루어진 불화의 예각을 피하기 위하여 각기 슬슬 곁으로 돌고 있었고, 그 반작용으로서 그들은 자주 내게 친근한 어조로 말을 걸어오고 있었다. 그러나 그들의 그런 우호적인 태도는 나를 거북하게 만들었고, 그 거북함은 차츰 그 자리에 필요없이 머물러 있는 나 자신에 대한 자괴감과 더불어 박상도에 대한 심각한 거부감으로 점차 번져나가고 있었다. 그리고 그로 인해 더 이상 내게는 아무런 호기심도 남아 있지 않게 된 것이었다.

결국, 그날 저녁 나는 그들 모두에게 작별을 고했다. 이번에는 그들 중의 아무도 나를 붙잡지 않았다. 박상도까지 포함하여 모두들 이미 서로의 관계에서 비롯되는 스트레스에 사로잡혀 있어서, 나와의 관계를 지속시켜나갈 만한 활력을 지니고 있지 못한 탓이었다.

그때 나는 서운구가 박상도에게 낮은 목소리로 말하는 것을 들었다.

"나도 딱히 할 일이 없이 이곳에 머물러 있는 게 영 편치가 않아. 내일 남인이와 함께 돌아가야겠어. 그래도 되겠지?"

그러자 박상도는 그에게로 고개를 기울이고서 속삭이는 듯한, 그러나 마디가 툭툭 불거져나오는 목소리로 대답했다.

"그런 소리 하지 마. 아직 네겐 휴가가 이틀이나 남아 있잖아. 어차피 이런 융통성은 어디에나 있는 법이야. 저 여자가 자꾸 눈총을 주는 건, 너한테 들어가는 경비가 모두 회사에서 지불되기 때문이야.

그 돈이 자기 주머니에서 나오는 것도 아니면서 저러는 게 가소로울 뿐이지. 자기가 여자라서 공연히 호텔방 하나를 더 쓰고 있는 건 생각도 하지 않고서 말이야, 안 그래?"

그 말을 듣고서 나는 내 방으로 돌아가기 위해 자리에서 일어섰다. 그가 한 말은 듣기에 따라, 그가 모든 문제를 돈에 결부시키려 한다는 인상을 불러일으킬 수 있는 것이었다. 그러나 그보다 그는 상대방을 질리게 하기 위해 그렇게 말한 것일 수도 있었다. 나는 그의 그런 의도를 정확히 감지할 수 있었다. 예전에도 자주 그러했듯이, 그는 남들로 하여금 자신의 위악적인 말에 질리게 하여 자기들의 의사를 철회하게끔 하는 데 재주가 있었던 것이다. 예상했던 대로 서운구는 더 이상 아무 말도 하지 못했다.

다음날, 나는 아침 여섯시 반경에 자리에서 일어나 짐을 챙겼다. 내 방에 건너와서 함께 자고 있던 서운구는 옷을 주섬주섬 주워입고서 내 뒤를 따라나섰다. 바닷바람의 짭짤한 내음과 빽빽한 감촉을 느끼며 선착장에 이르렀을 때, 내가 그를 돌아보며 말했다.

"내 말 좀 들어봐. 상도 곁에는 가능한 한 가까이 가지 않는 게 좋아. 남들의 목을 자기 쪽으로 꺾어놓지 않고는 견디지 못하는 친구니까. 안 되면 자기 목이라도 꺾어서 말이야."

그러자 서운구는 쓸쓸하게 웃으며 말했다.

"넌 마치 상도가 악취를 풍기거나 전염병을 옮길 거라는 식으로 말하는구나."

"그렇다고 할 수도 있지. 게다가 이제 저 친구는 더 이상 예전처럼 격리된 상태에 머물러 있지도 않아. 원하는 곳으로 파고들 열쇠를 얻었으니까."

"글쎄…… 하지만 남에게서 악취를 맡거나 질병을 느낀다는 건 우리가 바로 우리 자신에게서 그 악취와 질병을 느끼게 되었기 때문이 아닐까. 단지 그런 줄도 모르고서 그 혐의를 남에게 걸려 하는 것일 수 있지. 상도는 그 사실을 잘 알고 있고, 그래서 무엇보다도 자기 냄새를 참지 못해 저러는 거야. 그러니까 곁에 있어도 그렇게 위험한 건 아니야."

그 말을 듣고 나니, 내게는 더 할말이 남아 있지 않았다. 그러나 나는 그가 박상도식으로 말하고 있다는 식의 혐의를 그에게 걸고 싶지는 않았다. 여하튼 그것은 그의 말대로라면 내가 나 자신에게 걸고 있는 혐의를 드러내는 것일 수 있기 때문이었다.

나는 그에게 손을 내밀었다. 그러고는 그의 손을 잡으며, 나도 모르게 뜬금 없이 한마디 말을 던지고 말았다.

"어쨌든 조심해. 달콤한 것들은 악취를 풍기기가 더욱 쉬우니까."

그는 대답 대신 눈을 꾹 눌러감았다가 떴다. 이윽고 나는 주문진으로 떠나는 카페리호에 올랐다.

3

시간이 새벽 두시를 넘어섰을 때쯤 하여, 나는 드디어 대기의 기운이 한낮의 무더위에 대한 기억을 되살리듯 미지근하고 끈끈하게 변해가고 있음을 느낄 수 있었다. 새카맣게 지워져서 막막한 허공 속으로 사라져버린 하늘도 곧 날이 흐려져서 비가 내릴 징후를 보여주고 있었다. 과연 시간이 좀더 지나자 점차 바람이 조금씩 세게 일어나더니 축 늘어진 풀잎들을 일으켜세우고 나뭇가지를 흔들어대기 시작했다. 그리고 그 바람이 점점 더 강해짐에 따라, 나의 살갗은 온갖 종류의 작은 입자들이 와 닿는 것을 감지하고 있었으며, 습기와 냄새를 머금은 그 입자들은 작은 곤충이나 새들처럼 나의 몸을 타고 날아올라서 공중으로 흩뜨러지고 있었다.

나는 세 개째 캔맥주를 따고서 입으로 가져갔다. 서운구는 오래전부터 캔맥주 하나를 손에 들고서 천천히 마시고 있었다. 우리는 별로 말을 하고 있지 않았다. 어쩌다 내가 말을 건네도 그가 대답을 얼버무리고 있었기 때문이었다. 그는 말을 하고 싶어하지 않았을 뿐만 아니라, 들판 한가운데로 불쑥 찾아든 나의 존재를 조금은 부담스러워하고 있는 듯했다. 그는 자기가 들판에 숨어 있다고 생각하고 있었던 것이 분명했다. 그렇다면 내가 이곳으로 찾아와서 그에게 말을 시키고 있는 것은 어쩌면 그의 잘못인지도 모른다. 그는 왜 하필 깊은 산속이 아닌 들판을 자기가 숨을 장소로 선택했다는 말인가. 그것은 스스로 몸을 노출시켜 벼락을 끌어들이는 행위가 아닐 것인가.

그는 사소한 것들에 대해서라도 자꾸 이야기를 하다보면 결국 과거의 자잘한 일들이 거론되기에 이르리라는 사실을 경계하고 있는 모양이었다. 그러나 그렇다고 나를 서둘러 쫓아보낼 수도 없는 마당에, 그로서는 전혀 아무런 말도 나누지 않는 상태를 계속 유지할 수도 없는 것이었다. 그런 탓에, 그는 간간이 바로 이 순간에 관련된 사실에 대해서만 이야기를 하려고 했다. 바람과 구름과 대지와, 그리고 번개에 대해서.

그가 삼각대들의 지지 상태를 살피며 말했다.

"저 하늘 위에는 이미 먹장구름이 잔뜩 몰려와 있을 거야. 나는 그걸 느낄 수 있어. 내 피부가 냄새를 맡으니까. 너도 알겠지만, 양전하와 음전하 사이에서 일어나는 방전을 벼락이라고 부르는데, 그때 방사되는 빛이 번개고, 소리가 천둥이지. 난 이미 수십 장의 번개 사진을 찍었어. 비디오로도 몇 번 촬영할 기회가 있었는데, 천둥은 그 비디오 속에 들어 있지. 알고 보니 번개도 몇 종류가 있더군. 구름 속의 음전하와 지표에서 유도되는 양전하 사이에서 발생하는 방전이 낙뢰라는 것이고, 구름 속에서 양전하와 음전하 사이의 방전이 일어나는 걸 구름 방전이라고 부르지."

그가 나름대로 얻은 전문 지식에 대해 진지하게 하는 이야기를 들으며, 나는 그의 말의 방향을 돌려보려고 말했다. 듣기에 따라 내 말은 그를 빈정거리는 것으로 여겨질 수 있을 것이었다.

"네가 내게 하고 싶은 말은 그런 것뿐인 모양이군."

그러나 그는 내 말에 아랑곳하지 않고서 자기 말을 계속해나갔다.

"낙뢰에도 두 종류가 있는데, 대개의 경우에 낙뢰는 뇌운으로부터 대지를 향해 아래쪽으로 가지쳐 갈라지는 모양으로 나타나지. 그걸 가지 모양 번개라고 불러. 그리고 높은 탑이나 산꼭대기로 낙뢰가 이루어지는 경우에는, 반대로 아래에서 위쪽으로 가지쳐 갈라지게 되지. 그게 더 장관이야. 나는 그런 낙뢰 말고도 구름 방전에도 관심이 많아. 그건 두꺼운 구름 속에서 번개가 일어나서 방사되는 빛을 볼 수가 없지만, 밤에는 구름 전체가 확 밝아지는 걸 볼 수 있지. 그걸 막전(幕電)이라고 해. 그러니 그건 밤에만 찍을 수 있는 거지."

그가 혼잣말을 하듯 중얼거리자, 나는 까닭 모르게 가슴 한쪽 구석이 저려오는 것을 느끼며 그에게 말했다.

"내게는 벼락도 비나 눈처럼 단순히 자연 현상의 일부일 뿐인데, 너는 그것이 마치 어떤 초자연적인 현상이기라도 되는 듯이 거기에 몰두하고 있구나."

"반드시 그런 건 아니야. 네 말대로, 벼락은 인간에게 두려움을 일으키긴 해도 실상은 자연계의 유지와 변화를 위한 중요한 요소일 뿐이야. 벼락이 사람들보고 구경하라거나 사람들에게 뭔가를 가르치려고 치는 게 아니라는 말이야. 그렇게 보자면 먹구름이 일으키는 벼락과 비 온 후의 무지개는 서로 다를 바가 없는 게 사실이지. 그리고 나도 사람들이 무지개를 그리고 사진을 찍고 하듯이, 그저 벼락이 칠 때 그 빛을 찍고 그 소리를 담아두려고 하는 것일 뿐이야. 그것들이 모이고 쌓이면 나는 그것들을 가지고 내가 속한 이 좁은 공간을 채우려 하는 거지. 나는 무지개 대신 벼락을 선택한 셈이야."

그가 잠시 말을 멈추었다가 캔맥주를 땅에 던지고 발로 우그러뜨리고는 다시 말을 시작했다.

"하지만 그렇긴 해도 특히 번개는 무지개와는 다른 점이 분명히 있어. 말하자면 나는 사람과 사람 사이에서 일어나는 강력한 정전기 같은 걸 번개에서 감지하지. 몸에 정전기가 강하게 흐를 때, 연인들이 입을 맞추면 입술이 터져나가버리는 바로 그런 거……"

그는 말을 마저 끝내지도 않고서 입을 다물어버렸다. 딱히 할말이 없으면서도 무슨 말이든 해야 한다는 강박관념에 젖어서 쓸데없는 말을 입에 담았던 한 나라는 남자와, 아무 말도 하고 싶지 않으면서도 하는 수 없이 몇 마디 말을 늘어놓지 않을 수 없었던 그라는 한 남자 사이의 대화는 결국 때 이르게 그런 지경에 이르고 만 것이었다.

나는 텐트의 지붕 끝에 위태롭게 매달려 있는 등의 불빛에 의해 침침하고 음울한 음영이 드리워져 있는 그의 얼굴로부터 눈길을 거두어들였다. 나는 이미 그가 예전의 그가 아님을 인정하지 않을 수 없었다. 그는 전처럼 쉽사리 찌르거나 흔들어댈 수 있는 대상이 아니었다. 그러나 곧 나는 이곳까지 일부러 찾아왔음에도 불구하고 나야말로 어쩌면 그다지 심각한 대화를 원하지 않고 있고, 그는 그 사실을 알고서 내가 마음을 열기를 기다리고 있는 것인지도 모른다는 생각을 하게 되었다.

나는 눈을 들어 주위를 돌아보았다. 캄캄한 하늘이 지상을 덮쳐버린 듯 들판 전체와 그 사이를 가로지르고 있던 길들은 시야에서 완전히 사라지고 없었으며, 벌레들도 이미 모두 자취를 감추고 없었다. 나는 잠시 드러났던 지난날의 일들이 다시금 그쪽으로 통하는 길을 메워버리고서 어둠 속으로 묻혀버리고 있음을 느낄 수 있었다. 나는 맥주캔을 손안에서 우그러뜨리며 자리에서 일어섰다.
 그때 그가 내게 물었다.
 "그런데 이제 몸은 정말 괜찮은 거야?"

4

 울릉도에서 돌아온 후, 나는 박상도와 서운구를 만났던 일을 의식적으로 잊어버리고자 했다. 그것은 그리 어려운 일이 아니었다. 그들의 존재는 한동안 내 속에 들어앉아 나를 불편하게 만들더니, 정리하기 어려운 어떤 일들이 시간이 지남에 따라 차츰 망각 속으로 가라앉듯 천천히 스러져갔다.
 두 달쯤 후에, 나는 우연히 텔레비전에서 박상도가 극본을 쓴 그 특집 드라마가 방영되는 것을 보았다. 제목이 「땅의 끝, 노래의 시작」이라고 기억되는 그 삼부작 드라마는 신문 기자들이나 방송 평론가들로부터 그리 좋은 평가를 받지 못했다. 이야기의 진행이 다분히 상투적이고 인물들이나 상황의 설정이 작위적인 데다가, 초점이 역사의 소용돌이에 휘말린 인물들 사이의 어설픈 갈등과 화해에 맞춰져 있어서, 하다못해 울릉도와 독도에 대한 기록영화로서의 가치조차 가지지 못한다는 것이었다.
 내가 보기에도 그러했는데, 나는 인내심을 동원하여 첫 회를 끝까지 보고는 다시 그 프로에 채널을 고정시키고 싶은 생각을 가질 수 없었다. 내 짐작으로는 그 드라마가 실패한 까닭이 박상도가 자기에게 어울리지 않는 이른바 휴먼 드라마를 무리하게 꾸며보려 한 데 있는 듯했다. 그는 적어도 아직은 자기 속에서 들끓는 온갖 파괴적인 충동들을 한쪽으로 밀어놓고서, 모두가 원하는 이야기를 늘어놓을 수 있는 위인이 아니었다.

드라마가 끝나고 만든 사람들의 이름이 자막으로 나열되는 중에, 나는 자료 조사자 명단에 윤정인과 더불어 서운구의 이름이 들어 있는 것을 발견했다. 그 순간, 나는 공연히 가슴이 서늘해지는 것을 느꼈다. 내가 그들을 잊고 있는 동안에도, 박상도와 윤정인 사이의 갈등은 상존하고 있으면서 어떤 식으로든 파국을 기다리고 있었고, 또한 박상도는 여전히 서운구에 대한 자신의 지배력을 확보하기 위한 여건을 교묘하게 활용하고 있음이 분명했기 때문이었다. 이윽고 광고가 시작될 때 원격 조종기로 텔레비전의 화면을 지워버리고 난 후에도 나는 오랫동안 눈길을 돌리지 못하고 있었다.

내가 그들을 다시 만나게 된 것은 그로부터 거의 십개월이 지나서였다. 어느 날 늦은 시간에 서운구로부터 전화가 걸려왔다. 그는 예전보다 쭈뼛거리는 기색이 많이 가셔진 목소리로 이번에 박상도의 새 연극이 상연되며, 자기가 그 연극에서 주연을 맡았노라고 말했다. 제목은 「사슬」이라고 했다.

그의 말을 듣고 우선 나는 반가운 마음이 들었던 것이 사실이었다. 비록 박상도에 대해서는 여전히 정리되지 않은 착잡함이 남아 있기는 하였지만, 시간적 공백 덕분에 내 속에 일종의 여백이 들어앉게 되었고, 그 여백 속에서 전후 사정이야 어찌 되었든간에 나름대로 어려움을 무릅쓰고 있는 그들을 이해해줘야 하는 게 아닐까 하는 생각이 자리를 잡아가고 있었던 것이다. 말하자면 서운구의 충고

대로 박상도에 대한 나의 의심을 나 자신에게로 돌리려 했다고나 할까.
나는 아무런 저의도 가지지 않고서 그에게 말했다.
"잘 됐군. 이제 드디어 본궤도에 들어서게 되는 셈이네. 그럼 은행은 이제 다니지 않는 건가?"
그러자 그는 갑작스럽게 힘이 잔뜩 들어간 목소리로 대답했다.
"아직 그만두지 않았어. 이번 공연도 저녁에만 있고, 연습은 밤에만 해왔는데, 아직은 그런대로 견딜 만해. 회사측에서도 양해를 해주고 있으니까. 그리고 무엇보다도 내가 사표를 내는 걸 상도가 원하지 않거든."
나는 그의 말에 일말의 흔들림이 끼여드는 것을 감지했다. 그리고 그 순간 나는 그들의 관계에 대한 나의 악의적인 짐작이 자꾸 들어맞고 있음을 다시금 확인했다. 아마도 박상도는 서운구로부터 얻을 수 있는 자금 지원을 포기하고 싶지 않았던 탓에, 그에게 그런 무리한 희생을 강요하고 있는 것일 터였다. 분명 그는 서운구에게 아직 은행을 그만두어서는 안 된다는 사실을 인식시키기 위해 온갖 말을 늘어놓았을 것이며, 서운구는 그의 말 속에 어떤 이기적인 저의가 개입되어 있음을 짐작하면서도 달리 어쩌지 못하고 그의 말을 따르고 있는 것이었다.
그런저런 생각에 다시 기분이 상해버린 나는 말을 계속할 기분이 나지 않았다. 나는 그에게 건성으로 공연 장소와 시간에 대해 묻고는 가급적 시간을 내보도록 하겠다고 말했다.
그러자 그는 내 반응의 속뜻을 알아차린 듯 머뭇거리며 말을 덧붙였다.
"나는 네가 상도에 대해 어떻게 생각하고 있는지 짐작할 수 있어. 그 점에 대해 뭐라고 길게 말하진 않겠어. 그 대신 딱 한마디만 하겠는데, 너의 그런 태도에 대해 다른 누구보다도 상도 자신이 가장 고통을 받고 있다는 거야. 내가 보기에 상도는, 뭐랄까, 그래, 네게 집착을 하고 있어. 난 그걸 알아. 나도 알고 있는데 네가 모른다면, 그건 네가 오해를 하고 있는 거야. 그리고 상도는 네가 자기에 대해 어떤 감정을 가지고 있는지도 잘 알고 있어. 하지만 서로 상대방과의 관계 때문에 고통을 느끼고 있다는 건, 그 관계를 바로잡을 수 있다는 걸 의미하는 게 아니겠어? 더 나쁜 건 고통 같은 걸 상관도 하지 않는 거겠지. 그러니 꼭 오도록 해. 사흘 후에 첫 공연이 있는데, 끝나고 나서 뒤풀이가 있을 테니 그리 알고. 입장권을 살 필요는 없어. 이미 네 앞으로 초대권을 두 장 발송했으니까. 며칠 전에 전화를 했을 때, 네 동생이 주소를 가르쳐주더군."

그렇게 말하고서 그는 전화를 끊었다. 나는 수화기를 내려놓으면서 깊게 한숨을 내쉬었다. 나로서는 이 삶이라는 괴물에게는 머리와 꼬리가 따로 있는 것이 아님을 절감하지 않을 수 없었다. 내 입장에서는 세상에 대해, 특히 박상도에 대해 머리를 꼿꼿이 세우려다보니 가지게 된 감정이 어찌 보면 그 박상도의 꼬리에 붙어 끌려다니고 있는 것에 불과한 것인지도 모르는 일이었기 때문이었다.

그때 나는 지난번 울릉도에서 박상도가 내게 지나가는 듯 슬쩍 했던 말을 떠올렸다.

'그 동안 나는 너를 잊지 않고 있었어. 잊지 않았던 정도가 아니라, 너와 수시로 대화를 하고 있었다고 해야 할 거야. 무슨 일을 해내고 나면, "한남인, 지금 나는 여기까지 왔다, 그런데 지금 너는 어디에 있는 거냐" 이런 식으로 말이야.'

그 순간, 나는 섬뜩함과 동시에 뜨악함을 느끼며 그를 바라보았다. 그는 무표정한 얼굴로 나를 마주 바라보고 있었다.

그 말을 기억하며 나는 고개를 설레설레 저었다. 왜 하필 나인가.

왜 나를 간단히 잊어버리려 하지 않는가. 그리하여 왜 나로 하여금 이렇듯 성가시게 만들고 있는 건가. 혹시 그는 과거의 자신을 누구보다 잘 알고 있는 나라는 존재에 대해 부채 의식 같은 것을 느끼고 있는 건 아닐까.

이윽고 사흘이 지났을 때, 그때까지도 나는 그들을 만나러 극장에 가느냐 마느냐 하는 문제를 놓고서 마음을 정하지 못하고 있었다. 그러다가 나는 점심 시간에 나의 여자 친구와 마주앉아서 식사를 하던 중에 나도 모르게 불쑥 그 이야기를 꺼내고 말았다. 내 말을 들은 그녀는 다짜고짜 '가야 한다고, 반드시 가야 한다고, 그리고 자기도 데려가야 한다'고 말했다. 내가 쓴웃음을 지으며 나와 그들 사이의 껄끄러운 관계에 대해 어렵게 말을 하고 난 뒤에도, 그녀는 여전히 같은 말을 반복했다. 그녀의 말 앞에 '그러니 더더욱'이라는 단어들이 붙어 있었다는 점이 다를 뿐이었다.

결국 나는 그녀의 말에 따르기로 했다. 그러나 엄밀히 말하자면 나는 그녀의 뜻에 따른 것이 아니었다. 애초에 나는 결국 그렇게 되리라는 것을 알고 있었다. 내 주머니 속에는 서운구가 우편으로 보내온 초대권이 들어 있었던 것이다.

극장으로 향하는 택시 안에서 그녀는 조금 들뜬 기색을 보이고 있었다. 그러나 나는 왠지 모르게 기분이 자꾸 가라앉는 것을 느끼며 엉뚱하게도 그녀와 나의 관계를 냉정하게 돌아보고 있었다. 가까워지기 시작한 지 아직 얼마 되지 않은 터라, 우리는 서로 서먹서먹함을 느끼고 있었다. 만약 그녀가 내가 처음 사귄 여자였다면 그 서먹서먹함은 그 자체로 사랑이라는 감정의 다른 이름일 것이었다. 그러나 이미 여러 여자에게서 쓴맛을 보았던 나는 그 생경함이나 생소함 속에서 성급하게도 어떤 불순함이랄까 의심스러움 같은 것을 감지하고 있었다.

그 불순함은 육체적 충동이라는 맹목적인 이끌림, 그 실체 없는 실체와 맞닿아 있었다. 말하자면 사랑의 감정 속에는 육체라는 악마가 들어 있는 것인데, 비록 아직 우리가 잠자리를 같이한 것은 아니었지만, 나로서는 그 악마의 흉포한 준동에 의해 우리의 관계가 유지되고 있다는 생각을 떨칠 수 없었던 것이다. 그리고 그런 생각의 말미에 나는 어느새 박상도와 서운구 사이의 관계에 대한 생각으로 돌아와 있었다.

극장을 찾는 데는 별 어려움이 없었다. 그 극장은 번화한 사거리의 커다란 영화관 건물 뒤에 자리잡은 한 작은 사층 건물 안에 들어 있었는데, 입구 위에 붙어 있는 간판에는 '까페-떼아트르 **도화**'라고 씌어 있었다. 공연이 없을 때는 카페로 쓰다가 하루 중의 몇 시간 동안만 무대를 설치하는 곳이 그곳이었으며, 자금을 동원하는 일과 공연장을 구하는 일의 어려운 상황에 부응하기 위한 것인 모양이었다.

우리는 사층까지 올라가야 했다. 극장 출입문 앞에는 서너 사람이 몰려 서 있었는데, 그들만으로도 입구가 꽉 막혀 있었다. 실내는 생각보다 훨씬 좁은 편이었고, 객석은 모두 해야 삼십 석 남짓했다. 우리가 자리를 잡은 후에, 곧 이어 무대 위에 고사를 치르기 위한 돼지 머리와 술과 떡이 놓여졌다. 그때 출입문 쪽으로부터 박상도와 서운구가 다른 배우들, 스태프진과 함께 들어와서 무대로 들어섰다.

극장 주인으로 보이는 사내가 간단한 안내의 말을 하고 나서 먼저 돼지 입에 지폐를 끼워넣고 술잔을 올리고는 고사상 앞에 엎드려 절을 했다. 그 뒤를 이어 무대 위에 있던 다른 사람들도 하나씩 같은 행동을 되풀이하였다. 그리고 그들이 엎드릴 때마다 나는 객석 쪽으로 향해 잔뜩 부풀어오르는 궁둥이와 그 위로 뚜렷하게 드러나는 바지 속 팬티의 선을 눈여겨보았다.

그때 나는 박상도가 객석을 향해 손을 흔들고 있는 것을 발견했다. 그 곁에서 서운구는 내 쪽을 바라보며 미소를 짓고 있었다. 처음에 나는 그 손짓의 의미를 깨닫지 못하여 어리둥절했다. 그러다가 곧 나는 그가 나를 부르고 있음을 알았다. 나도 나와서 절을 하라는 것이었다. 나는 그것이 그 나름대로 나에 대한 호의를 베푸는 것인지, 아니면 내게 자기의 힘을 행사하려 하는 것인지 알 수 없어서 잠깐 아찔한 현기증을 느꼈다.

돼지머리 앞에 엎드리는 것은 전혀 무의미한 행동이었다. 그것은 그곳에 있는 대부분의 사람들이 알고 있는 사실이었다. 그러나 그들은 모두 순순히 그렇게 하고 있었다. 어떤 행동을 하찮게 여기는 것과 그 행동을 하지 않겠다고 버티는 것은 전혀 다른 차원의 것이었기 때문이었다. 나는 하는 수 없이 무대로 나가 절을 하면서, 그리고 나도 또한 나의 궁둥이와 바지 속 팬티의 선을 사람들에게 드러내면서 그 사실을 절감하지 않을 수 없었다. 서운구가 박상도의 곁에 내내 머물러 있는 것도 어쩌면 그런 이유에서일 것이었다.

술이 관객들 모두에게 한 배씩 골고루 돌아간 후에 이윽고 실내의 불이 꺼졌다. 암전의 시간은 상당히 오랫동안 지속되면서 사람들로 하여금 답답함과 거북함을 느끼게 했다. 과연 박상도다운 행동이었다. 어둠 속에서 얼굴에 벌겋게 불을 피운 채 나는 박상도가 다른 사람들에게 서슴없이 가하는 폭력의 일단이 그런 식으로 드러나고 있음을 느끼고 있었다.

마침내 천장으로부터 한 줄기의 빛이 떨어지면서 무대 위에 서 있는 남자의 모습을 비추었다. 그는 박상도였다. 그러나 나는 전혀 놀라지 않았다. 그것 또한 실로 박상도다운 착상이었던 것이다.

그는 마치 한 쪽 다리가 꺾이기라도 한 것처럼 삐딱하게 서서 객석을 노려보듯 바라보고 있었다. 그는 그런 기형적인 자세로 버티고 서서 팔짱을 끼고 있다가 한 손을 들어 턱을 쓰다듬으며 말을 하기 시작했다.
 "쉬운 이야기로부터 시작하기로 하지. 만화에 흔히 나오는 장면부터 말이야. 악어가 아가리를 있는 한껏 벌리고서 달려들 때, 만화의 주인공은 어떻게 하던가. 때로 그는 요령 있게 그 아가리를 다물게 하여 줄로 묶어버리곤 하지. 하지만 그건 재미없는 일이야. 그보다는 길다란 나무토막을 그 아가리 사이에 끼워넣어서 악어가 물지 못하게 하는 것, 그게 훨씬 흥미롭고도 기발한 거지. 나는 자주 그 사실을 머리에 떠올리곤 해. 그건 실제로는 불가능한 일인데, 대체 과연 누가 제일 먼저 그런 발상을 했을까. 어떻게 아가리를 다물게 하는 대신, 벌어진 상태 그대로 그 악어를 꼼짝못하게 할 생각을 해낼 수 있었을까.
 나는 자주 그런 생각을 해. 그래서 말인데, 사실 내게는 아무런 재주가 없어. 이런 자리를 만드는 건 물론이고, 이 자리에 설 수 있는 능력까지도 말이야. 하지만 내게는 나무토막이 하나 있지. 나를 잡아먹으려고 달려드는 악어의 아가리에 끼워넣을 나무토막이 내 손에 들려져 있다 이거야. 진흙뻘 속에 던져져 있을 때는 아무것도 아닌 그 나무토막을 마치 나를 지켜줄 수 있는 수호물인 양 움켜쥐고 있는 거지.
 그리고 또 나는 이런 생각도 자주 해. 내가 바로 그 나무토막에 의해 아가리가 벌려진 악어라고 말이야. 그러니 결과적으로 나는 어떻게 되는 걸까. 대답은 간단해. 나는 내 아가리가 다물리지 않도록 나 스스로 내 아가리 속에 나무토막을 끼워넣고 있는 악어라는 거지. 그게 바로 내가 세상에 대항하고, 세상에 대해 말을 하는 유일한 방법이야. 아니, 어쩌면 그게 세상이 내게 강요하는 방법인지도 모르지. 어느 쪽이든 상관없지만 말이야.
 그리고 끝으로 말하자면, 지금 내가 하고 있는 이 말은 분명히 이 연극의 일부라는 거야. 내가 왜 이런 말을 하느냐 하면, 지금 나는 한 마리의 악어가 되어서 당신들의 아가리에 나처럼 나무토막을 끼워넣으려 한다 이거지. 그러니까 당신들은 당신들 스스로 꼼짝달싹할 수 없게 된 악어가 되었다고 생각하고서 이 연극을 보아야 해. 그래야만 이 연극을 제대로 이해할 수 있는 거야. 아가리를 다물 생각도, 더 벌릴 생각도 하지 말고서 침을 흘리든 피를 흘리든 그냥 보라는 말이야. 더욱이 나는 당신들 아가리에서 그 나무토막을 빼내줄 생각이 추호도 없어. 하지만 그 대신 나는 당신들을 가둬둘 생각도 없지. 그건 약속할 수 있어."

시종일관 터무니없이 심각하다 못해 잔뜩 인상을 쓴 표정으로 말을 하던 그는 이윽고 입을 다물더니 턱을 쓰다듬던 손을 내려서 다시 팔짱을 끼었다. 그러고는 한동안 더 빛의 원통 속에 머물러 있으면서 어둠에 잠긴 객석을 노려보고 있었다.

잠시 후, 불이 꺼지고 그의 모습이 사라지고 무대 위에서 사람들의 부산한 움직임이 들려오기 시작할 때, 나는 객석 여기저기에서 한숨 소리가 나직하게 울리는 것을 들었다. 그리고 그 소리는 내 입에서 흘러나오는 것이기도 했다. 아마도 그때 나는 그의 말을 듣고는 그에 대한 일종의 신뢰감이 예상하지 못했던 사이에 내 속에서 생겨나는 것을 느끼고 있었던 모양이었다. 익명의 사람들에게 함부로 반말을 해대는 그라는 존재가 내게 여전히 거북하고 불쾌했던 것이 사실이었지만, 그러나 그의 속에 저런 모습이 들어 있었구나 하는 생각, 그 생각은 분명 그에 대한 신뢰감 쪽으로 흘러들어가고 있었던 것이다.

곧 무대가 중앙부터 환하게 밝아지면서, 배우들의 모습이 드러났다. 그들은 모두 셋이었고, 모두 남자였으며, 모두 헐렁한 흰색 작업복 같은 것을 입고 있었다. 그들은 온통 흰색으로 뒤덮여 있을 뿐 특별한 장식이 없는 무대를 세 부분으로 나누어 각기 한 부분씩 차지하고 있었으며, 모두 합장하는 자세를 취하고서 서로 다른 방향으로 시선을 고정시킨 채 서 있었다. 그리고 그들의 주위에는 여러 개의 농기구들, 무기 혹은 악기 모양의 것들, 옷가지들, 공, 낡은 고리짝 같은 것들이 다소 산만하게 놓여져 있었다.
 무위와 침묵의 시간이 한동안 지속되던 끝에, 그들은 이윽고 천천히 팔다리를 움직이기 시작했다. 그들은 각자 바닥에 널려 있는 것들을 하나씩 집어들고서 두드리거나, 흔들거나, 찌르거나, 내리치거나, 몸에 걸치거나, 내던지거나 하는 기계적인 동작들을 하나씩 보여주고 있었는데, 그 모습은 흡사 보이지 않는 피대로 연결된 바퀴들의 운동을 연상시키고 있었다. 그들은 각기 다른 움직임들을 보여주고 있었지만, 그 움직임들은 교묘하게 서로 연관되는 동시에 서로 충돌을 일으키고 있었던 것이다.
 극의 진행은 시종일관 그런 파편적이고 단속적인 행위들로 점철되면서 이루어지고 있었다. 대사도 거의 없는 것이나 다름없었는데, 그 행위들 사이사이에 기껏해야 '어휴, 더워' '이제 그만해' '비가 오겠는걸' '저기쯤이야' '벼락이 치는구먼' '하늘이 울고 있어' 따위의 다분히 무의미한 말들만이 간간이 발음되고 있을 뿐이었다. 무대 전체가 흰색으로만 처리되어 있다는 점을 감안하여 이를테면 백색의 언어라고도 부를 수 있는 그 핏기 없는 창백한 말들은 그와 마찬가지로 거의 투명하여 창백하기까지 한 배우들의 동작과 결부되어서 매 순간 내 몸 속으로 전기가 흘러드는 듯 찌릿찌릿한 감각을 일으키고 있었다.
 시간이 지나면서 무대 위의 상황은 점차 파국으로 나아가고 있었다. 배우들의 행위가 점점 더 극적으로 변해가는 한편, '나를 내버려 둬' '이게 언제까지 계속될 거지?' '봄은 오는 걸까' 따위의 말들이 더욱 절규에 가까운 어조를 띠고서 그들의 입을 통해 흘러나오고 있었던 것이다. 두 배우는 서운구를 가운데 두고서 몸을 격하게 움직이고 있었고, 그들 사이에서 서운구는 몸을 비틀며 파탄적인 몸짓을 집요하게 반복하고 있었다.

잠깐 나는 그 장면들이 피카소의 「게르니카」 속에서 인간들의 훼손된 지체가 마구 뒤엉켜 있는 모습들을 연상시킨다고 생각했다. 그리고 그와 동시에 나는 초대권과 함께 내게 배달된 팜플렛에 들어 있던 구절을 머리에 떠올렸다. 박상도 자신이 썼을 것임에 틀림이 없을 그 글에는, 그 연극이 인간의 역사를 자연의 변화와 계절의 추이라는 상황에 결부지어 사슬이라는 상징을 통해 표현해보고자 하는 의도를 가진다고 되어 있었다.

그러나 다음 순간 나는 더 이상 아무 생각도 하지 않기로 하였다. 그렇다고 내가 그냥 있는 그대로 그 연극을 보라고 한 박상도의 충고를 받아들이려 한 것은 아니었다. 내게는 그 모든 장면들이 해독하고자 애쓸 필요가 없는 헛된 것으로만 보이고 있었던 것이다. 내 입장에서는 무대 위에서 벌어지는 모든 일들이 한마디로 가학과 피학의 행위가 전도되고 또다시 전도되는 상황으로 여겨지고 있을 뿐이었다. 더욱이 그 가학과 피학의 행위는 배우들 사이에서가 아니라, 극작가이자 연출가인 박상도와 서운구라는 배우 사이에서 일어나고 있는 것이었다.

박상도는 자신의 그런 내밀한 욕구를 드러내어 남에게 보여주지 않고는 견디지 못하는 위인이었으며, 연극은 그런 행위를 공공연히 벌일 수 있기 위한 빌미일 뿐이었다. 예전에 그가 우리가 보는 앞에서 지나가는 여자의 젖가슴을 움켜쥐는 것 같은 행동을 했던 것도 그런 이유에서였다. 그리고 그때마다 그는 자신의 파행적인 행동에 어떤 설명을 가하는 일을 기피하고 두려워하고 있었다. 나는 누구보다도 그 점을 잘 알고 있었다. 그리고 객석의 어둠 속에 파묻혀 있던 그 순간 나는 그 사실을 지나칠 정도로 강하게 확신하고 있었다.

내 생각이 그런 쪽으로 기울어지고 있었던 탓에, 나로서는 때때로 빛이 잦아들다가 갑자기 번쩍거리며 켜지고 있는 무대를 바라보며, 박상도의 눈빛이 어른거리는 것을 보고 있었다. 나는 상대방을 찌르고 들어가는 듯한 그 강한 눈빛에 도리어 그 자신의 눈이 짓물러지는 모습을 지켜보고 있었다. 그리고 또한 나는 보이지 않는 박상도가 서운구 위에 버티고 서서 자신의 머리카락을 쥐어뜯고 있는 장면을, 그의 머리카락 한올 한올이 채찍처럼, 뱀처럼 서운구의 몸에 휘감기는 장면을, 연습 때 실제로 그러했을 것이 분명한 그 장면을 눈앞에 생생히 그려보고 있었다.

마침내 연극은 끝이 났다. 배우들의 얼굴과 목에서는 땀이 비 오듯 흘러내리고 있었고, 바닥에까지 떨어져서 이곳저곳을 흥건히 적셔놓고 있었다. 나는 조명을 받아 번들거리고 있는 그 물기를 바라보며 깨어진 두개골 밖으로 허옇게 흘러나온 뇌수를 떠올리고 있었다. 불이 꺼지고, 박수 소리가 일어나고, 불이 켜지고, 박상도가 무대로 걸어나와 배우들과 악수를 하고, 그들이 객석을 향해 인사를 하고, 다시 박수 소리가 일어나고, 다시 불이 꺼지고, 다시 불이 켜지고, 그때 무대는 텅 비어 있었다.

그 순간 몸을 벌떡 일으킨 나는 내 옆에 앉아서 여전히 얼떨떨한 표정을 짓고 있는 여자의 손을 거칠게 잡아끌었다. 그러고는 천천히 빠져나가고 있는 사람들 사이를 비집고 서둘러 입구 쪽으로 걸어갔다.

막 출입문을 나서려 할 때, 나는 누군가가 내 어깨를 잡는 것을 느꼈다. 나는 거의 반사적으로 그것이 박상도의 손이라고 생각하고서 어깨를 털며 돌아섰다. 그러나 나를 잡은 것이 박상도 일리는 없는 것이었으며, 실제로 내 앞에는 서운구가 서 있었다.
그가 땀은 걷어냈지만 여전히 벌겋게 달아오른 얼굴로 내게 물었다.
"왜? 그냥 가려고?"
나는 대답할 말을 찾지 못하고 말없이 서 있자, 그가 손에 들고 있던 섬유음료 병을 내 앞으로 불쑥 내밀었다. 그러고는 웃으면서 또 하나의 병을 나와 동행한 여자에게 건네주었다.
그날, 나는 결국 그들의 뒤풀이 자리에 합석을 했다. 돌이켜보면, 아마도 서운구는 내가 그냥 가버리려 할 것을 알고서 미리 나와 나를 기다리고 있었던 것인 듯했다. 그리고 확신할 수는 없지만 어쩌면 박상도가 그에게 그렇게 하도록 시켰던 것인지도 모르는 일이었다. 그러나 내가 주저앉을 수밖에 없었던 것은 그럴 수밖에 없었던 이유가 있었다거나 그래야겠다고 생각했기 때문이 아니었다. 단지 서운구가 내게 '왜? 그냥 가려고?'라고 물었을 때, 선뜻 아무 대답도 할 수 없었기 때문에, 그리고 대답을 할 수 없었다는 사실에 무척 자존심이 상했기 때문일 뿐이었다.
그 자리에는 이십여 명의 남녀가 앉아 있었는데, 그들 중에는 정장 차림의 사십대 후반의 남자들이 서너 명 끼여 있었다. 그들은 어느 모로나 그 자리에 어울리지 않아서 나로 하여금 의아하게 했는데, 나중에 알고 보니 그들은 이번 공연의 후원 업체인 모 제약 회사에서 나온 사람들이었다. 내가 마신 섬유음료도 그들이 가져온 것이었다.
그들은 박상도에게 맥주잔을 건네며 연극이 너무 어려웠다느니, 그래도 재미있었다느니 하는 말을 하고 있었고, 박상도는 전혀 웃음기 없는 얼굴로 그들을 쏘아보며 진지하게 대답을 하고 있었다. 그는 공연히 그들의 비위를 맞추려 하는 대신, 그리고 공연히 거만하게 구는 대신, 차라리 그런 식으로 그들에게 강한 인상을 남기는 것이 이득이 되리라는 것을 잘 알고 있었다. 그는 그들이 연극인들을 별종의 인간들로 간주하고 있다는 것을 모르고 있지 않았으며, 그것은 그가 그들을 경멸할 수 있는 충분한 이유가 될 수 있는 것이었다.

그리고 또한 그들 중에서 나를 의아하게 만든 존재가 있었는데, 그는, 아니 그녀는 바로 윤정인이었다. 그녀를 그곳에서 만났다는 것은 내게는 실로 뜻밖의 일이었다. 그녀도 당연히 나의 심중을 눈치채고서 처음에는 조금 어색해하는 표정을 짓더니, 이내 얼굴에서 어색함을 내몰아버리고서 정색을 하고는 나를 똑바로 바라보고 있었다.

그녀는 박상도와 서운구의 사이에 앉아 있었는데, 박상도의 손이 수시로 그녀의 어깨 위로 걸쳐지고 있었다. 그때마다 그녀는 본능적으로 몸을 움츠리며 주위를 의식하는 표정을 짓긴 했지만 그의 손을 물리치지는 않았다. 그리고 나는 그때마다 그녀가 보여주는 반응과 흡사한 것을 서운구에게서 감지할 수 있었다. 나중에 팜플렛을 보고서 확인한 바이지만, 그녀는 조연출 겸 소품 담당으로 그 연극에 참가하고 있었다. 그러나 그 자리에서 이미 나는 그들 세 사람 사이에서 오래 전부터 내가 모르는 드라마가 진행되어왔고, 지금도 여전히 진행되고 있는 중임을 짐작할 수 있었다.

그때 우리 뒤쪽에서 누군가가 탁자를 주먹으로 두드리며 소리쳤다.

"그러니 때려치워. 상구 형도 항상 그러잖아. 그러려면 때려치라구. 내가 개 값도 못한다잖아. 그러니 때려치워야지. 아니야, 때려치울 것도 없어. 그냥 치워버리면 되는 거야."

박상도만을 제외하고서 모두들 소리나는 쪽을 돌아보았다. 실내가 좁았던 탓에 우리 뒤쪽으로 따로이 탁자 두 개가 놓여 있었는데,

그 말의 임자는 아까 출연했던 배우들 중의 한 사람이었다. 그는 벌써 술에 취했는지 고개를 탁자에 닿을 듯이 떨어뜨리고서 계속하여 소리를 질러대고 있었다.
 곧 그의 곁에 앉아 있던 남자들이 당황하여 그의 몸을 잡아 일으켰다. 그러자 그는 조금 전의 기세를 금방 누그러뜨리고서 그들에게 몸을 맡기고는 순순히 출입문 쪽으로 끌려갔다. 그런 동안에도 박상도는 아무런 표정의 변화도 없이 여전히 심각한 표정을 하고서 눈알을 굴리며 정면을 응시하고 있었다. 나는 그것이 바로 그가 나름대로 세상을 헤쳐나가는 방식이라는 것을 알고 있었다. 만약 그 배우가 그의 얼굴에 대고 그렇게 말했다 하더라도 그는 같은 반응을 표했을 것이었다.
 그가 문밖으로 사라지고 주위가 다시 조용해졌을 때, 몇 잔 마시지도 않아서 이미 눈가가 붉어진 박상도가 갑자기 손가락으로 나를 가리키며 말했다.
 "그런데 사실은 저 친구가 정말 대단한 놈입니다. 어렸을 적부터 알고 지냈는데, 조만간 뭔가 해낼 겁니다. 난 저놈을 믿습니다. 요즘 일간지에 문화 비평에 관한 글을 쓰고 있는데, 글이 아주 좋아요."
 그 순간 나는 숨이 턱 막히는 것을 느꼈다. 우선 나는 그가 방금 전에 받은 자존심의 상처를 회복하기 위해 뜬금 없이 나를 걸고 들어가고 있음을 알 수 있었다. 그는 나에 대해 소개를 한다는 명분하에 고의적으로 나를 마치 하수인 다루듯 하려 한 것이 분명했다. 그런 식으로 그는 자신이 주변 사람들에 대해 그토록 오연한 자세를 취하고 있음을 과시하는 동시에, 자기가 그들을 거느리고 있다는 인상을 남들에게 주려 한 것이다. 그러나 그것은 평소의 그답지 않은 지극히 용렬한 태도였다. 매사에 주도면밀한 그는 그렇듯 쉽게 저의가 간파될 행동은 하지 않는 편이었기 때문이었다. 그렇다면 그는 조금 전에 그 술 취한 배우가 보여준 행동으로 인해 내심으로 크게 당황한 것이 틀림없을 것이었다.
 그리고 또한 나는 그가 그 동안의 내 사정을 머릿속으로 상세히 꿰고 있었다는 사실에 대해서도 놀라지 않을 수 없었다. 그 무렵, 나는 여러 가지 궁리 끝에 결국 신문방송학과 대학원에 적을 두고 있었다. 그러나 박상도가 한 말은 터무니없이 과장된 것이었다. 단지 나는 얼마 전에 지도 교수의 권유로 신문에 문화 시평과 관련된 짤막한 글을 쓴 적이 있었는데, 아마도 박상도는 그 기사를 본 모양이었다. 그러나 젊은 세대의 비디오 문화에 대해 마지못해 쓴 그 글은 내가 스스로 생각해도 조악하기 짝이 없는 것이었으니, 박상도가 갑자기 그 이야기를 꺼낸 것은 이중의 의도를 숨기고 있는 것이었다. 말하자면 그는——내가 이용 가치가 있다고 생각한 것까지는 아니라 하더라도——여하튼 공연히 남들에게 나를 부추겨세움으로써 자기를 높이는 동시에, 자기가 내게 부단한 관심을 가지고 있을 뿐만 아니라 필요하다면 얼마든지 선전을 해줄 수 있다는 것을 암시함으로써 나를 자기 곁에 붙들어두려 한 것이었다.
 그런 생각이 든 이후로, 나는 내 속에서 불쾌감이 부글부글 끓어오르는 것을 느끼고 있었다. 그것은 안간힘을 다하여 참아내지 않으면 안 되는 그런 불쾌감이었다. 나뿐만 아니라 그 자리에 있었던 모든 사람들이 단순히 박상도를 그럴듯하게 보이게 할 무대 장식에 불과하다는 느낌이 들었던 탓이었다. 일단 그의 곁에 머무르게 되면 그렇게 되어버리는 것이었다. 서운구도 나의 심정을 짐작한 듯 고개를 떨구고서 묵묵히 앉아 있었다.
 얼마 후, 그들과 작별을 하고서 먼저 극장을 빠져나온 후에도, 그 불쾌감은 가라앉으려 하지 않았다. 나는 어차피 그와 내가 갈 길이 전혀 다르며 앞으로 서로 다시 만날 일도 없을 것이라는 사실을 반복적으로 상기하면서 위안을 삼고자 했다. 그리고 이건 여담이지만, 그날 나는 나와 동행했던 그 여자에게 결별을 선언했다. 그녀는 갑작스런 내 말에 당황해하면서도, 자기로서는 이해할 수 없는 착잡한 기색이 내 얼굴에 먹구름처럼 어려 있는 것을 바라보며 말을 잊고 있었다.

5

이제 대기에는 당장이라도 비가 쏟아지려는 기색이 완연했다. 공기의 입자들이 물기를 머금고서 더 무거워지고 있었고, 바람이 그 입자들을 휩쓸어 몰아대어 풀과 나무를 흔들어대고 있었다. 그에 따라 어둠 속 도처에서는 스산한 소리가 파도 소리처럼 주기적으로 일어났다가 스러지고 있었다. 그리고 어두워서 보이지는 않았지만, 서운구의 말대로 지금 하늘은 두터운 먹장구름, 뇌운으로 온통 뒤덮여 있을 것이었다.

서운구는 비디오 촬영기를 아까 피라미드 모양의 산이 보이던 쪽으로 향하게 하고서 작동을 시켰다. 그는 사진을 찍을 때 낮이든 밤이든 항상 촬영기를 켜놓는 모양이었다. 그리고 나서 사진기 하나를 손에 든 그는 우비를 몸에 걸치고, 간이 탁자 위에 올려놓았던 밀짚 모자를 머리에 썼다. 앞쪽이 마치 삿갓처럼 둥글고 넓게 돌출되어 있는 특별한 모양의 모자였다. 어차피 우산을 쓸 수 없었으므로 그는 그것으로써 머리뿐만 아니라 사진기가 비에 젖는 것을 조금이나마 막으려는 것이었다.

그는 모자를 약간 뒤로 젖혀 쓰고서 어두운 전방을 응시하였다.

그는 두 발로는 겨우 한 움큼의 흙밖에는 밟지 못하고 있었지만, 어둡고 광활한 하늘을 한눈에 올려다보고 있었다. 내가 그 옆의 구릉 위로 올라서서 그의 눈길이 향한 쪽을 바라보자, 그가 말했다.

"언젠가 낮에 이곳에서 벼락이 치는 걸 찍은 적이 있었는데, 돌아가서 사진을 현상하고 나서 비디오에 촬영된 걸 보다가 깜짝 놀란 적이 있지. 그 속에 내 모습이 잠시 잡힌 적이 있었는데, 그때 내게서 불과 삼사 미터밖에 안 되는 곳에 벼락이 떨어져내리더군. 나는 깜짝 놀라서 몇 번이고 뒤로 되돌려서 그 장면을 다시 보았어. 하지만 그건 분명 벼락이었어. 나는 앞쪽으로 나서서 사진을 찍다가 사진기를 들고서 텐트 쪽으로 돌아오고 있었는데, 번개가 아슬아슬하게 내 옆을 비껴서 촬영기와 내 사이에 내리꽂힌 거지. 아마도 그 기계가 번개를 끌어들인 모양이었어. 그런데도 그때 나는 그런 줄은 전혀 모르고 있었던 거야. 만약 그때 내가 그 벼락에 맞았다면, 어떻게 되었을까? 그런 우연적이면서도 한 순간에 모든 것이 끝장날 수 있는 일을 당하고서도 여전히 그것이 우연에 불과하다고 생각할 수 있었을까?"

그때 그는 갑자기 말을 멈추었다. 자기가 공연히 너무 많은 말을 하고 있다는 생각이 들었던 모양이었다. 그러나 그는 곧 어떤 저항할 수 없는 힘에 이끌리듯 말을 계속해나갔다.

"그러니 너도 조심해야 해. 특히나 이런 평지에서는 서 있는 인체가 그 자체로 하나의 전기 도체나 다름없어. 사람 몸이 곧 낙뢰를 유도하는 거야. 그럴 때는 우비나 고무 장화를 착용했다고 하더라도 절연 효과는 전혀 없지. 사람 키를 넘어서는 게 곁에 있으면 더 위험해지는 건 물론이고. 그러니 낙뢰 사고는 누구에게나 일어날 수 있는 거야. 그렇다고 너무 걱정하지는 마. 흔히 잘못 생각하는 것처럼 벼락을 맞는다 하더라도 그 자체로 숯처럼 새카맣게 타죽는 일은 없으니까. 벼락이 몸 속으로 흘러들어가면 호흡 정지나 심장 정지가 일어나게 되는데, 그때 몸 속 전류의 비율이 치사 수준을 넘어서지 않을 때는 후유증 없이 살아날 수 있고, 물론 그 이상일 때는 죽는 거지. 그리고 전류가 몸 표면을 따라 흐를 때에는 생명에 지장이 없을 정도로 화상을 입거나 벼락 무늬가 살갗에 생기는 게 일반적이야."

그때 그가 다시 말을 멈추고서 초조한 듯 이리저리 걸음을 옮겼다. 그러나 나는 그가 말을 멈추지 않을 것이며, 곧 벼락이 치리라는 기대감이 그로 하여금 그렇듯 쉬지 않고 말을 하게끔 하고 있다는 것을 알 수 있었다. 예상했던 대로 잠시 후 그가 말을 이었다. 하지만 그 동안 거의 쾌활하기까지 한 그의 어조는 급작스럽게 무겁고 침울하게 가라앉아 있었다. 이제 그는 자신이 겪은 과거의 고통스러운 일들과 직접적으로 연관된 이야기, 그 동안 어쩌다 말을 하게 될지도 모른다고 두려워하고 있던 그 이야기를 입에 담으려 하는 것이었다.

"전의 그 일로 감방에 갇혔을 때, 그곳에서 나는 실제로 벼락을 맞았다는 사람을 만난 적이 있어. 산길을 걷다가 그 일을 당했는데, 잠깐 아찔했을 뿐 아무런 통증도 느끼지 못했고, 외상도 전혀 남지 않았다고 하더군. 오히려 머리가 맑아지고, 지병이던 편두통이 사라졌다는 거야. 그 대신 한동안 차거나 뜨거운 물건이 몸 이쪽에 닿으면, 저쪽이 자극을 받는 엉뚱한 현상에 시달려야 했다지 아마. 그 사람 말로는, 자기 마을 사람들 중에 하나는 벼락이 머리에서 발끝을 관통하는 순간 뒤꿈치가 파열되었다고 하더군. 뼈가 으스러졌다는 거야. 그러나 생명은 건질 수 있었던 거지.

구치소에 들어 있는 동안 나는 내내 그 말을 떠올리고 있었어. 벼락을 맞고 살아난 사람들 이야기 말이야. 애초에 각오를 하고는 있었지만, 여하튼 평범한 소시민으로 살아오다가 갑자기 감옥에 갇힌 신세가 된 건 벼락을 맞은 것이나 다름없었지. 그런데도 나 또한 여전히 살아 있었던 거야. 게다가 발뒤꿈치가 으스러진 사람처럼 나도 마치 발목 지뢰를 밟은 듯한 고통을 받으면서 절뚝거리고 있었어.

 그뿐만이 아니었지. 그 안에 있는 동안 항상 눈을 감을 때마다, 마치 방금 가까이에서 벼락이 치는 걸 보고 난 듯이, 내 어두운 망막 속에는 푸른색의 그림자가 장막처럼 드리워져 있었어. 그 푸르고도 환한 빛은 내 꿈속으로까지 스며들어왔고, 그때마다 나는 악몽에서 깨어나듯 눈을 번쩍 뜨곤 했지. 하지만 내가 그 빛을 두려워한 건 아니었어. 오히려 그 반대로 그 빛을 애타게 찾고 있었을 뿐만 아니라, 바로 내 눈앞에 생생하게 되살려놓고 싶어했지. 내가 그곳에서 사진에 관한 책들을 보기 시작한 것도 그런 이유에서였어."

 그가 사진기를 만지작거리며 몸을 부산하게 움직이면서 말을 하는 동안, 드디어 빗방울이 떨어져내리기 시작했다. 그리고 그와 동시에 주위는 후두두 소리를 내면서 흡사 일종의 설렘과도 같은 반응을 일으키기 시작했으며, 나는 그것과 유사한 설렘이 서운구의 속에서도 일어나고 있음을 짐작할 수 있었다.

 그는 내게 텐트에 들어가 있지 않겠느냐고 다시 물었다. 그러나 나는 그가 건네준, 대가 플라스틱으로 된 우산을 쓰고서, 우두망찰, 멀리 어둠 속에 시선을 던져둔 채 그렇게 빗속에 서 있었다. 그때 그는 몸을 웅크리고서 사진기를 눈에 가져다 댔다. 그리고는 목표물이 나타나기를 기다리는 저격수처럼, 야광추가 까딱거리는 것을 지켜보며 긴장하는 낚시꾼처럼 숨을 죽였다.

 그때 우리의 전방에서 뇌우와 지상 사이의 최초의 방전이 일어나면서 불붙은 나뭇가지와도 같은 낙뢰가 하늘 한가운데로부터 지상으로 낙하했다. 그 순간 세상이 환하게 밝아지면서 지표면의 윤곽이 들썩거리며 우리의 시야 속에서 일어섰다. 그와 동시에 저격용 라이플의 방아쇠에 걸려 있던 그의 손가락이 민첩하게 움직이면서 연이어 찰칵찰칵 소리를 일으켰다. 당연히 그의 사진기에서는 플래시가 터지지 않고 있었다. 그는 온통 새카맣게 칠해진 세상을 배경으로 하여 오직 번개만을 찍으려 하는 것이었다.

그리고 곧 천둥이 일어나면서 잠시 들썩거렸다가 순식간에 새카맣게 타들어간 지표면을 내리누르듯, 부수어버리듯 천지를 진동시키며 휩쓸어버리고서 스러졌다. 빗발이 점차 더 거세지고 있었고, 벼락은 일정한 간격을 두고서 계속 떨어져내리고 있었다. 서운구는 그 빛에 이끌리듯 발밑을 더듬거리며 앞으로 나가면서 계속 셔터를 눌러댔다. 천둥 소리가 금방금방 들려오는 것을 보면, 벼락은 그리 먼 곳에 떨어지는 것이 아닌 모양이었다.

나는 바람을 타고 옆으로 들이치는 비를 온몸으로 맞으며 그의 뒤에 우뚝 버티고 서 있었다. 나로서는 번개가 인간 시각에 의한 포착의 대상이 된다는 사실에 대해 적이 놀라움을 느끼고 있었다. 번개가 번쩍일 때마다 그 강력하고 푸르스름한 빛에 의해 지표면의 어둠이 조각조각으로 갈라지고 그 속에 몸을 숨기고 있던 악령들이 언뜻언뜻 모습을 드러내고서 광란의 춤을 추고 있었다. 그때마다 나는 눈을 부릅뜨고서 번개를 노려보았다. 그러다가 빗물이 눈 속으로 흘러들어가는 것을 느끼며 눈을 감았다. 그러자 서운구가 말했듯이 내 어두운 망막 속에서는 푸른색 그림자가 물에 젖은 장막처럼 번들거리며 드리워지다가 차츰 핏빛으로 변해가고 있었다. 나의 시각 세포는 번개에 대한 기억을 푸른색으로 낙인찍어놓고 있었지만, 그 푸른빛을 유지하는 것이 힘에 겨운지 이내 붉은빛으로 풀어버리고 있는 것이었다.

그리고 그때 나는 벼락이 우리의 현재와 과거를 이어주는 통로,

순식간에 불과하다 할지라도 전광석화와도 같은 통로 역할을 해주고 있음을 깨달았다. 우리가 현재, 그 현재라는 번개의 빛을 두 눈으로 목도하고 있다고 느끼는 바로 그 순간, 곧 천둥이 우르르 소리를 내며 달려와서 잊혀져가는 지난날들, 그 과거의 소리를 우리의 귓전에 울려대고 있었다. 현재의 푸른빛이 과거의 핏빛을 되살려놓고 있는 것이었다.
 그때 그가 거의 헐떡거리는 목소리로 내게 소리쳤다.
 "어때, 저 광경이? 하늘이 인간들을 향해 긋는 성호 같지 않아?"

6

 박상도의 연극 「사슬」을 보고 난 후로, 나는 지난번처럼 의도적으로 그들과의 만남을 기피했다. 서운구가 몇 번 전화를 걸어서 만나자고 한 적이 있었지만, 그때마다 나는 속이 뻔히 들여다보이는 핑계를 대는 것으로 일관했다. 나로서는 비록 한 귀퉁이에나마 나의 세계 속에 박상도라는 존재를 끌어들여 정리해놓을 수가 없었다. 그는 그 속에서 끝없이 난동을 부려서 전체를 혼란스럽게 만들어놓고 있었다. 그 결과, 나는 그가 자기 자신뿐만 아니라 남들까지도 본능적으로 헤치려 드는 위인이라고, 그런 식으로 자기가 살아 있다는 걸 확인하려 드는 인간이라고 결론을 짓고 있었던 것이다.
 내가 그들과, 아니 나의 삶이 그들의 삶과 다시 맞닥뜨리게 된 것은 그로부터 다시 십여 개월의 시간이 지나서였다. 어느 날, 대학 앞의 어수선한 길 위에서 택시를 기다리던 중에 나는 길가의 게시판에 「다리 꺾인 자의 잠」이라는 제목의 연극 포스터가 붙어 있는 것을 보앉다.

　나는 그렇지 않아도 연극계의 불황이 심하다고 하던데 대체 이건 어떤 연극이길래 사람들을 동원하여 이런 곳에까지 다 선전 전단을 뿌렸을까 하는 생각으로 호기심을 느꼈다. 나는 그 속의 내용을 자세히 살펴보았다. 경비를 절약하기 위해서였는지 비교적 조잡하게 인쇄된 그 포스터의 전면에는, 그리 크지 않은 십여 개의 십자가가 늘어서 있는 모습과 더불어 그 십자가 하나하나에 사람들이 몸을 기대듯 하여 매달려 있는 광경이 그로테스크한 색채를 띠고서 깔려 있었다. 그리고 그 위에 노란색과 흰색의 글자들이 어지럽게 박혀 있었다.

　그때 내게는 언뜻 뭔가 집히는 것이 있었다. 서둘러 그 연극을 만든 사람들의 명단을 훑어내려가는 나의 눈길에 과연 박상도와 서운구의 이름이 걸려들었다. 그리고 그 밑에는 윤정인의 이름도 들어 있었다. 그 순간, 나는 까닭없이 머릿속이 아뜩해지는 것을 느꼈다. '아, 상도가 또 운구와 더불어 이런 일을 벌이고 있었구나' 하는 생각과 함께 갑자기 가슴이 덜컥 내려앉았던 것이다.

　나는 잠시 눈을 감았다 뜨고서 하단에 작은 글자로 적혀 있는 글귀를 읽어나갔다 : '신약성서 요한복음 19장에는 유대인들이 안식일에 시체를 십자가에 그냥 두지 않기 위해 빌라도에게 시체의 다리를 꺾어 치워달라고 청하였다고 씌어 있다. 죄수들이 빨리 숨을 거두게 하기 위해 무릎 아래를 꺾어놓는 것이다. 삶이라는 십자가에 매달린 우리들 모두의 정강이는 꺾여 있다. 그런데도 우리는 우리가 잠들어 있는 동안이나 두 눈을 멀쩡히 뜨고 있는 중에라도 누군가가 우리의 정강이를 꺾으려 들지 않을까 두려워하면서 수시로 다리를 더듬고 있다. 그리고 그 두려움 때문에 심지어 우리는 먼저 상대방의 정강이를 꺾으려 드는 것이다 ——박상도.'

다 읽고 난 나는 끔찍한 것을 피하듯 얼른 돌아서서 차들이 질주하는 도로를 바라보았다. 웬 난데없는 십자가인가. 나는 그가 어렸을 적에 천주교 세례를 받았음을 알고 있었다. 그러나 그 자신이 고백했듯이, 그것은 가난한 그에게 성당이 베풀어주는 여러 가지 혜택을 받기 위한 것에 불과했다. 그렇다면 이번 연극은 신성 모독에 가까운 의도를 가지고 있는 것인지도 모르는 일이었다. 그는 그런 식으로 자신의 가난한 과거와 단절을 이루고 싶었던 것일까.

나는 길 위로 내려서서 달려오는 택시들을 향해 손을 흔들었다. 나는 얼른 그곳을, 그 포스터가 나를 내려다보고 있는 그곳을 떠나고 싶었다. 나는 그런 식의 그의 언어를 견딜 수가 없었다. 나는 그에게 그런 언어를 입에 담을 자격이 없다고 생각하고 있었던 것이다.

이윽고 빈 택시가 와서 섰을 때, 나는 거의 숨을 헐떡이며 차에 올랐다. 그러나 막상 행선지를 밝히려 하는 순간, 나는 아무 말도 할 수 없었다. 운전사는 실내 후면경을 통해 나를 힐끔거렸다. 나는 결국 신촌 사거리 부근으로 가자고 말하고 말았다. 그 연극이 상연되고 있는 소극장이 그곳에 있었던 것이다. 이미 저녁 공연이 시작된 시간이었다. 그러나 나는 이번이 아니라면, 이렇듯 혼란스런 상태가 아니라면 다시는 그 연극을 볼 생각을 가질 수 없을 것임을 알고 있었다. 나는 연극을 보지 않으려 하는 나 자신을 견딜 수 없었던 동시에, 보지 않을 수 없다고 생각하는 나 자신도 또한 견딜 수 없었던 것이었다.

예상했던 대로 극장의 매표소는 닫혀 있었고, 출입문도 잠겨 있었다. 나는 문을 두드려서 사람을 불러낸 후에 다급한 목소리로 들어가게 해달라고 부탁했다. 벙거지 같은 모자를 쓴 젊은 사내는 아무 말 없이 문을 열어주었다.

이미 반쯤 진행된 연극은 흐름이 절정에 이르러 있는 듯했다. 포스터에서 보았던 대로, 십여 개의 십자가가 세워져 있어서 그렇지 않아도 좁은 무대는 상하좌우로 빽빽하게 시각적인 구별이 이루어져 있었다. 그리고 배우들이 매달려 있는 그 십자가들 사이로 다른 배우들이 기이한 몸짓을 보여주며 움직이고 있었다. 서운구는 중앙의 십자가에 매달려 있었으며, 다른 십자가에 매달린 사람들이 단순히 소품 정도로만 취급되고 있는 데 비해 그는 대표격으로 상황을 떠맡고 있었다. 그러나 여자 배우들이 모두 가면을 쓴 듯 진한 화장을 하고 있어서 나로서는 윤정인의 모습을 분간할 수 없었다.

박상도의 다른 연극들처럼 그 연극도 쉽게 줄거리를 파악할 수가 없는 것이었다. 단지 각기 사연을 가진 십자가가 하나씩 세워지고, 죄수들이 다리에서 피를 흘리며 바닥에 선 채로 그 위로 몸을 기울여서 매달리고, 그 주위에서 다른 사람들이 축제를 벌이고, 그들에 의해 관이 끌려들어오고, 번개의 번쩍거림과 천둥의 소음이 일어나는 가운데 십자가가 뉘어지고, 죄수들이 관 위에 눕고, 사람들이 그 관을 끌고 나가는 일련의 과정들이 개략적인 줄거리를 구성하고 있었다. 그 이야기가 잠속에서처럼, 꿈속에서처럼, 악몽 속에서처럼 진행되면서 인물들을, 관객들을 잠속으로, 꿈속으로, 악몽 속으로 이끌어들이고 있었다.

그렇듯 그 연극은 얼핏 보기에는 기독교에 있어서의 수난극 같은 것을 연상시키고 있었지만, 애초에 예상했듯이 실제로는 종교적인 색채가 거의 없이 '악마들의 축제' 류의 전통을 따르면서 일종의 잔혹극의 분위기를 강하게 풍기고 있었다. 그리고 저번처럼 배우들의 몸으로 모든 것을 표현하려는 경향을 극단적으로 드러내고 있었다.

연극이 끝나고 막이 내려졌을 때, 입구 바로 앞자리에 앉아 있던 나는 어둠 속을 더듬거리며 맨 먼저 밖으로 나왔다. 환기가 제대로 되지 않는 좁은 공간에 오래 앉아 있었던 탓인지 머리가 쪼개질 듯 심하게 아팠지만, 그래도 가슴속으로는 후련함이 느껴지고 있었다. 머리가 아팠던 것은 한편으로는 그 연극을 제대로 이해할 수 없었다는 사실 때문이었으며, 가슴이 후련했던 것은 그래도 여하튼 그 연극을 보았다는 사실에서 비롯되는 것이었다.

어찌 되었든 나는 박상도가 자기의 파괴적인 기질을 교묘하게 형식화하는 능력을 가지고 있음을 인정하지 않을 수 없었다. 더욱이 나는 그가 이번 연극을 통해 자기 주변 사람들을 강력하게 설득하려 한 것이라고 생각하고 있었다. 평소에 자신의 행동에 대해 변명할 줄을 전혀 모르던 그가 이번에 변명의 차원을 단번에 넘어서서 직접 설득의 차원으로 나아가고 있는 것으로 여겨졌던 것이다. 그런 탓에 나는 내가 그를 필요로 하지 않았듯이 이제 그도 또한 나를 필요로 하지 않을 것이라는 생각을 하면서 위안을 느낄 수 있을 정도였다. 단지 마음에 걸리는 점이 있었다면, 그것은 서운구가 최소한 한 달 동안 밤마다 그 힘겨운 노동을 치러야 한다는 사실이었다.

그러나 내가 스스로 느낀 위안은 아직 시기상조에 속하는 것이었다. 며칠 후 신문을 보다가 나는 한 귀퉁이에서 '연극「다리 꺾인 자의 잠」의 다리가 꺾이다'라는 제목의 작은 글이 실려 있는 것을 발견한 것이다. 나는 깜짝 놀라 신문지에 코를 박았다. 문화면도 아닌 가십면에 실린 그 기사에 따르면 그 동안「다리 꺾인 자의 잠」은 그렇지 않아도 일부 연극 평론가들 사이에서 연출상으로나 극본상으로 표현주의적 경향의 어느 독일 작가의 작품을 표절한 것이라는 시비가 벌어져서 일부 연극인들 사이에 작은 논란을 일으키고 있었는데, 엎친 데 덮친 격으로 이틀 전 주연 배우인 서운구가 공금 횡령 혐의로 경찰에 구속됨으로써 보름 만에 사실상 막이 내려졌다는 것이었다.

나는 머릿속이 온통 혼란스러워지고 말았다. 우선 나는 이제쯤에는 전문 연극인이 되어 있을 것이라고 생각했던 서운구가 여전히 낮에 직장을 다니고 있었다는 사실에 놀라지 않을 수 없었다. 그 기사가 사실이라면, 그는 분명 은행으로부터 돈을 횡령했을 것이기 때문이었다. 그리고 또한 나는 막상 박상도가 서운구와 더불어 이미 예정되어 있었던 것인지도 모르는 불행을 실제로 겪게 되고 급기야 세상이 그에게 돌팔매질을 하는 것을 보게 되자, 갑작스런 허탈감에 사로잡히게 되었다. 전후 사정이야 어찌 되었든 그들의 친구들 중의 하나로서 내가 그 동안 그들에게 지나치게 가혹했던 것은 아닌가 하는 생각이 다시금 들게 된 것이다.

그로 인해 나는 착잡함과 아울러 자책감까지 느끼게 되었으며, 그러한 미묘한 감정은 한동안 강력하게 나를 휘어잡고 있었다. 그러다 보니 심지어 나는 강의실이나 세미나실 같은 곳에서도 그 사건에 대한 생각에 골똘하다가 몇 번이고 나도 모르게 '이건 내가 원한 게 아니야'라고 소리내어 말해서 남들의 시선을 끌곤 했다.

며칠간의 좌불안석 끝에 결국 나는 극단측에 전화를 걸었다. 낮 동안에는 아무런 응답이 없다가, 저녁 무렵이 되어서야 한 젊은 여자가 전화를 받았다. 그녀는 너무도 꾸밈이 없어서 오히려 불쾌한 생경함을 느끼게 하는 목소리로 말했다. 박상도와는 그들 쪽에서도 연락이 되지 않는다, 서운구가 구속된 후로 박상도도 행방이 묘연해졌다, 아마도 그는 한동안 나타나지 않을 것 같다는 것이었다.

그때 나는 윤정인이라는 존재를 머리에 떠올렸다. 한 남자는 내 손이 닿을 수 없는 곳으로 사라지고 또 한 남자는 내 손이 무력하기만 한 곳에 갇힌 이 마당에, 이제 내가 손을 뻗을 수 있는 대상은 그녀뿐이었다. 그런 사실만으로도 나는 그들 세 사람이 서로 단단히 연결되어 있음을 새삼스럽게 상기할 수 있었다.

나는 전화를 받은 여자에게 윤정인의 연락처를 물었다. 그러자 그녀는 처음에는 난색을 표했다. 그러나 내가 이리저리 말을 둘러대며 물러서지 않자, 내게 윤정인의 호출기 번호를 가르쳐주었다. 아마도 그녀는 낯선 남자에게 한 여자의 집 전화번호 대신, 호출기 번호를 알려주는 것이 나름대로 그 여자의 프라이버시를 지켜주는 것이 되리라고 생각했던 모양이었다. 호출기는 자기 쪽에서 응답하기를 원하지 않는 한 상대방과 일방 통행의 관계를 유지할 수 있기 때문이었다.

그날 밤, 나는 윤정인과 통화를 할 수 있었다. 그녀는 자신을 호출한 사람이 나라는 사실에 조금 놀란 듯했다. 그러나 그녀는 다음날 서운구의 면회를 다녀올 생각이라고 담담하게 말했다. 그 말을 듣고서 나는 그녀와 동행을 할까 하는 생각을 잠시 했다. 하지만 내게는 아직 박상도를 제쳐놓고 서운구와 대면하여 이야기를 나눌 만한 마음의 준비가 되어 있지 않았다. 그 대신, 나는 그녀가 서울 근교의 구치소에 들렀다가 돌아오는 길에 내게 다시 전화를 걸어달라고 부탁했다. 일단 그녀를 만나서 자세한 사정 이야기를 들어보기 위해서였는데, 마침 나는 구치소가 있는 곳으로부터 서울로 들어서는 길목에 살고 있었던 것이다.

다음날 오후 다섯시경에, 그녀는 일부러 나의 집 근처에까지 와서 전화를 걸었다. 만나기에 마땅한 장소를 떠올릴 수 없었던 나는 그녀로 하여금 공중전화기 근처에 머물러 있게 하고서 서둘러 그곳으로 나갔다. 하늘은 곧 비를 쏟을 듯 컴컴했다.

잠시 후, 내가 길가에 주차되어 있는 그녀의 차에 탔을 때, 우리는 예상했던 것보다 훨씬 큰 어색함을 느끼고 있었다. 말하자면 나는 그 상황에서 나와 그녀와 박상도와 서운구가 애초에 캐스팅이 완전히 잘못된 연극을 하고 있는 셈이라는 생각을 하고 있었다. 그런 점으로 보자면, 우리가 찻집에서 마주앉는 대신 자동차 안에 나란히 앉게 되었다는 것은 차라리 다행스러운 일일 수 있었다. 어디로 가면 좋겠느냐고 그녀가 물었을 때, 내가 그냥 시내 쪽으로 차를 달리는 게 어떻겠냐고 되물었던 것도 그런 이유에서였다.
　자동차가 사거리를 중심으로 하여 잔뜩 밀집해 있는 다른 차들의 행렬을 따라 느릿느릿 움직이고 있을 때, 비가 뿌리기 시작했다. 와이퍼를 작동시킨 그녀는 운전대를 두 손으로 잡고서 묵묵히 입을 다물고 있었다. 먼저 입을 연 것은 나였다.
　"무엇보다도 그 동안 운구가 여전히 은행을 그만두지 않고 있었다는 게 여간 놀랍지 않군요. 아무리 토요일과 일요일에만 낮 공연이 있었다고 하더라도 말이지요. 시간과 체력의 문제는 차치하고라도, 극과 극이나 다를 바 없는 그런 두 직장을 동시에 치러낸다는 건 누구에게나 견디기 어려운 일이었을 텐데요. 내가 알기로 상도가 운구에게 계속 직장을 다닐 것을 요구했다고 하던데, 애초에 상도에게 어떤 저의가 있었고, 그것이 결국 이런 사태를 초래한 게 아닌가요?"
　말을 하고 나서 나는 문득 내가 여전히 박상도에 대해 적대적인 감정을 떨치지 못하고 있음을 깨달았다. 내가 그녀를 만나고자 했던 것은 이런 말을 하기 위해서가 아니지 않았던가. 나는 우울함을 느끼며 그녀의 말을 기다렸다.
　"그렇게 볼 수도 있지요. 아시다시피 상도씨는 연극뿐만 아니라 생활을 하는 데에서도 그 동안 내내 돈 문제로 시달려왔고…… 특히 그 점을 못 견뎌했으니까요. 게다가 이번에 연극 공연을 강행하려 하다보니 자금 압박을 심하게 받았던 것도 사실이지요. 하지만 그런 식으로 결과만 놓고 따지는 건 상도씨뿐만 아니라 운구씨까지도, 두 사람 모두를 모욕하는 거예요. 운구씨 말로는, 이번에 은행으로부터 대부를 받기 위해 서류를 갖추는 과정에서 무리를 범한 게 사실이지만, 고소까지 당하게 된 데에는 그 동안 은행 간부들과의 사이에서 빚어졌던 갈등이 크게 작용했기 때문이라고 하더군요. 그리고 이번

일에 대해 상도씨는 전혀 모르고 있었다고 했어요. 물론 나도 상도씨가 운구씨한테 무언의 압력을 가했을 것이라고 짐작을 하고 있기는 하지만, 어쨌든 운구씨의 입장은 그랬다는 거예요."

그녀는 가능한 한 냉정을 유지하려고 애쓰며 말하고 있었다. 그러나 그녀의 말은 나로 하여금 점점 더 반발감을 느끼게 하였다. 스스로 생각해보아도 이상한 일이었다. 박상도와 어느 정도 거리를 두게 되면 나는 그를 이해할 수 있을 것 같다가도, 어떤 식으로든 그가 내 곁에 다가오면 나는 거부 반응을 일으키고 마는 것이었다.

그러고 보면 말은 도화선 같은 것이었다. 그 도화선은 대개 심장이나 뇌에 연결되어 있게 마련이었고, 그것이 바지직 소리를 내며 타들어가게 되면 어느 순간 그 속에 깊숙이 감추어져 있던 감정의 폭발이 일어나고 마는 것이었다. 나는 입 안이 바싹 말라붙는 것을 느끼며 말했다.

"그런데 「다리 꺾인 자의 잠」이 표절 시비에 말려들어갔다는 건 또 뭐지요? 정인씨가 보기에도 그럴 여지가 있었던 건가요?"

그 말을 하면서 나는 고등학교 시절의 박상도가 도서관에서 주위의 눈길도 아랑곳하지 않고 책장을 찢어내는 모습을 머리에 떠올리고 있었다.

"그건 말하자면 상도씨에게 적이 많았기 때문이지요. 아니, 적이 많았다기보다는 상도씨를 못마땅하게 여기던 사람들 중에 몇몇 발언권이 강한 사람들이 있었다고 하는 편이 정확하겠군요. 그 사람들은 암암리에 예술 작품의 형식이라는 것이 그걸 만든 이의 인간성과 결부되어 드러나는 법이라고 믿고 있었던 것인데, 상도씨의 경우에는 인간적인 면에서 그 사람들에게 신뢰감을 주는 면이 전혀 없었지요. 그 때문에 그 연극도 사기일 거라고 미리 단정지어진 거예요. 표절 시비도 그런 사정과 무관하지 않아요. 적어도 내가 보기엔 그렇지요. 내 생각을 물어보기에 하는 말이지만."
 그녀의 말이 끝나자마자, 나는 상대방의 혐의 사실에 대해 심증을 단단히 굳히고 있는 심문자의 어투로 다시 물었다.
 "그렇다면 그런 사정이 더 이상 연극을 상연할 수 없게까지 만든 건가요? 아무리 주연 배우가 구속되었다 하더라도, 그것으로써 아예 연극 자체의 숨통이 끊어지다니요. 거기에 한두 사람이 매달려 있는 것도 아닌 터에 말입니다."
 그러자 그녀가 숨을 크게 내쉰 후에 말했다.
 "그런 점도 없지 않지만, 그보다는 극단 내부의 갈등 탓도 컸어요. 이번 일을 기화로 그 동안 배우들과 스태프들 속에 쌓여 있던 불만이 겉으로 비어져나온 거예요. 사실 상도씨는 방송국 일을 할 때도 극작가라는 신분을 내세워서 탤런트 지망생들로부터 돈이나 물건 같은 것들을 후려내곤 했어요. 물론 여자들에게서는 몸까지도요. 방송국 일을 못 하게 된 것도 그런 사실이 드러나서지요. 그걸로 방송가에서는 영원히 낙인이 찍혀버린 거예요. 상도씨의 그런 버릇이 연극을 할 때는 사람들에게 카리스마적으로 군림하는 것으로 나타났어요. 연극판은 방송가에 비해 워낙 판이 좁고 영세했으니까요. 그래도 간신히 참고 견디던 사람들은 운구씨 일이 터지자 모두 손을 놓아버린 거예요."
 "정인씨는 그런 사실을 나중에야 알게 되었나요? 그러니까 내 말은 처음부터 그런 사실을 알고서 상도와……"
 그때 그녀가 나의 말을 끊고서 빠르게 말했다.
 "무슨 말을 하려는 건지 알겠어요. 내가 울릉도에서 상도씨에 대해 혐오감을 드러낸 것도 다른 몇 가지 이유가 있긴 했지만 이미 그 사람의 그런 행적에 대해 알고 있었기 때문이기도 했지요. 그 사람은 누군가가 자기를 미워하거나 공격하려 들면 그자의 존재를 자기 머릿속에서 지워버리는 전략을 가지고 살아가는 사람이었어요. 그러지 않으면 자기가 괴롭고 두려울 수밖에 없다는 생각에서 말이에요. 그 사람이 나를 무시했던 것도 그래서지요. 그래서 더더욱 나는 그 사람을 혐오했던 거예요. 사실을 말하자면, 그때 나는 운구씨에게 끌리고 있었어요. 울릉도에서 돌아온 이후로 우리는 더욱 가까워졌지요. 그러다 보니 상도씨와 만날 기회도 여러 번 있게 되었는데, 그러면서 차츰 나는 상도씨를 이해할 수 있게 된 거예요. 뭐랄까, 나는 그 사람과 내가 막다른 골목에서 마주쳤다는 느낌을 받고 있었어요. 게다가 그 사람에게는 나만의 몫이 있었지요. 그래서 나는 그 사람을 떨칠 수 없었어요. 비록 그건 사랑이 아니었고…… 그로 인해 결국 나뿐만 아니라 운구씨까지 상처를 입고 말았지만 말이에요."

그녀가 말을 마치고서 호흡을 고르고 있는 동안에, 나는 내 속에서 비수 하나가 날카로운 날을 번득이며 솟아오르는 것을 감지했다. 그 비수는 박상도 대신 애꿎게도 그녀의 심장을 겨누고 있었다. 나는 그녀를 이해할 수 있었지만, 그와 동시에 까닭 모를 울화가 치밀어오르는 것을 느끼고 있었던 것이다. 나는 그 싸늘한 비수를 입에 물고서 말했다.

"정인씨의 말을 듣고 있자니, 여자로 현신해서 남자들의 욕망을 풀어주었다는 관음보살이 갑자기 생각나는군요. 남자들의 욕망이 가련해서 스스로 몸을 열어준 관음보살 말입니다."

그녀가 훅 소리를 내고는 말했다.

"여자라고만 말해줘서 고맙군요. 창녀라는 말 대신에 말이에요. 관음보살이 창녀로 현신했다는 그 설화에 대해서는 나도 들은 적이 있어요. 그 이야기가 생각날 때마다 나는 쓴웃음을 짓곤 했지요. 관세음보살이 강한 남자로 현신해서 여자들을 안아주었다는 이야기는 어디에도 없으니 말이에요. 그런 사실만으로도 사랑이니 욕망이니 하는 것에 얽혀 있는 도덕이나 관습 따위의 것들이 얼마나 편협한 건지 충분히 짐작할 수 있는 거지요."

그녀는 운전대를 잡은 손에 잔뜩 힘을 주고 있었다. 빗발은 점점 더 거세어지고 있었고, 와이퍼는 더욱 빠른 속도로 움직이고 있었다. 나는 내가 유치한 행동을 하고 있음을 알고 있었다. 그러나 이미 내친김이라 나로서는 물러설 수 없었다.

"그 말은 마치 정인씨가 온갖 편견을 무릅쓰고 여자로 헌신해서 자기와 관계한 남자들을 진정으로 사랑하게 된 관음보살이라도 된다고 생각하고 있는 듯한 느낌을 주는군요."

그러자 그녀가 고개를 홱 돌려서 나를 노려보며 소리쳤다.

"그만 내리세요. 더 이상 참을 수가 없군요. 당신은 아무것도 이해하려고, 아니 아무것도 알려고 하지 않고 있어요. 그러면서 왜 나를 만나려 했는지 모르겠군요. 어서 내리세요."

그러고서 그녀는 급하게 제동 페달을 밟으며 차를 갓길로 붙였다. 그때 나는 거의 반사적으로 실내 후면경을 통해 뒤쪽을 바라보았다. 도로가 비교적 한산한 편이어서 차들이 속도를 높이고 있었으며, 나는 아까부터 덤프 트럭 한 대가 우리 뒤에 바짝 붙어 있었다는 사실을 알고 있었던 것이다. 게다가 그녀가 차를 세운 곳은 약간 경사가 진 데다가 삼십 도 가량 굽이가 진 길이었다. 내가 온몸으로 긴장감을 느끼며 후면경의 좁은 공간 속에 시선을 고정시키고 있을 때, 윤정인은 아무것도 모른 채 나를 쏘아보고 있었다.

예상했던 대로 그 트럭은 우리 차가 갑자기 멈춰서는 것을 발견하고서 요란하게 경적을 울리며 차선을 바꾸려 하였다. 그리고 그 순간 제동이 걸리는 요란한 소리와 함께 트럭의 차체가 원심력을 이기지 못하여 심하게 휘청거렸다. 희뿌염한 뒷유리를 통해 그 광경을 본 나는 왼손을 뻗어서 핸드 브레이크를 힘껏 잡아당겼다. 그러고는 몸을 한쪽으로 기울이며 고개를 돌려 바로 옆으로 닥쳐온 그 트럭을 바라보았다.
　그 순간 나는 땅이 우르릉거리며 울리는 소리를 들었다. 그리고 다음 순간 나는 내 왼쪽의 지면이 휙 들려지는 듯한, 땅이 그쪽에서부터 확 일어서는 듯한 느낌을 받았다. 트럭은 간신히 차선을 바꿀 수는 있었지만, 그 바람에 균형을 잃고 옆으로 넘어지면서 바로 우리 위로 덮쳐온 것이었다. 나는 두 손으로 그녀의 몸을 내 쪽으로 잡아채어 아래로 내리누르고는 그 위로 덥치듯 내 몸을 눕혔다.
　그와 동시에 나는 자동차가 폭발하는 듯한 굉음을 듣는 것과 동시에 트럭의 관성에 의해 자동차가 우리를 태운 채 앞으로 끌려나가는 것을 느꼈다. 인간의 귀가 감지할 수 있는 정도를 훨씬 넘어선 그 무지막지한 소음은 흉기처럼 사정없이 귀와 입과 눈을 통해 안으로 파고들어갔고, 곧 내 속에서 강력한 빛을 번쩍이며 이차, 삼차의 폭발을 연이어 일으키기 시작했다.
　시간에 대한 감각이 사라져버린 상태에서, 얼마 후에 나는 내 아래에 깔린 그녀의 몸이 꼼지락거리는 것을 느끼며 천천히 의식을 되찾았다. 그와 함께 허리가 잘린 듯한 통증이 느껴졌고, 또한 나는 몸을 정확히 반으로 나누어 오른쪽의 신경이 거의 완전히 마비되어 있음을 알 수 있었다.
　그때 그녀가 공포에 질려 울음 섞인 소리로 내게 묻고 있었다.
　"괜찮아요? 괜찮은 거예요?"
　말을 할 수 없었던 나는 고개를 끄덕이려 했다. 그러나 무너져내린 자동차 지붕에 짓눌려 머리마저 꼼짝할 수 없었다. 나의 오른쪽 관자놀이에서는 피가 흘러내려 눈과 코와 입과 턱을 거쳐 그녀의 등 위로 떨어져내리고 있었다. 그때 나는 적어도 그 순간에는 나보다 그녀가 더욱 고통스러울 것임을 알고 있었다. 그렇듯 옴쭉달싹할 수 없는 상태에서, 그녀는 더욱이 지금 우리에게 어떤 일이 벌어진 것인지조차 제대로 모르고 있을 것이었다. 다행히 그녀는 다친 곳이 없는 듯했지만, 오히려 그로 인해 분명 그녀는 더욱 심한 정신의 공포와 육체의 고통에 사로잡혀 있을 것이었다.
 그녀가 계속 울먹이며 말했다.
 "미안해요. 내 잘못이었어요. 전적으로 내가 잘못했어요."
 하지만 이미 나는 아무런 감각도 없이 자꾸 의식이 가물거리면서 바닥 없는 심연 속으로 가라앉고 있음을 느끼고 있었다. 그것은 고통스러움보다는 막막하고 애절한 안타까움에 더 가까운 것이었다. 그녀는 내게서 아무런 대답도 없자, 몸을 꿈틀거렸다. 그리고 그때마다 비로소 나는 내 몸의 오른쪽 반과 허리가 칼로 저며지는 듯한 고통을 느끼며 나도 모르게 신음 소리를 흘렸다.
 그녀는 내가 살아 있다는 것과 자기가 움직일 때마다 내게 고통을 준다는 것을 깨닫고는, 숨을 가쁘게 몰아쉬면서도 가만히 있었다. 그러나 나는 차라리 그녀가 계속하여 꿈틀거려주기를 바랐다. 그로 인해 고통을 받을 때마다, 나는 당장이라도 손에서 빠져나가려 하는 의식의 끈을 간신히 그러쥘 수 있었기 때문이었다. 다행히 그녀는 간간이 더는 참지 못하겠다는 듯이 움찔움찔 경련을 일으키고 있었다. 나의 옆 이마에서는 계속하여 피가 흘러내리고 있었다. 그것은 소멸의 순간 직전에 처한 내 영혼이 흘리는 땀이었다. 그러나 그 피도 차츰 말라붙어갔다. 몸이 눌린 상태라서 피의 순환이 제대로 이루어지지 못하고 있었던 것이며, 내 영혼은 땀조차 흘리지 못하면서 기력이 소진되어가고 있었던 것이다.
 그때 나는 내가 박상도의 연극에서 보았던 모든 장면들이 내 의식의 영사막 위에 환등처럼 생생하게 비쳐지며 스쳐지나가는 것을 지켜보고 있었다. 그것으로 이제 나와 윤정인 사이에는 모든 말이, 더 이상의 말이 불필요한 것이었다. 그러다가 결국 나는 의식을 잃고 말았다.
　내가 깨어난 것은 병원의 응급실에서였다. 그녀는 내 곁에 앉아 있었는데, 그녀도 나처럼 카키색의 환자복을 입고 있었다. 실내는 불이 환하게 밝혀져 있었으며, 바깥에서는 어둠이 유리창에 이마를 붙이고서 퀭한 눈길로 안을 들여다보고 있었다.
　그녀가 눈꼬리를 늘어뜨린 채 나를 내려다보며 말했다.
　"나는 괜찮아요. 아무데도 다치지 않았어요. 그래도 정밀 검사는 받아보아야 한다는군요. 사람들 말로는 트럭이 덮치는 걸 남인씨가 보고서 미리 몸을 낮췄기 때문에 우리가 살아난 거라고 했어요. 그리고 차에 불이 나지 않은 것도 아주 다행한 일이었지요. 남인씨가 신음 소리도 내지 않게 되고서도 한참 후에야 구조대와 앰뷸런스가 도착했어요. 기중기로 트럭을 들어내고, 소방대원들이 작두만큼이나 커다란 가위를 가지고서 차 지붕을 뜯어낸 다음에 우리를 끌어냈어요. 그 동안 나는 아무런 생각도 하지 않고서 오직 호흡을 계속하기 위해 애쓰는 데만 정신을 집중시키고 있었지요. 몸이 자유로워졌을 때, 나는 옷이 모두 땀에 흠뻑 젖어 있었어요. 그리고 남인씨는 그때부터 심하게 출혈을 시작했어요. 눌렸던 몸이 풀리게 되자, 피가 다시 돌아가기 시작하면서 상처를 통해 흘러나온 거예요. 의사는 남인씨의 오른쪽 신경이 손상되고 등뼈에 금이 갔다고 하더군요. 하지만 그외에는 별 문제가 없는 모양이에요. 그러니……"
　그때 젊은 여자 의사 한 사람이 간호사들과 함께 우리 쪽으로 다가왔다. 그녀는 잠시 나의 상태를 살펴보고는 간호사들로 하여금 나를 중환자실로 옮기게 했다. 그곳에서 나는 이번에는 의식을 잃는 대신, 잠을 깊이 잘 수 있었다. 그러나 잠속에서, 꿈속에서 내내 나는 그녀가 말한 '작두만큼이나 큰 가위'의 시퍼런 날이 눈앞에서 번득거리는 것을 느끼고 있었다.
　한 달 가량 병원에 머무는 동안 나는 그녀와 많은 시간을 함께 보내 수 있었다. 그러다가 먼저 퇴원을 한 그녀는 거의 매일 나를 찾아왔다. 그러던 어느 날, 그녀는 내게 서운구에 대한 소식을 가져다주었다. 그의 가족이 은행측과 합의를 보아서 마침내 그가 기소유예로 풀려났다는 것이었다.
　"요즘 운구씨는 송규현이라는 사람의 사진관에서 일하고 있대요. 그 사람은 우리와 함께 무대 장치를 맡아보던 사람이었어요. 연극을 할 때, 운구씨는 그 사람과 친하게 지냈지요. 물론 나이는 그 사람이 훨씬 많지만. 어쨌든 운구씨가 빨리 마음을 붙일 곳이 생겨서 다행이에요. 하지만 아직 모든 게 정상으로 회복된 건 아닌 모양이에요. 당연한 일이지요. 내가 전화를 했더니 당분간 나를 만나고 싶지 않다고 하더군요. 규현씨 말로는 운구씨가 비가 오거나 날이 흐리면 밤에 사진 장비를 들고 야외로 나간대요. 밤새 그곳에 머물면서 사진을 찍는다는 거예요. 주말에는 월요일 새벽까지 혼자 들판에 있기도 하면서 말이에요. 나중에 그 사진들을 보면 언제나 번개가 치는 장면밖에는 없다더군요. 그건 어찌 보면 운구씨다운 일이기도 하지요. 그 사람은 항상 뭔가 매달릴 것이 있어야 힘을 낼 수 있었으니까요. 그리고 상도씨에 대해서는 아직 아무도 소식을 몰라요. 들리는 말에 의하면 남쪽으로 내려갔다고 하지만, 자세한 건 모르겠어요."
　그녀가 제법 쾌활한 어조로 말을 하다가 돌아간 후에, 나는 눈앞에서 자꾸 어떤 환영이 새로이 어른거리는 것을 느끼며 거의 오후 내내 눈을 감고 있었다. 그러다가 저녁 무렵이 되어 눈을 번쩍 떴을 때, 나는 그 동안 나의 귓전에서 그녀가 했던 말 한마디, 서운구가 번개를 찍으러 다닌다는 그 말 한마디가 계속 울리고 있었음을 깨달았다.

나는 다시 두 눈을 질끈 감았다. 그리고 그때 나는 내 망막 깊은 곳에서 불꽃들이 끊임없이 일어나서 꼬리를 남기며 천천히 스러지는 것을 볼 수 있었다. 나는 서운구가 보고 있는 번개를, 내 오른쪽 눈의 흰자위에 생겨난 핏발과 흡사한 모양으로 단번에 어두운 대기를 여러 조각으로 갈라놓는 그 번개를 그의 눈을 통해 지켜보고 있었다.

나는 어느 정도 몸이 회복되는 대로 송규현이라는 사람에게 물어서 서운구가 번개를 찍는 곳으로 직접 찾아가보겠다고 생각했다. 벼락치듯 일어났던 그 돌연한 사고는 나를 서운구와 박상도에게 강력하게 연루시켜놓은 것이며, 이제 나는 그 동안 그토록 내게 피해 의식을 불러일으키던 그들의 존재에 다가설 준비가 되어 있는 것이었다.

7

벼락은 일정한 간격을 두고서 대략 한 시간 동안 모두 다섯 번에 걸쳐 일어났다. 서운구가 사전에 내게 설명해준 바에 따르면, 뇌우는 전선과 함께 시속 20 내지 40킬로미터로 이동하면서 계속하여 뇌우 세포를 새로이 만들어낸다고 하였다. 그러나 이윽고 하늘이 약간 맑아지는 듯하면서 빗줄기가 조금씩 가늘어지기 시작하는 것으로 보아 당분간은 벼락이 치지 않으리라는 것을 짐작할 수 있었다.

서운구는 작은 십자가가 수십 개 이어져 있는 모양의 번개를 마지막으로 찍고서 내 곁으로 돌아왔다. 그는 등불의 빛을 받아 하얗게 질려 보이는 입술에 침을 축이며 상기된 목소리로 말했다.

"이번 번개는 특별했어. 다른 때보다 방전의 길이가 훨씬 길었을 뿐만 아니라, 시간도 오래 끌었어. 보통 길이가 5킬로미터 정도에 시간은 0.4초 가량인데, 그 배는 족히 되어 보였거든. 게다가 아주 가까이에서 말이야. 아마도 좋은 사진이 나올 것 같아."

나는 그가 몹시 지쳐 있음을 알 수 있었다. 찰나에 일어났다가 스러지는 번개를 사진기의 셔터가 여닫기는 찰나에 포착하기 위해 한 시간여 동안이나 몸과 마음을 긴장시키고서 빗속에 웅크리고 있었던 것이니, 지금 그는 팔다리가 떨어져나갈 것처럼 아플 뿐만 아니라 머릿속도 휑하니 비워져 있을 것이었다.

그러나 나도 또한 주위가 온통 빗물에 젖어들고 있는 속에서 앉을 만한 마땅한 곳을 찾지 못한 채 우산을 들고 내내 서 있었던 탓에, 허리 쪽에 심한 통증이 느껴지고 있었다. 더욱이 나는 어설프게 올랐던 술기운이 가라앉으면서 온몸에 오한을 느끼고 있었다.

나의 입에서 수시로 쿨룩쿨룩 기침이 터져나오는 것을 지켜보던 그가 내 어깨를 잡으며 말했다.

"괜한 고집을 부리는 거 아냐? 텐트에 들어가서 쉬라니까."

나는 그의 침침한 얼굴을 향해 미소를 지었다. 그러나 나는 등불을 등지고 있었다. 바로 이 순간 벼락이 쳤다면, 그는 나의 미소를 보았을 것이다. 글쎄, 번개에 의해 어둠 속에서 순간적으로 드러났다가 사라지는 미소, 정지된 순간 속에서 시야에 클로즈업 되었다가 이내 캄캄한 배경 속으로 물러서버리는 그 미소가 과연 상대방에게도 미소로 보일 것인가. 여하튼 그는 나의 미소를 볼 수 없었다.

그러나 그는 내가 그의 말을 들으려 하지 않을 것임을 알고 있었다. 실제로 나는 고집스럽게 그의 곁에 머무르면서 다리가 꺾일 때까지 버틸 생각을 하고 있었다. 그는 하는 수 없다는 듯이 사진기와 비디오 촬영기를 챙겨서 텐트 안으로 옮겨놓기 시작했다. 그러고는 내 손에서 우산을 거두고서 나를 텐트 안으로 잡아끌었다.

텐트 바깥에 걸려 있던 등을 안으로 옮겨다는 동안, 나는 그가 바닥에 펴놓은 침낭 위에 반쯤 누워 상체를 배낭에 기댔다. 텐트 위로 떨어지는 빗소리가 또 다른 튼튼한 장막을 이루고서 우리를 에워싸고 있었다. 잠시 후, 그는 나와 비스듬한 방향으로, 그리고 나와 비슷한 자세로 반쯤 누워 있었다.
 그가 담배를 피워물고서 담뱃갑과 라이터를 내 옆에 던져놓으며 말했다.
 "네가 당한 사고에 대해서는 나도 자세히 들었어. 사람들 말로는 정인씨가 다치는 걸 네가 막아주었다고 하더군. 그 점에 대해 고맙기도 하고 미안하기도 해. 아까부터 이 말을 하고 싶었어. 물론 내가 이런 말을 할 입장이 아니긴 하지만 말이야. 그런데 내가 보기에 너는 아직 여러모로 후유증이 심한 것 같다. 그러고 보면 지금 너야말로 생두부가 필요한 건지도 모르겠다."
 나는 그가 말을 하고서 혼자 고개를 주억거리는 것을 보며 물었다.
 "그게 무슨 뜻이지?"
 그가 구석에 놓여져 있던 코펠 뚜껑을 끌어다가 우리 사이에 놓고서 그 위에 담뱃재를 떨며 말했다.
 "감옥에서 풀려나게 되었을 때, 나를 맞으러 온 사람들이 나보고 먹으라고 생두부를 가져왔더군. 처음에 나는 그걸 먹기를 거부했어. 나 스스로도 까닭을 잘 알 수는 없었지만, 남들처럼 그걸 순순히 받아먹는다는 게 왠지 나 자신에게 못할 짓을 하는 거라는 생각이 들어서였지. 하지만 가족들은 나를 감옥에 집어넣은 사람들만큼이나 막무가내였어. 무슨 일이 있어도 그 두부를 먹어야 한다는 것이었어. 병약하고 연로한 나의 모친이 특히 그랬지. 어머니는 그런 식으로라도 나 스스로 내가 불효자가 아님을 증명할 기회를 주려 했던 건지도 모르지.
 사람들의 성화를 견디다 못해서 나는 두부를 통째로 집어들었어.

하지만 나로서는 아무래도 그걸 먹을 수는 없었어. 남들이 보고 있어서 더욱더 그랬지. 결국 나는 그걸 내 얼굴에 대고 짓이겨버렸어. 그러고는 그 으깨어진 부분들을 손가락으로 긁어서 입 안에 우겨넣었지. 모두들 질린 표정으로 나를 바라보더군. 하지만 그제서야 나는 속이 조금 후련해지는 기분을 느낄 수 있었어. 하지만 그날 내내 내 입 안에는 그 생두부의 비릿한 맛이 그대로 남아 있었지. 아무리 맵고 짠 음식을 먹고 난 후라 해도 물 한 모금만 마시면 그 맛이 되살아나는 거야.

그리고 그때 나는 내가 어떤 식으로든 결국 두부를 먹은 걸 후회하지 않을 수 없었어. 그렇지 않았다면, 아마도 속에서부터 쓴 물이 올라와서 입 안을 가득 채웠을 텐데. 그러면 그 씁쓸함에 수시로 침을 뱉으면서 지난일들을 삼켜버렸을 텐데. 그러면서 자꾸 이라도 악물 수 있었을 텐데 말이야. 그런데 그 빌어먹을 비린내가 입 안에서 내내 풍기고 있었으니 그럴 수가 없었던 거야. 그리고 그제서야 나는 사람들이 감방에서 나오는 자들에게 두부를 먹이는 게 어쩌면 그런 의도에서일지도 모른다는 생각을 하게 되었어. 어차피 세상 사는 일들 하나하나가 두부처럼 허약하기 짝이 없고, 그 각각의 순간이 그처럼 미끌거리고 미지근하게 연결되어 있는 터이니, 우리로 하여금 그 비릿함으로라도 견뎌내게 하려고 말이야.

하지만 그 덕분에 마음이 조금 편해지기는 했어. 아까 내가 어쩌면 너한테도 두부가 필요하겠다고 말한 건 그때 일이 생각나서였어. 막상 말로 하고 나니 내가 주제넘은 소리를 했다는 생각이 드는 게 사실이기도 하지만 말이야. 상도가 그 일을 겪었다면, 아마도 「두부」라는 제목으로 연극을 한 편 만들 수도 있었을 테지. 하지만 상도는 그 연극을 가지고서 그 비린내를 씻어버리려 했을 거야. 하기야 그 친구는 애초에 두부를 먹으려 들지도 않았겠지. 입에 물었다가도 남들의 얼굴에 내뱉아버렸을 거야. 그게 내가 그 친구를 증오하면서도 사랑하지 않을 수 없는 이유지."
 그가 말을 멈췄을 때, 나는 이번에는 내가 고개를 끄덕거리고 있음을 깨달았다.
 "그래, 네 말이 맞을지도 몰라. 나는 내가 어찌어찌하다 보니 여기까지 오게 된 데 대해 어처구니없어하고 있는지도 모르지. 그리고 내가 너를 찾아온 것도 무의식적으로나마 그런 낭패감을 삭이고 보상을 받기 위한 것일 수도 있어. 하지만 그게 전부가 아니야. 오히려 지금 비로소 나는 그 동안 내가 너희 두 사람 사이에 자리잡고 있었다는 걸 깨닫고 있지. 그 덕분에 너희들에 의해 수시로 들쑤셔지던 감정이 내 속에서 정리되는 걸 느끼고 있어. 그건 두부를 먹고서 거세가 되어 느끼게 되는 편안함과는 전혀 다른 거지. 내가 여기에 있는 건 바로 그래서야."
 그가 필터 가까이까지 타들어간 담배를 눌러끄며 말했다.
 "실제로 우리 관계가 그런 식이었어. 정인씨는 우리들 속에서 네가 할 역할을 떠맡았던 셈이야. 처음 한동안 나는 정인씨가 나라는 벽과 상도라는 벽 사이에 끼여서, 그러니까 이쪽 벽에서 저쪽 벽으로 끊임없이 튕겨나가는 식으로 그 사이의 통로를 아슬아슬하게 걸어나가고 있다고 생각했지. 한쪽 벽을 박차고 나가서 맞은편 벽에 부딪히는 순간에 처음의 벽이 존재하고 있었다는 걸 깨닫게 되고, 다시 처음의 벽으로 되돌아와서 부딪칠 때 애초에 또 하나의 벽이 존재하고 있었다는 걸 깨닫는 식으로 말이야. 하지만 시간이 지나면서 나는 나야말로 정인씨라는 벽과 상도라는 벽 사이에 끼여 있다는 걸 알았어. 그리고 나와 마찬가지로 상도도 나라는 벽과 정인씨라는 벽 사이에 끼여 있었던 거지. 우리는 그 양쪽 벽에 거의 동시적으로 부딪히면서 어떤 진실을 깨닫고, 그렇게 하여 우리가 걸어나갈 길을 확보하고 있었던 거야. 그건 말하자면 계속 꼭지점이 이동하는 삼각형 같은 거였는데, 그 대신 우리는 그 삼각형의 중심에, 마치 태풍의 눈처럼 자리잡고 있는 다른 한 존재를 필요로 했지. 그게 누군지도 모르면서 말이야."

그때 그는 반쯤 모로 누운 채로 내 쪽으로 손을 뻗어서 배낭 옆구리에 달린 주머니 속으로 손을 집어넣었다. 그러고는 편지를 한 장 꺼내어 내게 건네주었다.

"이건 며칠 전에 상도가 내게 보내온 편지야. 네게 보여줄 생각은 없었어. 그 녀석은 언제나 내 자존심을 상하게 하니까. 이 편지도 예외는 아니지. 하지만 기왕에 여기까지 온 이상 네게 보여주는 게 도리일 것 같다는 생각이 드는군."

나는 편지를 바닥에 내려놓고 엎드려서 읽기 시작했다. 마치 읽을 때 불빛이 충분하지 않을 것임을 미리 감안하기라도 한 듯이, 종이 위에 푸른색 볼펜을 꾹꾹 눌러서 쓴 그 글자들은 획이 큼직큼직하게 거침없이 그어져 있었다.

네가 번개를 찍으러 들로 산으로 다니고 있다는 말을 들었다. 왤까? 나는 생각해보려 했다. 왜 네가 하필 번개를 찍으려 할까? 내가 너였다면, 나는 일을 이 모양으로 망쳐버린 나, 박상도에게 어떤 식으로든 보복을 하려 들었을 것이다. 그런데 웬 번개인가? 그건 어떤 종류의 보복인가? 그러다가 그날 밤 실제로 번개를 보았다. 그리고 깨달았다. 대명천지, 태양이 떠 있는 맑은 하늘 같은 진실은 존재하지 않는다는 걸. 번개는 먹구름 속에서만 일어나고, 진실은 우리 속에 그런 식으로만 존재한다는 걸. 진실은 번개처럼, 전광석화처럼 나타났다가 스러진다는 걸. 대명천지, 밝은 세상은 진실의 상태가 아니라는 걸. 그걸 내게 일깨워줘서 고맙다. 나는 숨통이 트였다. 그러고 보면 넌 항상 내게 피뢰침 같은 존재였다. 하지만 번개를 끌어들여 번개를 없애버리는 피뢰침이란 지극히 역설적인 물건인 만큼, 그 동안 나는 네가 날 보호하려 할 때마다 오히려 나를 무력화시킬지도 모른다는 위험을 감지했던 것이다.

이런 말을 하고 싶다. 오늘 낮에 마당에서 잠자리 한 마리가 지푸라기처럼 가는 나뭇가지 끝에 앉아 있는 것을 보았다. 그놈은 바람이 불 때마다 이리저리 흔들리면서도 교묘하게 균형을 잡고 있었다. 나는 한참 동안 들여다보았다. 나뭇가지 끝의 잠자리의 착지, 나는 그렇게 이 세상에 앉아 있었다. 나는 그 잠자리처럼 끊임없이 흔들리며 이 세상에 들어 있었다.

세상에 태어난 이후로 나는 어디로 도망을 쳐야 할지도 모르면서 줄곧 도망을 치고 싶었던 것 같다. 아주 짧은 동안이긴 했어도, 나는 지극히 내성적이었다. 그러나 가난과 무지 앞에서 내성적인 건 소금이 뿌려진 상처에 불과한 것이었다. 세상은 그런 나를 밖으로 팽창하지 않을 수 없도록 만들었다. 하지만 그런 상태에서 달팽이의 촉수가 세상을 더듬는 방식의 팽창은 애초에 불가능한 것이었다. 그 촉촉하고 나약한 촉수에 비하면 세상의 모든 것은, 하다못해 솜덩어리까지도 너무도 단단한 것이었다. 하지만 어쨌든 나는 팽창을 거듭했다. 그리하여 나의 상처와 촉수를 안으로 감출 수 있었다.

그리고 이제 나는 이렇게 말하지 않을 수 없다. 그것이 팽창이 아니라 발효된 밀가루 반죽처럼 부풀어오른 것에 지나지 않는다 해도, 나로서는 어쩔 수가 없다. 어찌 되었든 내게는 내 확산의 증거가 필요했다. 그 대신, 나는 내 껍질 속에서 자라나는 욕망의 덩어리를 부수어뜨려서 그 파편을 세상에 흩뿌릴 줄을 알게 되었다.

나는 내가 남들을 무시하지 않으면, 내가 나를 무시하게 될까봐
두려웠다. 내가 나와 남들 사이의 거리를 인정하게 되면, 그로 인
해 나는 나와 나 자신 사이의 거리도 인정하지 않을 수 없게 될까
두려웠던 것이다. 더욱이 내게는 그것밖에 할 것이 없었다. 애초
에 내겐 대명천지 같은 건 존재하지도 않았다. 네가 이겼다.
 사진 많이 찍어라. 그리고 내게도 몇 장 보내라. 기다리겠다.
아마도 이 편지를 남인이도 읽게 되지 싶다. 그 친구에게도 안부
전해라.

 나는 다 읽은 편지를 한쪽 옆으로 밀어놓고서 몸을 반듯이하여 누
웠다. 사실, 여전히 나는 그 글을 읽기 전에 속으로 우려하는 바가
없지 않았다. 어떤 식으로든 그에게 접근할 때마다 느껴지던 불쾌감
이 이번에도 그 편지에 의해 되살아나지 않을까 저어했던 것이다.
그것은 내 마음이 아닌, 내 몸의 반응일 것이었다.
 그러나 비록 그 편지는 박상도라는 인간의 글답게 처음부터 단호
하고 오연한 문체로 자신에 대한 변명조의 이야기만을 늘어놓다가
끝나고 있긴 했어도, 나는 마치 손에 간신히 쥐고 있던 어떤 물건이
퍽 하고 터져버리는 듯한, 혹은 어떤 발광체가 눈앞을 휙 스쳐지나
간 듯한 느낌만을 받았을 뿐이었다. 더욱이 나는 이미 빛에 민감해
진 나의 눈으로 순간적으로나마 그 발광체를 정확히 바라볼 수 있었
던 것이다.
 서운구가 편지를 접으며 말했다.
 "네가 궁금해할 것 같아서 하는 말인데, 상도는 남쪽에 있는 한 도
시에서 어느 천주교 단체가 주관하는 연극의 연출을 맡게 된 모양이
야. 어떤 종류의 연극인지는 전혀 몰라도, 그렇다고 탕아가 집으로
돌아가듯 종교를 되찾은 건 아니겠지. 어렸을 적에 세례를 받은 적

이 있다니까 하는 말이지만 말이야. 아마도 잠시 정체를 감추고서 몸을 맡기려는 생각일 게야. 죄수 처형용 십자가를 예수가 못 박힌 십자가로 바꿔놓는 건 그 친구에겐 전혀 어울리지 않는 일이지. 조만간 그 친구는 이곳으로 돌아올 거야. 수시로 벼락이 쳐대는 이곳으로. 그래서 자기 스스로 기꺼이 하나의 전도체가 되어서 벼락을 끌어들이려 들 테지."

그가 잠시 허허로운 웃음을 짓다가 말을 이었다.

"그 동안 나는 상도를 보면서 항상 무대에 올라 있는 배우의 모습을 연상했어. 거기에 비하면, 내가 연기를 할 때도 내가 서 있는 곳은 무대가 아니었어. 그저 사람들이 몰려 있는 광장의 한 귀퉁이였지. 하지만 상도는 자기가 있는 곳이면 어디든 무대로 바꿔놓지 않고는 견딜 수 없었어. 그렇지 않으면 생리적으로 살아갈 수가 없었지. 물론 나는 그 친구가 살아온 삶이 세상에 온갖 미끼를 던지는 행위로 점철되어왔다는 걸 알고 있었어. 게다가 철저히 잡식성이어서 그 미끼를 물고 끌려오는 건 뭐든지 다 삼키려 들었지. 그래도 나는 상도에게서 우리가 쉬쉬하는 뭔가가 끊임없이 번득이는 걸 보았어. 그 친구는 내게 고압선 같은 존재였던 거야.

그러나 누가 뭐래도 연극을 하고 싶어했던 건 바로 나였어. 지금 나는 내가 오고 싶었고 결국 오고 말았을 자리에 정확히 자리잡고 있는 거야. 공금 횡령이니 하는 것도 다 마찬가지야. 나는 그 동안 내 삶이 무기력함으로 일관되어왔다는 생각에 턱없이 서두르려 했던 거야. 지름길이란 없는데도 말이야. 그러다가 잠시나마 고압선에 걸려서 타죽은 날짐승 꼴이 되었던 거지. 아마도 다른 상황에서였다면 ——그게 어떤 건지는 모르지만—— 결코 이렇지는 않았을 거야. 상도도 마찬가지지. 그게 뭔지, 그 결핍된 게 무엇인지 아직도 모르겠어. 그래도 내게는 행복했던 시절이 있었으니, 그것으로 힘을 얻으면 되겠지."
 그는 혼잣말을 하듯 쉬지 않고 입을 움직이고 있었다. 그 말이 빗물 떨어지는 소리에 섞여서 웅얼웅얼 나직하게 들려오고 있었으며, 미약하게나마 끊임없이 전기 방전을 일으키며 내게로 전해지고 있었다. 그런 탓에 나는 그 모든 소리가 마치 나 자신의 속에서 흘러나오고 있는 듯한 착각을 느끼고 있었다. 나는 고개를 돌려 그의 얼굴을 바라보았다. 검뿌옇게 음영이 진 그의 얼굴은 어딘지 멍해 보이면서도 차갑게 가라앉아 있었고, 눈빛이 반짝거리고 있었다.
 그때 다시금 어떤 광휘의 여운처럼 번개가 번쩍거리며 일어나서 순간적으로 텐트 안을 환하게 밝혔다. 천둥 소리가 한참 후에, 그리고 아주 멀리로부터 들려오고 있는 것으로 보아, 오늘로서는 그것이 마지막 번개일 것이었다. 나는 눈을 감았다. 내 망막 위로 푸르고도 환한 빛이 잔잔한 바다처럼 펼쳐지고 있었다. 그것은 이제 내게는 생명의 증거였다.
 이제 서운구에게는 그 빛의 흔적을 끌어안고 암실에 들어갈 일만 남아 있었다. 그 흔적은 한번 언뜻 스쳐지나가는 연극 무대 위의 한 장면과도 같은 것이었으며 또한 지난날의 모든 일들을 압축시켜놓은 파일과 같은 것이었다. 그리하여 그 흔적은 암실의 붉은빛 속에서 온갖 추억의 색조들을 풀어놓을 것이다. 분명 그는 변했다. 그러나 이제 그에게는 겨우 일막이 끝났을 뿐이었다.
 나는 서서히 잠속으로 빠져들었다. 다리 꺾인 자의 잠, 사는 일의 고통이 그 죽음과도 같은 잠을 불러오고 있는 것이었지만, 내 몸의 통증은 천천히 가라앉고 있었다. 돌아가자. 이제 조만간 폭풍우가 몰려올 것이다. 나는 입 안으로 그렇게 웅얼거렸다. 어디선가 빛도 없이 우르릉우르릉 천둥 소리 같은 것이 들려오고 있었다.

내 정신의 그믐

1

아파트 건물 밖으로 나섰을 때, 느닷없이 찬바람이 열렬한 연인처럼 그의 몸을 휘감았다. 냉기를 잔뜩 머금은 새벽녘의 대기는 길고 유연한 혓바닥을 내밀어 그의 얼굴과 목덜미를 온통 얼얼하게 뒤덮는 동시에, 벌어진 옷깃 사이로 손을 마구 밀어넣어 그의 가슴을 어루만졌다.
그는 그 싸늘하고 섬뜩한 애무에 속수무책으로 몸을 맡긴 채 자신의 자동차 쪽으로 걸어갔다. 그러나 운전석 옆의 문을 열고서 막 안으로 몸을 들이밀려 하던 순간 그는 그 자리에 멈춰서지 않을 수 없었다. 저 멀리 위쪽 어딘가에서 무엇인가가 바람을 잔뜩 머금고서 펄럭거리며 바람에 날리는 소리가 들려왔기 때문이었다. 그는 너무도 낯설면서도 단번에 그의 온몸을 휘감아버린 그 소리에 이끌려 번쩍 고개를 쳐들었다.
하지만 그로서는 흑록색으로 완전히 뒤덮인 하늘 어디에서도 그

펄럭펄럭 소리의 진원지를 쉽게 찾아낼 수가 없었다. 그는 뒤로 젖혀진 고개를 이리저리 돌리며 계속하여 하늘을 살폈다. 눈에 보이지는 않았지만 어디에선가 익수룡과 같은 몸집 큰 고생대의 동물이 커다란 날개를 펄럭이며 바람을 타고서 하늘로 날아오르고 있는 것이었다.

그때 그는 자신이 방금 벗어난 아파트 건물의 한 베란다에 희뿌연 색의 커다란 광목천 같은 것이 걸려 있는 것을 발견했다. 베란다의 난간에 위태롭게 매달린 그 광목천이 공중으로 치받는 바람을 받아 펄럭펄럭 소리를 내며 하늘로 날아오르기 위해 안간힘을 쓰고 있는 것이었다.

순간 그는 타는 듯한 감각이 머리끝에서부터 발바닥까지 관통하는 것을 느꼈다. 펄럭거리는 소리는 그 흰색 장막이 쏟아내는 단말마의 비명이었다. 지상에 발이 묶인 채 하늘을 향해 울부짖는 그 장막의 소리가 다시금 장막처럼 하늘로부터 떨어져내려 지상을 어둡게 뒤덮고 있었다.

그는 그 소리의 장막에 온몸이 뒤덮여서 발바닥이 땅에 얼어붙어 있었지만, 그와 동시에 그의 몸은 당장이라도 그 장막을 찢고 하늘로 날아오를 듯한 고양감에 휘감겨 있었다. 하지만 그는 그 자리에서 꼼짝도 할 수 없었다. 그 자신 또한 그 희뿌연 광목천처럼, 장막처럼 헛되이 펄럭거리고 있을 뿐이었다.

그때 문득 그는 자신도 모르게 눈시울이 뜨거워지는 것을 느꼈다. 나는, 나라는 존재는 무엇을 향해 이렇듯 온몸으로 펄럭거리고 있는 것일까. 시간이 계속 흐르고, 고개를 뒤로 꺾은 불안정한 자세 탓에 이내 목덜미가 아프고 다리가 후들거리기 시작했지만, 오랫동안 그는 어두운 하늘 한가운데에서 거실의 불빛을 받아 수시로 미세하게 색을 바꾸며 빛나고 있는 그 직사각형의 날개로부터 눈길을 돌릴 수 없었다.
 누그러질 기색을 보이지 않는 차갑고 강한 바람은 계속하여 그의 얼굴에 세차게 부딪혀왔다. 하지만 그는 세상이 펄럭거리며 그를 향해 바람을 몰아오는 것인지, 아니면 자신의 얼굴이 펄럭거리며 바람을 일으키고 있는지조차 분간할 수가 없었다.
 마침내 그는 뻣뻣해진 고개를 풀며 주위를 돌아보았다. 과연 세상의 모든 것이 펄럭거리고 있었다. 그러나 그가 그러한 것처럼 그 모든 것들 역시 끊임없이 펄럭펄럭 헛된 날갯짓만 반복할 뿐, 아무것도 공중으로 날아오르지 못하고 있었다. 하지만 반드시 그런 것만은 아니었다. 어찌 보면 그것들 대부분은 땅에 붙박인 자신들의 무게에 덜미가 잡혀 있는 것이 아니라, 오히려 하늘로 끌려올라가지 않기 위해, 좀더 지상에 머물러 있기 위해 땅을 붙들고 온몸을 뒤흔들어대고 있는 것이었다.
 그렇다면 나는 내가 있지 말아야 할 공간에 너무 오래 머물러 있었던 것이다. 지금까지 나는 어디로 떠날 생각도 하지 못한 채 이 자리에 묶여 펄럭거리고 있었다. 하지만 그렇다고 내가 비겁했던 것만은 아니다. 나는 나 자신이 펄럭거리며 날아오름으로 인하여 주변의 모든 사람들로 하여금 자신들이 원하지도 않는 바람을 맞게 하지 않을까 두려워했던 것이다. 그러나 그런 이유로 오히려 나는 지상에 묶여 끊임없이 펄럭거리며 먼지바람을 일으켜서 그들에게로 불어대고 있었던 것이다.
 그는 서둘러 차에 올라 시동을 걸었다. 그러나 자동차의 엔진마저도 몇 번 푸들거리며 날개를 퍼덕이다가 제풀에 지쳐 바닥에 내려앉고 말았다. 그는 잠시 기다려줄 여유도 가지지 못한 채 거듭하여 열쇠를 돌렸다. 이윽고 네번째 시도에야 엔진이 움직이기 시작했다. 그때 땀에 젖은 그의 손바닥 안에는 약도가 그려진 메모지 한 장이

들어 있었다. 그가 자동차를 후진시키며 손바닥을 폈을 때, 그 종잇장은 작은 박쥐처럼 물에 젖은 날개를 퍼덕거리며 그의 손 위에서 꿈틀거리고 있었다.

그날, 아파트 단지의 주차장을 벗어나고 난 한참 후에도 그는 내내 그 펄럭거리는 소리와 모습에 사로잡혀 있었다. 그리하여 내내 어두운 길을 달려서 마침내 날이 희뿌옇게 밝아올 무렵이 되었을 때까지도, 그의 눈에는 모든 풍경이 펄럭거리며 흔들리고 있었고, 세상의 모든 소리가 펄럭거리는 소리로 들려오고 있었다.

2

짙은 안개 속에서 일출을 맞은 늦가을의 아침이 기미가 잔뜩 낀 침침한 새벽녘의 얼굴을 완전히 밀어내고 났을 무렵에, 그의 자동차는 고속도로를 벗어나서 일차선 국도로 접어들었다.

산과 논을 가로질러 십여 분 정도 달리는 동안에 날씨가 점점 흐려지더니 간간이 빗발이 뿌리기 시작했다. 그러나 그가 신정이라는 면 단위의 작은 마을에 도착했을 때에는, 바깥보다 훨씬 변화무쌍한 기상의 변화가 그의 속에서 수없이 이루어졌다가 가라앉은 뒤였다.

그는 기차역 앞의 좁은 광장을 지나면서 약도를 꺼내어 계기반 앞에 놓았다. 그리고는 차를 길 옆쪽으로 바싹 붙인 채 속도를 줄이고서 천천히 달렸다. 워낙 작은 시골 마을이라 도로는 좁고 곳곳에 장애물들이 많았다. 하지만 차량의 통행이 거의 없고 비가 그친 뒤라서 차창 너머로 길가의 풍경을 살피는 데에는 별 어려움이 없었다.
 마침내 약도에 그려진 대로 역을 지난 후 첫번째 공중전화 부스가 눈에 띄었을 때, 그는 차를 세우고서 다시 자세히 약도를 들여다보았다. 만년필로 대충 그려지고 도처에 잉크가 번져 있는 작은 지도 속에는 분명 공중전화 부스의 오른쪽으로 작은 길이 나 있었다. 이제부터 그가 택해야 할 방향은 그 좁고 구불구불한 길 쪽이었다. 그는 잠시 망설이다가 이내 자동차를 빠르게 움직여 차선을 넘어서서 그 길로 접어들었다.
 길은 예상했던 것보다 훨씬 빨리 좁게 오그라들었으며, 곧 그의 자동차는 마치 혈로를 뚫듯 낮은 집과 담들 사이로 간신히 나아가야 했다. 시간이 지날수록 그는 손바닥만한 엉성한 지도 한 장을 믿고서 그외에는 아무런 구체적인 정보나 지식도 없이 그렇듯 길을 헤쳐나가는 것이, 이를테면 약도가 그려진 얇은 종잇장 속으로 자동차를 몰고 들어가고 있는 것만큼이나 무모한 짓인지도 모른다는 생각을 떨칠 수 없었다.
 말하자면 지금 그는 한 소절의 노랫가락을 부르려 하는 것이었다. 속이 텅 빈 대나무 속으로 바람 한 자락이 제 몸의 가벼움만을 믿고서 비집고 들어갔다가, 그 속에서 자신의 덩치 큰 몸을 주체하지 못하여 다시금 밖으로 빠져나오기 위해 안간힘을 써야 하는 것. 그 와중에서 고통스럽게 흘러나오는 한 줄기 노랫가락. 노래라기보다, 음정을 이루지 못하는 채 한갓 잔뜩 쉰 목소리처럼 꼬리가 흐트러지는 음성. 대나무 대궁 속에 갇힌 자의 노래.

 서울에 머물며 직장 생활을 하기 시작한 지 사 년 반째로 접어들면서, 이제 어느 정도 그 생활에 적응이 되었다고 느끼던 그는 얼마 전부터 문득 자신이 분노하고 있음을 깨달았다.

애초에 그 분노는 그 자신을 향한 것이었다. 하지만 어쩌면 세상에 대한 분노가 적당한 출구를 찾지 못한 채 그의 속에 갇혀 있다가 오히려 그를 공격의 대상으로 삼게 된 것인지도 모를 일이었다.

술과 담배와 누적된 피로 탓인지 그의 목과 코에서는 매일 엄청나게 많은 양의 가래와 코가 쏟아져나왔다. 매일 아침마다, 그리고 낮이나 저녁에도 수시로 생리식염수를 코에 집어넣어 세척을 했지만, 효과는 일시적일 뿐이었다. 그는 그 점액질의 덩어리를 피처럼 쏟아내면서 자기 자신에 대한 분노에 시달리고 있었다.

음식물을 먹는 것이 그에게는 자신을 살찌우는 것도, 자신에게 열량을 제공하는 것도 아니었다. 그가 섭취한 영양분은 그의 몸 안에서 고름이나 가래나 콧물 같은 것들을 만들어내는 데에 주력하고 있는 것이었다.

그리하여 그가 쉬지 않고 음식을 먹는 한편 그 부산물들을 뽑아내느라 끊임없이 애를 쓰는 동안에, 그의 몸은 급기야 그가 넣어준 영양분들을 교묘히 배합하여 정교한 악성 종양을 만들어내는 데에 성공할 것이었다. 그는 그 사실을 정확하게 예감하고 있었다. 하지만 종양이 생긴 후라 하더라도 그로서는 자신의 몸에 영양분을 공급하는 일을 중단하지 못할 것이었다. 몸 속에서 종양을 더욱 크게 키우는 한이 있더라도 어떻게든 먹음으로써 살아야겠다는 생각을 가지고 있었던 탓이 아니라, 그로서는 어쩔 수 없이 살아 있음으로 인하여 자신의 속에 생긴 그 악성 종양마저도 쉽게 저버릴 수 없는 것이기 때문이었다.

3

 밀집한 인가들 사이로 난 좁은 길을 벗어나자, 잔뜩 메인 목구멍을 통과하여 마침내 노랫가락이 흘러나오듯 시야가 트이면서 개천과 산자락이 나타났다. 그는 개천을 따라 나 있는 시멘트 포장길을 타고 천천히 위쪽으로 올라갔다. 약도에 의하면 이제 그는 다리를 건너야 했다.
 그러나 제법 큰 개천 위로 난간도 없이 걸쳐져 있는 작은 시멘트 다리들은 거의 십 미터 간격으로 서너 개나 놓여 있었다. 그는 한 집의 대문 앞에 차를 세우고서 밖으로 나왔다. 그리고는 약도 속의 다리가 어느 것인지를 알기 위해 주변을 면밀히 살펴보았다. 하지만 다리들 너머로 나 있는 길들의 모양과 지도 속의 길을 아무리 찬찬히 비교해보아도, 그로서는 선뜻 어떤 것이 옳은 것인지 판단을 내릴 수가 없었다.
 그는 고개를 들어 잠시 하늘을 바라보다가 손목에 찬 시계 위로 눈길을 떨어뜨렸다. 아직 세상은 깊은 잠에서 깨어나고 있지 않았고, 그런 탓에 길을 물어볼 사람을 만날 수 있으리라는 기대도 가질 수 없었다.
 다시 차에 오른 그는 그 중 비교적 지도 속의 것과 흡사한 길과 연결되어 있는 다리를 건너 앞으로 나아갔다. 그러나 얼마 가지 못해 길은 더욱 좁게 세 갈래로 갈라지고 있었고, 그곳에서 산굽이를 오른쪽으로 도는 길을 택했던 그는 얼마 후에 처음의 일차선 국도 위로 다시 나오고 말았다.

하는 수 없이 그는 다시 차도를 따라 달려서 예식장 건물을 지나 기차역 부근에 이르렀다. 그곳에서 그는 예의 그 공중전화 부스를 오른쪽으로 끼고 돌아 다시금 대나무 대궁 같은 좁은 길을 통과했다. 방금 전의 그 개천 앞으로 되돌아온 그는 차문을 열고서 두 발을 차 밖으로 늘어뜨렸다. 그리고는 한동안 망연히 산 위쪽을 바라보고 있었다.

그는 운전대 앞에 앉아 있는 자신이 까마득한 낭떠러지 앞, 절벽 끝에 서 있는 듯한 느낌을 받고 있었다. 지금 이 순간 그로서는 세상이 둥글다는 사실도 믿을 수 없었다. 결국 모든 지도는 찢겨지고 세상은 끝나게 되어 있었다. 열린 차창을 통해 불어들어온 바람에 계기반 위에 놓여진 약도가 주변의 낯선 풍경을 힘겹게 담아내는 그의 허약한 망막처럼 약간씩 펄럭거리고 있었다.

그때 그는 사십대 중반의 한 바싹 마른 사내가 개천을 따라 터덜거리는 걸음으로 내려오고 있는 것을 발견했다. 그는 차에서 나와 그 사내에게 약도를 내밀며 배나무 과수원으로 통하는 길을 물었다. 사내는 지도를 쳐다보는 둥 마는 둥 하고는 냉큼 손을 들어 눈앞에 보이는 산중턱을 가리키며 입 안에서 말을 웅얼거렸다. 그의 말에 따르면 위에서 두번째 다리로 개천을 건너야 하는 것이었다.

아직 잠이 덜 깬 것인지 아니면 숙취에서 벗어나지 못한 탓인지, 사내는 같은 말을 조금씩 다르게 몇 번이고 반복하여 말했고, 그는 고맙다는 짧은 인사말을 거듭하여 회색 점퍼를 입은 사내의 등을 떠밀어 보내야 했다.

다시 차에 올라 두번째 다리를 건너서 얼마 가지 않았을 때, 그는 아까와 비슷하게 길이 세 갈래로 갈라지는 곳에 이르렀다. 그 사내가 제공한 정보가 맞다면, 이제 그는 곧바로 위쪽으로 통하는 길을 택해야 했다. 하지만 그로서는 망설이지 않을 수 없었다. 그에게 약도를 건네준 안희석의 말에 의하면 목적지까지 차로 올라갈 수 있다고 했는데, 지금 그를 잡아끌고 있는 길은 폭이 워낙 좁고 경사가 급한 데다가 노면 또한 너무도 울퉁불퉁하여 자동차로 통과하기에는 무리스러워 보였기 때문이었다.
 결국 그는 다시금 산굽이를 돌아나가는 길 쪽으로 가보기로 하였다. 그쪽으로 향하다 보면 산 위쪽으로 통하는 좀더 좋은 길이 나타날 수도 있을 것이었다.
 하지만 이번에도 그의 예상은 틀리고 말았다. 이내 길은 위쪽으로 솟구치는 힘을 잃은 채 탄력을 잃은 고무줄처럼 점점 아래쪽으로 쳐지더니, 급기야 다시금 맥없이 아까의 그 국도 위로 무너져내리고 말았던 것이었다.
 그때 잠시 그는 그대로 차를 돌려서 내려왔던 길을 되잡아 올라갈까 하는 생각을 해보았다. 그러나 그것 또한 선뜻 내키는 일이 아니었다. 그러다가 엉뚱한 길로 접어들기라도 한다면, 일차 베이스 캠프인 개천 앞으로 돌아가는 일조차 어려워질 것이 분명했다.
 그는 또다시 차도를 따라 달려서 다시금 공중전화 부스를 오른쪽에 끼고 골목길로 접어들었다. 잠시 후에 원점으로 돌아온 그는 좀더 유심히 주위를 살피면서 지도와 대조를 해본 후에 가장 가까운 다리를 건너 곧장 산 위쪽으로 향했다.
 하지만 우려했던 대로, 이번에도 그는 똑같은 선택의 여지에 처해졌다. 길은 금방 세 갈래로 지리멸렬하게 갈라지고 있었으며, 결국 그는 차에서 내려 주위를 돌아보지 않을 수 없었다. 그리고 그제서야 그는 한쪽 길이 그 동안 그가 마주쳤던 갈림길들을 관통하고 있음을 깨달았다. 그렇다면 그 좁고 험한 길이 바로 그가 가야 할 길이었고, 이제 그에게는 더 이상 망설일 것도 없었다.
 그는 자동차를 길 옆의 공터로 옮겨놓고서 보통 크기의 여행용 가방을 꺼내들고 걷기 시작했다. 여름이 물러가면서 그 동안 열기로 들떠 있던 대지는 식은땀을 내비치기 시작하고 있었다. 그 식은땀이 미처 증발되기도 전에 찬 공기와 부딪쳐 땅속으로 스며듦으로 인해, 그의 발밑에서는 크고 작은 흙덩어리들이 푸석거리며 간단히 부서지고 있었다. 그러나 힘없이 부서지는 그 흙덩어리들 밑의 땅이 아직은 여름의 미지근한 열기를 지니고 있음을 그는 모르고 있지 않았다. 이제 곧 서리가 내리고 추위가 닥쳐오면 그 열기에 대한 미련으로 인해 지표면 전체가 독한 감기에 걸려 오랫동안 심한 오한으로 몸을 떨게 될 것이었다.

어렸을 적에 방바닥에 세계 지도를 펼쳐놓고서 지명 찾기 놀이를 할 때, 그는 깊이 숨겨진 작은 글자들을 선호하는 남들에 비해 훨씬 불리한 줄 알면서도 번번이 글자가 큰 쪽을 택했다. 게다가 그는 산맥과 고원과 강과 바다의 생소한 이름들을 따라가다가 그것들과 함께 얽혀 있고 인접해 있는 다른 산맥과 고원과 강과 바다의 이름 조각들 쪽으로 넘어가면서 전혀 다른 엉뚱한 이름을 발음하곤 하였다.
정신을 집중하여 제대로 산맥이나 강의 이름을 따라잡고, 그리하여 제대로 산맥의 능선 위를 걷고 강을 따라 걸으려 하여도, 어느새 그는 이쪽 산맥에서 시작하여 엉뚱하게도 다른 산맥 위로, 이쪽 강의 수원지에서 출발하여 이내 다른 강의 하안을 따라 걷고 있는 자신을 발견하곤 하였다.
뿐만 아니라 그가 걷고 있던 골짜기는 어느 순간 강과 연결되기도 하고 다음 순간 그 강은 사막을 가로지르기도 하며 그 사막이 갑자기 높은 고원으로 솟아올라 해발 이천 미터 이상이 되는 산의 정상과 마주하기도 하였다. 그런가 하면 산맥이 지각 변동을 일으켜 바닷 속으로 가라앉고, 화산이 터져 울창한 숲을 거느린 산의 일대가 일순간 사막이 되어버리기도 하였다. 아르카페로과산맥 알루렌치고원 미로렌지누두강 오방화사테해.

그런 탓에 처음에 그는 자신이 길을 떠나자마자 금방 길을 잃고 만다고 생각했다. 그는 낯선 곳에 떨어진 길눈 어두운 이방인이었다. 하지만 곧 그는 생각을 바꾸기로 하였다. 그는 길을 잃어버리는 것이 아니라 지도 위로 새로운 길을 만들고 있는 것이었다. 그리고 그때마다 그는 마치 은단 몇 알을 입 안에 털어놓고 어금니로 씹은 듯한 휘황한 기분을 느끼곤 하였다. 그는 눈앞에서 마음의 지형도를 그려보고 있었다. 그는 고동색과 푸른색으로 뒤덮인 지도 위를 걸어서 자신의 마음속으로 걸어들어가고 있었던 것이었다.

4

약도가 끝나는 곳에, 그러나 집은 없었다. 길이 끝간 곳에 이르러서 약도 속에 빗금친 사각형으로 그려져 있는 집을 발견하지 못한 채, 어느 순간 그는 약도 밖으로 내팽개쳐져 있었다. 그 약도 안에서 움직이는 작은 점으로 꼬물거리며 필사적으로 그 속에 남아 있으려 하던 그는 이제 그 밖으로 밀려나와 기억상실증 환자처럼 자신의 발길 가는 방향조차 가늠하지 못하여 그 자리에 못 박힌 채 서 있는 것이었다.

그러나 어쩌면 그 동안 세상 자체가 그에게는 약도로만 그려져 있었던 것인지도 모르는 일이었다. 지금까지 그는 내내 그 약도만을 들여다보며 갈 길을 찾았다. 그러나 선천적으로 길눈이 어둡고 방향감각이 없었던 탓에, 그는 목적지를 찾기는커녕 여태껏 약도를 읽는 법도 모르는 채 술 취한 사람처럼 그 속을 헤매고 다녔을 뿐이었다. 그 약도 속에서는, 아니 그 약도 위에서는 그는 알코올 중독으로 인해 정신병원에 입원했다가 막 풀려난 전력을 가진 남자에 불과했다.

그렇다면 이제 그로서는 스스로 지도를 그려나가야 했다. 비록 그 지도가 결국 또 다른 부실한 약도를 그리는 것으로 그친다 하더라도, 그리하여 그 지도가 그로 하여금 세상의 미궁 속으로 더 깊이 빠져들게 한다고 하더라도, 그에게는 다른 선택의 여지가 없는 것이었다.

그는 점점 더 무겁게 느껴지는 가방을 바로 옆의 바위 위에 내려놓고서 좀더 위쪽으로 걸어올라가보았다. 바닥에 쌓인 나뭇잎들 속으로 그의 발이 푹푹 빠져들었다. 이윽고 그가 관목들 사이를 헤치고 맞은편의 자그마한 능선 위로 올라섰을 때, 그곳에서 그는 맞은편의 또 다른 작은 능선 위에 낡은 창고 건물 같은 것이 서 있는 것을 발견했다. 그리고 그 밑의 공터에는 어떻게 그곳까지 올라올 수 있었는지, 어떤 이유로 사람들이 그곳까지 올려다놓았는지 알 수가 없는 트랙터 한 대가 쇠락한 모습으로 버려져 있었다.

그는 간신히 발밑을 건사하여 능선을 타고 낮은 골짜기를 우회해서 그 창고 쪽으로 다가갔다. 안희석이 말한 산속의 집이라는 것이 그 창고용의 가건물을 가리키는 것은 결코 아닐 것이었다. 더욱이 그 창고는 약도 속에 나타나 있지도 않았다.

가까이 다가서서 보니 직사각형 모양으로 생긴 그 건물의 한쪽 면은 그 면 전체가 보기에도 둔중하게 여겨지는 쇠문으로 되어 있었고, 그 위에 둥글고 길다란 쇠막대로 빗장이 질려져 있었다. 그는 선뜻 그 쇠문을 열 생각을 가지지 못하고서 건물을 따라 옆으로 모퉁이를 돌았다.

그때 그는 무엇인가가 후닥닥 소리를 내며 눈앞을 가로지르더니 창고 속으로 몸을 감추는 것을 보았다. 그러나 그쪽은 창고의 옆면에 해당되는 곳이었으므로 문 같은 것이 있을 리가 없었다. 그는 긴장된 마음을 가라앉히며 천천히 앞으로 걸음을 옮겼다. 짧은 순간 나타났다가 사라진 것이었지만, 분명 그것은 누런색 털을 가진 보통 크기의 개였다.

 몇 걸음 더 옮긴 후에야 그는 그곳 창고 밑으로 구멍이 뚫려 있는 것을 발견했다. 아마도 거의 야생이 된 그 개가 그 구멍을 통로로 하여 창고 밑의 공간을 거처로 삼고 있는 모양이었다. 그가 좀더 다가섰을 때, 그는 구멍 속에서 새파랗게 빛나고 있는 두 개의 눈알을 보았고, 그와 동시에 그곳으로부터 크르르 소리가 흘러나오는 것을 들을 수 있었다.

 그때 그는 깜짝 놀라서 고개를 뒤로 돌렸다. 그의 등뒤에서도 그와 흡사한 크르르 소리가 들려왔기 때문이었다. 돌아보니 그로부터 삼사 미터쯤 떨어진 곳에 비슷한 크기의 개 두 마리가 잔뜩 경계 자세를 취하고 서 있다가, 그가 몸을 움직이자 흠칫 뒤로 물러서고 있었다. 그들은 버려진 창고 주위에서 떼를 이루어 살고 있는 모양이었다.

 그가 조심스럽게 걸음을 떼어놓으며 그곳에서 멀어지자 곧 두 마리의 개도 구멍 속으로 달려들어갔다. 그는 계속 걸어서 또 하나의 모퉁이를 돌았다. 쇠문이 있는 쪽 면을 제외하고는 직육면체 건물의 나머지 세 옆면은 벽으로 막혀 있었고 양철 지붕 바로 아래쪽으로 창문들이 몇 개 나 있었다.

 그가 다시 세번째 모퉁이를 돌아서 창을 통해 함석 연통이 빠져나와 있는 창고의 네번째 면 앞으로 나섰을 때, 이번에는 그가 흠칫 놀라 걸음을 멈추지 않을 수 없었다. 그곳의 연통 아래쪽으로는 시멘트로 된 단 같은 것이 만들어져 있었고, 그 위에 다른 개들보다 훨씬 몸집이 큰 또 한 마리의 개가 앉아서 그를 건너다보고 있었기 때문이었다. 그러나 아마도 그들의 두목으로 짐작되는 그 개는 그를 보고도 아무런 경계의 빛도 띠지 않은 무표정한 얼굴로 미동도 않고서 조용히 앉아 있었다.

그는 창고 앞에 시멘트로 만들어져 있는 수도대 위에 걸터앉아 오랫동안 생각에 잠겼다. 그는 다시 산을 내려가는 문제를 놓고서 이런저런 궁리를 하고 있었다. 일단 아래로 내려가면 다시 올라오고 싶은 마음을 가지지 못하게 될 것이 분명했다. 그러나 지금 그로서는 달리 마땅히 갈 곳이 없었다.

결국 그는 벌떡 몸을 일으키고서 창고의 쇠문 쪽으로 걸어갔다. 그리고는 더 이상의 망설임을 피하기 위해 서둘러 쇠막대 빗장을 벗겨내고서 양손으로 문을 잡아 앞으로 당겼다. 그 순간 양쪽 문짝으로부터 요란한 소리가 일어났다. 두 마리의 말이 동시에 울어대는 소리. 그와 동시에 작은 창문들이 나 있음에도 불구하고 음침한 동굴과 같은 실내가 한눈에 들어왔고, 곧 음습하고 퀴퀴한 냄새가 코를 자극했다.

하지만 그 안은 그가 예상했던 바와는 사뭇 달랐다. 그곳은 분명 창고로 사용되는 곳이긴 했지만, 그 안쪽으로는 둥근 탁자와 그 주위에 세 개의 의자가 놓여 있었고 그 탁자 위로 검은색 전선에 매달린 전등이 늘어뜨려져 있었으며, 탁자 옆으로는 두툼한 이불이 깔려 있는 침대가 놓여 있었다. 그외에 실내 한가운데의 연탄 난로, 그 위로 뻗어올라가다가 기역자로 꺾인 연통, 그 옆의 큼직한 검은색 장화 한 켤레, 소주 한 박스, 빈 음료수병들, 공구통과 생선 통조림들이 한데 뒤섞여 있는 찬장, 그 앞에서 먼지를 잔뜩 뒤집어쓰고 있는 낡은 일인용 소파 하나, 작동이 될는지 의심스러운 석유 난로 하나.

분명 그곳은 사람이 살 수 있도록 되어 있었고, 실제로 자주 누군가가 그곳을 사용하고 있는 것임에 틀림이 없었다. 그는 천천히 안으로 걸어들어갔다. 그의 발길에 걸려 장화 한 짝이 털썩 소리를 내며 옆으로 넘어졌다.
　탁자 앞까지 걸어들어간 그는 손을 뻗어서 전구가 끼워진 소켓을 잡고 스위치를 돌렸다. 육십 와트짜리 전등에 불이 들어왔지만, 그러나 실내는 그다지 많이 밝아지지 않았다. 공중에서 덜렁덜렁 흔들리며 불빛을 이리저리 비추고 있는 전등은 그곳에 놓여 있는 평범한 사물들 중의 하나에 불과할 뿐이었다.
　그는 탁자 옆의 간이 침대 위에 털썩 주저앉았다. 그리고 그제서야 그는 가방을 언덕 아래에 내버려두고 온 것을 후회했다. 활짝 열린 쇠문 밖은 날이 흐린 탓에 더욱 농도가 짙어 보이는 빛으로 꽉 메워져 있었다. 그러나 갑작스럽게 엄습하는 피로감으로 인하여 그는 다시 몸을 일으킬 수 없었다. 그는 눈을 반쯤 감고서 몸을 옆으로 조금 기울였다. 그러자 그 약간의 움직임만으로도 그의 몸은 균형을 잃어버리고서 침대 위로 쓰러졌다. 그는 눅눅한 감촉과 냄새가 느껴지는 이불에 옆얼굴을 묻으면서 자신이 무너져내리고 있다고 생각했다.

　그날, 나는 길을 걷다 말고 갑자기 다리에서 힘이 빠져나가는 것을 느끼며 길 옆의 벽에 몸을 기댔다. 나는 선 채로 무너져내릴 것 같았다. 관자놀이가 벽에 닿아 핏줄이 쿵쿵 뛰는 것이 느껴졌다. 나의 핏줄 속으로 피가 뛰면서 벽을 두드리고 있었다. 나는 온몸의 맥박으로 벽의 문을 노크하고 있는 것이었다.
　그 순간 나는 전혀 예상하지 못한 감각을 느꼈다. 나는 선 채로 간신히 벽에 기대어 있는 것이 아니었다. 벽의 비밀의 문이 열린 듯 이제 나는 벽이라는 바닥 위에 편안하게 몸을 누이고 있는 것이었다. 그런 탓에 더 이상 다리에 힘이 있고 없고는 문제가 되지 않고 있었다. 나는 나방이나 매미처럼 벽에 붙어 앉아 있는 것이었다.

나는 그 편안함에 힘입어 옆으로 몸을 돌렸다. 그러자 나는 내가 바닥에 누워 구르고 있다는 느낌을 받았다. 나는 몇 번 더 천천히 옆으로 몸을 돌리다가 이윽고 계속하여 구르기 시작했다. 벽은 끝없이 이어졌다. 그러나 언젠가 벽은 끝날 것이었다.

그리하여 벽이 더 이상 이어지지 않으면 나는 더 이상 구르지 못할 것이고, 그 순간 나는 곧장 천길만길 낭떠러지로 떨어져내릴 것이었다. 그러나 나는 멈출 수가 없었다. 나는 마구 몸을 움직여서 언덕 아래로 굴러내려갔다.

5

그는 오랜 시간 등뼈가 비틀려 있었다. 몸은 침대 위에 누이고 두 다리는 바닥에 늘어뜨리고 있었던 탓에, 그의 몸통은 연탄난로 위로 뻗어 있는 연통처럼 꺾여 있었고, 그 속의 척추는 반쯤 비틀린 채 그 고통으로 인해 잔뜩 오그라들어 있었다.

잠이 들었던 그의 의식은 점점 더 큰 고통에 빠져드는 등뼈 부분에서부터 서서히 깨어나고 있었다. 그의 머리보다 먼저 꿈틀거리기 시작한 등뼈는 그에게 당장 몸을 바로 하라고 명령하고 있었다. 그러나 그가 막 그 명령에 따르려고 하던 순간, 그는 무엇인가가 가까이에서 움직이는 소리를 듣고서 자신도 모르게 다시 몸을 움츠렸다.

무엇인가가 창고 안을 어슬렁거리고 있었다. 그는 개가 들어온 것이 아닐까 생각했다. 실제로 그 소리는 인간의 발이 내는 소리와는 많이 달랐다. 하지만 그렇다고 개의 발소리라고 하기에도 무리가 있었다. 그러나 그는 눈을 뜰 수가 없었다. 그의 의식마저 그의 몸처럼 비틀려 있었기 때문이었다.

그때 어느 순간부터 그 소리가 점점 더 크게 들려오기 시작하더니, 이윽고 쿵쿵 소리를 내며 창고 안을 온통 울려댔다. 순간 그는 그 소리가 커다란 장화를 신은 발이 바닥을 찍는 소리라는 것을 알 수 있었다. 그는 눈까풀을 치켜올리며 신음 소리를 내듯 중얼거렸다. 창고 주인인 마귀가 돌아온 것이었다.

그와 동시에 시꺼먼 그림자가 그를 덮치더니 느닷없이 두 손을 뻗어 옆으로 누워 있는 그의 목을 조르기 시작했다. 그는 있는 힘을 다해 몸을 뒤채며 두 다리를 뻗었다. 그러자 그의 목을 놓친 검은 그림자는 두 손을 허리 쪽으로 내려서 그의 등뼈를 움켜쥐었다. 그는 엄청난 통증을 느끼며 외마디 비명을 지르면서 몸을 일으켰다.

그 순간 눈앞의 검은 그림자가 획 걷혀지더니 열려진 문밖의 눈부신 풍경이 그의 눈 안으로 쏟아져 들어왔다. 창고 안에는 아무것도 없었다. 그러나 허리에 가해졌던 찌르는 듯한 통증은 여전히 그의 하체를 마비시키고 있었다. 그는 숨을 깊게 내쉬며 고개를 떨구었다. 그러자 이마에 맺혔던 땀이 미간을 타고 미끄러져서 눈물샘 부근을 스쳐 흘러내렸다. 턱에 잠시 맺혔던 땀방울이 무릎 위로 떨어지는 것을 바라보며 그는 자신이 허리의 통증으로 인해 울고 있는 것이라는 생각을 하고 있었다.

그 동안 현실로부터 그를 안온하게 지켜주던 벽이 무너진 이후로 그 부서진 제방을 넘어서 제일 먼저 그에게 밀려들어온 것은 꿈이었다. 그는 자신의 의식에 밤이 찾아올 때마다 온갖 꿈에 시달리고 있었다.

그의 머릿속에는 온갖 종류의 음화들이 들어 있었다. 그는 밤마다, 그 음화들 중의 몇 개를 골랐다. 그리고는 그것들을 들고 암실로 들어가서 붉은 등을 켜놓고 현상 작업을 하고 있었다. 그리고 그때마다 인화지에는 그가 전혀 예상하지도, 꿈꿔보지도 못한 장면들이 찍혀나오고 있었다.

다시 잠깐 눈을 붙였다가 잠에서 깨어났을 때, 문은 여전히 활짝 열려 있었고, 밖에서는 다시 비가 내리고 있었다. 그러나 빗줄기가 워낙 가늘고 성겼던 탓에 육안으로는 보이지 않을 정도였으며, 비가 오고 있음을 실감할 수 있었던 것은 양철 지붕 위에 떨어지는 여린 빗소리 덕분이었다. 그러나 그는 분명 바깥의 나무와 바위가 비에 젖고 있음을 알 수 있었다.

빗방울은 지상에 가까워질 때면 언제나 나무와 건물과 사람들 등등의 땅 위의 모든 것들을 타고 내리는 것을 즐겨 했다. 그리하여 비는 감정의 연쇄고리 같은 것을 만들어서 그 모든 것을 서로 연결시켜 주는 역할을 하고, 그 속에서 인간으로 하여금 무수한 연상 작용을 일으키게 하고 있었다.

그는 침대에서 일어서서 문 쪽으로 걸어갔다. 그리고는 문틀에 기대어 떨어지는 빗방울을, 진한 색채로 젖어드는 바위와 나무와 풀잎들을 바라보았다. 그의 축축한 시야 속에서 그 모든 것들은 차츰 하나로 연결지어지고 있었다.

그때 문득 그는 아직 가방을 가져오지 않았음을 상기했다. 그는 비를 그을 수 있는 것을 찾기 위해 창고 안을 둘러보았다. 우산은 자동차의 트렁크 안에 들어 있었다. 그는 찬장 옆쪽에서 무엇인가를 덮어씌우고 있는 두텁고 시꺼먼 비닐을 발견했다. 그가 그것을 벗겨내자, 곡물류가 들어 있는 듯한 가마니 세 개가 머리를 아무렇게나

맞대고 있는 모습이 을씨년스럽게 드러났다.
　그는 비닐을 머리에 뒤집어쓰고서 창고를 나섰다. 간간이 얼굴과 손과 팔목에 닿는 빗방울들의 감각이 섬뜩하게 심장으로 전달되어 푸시시 소리를 내며 작은 화인들을 찍어대고 있었다.
　능선을 타고 걸어서 가방을 놓아두었던 곳에 가까워졌을 때, 그는 그 능선의 끝자락 위에서 우뚝 걸음을 멈추지 않을 수 없었다. 조금 전에 보았던 세 마리의 개가 겅중거리며 빗속을 뛰어다니고 있었고, 그들이 이루는 들쭉날쭉한 원의 한가운데에는 그의 검은색 인조 가죽 가방이 놓여 있었다. 가방은 손잡이 밑의 한쪽 귀퉁이가 터져 있었고, 그리로 푸르스름한 옷가지 하나가 반쯤 비어져나와 있었다.
　그때 털이 비에 젖어 쑥색에 가까운 개 한 마리가 다시 가방 쪽으로 달려들어 옷자락을 입에 물고 도리질을 치기 시작했다. 그리고 그곳에서 조금 떨어진 곳에서는 다른 두 마리의 개가 그의 갈색 카디건 양쪽 끝을 물고서 으르렁거리며 서로 잡아당기고 있었다.
　그의 머리에서부터 비닐이 흘러내려 바닥에 떨어졌다. 곧 빗물이 그의 몸을 타고 내렸다. 빗물은 온갖 감각적인 연상을 일으키고, 그 연상은 쉽게 광기와 통하는 것이었다. 그렇다면 저 개들은 비를 맞으며 어떤 연상 작용을 일으키고 있는 것일까. 어떤 동물적인 연상이 그들로 하여금 광기에 빠져들게 하고 있는 것일까.
　그는 풀뿌리와 흙덩어리들이 엉겨붙어 있는 경사면을 따라 천천히 아래로 내려가기 시작했다. 그러자 그의 존재를 발견한 개들이 순간 움직임을 멈추고서 그를 바라보다가 일제히 고개를 다른 쪽으로 돌렸다.
　그는 이상한 생각이 들어서 그들의 눈길이 향해 있는 쪽을 바라보았다. 그곳, 오른쪽 경사면 위의 한 커다란 바위 위에는 예상했던 대로 그 두목개가 앉아 있었다. 두 마리의 개와 한 사람의 시선을 받은 그는 그 시선들에는 아랑곳하지 않고 주위를 휙 둘러보더니 앞발로부터 몸을 일으켰다. 그리고는 몸을 돌려 경사면 위로 뛰어오르기 시작했다. 곧 다른 개들도 물고 있던 옷가지들을 내버려두고서 그의 뒤를 따랐다.

가방이 버려져 있는 곳으로 마저 내려간 그는 빗물과 흙으로 범벅이 된 가방을 들고서 내리막길을 따라 계속하여 아래로 내려갔다. 개들의 위계 질서와 인간의 위계 질서. 막상 제풀에 신이 나서 날뛰는 것은 항상 그 위계 질서의 아래쪽들이었다. 그리하여 그들은 위쪽의 음험한 시선을 만족시키는 것이었다.

6

자동차를 버려두고 우산을 받쳐들고서 마을로 내려온 그는 역 앞에 모여 있는 음식점들과 술집들 쪽으로 걸어갔다. 어느덧 주위는 제법 어두워져 있었고, 쉬지 않고 내리는 빗물 속에서 어둠의 인자들은 더욱 빨리 증식을 해나가고 있었다.

전날 점심 이후로 아무것도 먹지 않았음으로 인하여 뱃속의 어두운 공동이 점점 더 크게 벌어지고 있었지만 그는 선뜻 무엇인가를 먹을 생각을 가지지 못하고 있었다. 어둡고 넓고 텅 빈 창고와 같은 뱃속에 음식물 몇 점을 집어넣는다는 것이 너무도 섣부르고 헛된 짓처럼 여겨졌기 때문이었다. 그런 탓에 그의 머릿속에서는 허기가 허겁지겁 허기를 삼키는 일을 헛되이 반복하고 있었다.

그때 그는 전등이 켜져 있는 한 주점의 간판 아래에 이르러 걸음을 멈추었다. '가까운 마음에 이르는 먼 나그네 길.' 서울의 어떤 멋

부리는 상호들 속에서도 본 적이 없는 그 글귀를 올려다보며 오히려 그는 새삼스럽게 자신이 멀리 떠나와 있다는 사실을 머리에 떠올렸다. 그러나 그 글귀가 말해주는 대로, 과연 그는 가까운 마음에 이르기 위해 이토록 멀리 떠나와 있는 것에 다름아니었다.

그 간판 밑에는 검은색 글씨로 '영업중'이라고 씌어진 붉은색 나무판이 철사고리에 매달린 채 비바람을 맞아 이리저리 흔들리고 있었다. 그 흔들리는 일종의 푯말을 바라보며 그는 갈피를 잡지 못하고 있었다. 그의 눈앞에는 허기를 뜯어먹던 그의 뱃속이 피로 물든 시꺼먼 아가리를 벌리고서 버티고 있었다.

주점 안에서는 빠르고 요란한 음악이 병든 거인의 불규칙한 심장 박동처럼 밖으로 울려나오고 있었다. 가락도 없이 현란한 박자만으로 이루어진 음악, 그것이 나의 삶이었네. 그는 자기도 모르게 한숨을 내쉬듯 중얼거렸다.

이윽고 어렵게 마음을 정한 그가 막 출입문의 손잡이를 잡으려 할 때, 갑자기 그 문이 그의 쪽으로 튕기듯 밀리면서 안에서부터 사람의 그림자 하나가 밖으로 뛰쳐나왔다. 어지럽게 움직이는 그 그림자의 주인은 젊다기보다는 차라리 어리다고 해야 할 한 여자였다. 얼핏 보기에 열여덟 살을 넘지 않아 보이는 그녀는 이미 술에 취한 듯 몸을 간신히 가누고 있었고, 그런 그녀의 오른손에는 작은 여행용 가방 하나가 들려 있었다. 그때 자동적으로 닫혔던 문이 다시 덜컹 열리면서 청바지 차림에 검은색 양복 상의를 걸친 젊은 남자가 몸을 반쯤 내밀었다.

곧 그들은 욕설이 대부분인 대화를 악을 써가며 주고받기 시작했다. 여자는 미끄러운 차도 위에서 발을 질질 끌며 뒷걸음질치면서 소리를 쳤다. 그래, 좋아, 어차피 나도 그 구석에선 숨도 쉴 수 없었어. 그녀의 말끝이 확 갈라지고 풀어지면서 그 속에서 눈물샘이 터겨나왔다. 그녀의 목구멍 속으로 빗물과 눈물이 홍수져 쏟아져 들어 갔다.

그러나 그녀는 계속하여 이쪽을 바라보며 뒷걸음질을 칠 뿐 돌아서서 걸으려 하지 않았다. 그녀의 뒤쪽에서 전조등을 켜고 달려오던 자동차가 뒤늦게 그녀를 발견하고서 경적을 요란스럽게 울리며 옆으로 비켜 지나갔다.

검은색 양복 상의를 입은 사내가 몇 걸음 걸어나와 차도 위로 내려서며 소리쳤다. 이 병신아, 앞을 보고 걸어야지, 뒤에서 차들이 오고 있잖아. 또 한번 목이 졸려봐야 정신을 차리겠어? 그러나 벌써 저만치 멀어진 그녀는 여전히 돌아서려 하지 않았다. 그녀는 가방을 무릎 앞으로 하여 두 손으로 가방끈을 잡고서 울음 섞인 목소리로 무어라고 계속하여 소리쳤다.

젊은 사내는 그 말을 알아들은 듯 다시 욕을 내뱉으며 그녀를 향해 손에 들고 있던 맥주잔을 집어던졌다. 유리잔은 그녀의 앞쪽에 떨어져서 박살이 났고, 그 순간 그녀는 몸을 움츠리며 마치 실제로 잔에 맞은 양 아악 하며 비명을 질렀다. 그러나 그녀는 여전히 돌아서려 하지 않았다. 그녀는 등을 돌리고 싶어하지 않는 것이었다. 그녀는 누구도 자신의 등을 보는 것을 원하지 않고 있었던 것이었다. 그때 또 한 대의 차가 달려오다가 깜짝 놀라 경적으로 비명을 울리며 아슬아슬하게 그녀를 스치듯 지나갔다.

이제 그녀의 모습은 차츰 어둠 속에 잠기며 내게서 아스라히 멀어지고 있었다. 그런데 그녀는 내가 그녀의 앞모습에서 그녀의 뒷모습을 보고 있었음을 알고 있었을까. 한사코 남들에게 등을 보이지 않으려 하는 그녀가 결국은 자신의 앞모습으로 뒷모습을 대신하고 있었던 것임을 그녀는 깨닫고 있었을까.

그녀는 그 사내를 사랑했던 것일까. 그녀는 나름대로 순정을 바쳤지만, 그는 자신의 방탕함을 억제하려 하지 않았던 것일까. 사랑은 두 사람이 공범이 되어 세상에 대한 범죄를 저지르는 것이었다. 그러나 지금 그녀는 혼자였다. 그녀는 주범도 없이 홀로 남겨진 공범이었다. 그녀에게는 뒷면이 없었다. 그런 탓에 그녀는 사랑의 죄를 두 배로 짊어져야 하는 것이었다.

그래서 그녀가 그 구석에선 숨도 쉴 수 없었다고 말했을 때 그 사내는 그녀의 목을 조르고 싶었던 것이었다. 그녀를 죽여서 자신의 범죄의 흔적을 없애버리고 싶었던 것이었다.

그가 하필 그녀의 목을 조를 수밖에 없었던 데에도 그럴 만한 이유가 있었다. 그녀는 처음 만났을 때부터 숨이니 호흡이니 하는 말을 유난히 자주 사용하였다. 숨이 막힐 것 같았어요, 내가 숨을 쉬고 있는지조차 모르고 있었다니까요, 나는 숨이 끊어진 줄 알았지 뭐예요, 그러니 숨이 달아나지 않을 도리가 있었겠어요, 숨소리도 안 내려니 여간 힘들어야지요, 호흡이 가빠서 제대로 당신을 바라볼 수도 없었다구요.

그 후 시간이 지나서 그와 그녀가 서로 사랑하는 사이가 되었을 때에도 사정은 마찬가지였다. 나는 당신을 통해서 숨을 쉬고 있어요, 당신이 내 호흡을 이어주고 있어요, 당신 덕분에 숨을 쉬고 살아요.

그녀에게서 수없이 그런 말들을 들어왔기 때문에, 그날 그는 자신을 주체할 수 없었다. 그가 그녀에게 전화를 걸었을 때, 전화기 속에서 그녀는 끊임없이 헐떡거리고 있었다. 전화를 끊고 난 후에도 그의 머릿속과 귓전에 남아 있는 것은 그녀의 격한 숨소리뿐이었다.

그리하여 그녀가 주점으로 자신을 찾아왔을 때, 처음에 그는 반가움을 느꼈다. 그러나 그녀는 안으로 들어와서도 자리에 앉을 생각도 없이 그를 노려보며 가쁜 숨을 몰아쉴 뿐이었다.

그가 그녀를 의자에 앉히려 하자 그녀가 그의 손길을 뿌리치며 다시 이렇게 말했을 것이었다.

"난 당신 덕분에 숨을 쉬고 살아요. 그러니 오늘은 더 이상 참을 수가 없어요."

그 말을 듣는 순간 더 이상 참을 수가 없었던 것은 바로 그였다. 그 동안 그녀가 끊임없이 주입하던 호흡에 대한 강박관념이 그의 속에서 폭발하고 만 것이었다.

"나는 당신 숨쉬는 소리도 듣기 싫어."

그는 두 손으로 그녀의 목을 움켜쥐었다. 공기의 공급이 차단된 그녀는 입을 크게 벌리며 두 손으로 그의 팔목을 잡은 채 천천히 바닥으로 무너져내렸다. 그녀가 바닥에 쓰러지고 났을 때에야 그는 자신이 무슨 짓을 저질렀는지 깨달았다.

놀란 그는 그녀를 부축하여 일으켜 안았다. 그때 정신을 잃은 줄 알았던 그녀가 그의 가슴을 강하게 밀쳐내며 가방을 집어들고 문 쪽으로 달려갔다.

그 동안 현실로부터 나를 안온하게 지켜주던 벽이 무너진 이후로 그 부서진 제방을 넘어서 제일 먼저 내게 밀려들어온 것은 꿈이었다. 나는 내 의식에 밤이 찾아올 때마다 온갖 꿈에 시달리고 있었다.

나의 머릿속에는 온갖 종류의 음화들이 들어 있었다. 그렇다면 지금 나는 그것들 중의 어떤 것을 골라들고서 이렇듯 암실에 들어와 현상을 하고 있는 것일까.

7

 전등을 켠 그는 스위치를 끈 손전등을 가방과 함께 탁자 위에 내려놓았다. 그리고는 석유난로 쪽으로 천천히 걸어갔다. 이제는 다른 곳 어디에서도 볼 수 없을 정도로 구형인 그 난로에 어렵게 불을 붙이고 난 후, 그는 다시 탁자 앞으로 돌아와서 의자 위에 털썩 주저앉았다. 이제 그에게 남아 있는 가장 중요한 일은 꿈을 꾸지 않고 다음 날 아침까지 내처 잠을 자는 일이었다.
 비가 그친 것인지 풀벌레 소리가 들려오기 시작하고 있었다. 공복에 마신 술 탓으로 온몸은 극도로 피로했다. 그러나 그는 섣불리 침대 위에 누울 생각을 하지 못하고 있었다. 육체의 피로감이 정신에까지 이르기도 전에 잠을 청하려 하다가는 내내 어둠 속에서 눈을 뜨고 있어야 할 것이기 때문이었다.
 여치와 귀뚜라미가 각기 날개를 부딪쳐 내는 소리, 그는 날개로 우는 그 울음 소리 속에서 인간의 숨소리가 울리는 것을 듣고 있었다. 쇠를 가는 듯한 칼칼하고도 급박한 호흡. 이 밤에 풀숲에 숨어서 누가 저렇듯 단말마의 숨을 쉬는가. 그는 눈을 감고서 등을 의자의 등받이에 기댔다.
 그러다가 문득 그는 눈을 떴다. 어느새 창고 안에는 풀벌레 울음 소리로 가득차 있었고, 언젠가부터 자신의 숨소리 또한 그 울음 소리를 닮아 있었기 때문이었다.
 그때 침대 위쪽의 반쯤 열린 창문을 통해 무엇인가가 갑자기 부웅 소리를 내며 창고 안으로 날아들어왔다. 그는 깜짝 놀라 고개를 쳐들었다. 그 정체불명의 비행 물체는 전등을 중심으로 하여 빠른 속도로 공중에서 선회를 하다가 잠시 그의 시야에서 사라졌다. 얼마 후에 그것이 다시 모습을 드러내고서 직육면체의 공간 속을 좌충우돌하듯 날아다니기 시작할 때, 비로소 그는 그것이 나방이라는 사실을 깨달았다.

그것은 그의 머리 위에서 한동안 멈출 줄 모르고 계속 날아다녔다. 거의 손바닥 반만한 크기나 되는 그 나방은 이제 자신의 계절이 끝나가고 있음을 깨닫고서 마지막이 될지도 모르는 야간비행을 위해 불빛을 찾아나선 것이었다. 나방은 둔탁한 타음을 내며 온몸으로 이곳저곳의 벽에 부딪히면서도 끊임없이 날개를 퍼드덕거렸다.

그로 인해 창고 안은 삽시간에 붕붕거리는 소리로 가득찼다. 그 소리와 더불어 나방이 벽에 머리를 부딪는 탁탁 소리, 그리고 그로 인해 그의 머릿속에 반사되어 어지럽게 일어나고 있는 윙윙 소리로 인해 그는 정신을 차릴 수 없었다.

결국 그는 자리에서 일어서지 않을 수 없었다. 그리고는 나방을 시야에서 놓치지 않기 위해 눈에 힘을 잔뜩 주고서 그 움직임을 뒤따랐다. 그러나 나방의 날갯짓이 워낙 빠르고 힘찼던 탓에 시선으로 잡아두는 것조차 너무도 힘겨운 일이었다.

이윽고 나방은 잠시 쉬려는 듯 한쪽 구석의 가마니 위에 내려앉았고, 그제서야 그는 나방을 자세히 바라볼 수 있었다. 가만히 앉아 있는 모습을 보니 그가 생각했던 것보다도 훨씬 몸집이 컸고, 그렇게 큰 만큼 잡기가 용이하지 않을 것 같았다.

그때 다시 기력을 회복했는지 나방이 다시 맹렬하게 날개를 움직이며 날아올랐다. 그리고는 다시금 방금 전의 그 온갖 소음으로 실내를 가득 채우기 시작했다.

그 소음 때문에라도 그로서는 어떻게든 조치를 취하지 않을 수 없었다. 그는 주변을 돌아보았다. 그러나 그는 이내 절망적인 빛을 눈에 떠올리지 않을 수 없었다. 당장으로서는 아무런 마땅한 방도가 떠오르지 않았기 때문이었다.

달리 어쩔 수 없었던 탓에 그는 손을 뻗어서 전등의 불을 껐다. 순간 불빛을 잃은 나방이 움직임을 그쳤다. 하지만 그렇다고 나방이 창문의 틈새를 찾아서 밖으로 나가주기를 기대한다는 것은 애초에 어림도 없는 일이었다. 그렇다고 바깥의 또 다른 날벌레들을 감안한다면 문을 열어놓을 수도 없는 노릇이었다.

예상했던 대로 잠시 후 그가 불을 켜자 나방은 다시 날아올라 천장에 머리가 부딪혔다. 그는 다시 불을 껐다. 나방은 다시 어둠 속 어딘가로 가라앉았다. 그가 다시 불을 켰다. 나방이 전등을 향해 직선으로 날아들었다가 급하게 선회를 하며 구석 쪽으로 향했다.

하릴없이 몇 번 더 같은 행위를 되풀이하던 중에 급기야 그는 전등과 나방을 혼동하게 되어서, 전등을 켜니까 나방이 나는 것인지 나방이 날도록 전등을 켜는 것인지 스스로도 분간하기 어려울 정도에 이르게 되었다. 그때 문득 그는 문 옆의 구석에 세워져 있던 전기청소기를 머리에 떠올렸다. 그것으로라면 나방을 잡는 데에 있어서나 뒤처리를 하는 데에 있어서도 번잡스러움을 피할 수 있을 것이었다.

그는 더 기다릴 것도 없이 전등의 스위치를 손에서 놓아버리고 전기청소기 쪽으로 걸어갔다. 그리고는 기둥에 붙어 있는 전원에 플러그를 꽂고서 스위치를 켰다. 전동기가 돌아가는 요란한 소리가 창고 안을 가득 채웠고, 그 소리에 질린 듯 나방은 날갯짓을 멈추고서 탁자 옆의 벽 위에 내려앉았다.

그는 청소기의 전선을 줄줄 뽑으며 나방 쪽으로 다가가서, 다짜고짜 청소기의 흡입구를 나방에게 들이댔다. 그러자 너무도 간단하게 나방은 청소기 속으로 빨려들어가버렸다. 이제 실내에는 청소기의 전동기가 일으키는 윙 소리만이 공허하게 울리고 있었다. 곧 그가 청소기의 스위치를 끄자, 일순 주위에는 사로잡힌 나방의 퍼덕이는 날개로부터 흰 분말이 떨어져내리듯 정적이 내려앉았다. 웬일인지 그에게는 다른 풀벌레의 소리도 더 이상 들려오지 않았다.

하지만 그 고요함 저 너머로부터 희미하게 들려오는 소리가 있었다. 그 소리는 청소기 속에서 들려오는 것이었다. 그는 몸을 굽혀서 청소기에 귀를 가져다 댔다. 자줏빛 플라스틱으로 감싸인 청소기의 본체 안에서부터 울려나오는 그 탁탁 소리는 그 속에 갇힌 나방이 마지막으로 힘겹게 날개를 치는 소리였다. 그는 나방이 울음 소리를 낼 수도, 비명을 지를 수도 없다는 사실을 상기했다. 그러다가 이윽고 그 소리마저 점점 멀어지더니 어둠 속으로 완전히 스러져버리고 말았다.

그는 청소기에서 귀를 떼고서 고개를 들어 주위를 돌아보았다. 소리가 사라지면서 나방이라는 존재 또한 너무도 간단하게 세상으로부터 지워지고 없었다. 전기청소기를 열고 그 속에 들어 있는 종이 봉지를 꺼내어 속의 것을 털어내보아도 나방을 다시 발견할 수는 없을 것이었다.

그는 의자 위에 주저앉아 눈을 감았다. 차츰 시간이 지나면서 나방은 그의 기억 속에서마저도 조금씩 해체되어가고 있었다. 그는 사그라드는 의식의 끈에 매달렸다. 그리고 그와 동시에 그는 그 끈에 이끌려 풍화되어가는 그 기억의 공간 속으로 빨려들어갔다.

여기가 어딜까. 주변은 온통 캄캄했다. 그는 놀란 마음으로 사방의 암흑을 둘러보았다. 그는 나방이 되어 청소기 안에 들어 있었다. 그는 자신의 주위에서 온갖 곤충들이 마른 몸을 간신히 유지하며 한 순간 한 순간을 버티고 있음을 본능적으로 느낄 수 있었다. 그곳은 말라죽은 곤충들의 세계였다. 그 속에서 그들 모두는 바싹 말라붙은 채 공기 대신 먼지로 호흡을 하고 있었다. 어둠에 잠긴 그들의 눈동자들이 휘번득거리며 도처에서 그를 정면으로 바라보고 있었다. 옆과 뒤는 없었다. 모든 방향이 정면일 뿐이었다. 그는 열심히 촉수를 더듬거렸다. 그믐날은 며칠일까.

그런데 어디까지가 꿈이고, 어디부터가 실제인 것인가. 이런 곳에서 어디에 소용이 닿는다고 전기청소기가 존재한다는 말인가. 나는 밤마다 현실의 부서진 벽 너머로 밀려들어오는 온갖 꿈에 시달리고 있었다.
나는 꿈의 추적을 받고 있었다. 현실을 대신하여 꿈이 나를 쫓고 있었다. 나는 꿈으로부터 쫓기고 있었다. 나방은 서울로부터 이곳까지 나를 따라온 것이었다. 그날 사무실에서 그 일이 있은 이후로 예리한 수술용 메스에 의해 반쪽으로 잘린 나방이 한쪽 날개를 신경질적으로 퍼덕이며 내 속에서 날아다니고 있었다. 이곳에는 전기청소기 같은 것은 없었다. 있다면 나 자신이 바로 전기청소기였다. 나는 내 속에 나방 한 마리를 가두고서 이곳까지 내려온 것이었다.
꿈은 비유와 상징에의 욕구처럼 결국 사람들 마음의 상처와 고통에서 비롯되는 것이었다. 그리하여 그 욕구는 꿈이 되어 그 상처와 고통을 더욱 심각하게 드러냄으로써 사람들의 마음에 외과 수술을 가하는 것이었다. 그런 탓에 아무리 아무렇지도 않은 꿈이라 하더라도 그것은 그 자체로 고통의 복마전이었다.
내가 다니던 신영기획이라는 이름의 광고회사는 온갖 상품의 광고 디자인과 광고용 필름을 제작하는 일을 맡고 있었다. 우리 회사가 천광문화사라는 신생 출판사로부터 그곳에서 발간하고자 하는 어느 책에 대한 표지 디자인 및 광고 일체를 맡게 된 것은 보름 전쯤의 일이었다. 그 책은 미국의 유명한 대중소설 작가인 그릴 바르가라는 작가의 신간인데, 이미 그 작가가 워낙 우리나라에서도 높은 인기를 누려왔을 뿐만 아니라 곧 그 소설을 원작으로 한 영화가 수입될 예정이어서, 국내의 여러 출판사들이 그 책의 저작권을 얻기 위해 유례가 없는 열띤 경합을 벌인 것은 너무도 당연한 일이었다.

그 경합에서 이기기 위하여 천광문화사는 저작권을 담당하는 한국쪽의 믿을 만한 에이전시를 통해 바르가측의 에이전시와 접촉을 하는 과정에서, 우선 다른 출판사들과 비교하여 최고 수준의 계약금과 저작권료를 제시했으며 그외에 번역자의 경력이라거나 회사의 자산 규모 등등에 대한 상세한 정보를 제공하는 일 또한 소홀히하지 않았다. 그 결과로 천광문화사가 최종적인 승리를 거둘 수 있었는데, 그렇듯 많은 투자를 한 만큼 이제 천광측에서는 국내에서 그 책을 많이 판매하여 경제적인 면에서뿐만 아니라 새로이 문을 연 출판사의 이미지를 부각시킨다는 면에서도 어느 정도의 성과를 이루려는 의욕에 차 있었다.

상하로 나뉘어 두 권으로 출간될 예정인 그 책을 위하여 신영기획에서 해야 할 일은 우선 책의 표지와 그 책의 광고 문안을 디자인하는 것이었다. 일단 광고는 신문이나 잡지 등의 출판물들은 물론이고 지하철내의 게시물 등을 통해서도 이루어질 것이었으며, 상황을 보아서 라디오와 티비를 통한 선전도 고려해보기로 되어 있었다.

그러한 사업 전반에 대한 일차 계획서가 팩시밀리를 통해 도착하여 내 책상 위에 놓여졌을 때, 그 서류를 대충 훑어나가던 나의 눈길은 책 표지의 내용과 관계된 부분에 이르러 움직임을 멈추었다.

그곳에는 다음과 같이 씌어져 있었다: 표지 도안 전반에 관하여 귀사의 재량을 인정하지만, 작품 줄거리와의 관련하에서 가급적 그림의 내용은 반쪽 난 나방과 반쪽 난 여인의 얼굴 혹은 반쪽 난 여인의 벗은 몸을 한데 붙이는 것으로 해주시기 바랍니다.
 나는 고개를 들고서 내 책상 맞은편의 자리에 앉아 있는 표지 전문 디자이너인 안희석을 바라보았다. 독일의 대학과 사립 교육 시설 등지에서 책 디자인을 전공으로 하여 제대로 공부를 하고 돌아왔다는 그는 고개를 서랍 속에 박고서 무엇인가를 열심히 찾고 있었다.
 실제로 그의 서랍은 만물상의 진열장에 버금갈 만큼 그 속에는 없는 것이 거의 없을 정도였다. 그런 탓에 온갖 잡동사니를 담고 있는 그 서랍 속의 아수라장에 대해서는 이미 회사내에 정평이 나 있었다. 그러나 안희석은 사람들이 자신의 서랍에 대해 무어라고 할 때마다 오히려 그 어수선함과 무질서함 속에서 어떤 자연적이고 우연적인 배치와 구성을 발견할 수 있는 법이라고 너스레를 떨 줄 아는 위인이었다.
 나는 안희석이 천광문화사에서 보내온 그 글을 읽고서 어떤 반응을 보일지 궁금해하고 있었다. 그 글은 비교적 정중한 어투를 취하고 있긴 하지만, 분명 다른 가능성의 여지를 감안하지 않고 있었으며, 안희석은 그렇게 무엇인가가 규정된 상태로 자신에게 일이 주어지는 것을 끔찍이 싫어하는 유형의 인물이었기 때문이었다.
 그런데 하필 나방이라니. 거기다가 여자의 얼굴을 덧붙인다는 것은 또 무엇인가. 그것들이 소설의 내용과는 어떤 관계가 있는 것일까. 팩스의 맨 뒤에는 소설의 줄거리에 대한 소개가 첨부되어 있었다. 과도한 정신적 스트레스로 인해 악몽에 시달리던 사십대의 한 남자가 한밤중에 집 안에서의 우발적인 사고로 가족을 모두 잃는다. 그러나 보험회사측과 경찰들에 의해 오히려 그 사고가 계획적인 살인이고 그가 바로 그 주범이었다는 누명을 쓰게 되어 쫓기게 된다. 그로 인해 더욱 심한 악몽과 피해망상에 시달리게 된 그는 경찰과 보험회사에 의해 고용된 사립탐정의 추적을 교묘히 피하는 한편 그들에 대한 엽기적인 연쇄 살인을 벌이기 시작한다. 그러한 복수극의 와중에서 그 사내는 점점 더 자아가 분열되고, 아마도 반쪽의 나방과 반쪽의 여자 얼굴은 돌이킬 수 없는 상태에 이르게 된 그의 이중인격을 상징하는 것인 모양이었다.

 나는 서류들을 모아 종이집게로 고정시킨 후 안희석의 책상 쪽으로 천천히 걸어갔다. 그리고 그날 이후로 내 머릿속에서는 반쪽 난 나방이 내내 한쪽 날개를 푸드덕거리며 날아다니고 있었다.

8

 아침에 눈을 떴을 때, 그는 두 손으로 목줄기를 움켜잡고서 기침을 터뜨리는 일부터 시작하지 않을 수 없었다. 심지가 반쯤 타들어 간 구시대의 석유난로로부터 불완전 연소된 기체가 피어올라 창고 안을 가득 채우고 있었기 때문이었다.
 가래를 동반한 기침은 한동안 계속하여 터져나왔다. 그리고 그때마다 그의 목과 코에서는 매캐하고 칼칼한 석유 냄새가 연기처럼 피어올라 끊임없이 밖으로 쏟아져나왔다.
 어렵게 몸을 일으킨 그는 이불을 옆으로 젖히고서 밤 동안 내내 구두를 신은 채로 있었던 발을 침대 밑으로 내렸다. 그리고는 오한이 나는 것을 막기 위해 갈색 혼방 상의의 앞자락을 여미면서 천천히 창고 밖으로 걸어나갔다.
 주위를 돌아보았지만 개들의 모습은 보이지 않았다. 그가 수돗가에서 플라스틱 바가지에 얼음처럼 찬 지하수를 받아놓고 세수를 하고 있을 때, 뒤쪽에서 인기척이 느껴졌다. 그가 손수건으로 얼굴을 닦으며 뒤를 돌아보니 한 사내가 경사진 길을 따라 느릿느릿 걸어올 라오고 있었다.
 그는 젖은 손수건을 둥글게 뭉쳐서 손안에 쥐고는 그 자리에 가만히 서 있었다. 이윽고 낮은 언덕을 다 올라온 사내가 고개를 들어 그를 바라보며 말했다.
 "이제 보니 어제 길을 묻던 양반이구먼. 난 안서방인 줄 알았더니."
 그제서야 그는 상대방이 전날 이른 아침에 다리 건너에서 마주쳤던 사십대 중반의 사내였음을 알 수 있었다. 그가 쭈뼛거리며 뭔가 해명삼아 할 수 있는 말을 꺼내려 할 때, 사내는 옆에 서 있는 키작은 단풍나무 쪽으로 고개를 돌렸다.
 그 모습을 보면서 그는 그냥 입을 다물어버렸다. 그런 태도로 보아 사내는 그가 왜 그곳에 머물러 있는지, 주인의 허락은 받은 것인지 하는 사실들에 대해서는 아무런 관심도 가지고 있지 않은 것이 분명했기 때문이었다.
 그때 사내는 나뭇가지와 나뭇잎 사이에서 엄지와 검지로 무엇인가를 집더니 훅 한번 입김을 불어 먼지를 털 듯하고서 그것을 냉큼 입안에 넣어버렸다. 그리고는 그의 쪽을 돌아보며 싱긋 미소를 지어보였다. 그는 영문도 모르는 채 엉겁결에 그 미소에 대한 답례로 입꼬리를 슬쩍 밀어올리지 않을 수 없었다. 하지만 그로서는 이 계절에 단풍나무에서 따먹을 수 있는 것이 무엇이 있는지 아무래도 알 수가 없었다.
 전날처럼 여전히 회색 점퍼를 걸치고 있는 사내는 계속하여 무엇을 찾고 있는 듯 주위를 두리번거리며 단풍나무를 지나 그 옆으로 걸음을 옮겼다.
 "저 안은 거의 한데나 다름없었을 텐데, 그래, 잠은 제대로 잤소?"

내 정신의 그믐 247

그는 대답 대신 고개를 주억거리며 사내의 뒤를 따랐다. 아무래도 사내에게 창고의 주인과 그곳 어딘가에 있다는 인가에 대해 물어보는 것이 좋을 듯했기 때문이었다.

그가 막 입을 열려 할 때, 사내는 다시 팔을 쳐들어 이번에는 밤나무의 이파리들 사이로 손을 들이밀었다. 그러나 이번에도 사내의 손가락이 향해 있는 곳에는 열매 같은 것은 하나도 매달려 있지 않았다. 대신 그곳에는 제법 크고 정교한 상태를 유지하고 있는 거미줄이 하늘로 향하는 통로를 가로막고 있었다.

하지만 그는 곧 사내의 목표가 그 거미줄임을 알 수 있었다. 거미줄 가까이에 이른 사내의 손은 검지를 세우더니 그 손가락의 손톱 부분으로 거미줄 가운데 부분을 톡톡 건드리기 시작했다. 세 번 정도 치고서 잠시 쉬고 다시 세 번 정도 치고서 잠시 쉬고, 그렇게 서너 번 반복했을 때, 그는 오른쪽 위의 나뭇잎 뒤에서부터 거미 한 마리가 조심스럽게 모습을 드러내는 것을 발견했다.

다시 사내의 손가락이 거미줄을 가볍게 건드렸다. 그러자 다리와 몸통이 온통 검은색이고 그 위에 샛노란 색의 띠를 두른 그 거미는 천천히 거미줄 위로 올라서서 그물의 한가운데로 나서기 시작했다. 자신의 먹이들에게는 위압적인 힘을 가하고 천적들에게는 보호색 역할을 하는 그 거미의 검은색과 노란색이 아침 햇살을 받아 선명하게 빛나고 있었다.

그 순간 사내의 엄지와 검지가 다시금 집게를 이루더니 잽싸게 거미를 나꿔챘다. 그리고는 다리를 버둥거리는 그것을 입가로 가져가서 아까처럼 먼지를 털 듯 훅 하고 입김을 불었다. 방금 전에 그 사내가 잡아서 입에 넣은 것 역시 거미였던 것이었다.

그때 사내가 두 손가락으로 거미를 잡은 채 슬쩍 그를 바라보았다. 그는 놀란 얼굴을 감추지 못하고서 황망한 시선으로 사내를 마주 바라보지 않을 수 없었다. 그도 그럴 것이 사내는 마치 그에게 거미를 가리키며 '어때요, 당신도 한번 드셔보시겠소?'라고 묻는 듯한 표정을 짓고 있었던 것이었다.
 그가 아무런 말도 못하고 있자, 사내는 아까처럼 거미를 냉큼 입안에 던져넣고는 단번에 꿀꺽 삼켜버렸다. 그리고는 그를 바라보며 마치 입맛을 다시듯이 말했다.
 "당신 쫓기고 있소?"

 어렸을 적의 어느 날, 그는 두 손으로 들기도 어려울 정도로 무겁고 두툼한 사전을 책꽂이에서 꺼내어 바닥에 내려놓았다. 이윽고 무심한 그의 손길에 의해 사전의 한 곳이 탁 펼쳐졌을 때, 우연히 그는 왼쪽 페이지에서 나비잠자리라는 곤충의 모습이 그려져 있는 것을 보았다.
 나비처럼 날개를 펄럭거리며 날아다닌다고 해서 나비잠자리는 이름이 붙여졌다는 그 잠자리과의 곤충은 그림으로만 보아도 몸집에 비해 날개가 무척 크고 우아했다. 그러나 정작 그 그림이 그의 눈길을 오랫동안 잡아끌었던 것은 그 나비잠자리의 모습이 반쪽만 그려져 있다는 사실 때문이었다. 그것은 정확히 반으로 잘려져서 몸의 오른쪽 반쪽과 그 몸에 붙어 있는 한쪽 날개만이 그려져 있었다.
 아무리 곤충이라고 하더라도 완벽한 좌우대칭형이라는 이유로 반쪽만을 잘라서 도해를 하다니. 그는 마구 책장을 넘기기 시작했다. 다른 곤충들은 어떻게 그려져 있는지 살펴보기 위해서였다. 그리고 곧 그는 거의 대부분의 곤충들뿐만 아니라 다른 많은 대칭형 생물들이 그렇듯 반으로 잘려져 있음을 확인할 수 있었다.
 물론 그때에 그는 자신이 왜 절반만 그려진 생물들의 모습에 그토록 당황을 했는지 잘 알 수가 없었고, 지금도 그 이유는 막연하게만 추측될 뿐이었다. 어쩌면 그때나 지금이나 그는 대칭형의 존재들에 대해 막연한 연민을 느끼고 있었던 것은 아니었을까. 대칭형이라는 이유로 절반을 잘라냄으로써 결과적으로 그 잘려진 절반은 불필요한 것이라고 말해버리려 하는 것에 과장되이 분노했던 것은 아닐까.
　현실적인 편리함의 이름으로 반으로 잘린 생명, 그렇다면 인간들 또한 거의 대칭형에 가까운 마당에 그는 그 두 반쪽 중에서 어느 쪽에 머물러 있는 것일까. 그는 그 두 반쪽 중에서 어느 쪽을 선택해야 하는 것일까.

　예상했던 대로 안희석은 천광문화사측의 주문에 대해 불쾌해하는 반응을 보였다. 그러나 애초에 내게서와 마찬가지로 그에게도 달리 선택의 여지가 없었다. 그리하여 우리는 구체적인 사항들에 대해 잠시 의견을 나누다가, 일단은 그림 대신에 실제 모습을 찍은 사진을 사용하여 나방과 사람 양쪽을 재현해보기로 잠정적인 합의를 보았다.
　그 결과로 사진으로든 실물로든 나방 쪽은 그가, 사람 쪽은 내가 확보하기로 이야기가 되었고, 나는 그런 그의 제안에 매우 흡족해했다. 왜냐하면 사람을 확보하는 데에 있어서는 사무실에 비치되어 있는 여자 모델들의 신상명세첩을 뒤져보는 것으로 충분했기 때문이었다. 그리하여 그들 중에서 몇 명을 일차 선발하여 전체 회의에 붙인 후에, 최종적으로 결정된 인물에게 전화를 하면 내가 할 일은 끝나는 것이었다.
　그러나 그런 가벼운 심정으로 신상명세첩을 펼쳐들었을 때, 나는 아직까지 그 가제본 책자를 뒤적이면서 한번도 가져보지 못한 일종의 섬뜩한 느낌을 받고 말았다. 각 면마다 짙은 화장과 그 이상의 어떤 인위적인 방법으로 가꾸고 꾸민 것이 역력한 여자들의 얼굴이 각기 다섯 개씩 두 줄로 배치되어 있는 것을 들여다보면서, 나는 문득 곤충도감이나 동물도감 같은 것을 들여다보는 기분에 빠져들었던 것이었다.

그리고 그 얼굴들 밑에 적혀 있는 그들의 신상에 대한 기록들, 즉 연락처, 나이와 생년월일, 출생지, 체형에 관계된 정확한 수치 등등은 사전 속에 들어 있는 어떤 곤충이나 동물들에 대한 일반적인 정보들, 즉 서식지라거나 수명, 습성, 몸의 크기, 인간과 관련하여 해로운가 이로운가 등등에 대한 기록을 거의 그대로 연상시키고 있었다.

게다가 그녀들의 얼굴은 어찌 그리도 완벽하게 좌우 대칭적인지. 나는 차라리 그녀들의 얼굴이야말로 반쪽만 실어놓아도 무방하리라는 생각을 가지지 않을 수 없었다.

그런 탓에 나로서는 내가 지나치게 과민한 반응을 보이고 있는 것임을 스스로 인정하면서도 그 책자를 더 이상 들여다볼 수가 없었다. 더욱이 내가 보기에 그들 모두는 사진기를 의식하여 필요 이상으로 눈을 치뜨고 있었으며, 그 결과로 그들의 눈에서는 하나같이 낯선 열기와 이상한 빛이 번득이고 있었던 것이었다.

하지만 나의 그런 고충은 의외로 너무도 간단하게 해결되었다. 옆자리 동료의 귀띔에 의하면, 모델을 선정하기 위해 애를 쓸 필요가 애초에 없다는 것인데, 왜냐하면 공식적인 것은 아니지만 여하튼 부장에 의해 전속 모델로 내정되어 있는 인물이 있기 때문이라는 것이었다.

그 동안 이런저런 기회에 여러 번 다른 모델들이 물망에 올랐고 실제로 기획부에서 그들을 기용하기로 하고서 서류를 작성하여 부장의 결재를 받으려 한 적이 있었지만, 번번이 부장은 모델을 바꾸도록 종용했으며, 그때마다 새로운 모델의 지명은 한지연이라는 한 특정한 인물로 귀착되었던 것이었다. 그러니 당분간은 다른 모델을 쓸 수 있는 가능성이 없는 터에 공연히 누구를 모델로 쓸까 하는 문제를 놓고서 고민할 필요는 없는 일이었다. 내가 그 동안 그녀에 대해 전혀 들은 바가 없었던 것은, 아직까지 나는 일반 상품 광고와는 상관없이 책과 관계된 일을 주로 맡고 있었기 때문이었다.

그 말을 듣고 나서 나는 마음이 홀가분해지는 것을 느낄 수 있었다. 어차피 수없이 많은 견본들 중에서 어떤 것을 취하든 결과는 크게 달라지지 않을 터인데, 그렇다면 분명 나는 불필요한 수고를 덜 수 있었던 셈이었다.

동료가 말을 하는 동안 나는 내내 그 책자를 뒤적이고 있었고, 그가 말을 마칠 때쯤 하여 마침내 펼쳐진 책장 한쪽 귀퉁이에서 한지연의 얼굴을 찾을 수 있었다. 예상했던 대로 나로서는 사진에 담겨 있는 그녀의 얼굴에서 다른 사람들과 구별되는 점을 전혀 발견할 수 없었다.

나는 일을 빨리 진척시키고자 하는 마음에 곧장 그녀의 연락처로 전화를 걸었다. 어떤 여자의 목소리가 어눌한 말투로 전화를 받아 그녀를 바꿔주었을 때, 나는 이미 들은 말도 있고 하여 거두절미하고 단도직입적으로 용건을 밝히고서 조만간 회사로 들러달라고 말했다.

그때 나는 그녀가 신영기획이라는 말을 듣는 순간 적이 당황해하는 것을 전화선 너머로 분명하게 느낄 수 있었다. 나는 목소리를 가다듬어야 했다. 그녀의 반응은 내가 전혀 예기치 못한 것이기 때문이었다.

잠시 후, 그녀가 조금은 안정을 되찾은 목소리로 말했다.
"아, 아니에요. 뭐 별다른 사정이 있는 건 아니구요. 그런데 이번 일은 얼굴만 필요로 하는 건가요, 아니면 전신이 다 나가는 건가요?"

나는 그녀의 질문을 이해할 수 없었다. 나의 목소리는 더욱 조심스러워졌다.
그녀는 쭈뼛거리면서 어렵게 말을 이었다.
"왜 그런 걸 여쭤보냐 하면, 얼마 전에 나는 몸의 한쪽을 다쳤거든요."
"얼마나 다쳤는지 알 수는 없지만, 거동이 불편할 정도가 아니라면 일단 사무실로 나와주셨으면 좋겠군요."
이유를 알 수는 없었지만 나는 그녀가 달아나고 싶어한다는 것을 감지할 수 있었다. 그러나 그녀는 자신이 달아날 수 없다는 사실을 분명히 깨닫고 있는 듯했다. 모델이라는 직업을 가진 사람으로서 광고회사의 제안을 받은 그녀가 어디로든 달아날 곳은 없는 것이었다.

9

오후가 되면서 다시 비가 내리기 시작했다. 비가 내리지 않을 때라 하더라도 하늘은 항상 잔뜩 찌푸려 있었고, 더욱이 그곳에는 음력이 표기된 달력이 없었기 때문에 지금 그로서는 달의 모양이 어떤지, 보름이 가까워지고 있는 것인지 그믐이 가까워지고 있는지도 알수가 없었다.
계속하여 내리는 비로 인해 땅은 벌건 속살을 드러내고 있었고, 빗물이 떨어지고 있는 그 적황색의 진흙탕은 마치 끓어오르는 핏덩이처럼 보이고 있었다. 그 위로 군데군데 물이 고여서 웅덩이가 이루어지고 있었으며, 그 웅덩이의 수면 위로 떨어져내리는 빗방울들은 세상이라는 쓰디쓴 고해 위로 떨어져내리는 가련하고도 가냘픈

뭇 생명들이었다.
 밤에 내리는 비가 어둠 속에 보이지 않는 철창을 만들어놓는다고 한다면, 낮에 내리는 비는 오히려 더욱 선연하게 세상을 볼 수 있게 해주고 있었다. 그렇듯 비는 끊임없이 내리고 있었지만, 그러나 그의 정신은 오랜 가뭄에 시달리듯 언제까지고 그믐의 상태에 들어 있었다.

 그 무렵, 나는 매달초에 사무실의 달력을 들여다보며 그 달 중의 그믐에 해당되는 날짜를 확인하고서 그 날짜에 해당되는 숫자에 검은색으로 원을 그려놓곤 하였다. 그러나 사무실 안에 있는 나의 동료들 중의 누구도 내가 매달 그믐날에 표시를 해놓는다는 사실을 모르고 있었고, 나 또한 그런 사실을 남에게 이야기하고 싶지 않았다.
 한지연에게 전화를 걸고 난 다음날, 사무실에 혼자 남은 내가 달력의 8이라는 푸른색 숫자에 검은색 원을 둘러치고 있을 때, 누군가가 등뒤에서 내게 물었다.
 "그날은 무슨 특별한 의미가 있는 날인가보죠?"
 내가 비밀스런 행동을 하다가 들킨 듯 당황해하며 돌아보니 한 여인이 어렵게 미소를 띨 듯 말 듯한 표정을 지으며 나의 앞에 서 있었다. 그 모습을 본 순간 나는 그녀가 바로 한지연임을 알 수 있었다. 그러나 그녀는 여전히 전화기 속에서처럼 어딘가 부자연스러움을 감추지 못하고 있었다.
 나는 그녀의 어색함을 덜어주기 위해 내 쪽에서 부자연스러움을 감수해야 했다.
 "아니요, 뭐 특별한 뜻이 있는 건 아니고, 단지 이날은 이 달의 그믐날에 해당되거든요."
 "그믐날이라니요? 왜 그믐날에 표시를 해두는 거죠?"

"그저 달이 완전히 사라진다는 사실을 잊지 않기 위해서지요."
 그러나 나는 우리의 첫 만남을 조금이나마 자연스럽게 하려던 나의 말이 오히려 그녀를 더욱 곤혹스럽게 만들고 있음을 깨닫고서, 얼른 말머리를 돌려야 했다.
 "몸을 다치셨다고 했죠?"
 이미 경력이 사 년이나 된 모델답지 않은 그녀의 그런 태도로 인해, 나는 호기심과 당혹감을 동시에 느끼면서 때 이른 바바리 코트에 감싸인 그녀의 몸을 유심히 살펴보았다. 그러자 내 눈길의 탐색을 의식했는지 그녀는 단추를 채우지 않은 채 어깨에 걸치고 있던 코트를 오른손으로 잡아서 옆으로 잡아젖히듯 벗었다.
 그와 동시에 왼손 팔뚝에 석고 붕대로 깁스를 한 모습이 드러났다. 그 모습을 본 순간 나는 자신도 모르게 목 안에서 웃음이 쿡 솟아나오는 것을 느꼈다. 깁스를 한 모델이라니. 그러나 다행히 그 웃음은 입술 부근까지 번져나가지는 않았다. 하지만 그녀는 나의 반응을 눈치채고 있음에 틀림이 없었다. 그녀 또한 멋쩍은 웃음을 지으며 나를 건너다보고 있었기 때문이었다.
 그녀가 석고 붕대가 감긴 팔을 들어보이며 말했다.
 "다음주에 풀 예정이에요. 큰 사고는 아니었어요."
 그때 점심식사를 하기 위해 자리를 비웠던 동료들 서넛이 사무실 안으로 들어서면서 그녀를 보고는 한마디씩 인사말을 던졌다. 그들 또한 그녀가 팔에 깁스를 하고 있음을 발견하고서 놀람의 감정을 감추지 못하고 있었다.
 하지만 나는, 다친 팔을 몸 뒤로 가리듯이 하고서 사람들의 인사를 겸한 질문의 말들에 멋쩍게 대답을 하고 있는 그녀의 옆모습을 바라보면서, 미처 예상하지 못한 감정이 내 속에서 일어나는 것을 느끼고 있었다.

그리고 곧 나는 신선함에 가까운 그 감정이 좌우 대칭의 균형이 깨어진 그녀의 몸으로부터 비롯되는 것임을 깨달을 수 있었다. 게다가 다행하게도 그 균형의 깨어짐은 내가 그녀와 함께하고자 하는 일에 있어서 아무런 장애를 초래하지 않는 것이었다. 그러고 보면 인간에게 있어서 한쪽 반이 다른 쪽 반을 대신할 수 있는 것이니, 좌우 대칭이란 또한 얼마나 편리하기도 한 것인가.

그런 생각이 든 순간, 나는 깜짝 놀라지 않을 수 없었다. 얼마 전만 해도 대칭의 균형에 씁쓸해하던 내가 지금은 그와는 전혀 상반된 생각을 하고 있었기 때문이었다. 그토록 나는 분열되어 있었다. 지금 나는 그녀의 몸의 다친 반쪽을 전혀 쓸모없어하고 있었다. 내 속에서야말로 한쪽 반이 다른 쪽의 반에 대해 끊임없이 위배되는 반응을 보이고 있는 것이었다.

그때 부장이 사무실로 들어섰고, 다른 사람들과 함께 한지연이 그에게 목례를 보냈다. 고개를 끄덕이며 인사를 받고 난 그는 자신의 방 쪽으로 몸을 돌리며 혼자말을 하듯 중얼거렸다.

"왜 점심 시간 전에 직접 내 방으로 들르지 않고……"

10

의자에 앉은 채 잠깐 잠이 들었다가 깨어났을 때, 그는 구름을 투과한 엷은 햇살이 창고 앞의 배나무들 위로 서기처럼 어려 있는 것을 보았다. 그는 벌떡 몸을 일으켰다. 하늘을 뒤덮은 구름의 장막이 숨을 돌리기 위해 잠시 펄럭거림을 멈추고 있는 그 시간을 활용해야 하는 것이었다.

그는 의자의 등받이에 걸쳐놓았던 양복 상의를 벗겨서 손에 들고는 산 아래로 내려가기 시작했다. 차츰 강해지는 햇빛을 받아 어느덧 뒤통수는 뜨거웠고, 하지만 그림자가 진 앞 얼굴은 얼음처럼 차가웠다. 거의 수직으로 내리꽂히는 햇살이 점점 더 강해질수록, 그의 얼굴은 더욱 진한 그늘 속으로 가라앉고 있었다. 뒷머리를 덮은 적당한 길이의 머리카락이 햇살을 받아 윤기를 발할수록, 그의 꺼칠한 얼굴은 더욱 깊은 골을 파고 있었다.

평지에 이른 그는 '가까운 마음에 이르는 먼 나그네 길' 쪽으로 걸어갔다. 지금은 그곳이 그와 서울 사이의 소통을 이룰 수 있게 하는 유일한 공간이었다. 그곳에 가까이 이르렀을 때 그는 문득 걸음을 멈추었다. 주점 안의 탁자와 의자들이 거의 모두 인도 위로 나와 있었기 때문이었다.

곧 그는 다시 걸음을 옮기기 시작했다. 그때 검은색 스웨터를 걸친 젊은 사내가 마지막의 것인 듯싶은 의자를 들고서 밖으로 나오다가 그와 마주쳤다. 의자를 출입문 앞에 내려놓은 사내는 손등으로 이마의 땀을 닦으며 그를 향해 씩 웃어보였다. 그리고는 그가 얼떨떨해하는 표정을 짓고 있음을 눈치채고서 얼른 입을 열었다.

"그냥 좀 말리려구요. 오랜만에 해가 났으니까요. 냄새가 나서 말이죠. 눅눅하기도 하고. 오래갈 해는 아니지만."

그는 주머니에서 담배를 꺼내어 사내에게 한 대를 건네주었다. 사내는 첫 모금을 길게 빨아들였다가 내뱉고 나서 그에게 얼굴을 바싹 들이밀었다. 그리고는 그의 눈을 들여다보며 마치 비밀 이야기를 하듯 낮은 목소리로 말했다.

"아직 전화 온 곳은 없었습니다."

그 무렵, 우리가 처해 있던 모든 상황은 나와 안희석이 여인의 반쪽 몸을 필요로 했다는 사실과 모델로 결정된 여인이 한쪽 팔을 다쳤다는 사실의 우연적인 일치에서 비롯되는 것이었다. 우리는 반쪽과 반쪽을 만나게 하기 위해서 다시금 우연을 조작하고 있었다. 하지만 우연은 항상 인간의 상상력을 넘어선다는 사실을 우리는 자주 잊어버리는 것이었다.
 안희석의 구체적인 설명을 듣고 난 한지연은 노골적으로 불쾌감을 드러냈다.
 "그러니까 우리는 한지연씨의 몸 반쪽만을 필요로 하고 있는 겁니다. 하지만 내 말은 단지 한지연씨의 다친 팔이 우리와 함께 일을 하는 데에 있어서 아무런 문제도 되지 않는다는 뜻일 뿐입니다."
 안희석의 변명조의 말을 듣고 난 그녀는 코트를 다시 어깨에 걸치며 시큰둥하게 대꾸했다.
 "마치 내 몸이 실제로 반이 잘려나갔어도 목숨만 붙어 있다면 아무런 상관이 없다는 듯한 태도군요."
 그 말을 들은 안희석은 너털웃음을 터뜨리더니 서랍 속을 뒤지며 말했다.
 "그래도 이놈에 비하면, 한지연씨의 처지는 훨씬 다행스러운 셈이죠."
 말을 마치면서 그가 우리 앞에 꺼내어놓은 것은 진짜 손바닥 반만 한 크기의 나방이었다. 안희석은 납작하고 투명한 플라스틱 상자 속에 들어 있는 그 나방을 손가락으로 가리키며 말을 이었다.
 "어젯밤에 늦게까지 남아 있는데, 때마침 이놈이 저 환기구를 통해 날아들어오지 뭐야. 한동안 난리를 친 끝에 결국 잡을 수 있었지. 무엇으로 이렇게 흠집 하나 없이 생포할 수 있었는지 짐작할 수 있겠어? 바로 저 청소기라구. 저걸로 이놈을 빨아들인 후에, 청소기를 열고 봉지를 꺼내서 찢어보니 먼지덩어리들 속에 박제가 되어 꼼짝

못하고 있더라구. 그 꼴이 먼지덩어리하고 얼마나 똑같던지."
 나는 그가 내게 건네준 상자를 받아들고서 그 속의 나방을 가만히 들여다보았다. 아직 생명이 끊어지지 않은 그것은 단속적으로 죽음의 고통이 찾아들 때마다 파르르 전율을 일으키고 있었다. 그리고 그때 나는 나와 나방과 안희석을 번갈아 바라보고 있는 한지연 또한 자기도 모르게 몸을 떨고 있음을 느낄 수 있었다.

 그날 오후 내내 안희석은 플라스틱 감옥에 갇힌 나방을 이리저리 굴리고 돌려가며 스케치를 하고 사진을 찍었다. 그러다가 퇴근 시간이 가까워졌을 때, 결국 그는 그 나방을 꺼내어 미리 준비해둔 나무판 위에 다섯 개의 곤충바늘로 고정시켰다. 나방의 몸을 덮고 있는 가루가 그의 손등 위에 자주 엷은 분처럼 묻어났지만, 그는 조금도 개의치 않고 있었다.
 내가 보기에 그는 나방과 여인의 각기 반쪽 난 몸을 한데 붙이는 데에 있어서 단순히 평면적으로 접합시키기보다는 그것들로서 교묘하고도 입체적인 교합을 이루려 하고 있음이 분명했다. 말하자면 그는 나방의 몸 반쪽을 여인의 몸이 대신하고 다시 여인의 몸 반쪽을 나방의 몸 반쪽이 대신하게 하는 정도로 만족하지 않고서, 그 이상의 어떤 극적인 효과를 얻으려 하고 있는 것이었다. 그러기 위해 그는 날아오르는 나방의 반쪽 모습과 달리는 여인의 반쪽 모습을 붙여보기도 하고, 벽에 앉아 있는 나방의 반쪽 모습과 잠들어 있는 여인의 반쪽 모습을 붙여보기도 하고 있었다.
 나는 그의 손안에서 온갖 방식으로 조종되는 나방을 바라보며 나도 의식하지 못하는 사이에 한지연의 운명을 생각하고 있었다. 한지연 또한 지금 건물 맨 위층의 스튜디오에서 사진사 구인형에 의해 거의 흡사한 조종을 받고 있을 것이었다. 그렇다면 이제 한지연은 이미 나방과 한몸이었으며, 그로 인해 나방과 같은 운명을 지니게 된 것에 다름아니었다.

그 후 한동안 나는 컴퓨터 화면을 들여다보면서 광고 문안 작성에 정신을 쏟고 있었다. 그러다가 문득 머리를 들어 안희석을 바라보았을 때, 나는 깜짝 놀라 의자에서 몸을 반쯤 일으켜세우지 않을 수 없었다. 결국 그는 나방의 몸통을 반으로 가른 것이었다. 어디에서 구한 것인지 그는 수술용 메스를 한 손에 들고서 방금 자신이 자른 나방을 뚫어지게 내려다보고 있었다.

평소에 그는 신중하고 세심한 편이었지만, 때로 그렇듯 다분히 돌발적이고 극단적인 행동을 보여주곤 하였다. 그리고 그럴 때마다 그에게는 항상 입에 담는 말이 있었다. 나는 프로거든.

그때 마침 사진 촬영을 모두 마친 모양인지 한지연이 조금 상기된 얼굴로 문을 열고 안으로 들어섰다. 안희석은 한 손에 메스를 든 채 그녀를 바라보며 서 있었다. 그 순간 그 자리에 못 박혀버린 한지연은 크게 치뜨여진 눈으로 그의 손에 들린 메스와 반으로 잘린 나방을 바라보았다.

스스로도 조금은 당황해하며 한지연의 시선을 뒤따라 눈을 움직이던 안희석은 민망함을 떨치려는 듯 오히려 더욱 짓궂은 미소를 입가에 지으며 칼을 든 채 그녀에게로 다가갔다. 이젠 당신 차례야.

한지연은 그의 행동이 장난인 줄 알면서도 섬뜩함을 떨칠 수 없었던 모양인지 얼굴의 근육을 수축시켰다. 그리고는 누가 좀 말려달라는 듯이 주위를 돌아보다가 내 쪽으로 시선을 고정시켰다.

사무실 안에서 그 광경을 지켜보던 사람들 몇몇이 소리내어 웃었고, 나 또한 그들을 따라 웃으면서 아무렇지도 않다는 듯한 목소리로 말했다.

"웬걸, 안형은 프로거든."

그때 분명 나는 웃고 있었다. 하지만 나는 내가 웃고 있다는 것을 의식하고 있었다. 나라는 반쪽은 나의 또 다른 반쪽이 웃도록 내버려두었다. 그러자 웃음 소리가 계속 이어지면서, 결국 그 반쪽은 나라는 반쪽을 비웃기 시작했다. 그러나 나는 웃음을 멈출 수가 없었다.

11

요즘 들어 꿈을 자주 꾸기 시작하면서, 잠을 자는 동안 거의 항상 그의 몸은 축축하게 젖어 있었다. 그는 자신의 몸에서 스며나온 습기로 인해 서늘함을 느끼며 자리에서 일어나 앉았다. 추위를 막기 위해서 여러 벌의 옷을 껴입고 잠자리에 들어야 했던 탓에, 살갗에 어린 습기는 증발되지 못한 채 내내 그와 밤을 같이했다. 그는 열에 들뜬 살갗에서 흘러나온 땀을 다시 살갗의 열기로 말려야 하는 것이었다.

그는 차갑게 식은 세상의 밑바닥으로 미지근한 기운이 흘러다니고 있는 듯한 느낌을 받고 있었다. 그런 느낌에서 벗어나지 못하고 있는 까닭은 아마도 창고의 마룻바닥 밑, 그 좁고 어두운 동굴 속에 한데 모여 웅숭거리고 있는 개들의 존재가 언제나 그의 머리를 떠나지 않고 있기 때문인 듯했다. 실제로는 바닥으로부터 아무런 소리도 들려오지 않았지만, 그는 추위를 이기기 위해 서로의 몸에 코를 박고 있는 개들의 모습과 그들의 숨소리로부터 한시도 자유로워질 수 없었다.

그는 두 손으로 옷깃을 쥐고서 밖으로 나왔다. 밖은 칠흑과 암흑의 안이었다. 손전등을 가지고 나오지 않았던 탓에 그는 주머니에서 라이터를 꺼내들고서 켰다 껐다 하며 한 발씩 앞으로 걸어나갔다.
 이윽고 그는 걸음을 멈추고서 하늘을 올려다보았다. 백내장에 걸린 하늘 전체의 퀭한 눈알이 횐색 켜에 덮인 죽은 시선으로 그를 내려다보고 있었다. 음력으로 날짜가 어떻게 되는지 상관없이, 두터운 비구름으로 인한 완전한 그믐밤이었다.

 내가 벌어진 문틈으로 부장과 한지연 사이에서 오고가는 말들을 들은 것 역시 전적으로 우연한 일이었다.
 그건 실수였다구. 용서한다고 했잖아.
 그래요, 용서했어요. 용서한다고 말했잖아요. 하지만 이제 이건 용서와는 다른 차원의 문제예요.
 용서한다면 그걸로 끝나는 거지 새로 문제가 되는 건 또 뭐야. 그러면서 용서를 했다고 말하는 거야.
 강한 사람들은 약한 사람의 용서마저도 용서하지 않는군요.
 회사내에서 기획과 총무의 일을 관장하고 있는 부장의 이력에 대해서는 의견들이 분분했다. 그도 그럴 것이 우선 회사내의 아무도 그의 전력에 대해 제대로 아는 사람이 없었다. 많은 추측들 중에 부장이 내무부 쪽의 고급 공무원으로 있다가 얼마 전에 무슨 이유론가 퇴직을 했다는 설은 믿을 만한 것인 듯했다.
 그러나 그것만으로는 충분하지가 않았다. 왜냐하면 직책상 그의 상관인 사장이, 성격이 워낙 과묵한 편이기는 해도, 부장에 대한 말을 입에 담는 것을 의식적으로 피하고 있음이 분명했고, 실제로 그는 부장에 대해 아무런 명령권도 가지고 있지 못했기 때문이었다.
 그 무렵 한지연이 참석한 술자리에서 부장은 만취한 상태에서 이렇게 말했다.

"여자들에게서 풍기는 약간의 비극의 냄새는 놀라운 상업적 가치가 있지. 하지만 남자들의 경우에는, 홍보가 잘 되어 있는 한에서, 어떤 경우에든 희극의 냄새가 나야 팔리는 법이야. 그래야만 그 둘 중의 어느 한쪽으로 굳어버린 저 우매한 대중의 두개골 속에 먹혀들어갈 수 있는 거지."

그 말에 대해 아무도 이의를 제기하지 않았다. 그 동안 그는 약간씩 어조를 바꾸어서 그 말을 수시로 반복해왔기 때문이었다.

그때 그가 곧 이어 말을 덧붙였다. 미스 한, 나 오줌 누러 갔다 와도 돼?

그 말을 듣는 순간 그 자리에 있었던 모두의 눈길이 한지연의 얼굴로 향했고, 그와 동시에 한지연의 얼굴은 당장이라도 부서져버릴 듯 딱딱하게 굳어버렸다.

나 또한 어안이벙벙하지 않을 수 없었다. 부장이 비록 함부로 말을 하는 편이기는 했어도, 그 정도로 속된 모습을 보여준 적은 없었던 터였다.

그러자 부장은 갑자기 너털웃음을 터뜨리더니 몸을 일으키며 말했다.

"바로 저런 표정이 말하자면 여자들이 풍기는 비극의 냄새라구. 그리고 이런 천박한 말을 하는 게 바로 남자들의 희극적인 면모고 말이야. 이런 게 우리가 살아가는 산업 사회의 중요한 징후라구. 광고라는 걸 제대로 하려면 이 정도는 알고 있어야지."

하지만 그것은 결코 희극적인 것으로 그치는 것이 아니었다. 그렇게 말을 한 부장은 실제로 화장실을 다녀왔고, 그 후로도 내내 저 혼자 흥겨워하는 모습을 감추지 않았던 것이었다.

그날, 부장은 계속하여 많이 취한 모습을 드러냈다.

"요즘 세상에는 말이야, 특히 우리와 같은 직종에서는 비밀이라는 게 없어. 어떤 여자하고든 잠자리를 같이하고 나면, 밤 동안의 베갯머리송사를 며칠 후에 다른 사람의 입을 통해서 듣게 되거든."
 그러나 으레 술자리에서는 모든 것이 술이라는 강을 따라 취기라는 배를 타고서 흘러가게 되어 있었다.
 부장의 객기 섞인 언사에 힘입어 갓 입사한 말단 직원 하나가 간신히 혀를 건사하며 말했다.
 "그런데 그날 말입니다, 송진하가 출연료가 너무 싸다고 말을 뱉고서 사무실 문을 쾅 닫고 나가버린 날 말입니다, 내가 그날 밤에 꿈속에서 그 여자를 거의 안을 뻔했는데 말입니다, 일단 안기만 했으면 말입니다……"
 "그래, 일단 안기만 했다면 자네가 출연료를 깎을 수도 있었을 거란 말인가?"
 "그야 두말할 나위가 있습니까, 부장님. 제가 아쉬워하고 있는 게 그거 아닙니까. 저야말로 꿈속에서까지……"
 고무 풍선 속으로 불어대는 웃음, 곧 고무 풍선이 다시 줄어들면서 쏴 하고 되쏟아져나오는 한숨. 그들은 꿈에 대해 말하고 있었다. 그러나 실제로는 꿈이 설 자리를 잃고 있었다. 그런 탓에 두 사람을 제외하고는 모두들 말을 잃고 있었다. 안희석은 소리 죽여 한숨을 내쉬었고, 한지연은 여전히 잔뜩 경직된 얼굴을 약간 옆으로 기울이고 있었다.
 모든 것은 하시라도 원점으로 돌아갈 수 있었다. 그로 인해 사람들은 꿈없는 현실의 허약함에 대한 두려움 때문에 더욱 굴욕스러워지고 있었다. 나이가 들수록 그런 사정은 더해질 것이고, 그때 사람들은 그 굴욕감의 체질화를 관조의 시선으로 치부할 것이었다.
 현실의 광란과 꿈의 착란이 만나는 자리. 하지만 분노하지 말라. 어떤 감정이든 제 위치에 정확히 자리를 잡지 못한 감정은 그 들썩거림으로 인하여 다른 감정들을 훼손시킨다. 그러니 결코 분노하지 말라. 분노의 감정을 꿈틀거리게 하는 남들에 대해서도 분노하지 말라. 그 대신 분노하지 않으려 하는 자신에 대해 분노를 터뜨려라. 그리고 이런 말이 가지는 나약하고 교묘한 섬세함에 대해서야말로 가장 크게 분노를 터뜨려라.

12

 현실을 둘러치고 있던 벽이 무너질 때 그 위로 가장 먼저 발을 들여놓는 것은 악몽이었다. 창고 안을 이리저리 오가던 그는 자신이 창고 주인의 장화를 신고 있음을 깨달았다. 그는 깜짝 놀라 침대 위에 걸터앉아 서둘러 장화를 벗어버렸다. 그리고는 자신의 구두를 찾아서 주위를 두리번거렸다. 그러나 구두 한 짝만이 의자 밑에서 발견되었을 뿐, 다른 한 짝은 어디에서도 발견되지 않았다.
 그는 무릎을 꿇고서 침대 밑을 살폈다. 그때 그는 어떤 매캐한 냄새가 코끝에 어리는 것을 느낄 수 있었다. 그는 몸을 일으키고서 그것이 무슨 냄새일까 생각하며 코를 킁킁거렸다. 그러나 더 이상 아무런 냄새도 나지 않았다.
 그는 까닭없이 가슴 한구석이 서늘해지는 것을 느끼며 다시 몸을 굽혔다. 그러자 방금 전의 그 냄새가 다시 코끝에 맴돌았다. 그제서야 그는 어떤 냄새가 바닥에 낮게 깔려 있음을 깨달았다. 그러나 그가 일어서면 그 정체를 알 수 없는 냄새는 코에서 사라지는 것이었다.
 잠시 그는 그것이 난로로부터 스며나와 바닥에 스며든 석유의 냄새가 아닐까 생각했다. 하지만 그것과는 우선 느낌 자체가 조금 달랐고, 더욱이 아무리 나무바닥에 배어든다고 하더라도 그 휘발성의 액체가 실내의 공기에 영향을 미치지 않을 수는 없는 것이었다.

그는 다시 세번째로 몸을 굽혔다. 틀림없이 그곳에 냄새가 있었다. 그는 마룻바닥에 코를 들이댔다가 아예 그 자리에 벌렁 누워버리고 말았다. 그리고 그와 동시에 그는 어느 낯선 자의 냄새를 맡을 수 있었다.

그가 맡고 있는 냄새는 그가 모르게 그곳에 숨어든 한 인간의 냄새였다. 그 인간이 지금 어딘가에 납작 엎드려서 그의 눈길을 피하고 있는 것이었다. 그는 깊게 숨을 들이쉬었다. 인간에게는 항상 이런 냄새가 났다. 그것은 죽음의 냄새였다. 인간들은 결국 죽을 수밖에 없기 때문에, 그들의 몸에서는 항상 그렇듯 죽음의 냄새가 났다. 그러니 그 인간의 체취가 잠시나마 휘발성 액체의 냄새와 혼동되었다는 것은 당연한 일이었다.

그는 더욱 깊이 숨을 들이마셨다. 그러면서 그는 마치 자신이 휘발되어 자신의 콧속으로 빨려들어가는 듯한 기분을 느꼈다. 그는 그 냄새에 취해 오랫동안 바닥에 누운 채로 있었다.

한참 후에, 그는 가까운 곳에서 기계가 움직이는 요란한 소리를 들으며 잠을 깼다. 새 우는 소리나 개 짖는 소리, 아니면 기껏해야 석유난로의 심지 타들어가는 소리가 전부인 그곳에서 난데없이 들려오는 기계음은 그를 적잖이 당황하게 만들었다.

그는 한동안 더 침대 위에 누워 있다가 갑자기 몸을 일으켜 문 쪽으로 걸어갔다. 그때 그 소리는 벌써 점점 멀어지고 있었다. 그는 서둘러 문을 열고 밖으로 나갔다. 그러나 이미 모퉁이를 돌아 시야에서 사라진 그 소리는 나무들이 빽빽하게 서 있는 언덕 아래쪽으로 내려가고 있었다. 그리고 그제서야 그는 창고 아래에 서 있던 트랙터가 사라지고 없다는 것을 깨달았다.
 그는 생각의 갈피를 잡을 길이 없어서 한동안 망연히 서 있어야 했다. 창고의 주인은 왜 나를 깨우지 않았을까. 그 사람이야말로 나를 두려워하고 있는 것이 아닐까. 나의 최근 전력에 대해 안희석으로부터 귀뜸을 받고서 가급적 나를 자극하지 않기 위해 조심을 하고 있는 것이 아닐까. 그렇다면 그는 내가 그곳에 머물고 싶은 만큼 머물다가 떠나고 싶을 때 떠나주기를 기다리고 있는 것이 아닐까. 그런 탓에 그는 창고 주위에 얼씬거리는 일조차 스스로 삼가하고 있는 것이 아닐까.
 그는 수돗물을 틀어서 얼굴을 대충 씻은 후에 창고 안으로 돌아왔다. 석유난로는 연료가 거의 떨어져가고 있었고, 이제 심지도 짧아질 대로 짧아져서 더 이상 버틸 수 없을 것 같았다. 그때 그는 난로 옆에 놓여 있던 장화가 눈에 보이지 않는다는 데에 생각이 미쳤다. 창고의 주인은 안에 들어와서 잠이 든 그의 얼굴을 보기까지 한 것이었다.
 다시 머릿속이 혼란스러워진 그는 빈 담뱃갑을 손안에서 구겨서 구석 쪽으로 던져버렸다. 하릴없이 주변을 두리번거리던 그는 가방을 탁자 위에 얹어놓고서 축축하게 젖은 옷가지들 사이로 손을 집어넣었다.
 그때 그는 그 속에서 무엇인가가 갑자기 윙 소리를 내기 시작하는 것을 느끼고는 깜짝 놀라 손을 빼냈다. 살아 있는 어떤 것이 들어 있는 듯 가방 속에서는 계속하여 기계음 같은 것이 울려나왔다.
 그는 놀란 마음을 진정시키기 위해 애쓰며 어떻게 된 상황인지, 가방 속에서 제 홀로 움직이며 소리를 내는 것이 무엇인지 생각해보려 하였다. 그러나 한동안 그의 머릿속에서는 가방 속에서처럼 무엇인가가 윙 소리를 내며 돌아가고 있을 뿐이었다.

한참 시간이 지난 후에야 가까스로 그는 그것이 면도기임을 알 수 있었다. 그를 대신하여 안희석이 가방을 싸면서 옷가지들 속에 충전식 면도기를 대충 쑤셔넣어두었었고, 방금 가방 안을 더듬던 그의 손이 우연히 그 면도기의 작동 단추를 누른 것이었다. 그는 놀란 마음을 쓸어내리며 다시 가방 속으로 손을 집어넣어 면도기를 꺼내들었다. 그리고는 그것을 수염이 꺼칠하게 자란 턱밑에 가져다 댔다.
방금 그는 그 면도기를 찾기 위해 가방 속에 손을 밀어넣은 것이었다.

철이 든 이후부터 그는 혼자 있는 것을 좋아하지 않았다. 혼자 있을 때면 무엇보다도 그는 스스로 공허해지고 그 공허한 자리가 곧 성적인 분위기로 충만해지는 것을 느끼게 되기 때문이었다. 그리고 그 적막한 공간 속에 혼자 유폐되어 있는 상황에서도 사정은 다를 바 없었다.
하지만 일단 혼자 있음으로 인해 성적인 분위기가 생겨나게 되면, 그 성적인 대상이 막상 눈앞에 나타난다 하더라도 애초의 공허함이 되살아나서 그 성적인 분위기 또한 결코 만족되거나 해소될 수 없게 되곤 했다. 따라서 지금 그로서는 혼자 있을 수도, 다른 누구와 같이 있을 수도 없는 것이었다.
그런 탓에 그곳에 도착한 이후로 그는 실제로는 손 한번 잡아보지 못한 사이였던 한지연의 몸을 끊임없이 안고 있었지만, 그러나 그것은 불임의 자궁과 텅 빈 고환의 사랑이었다.
그곳에서의 사랑은 그들 각자에게 있어서 상대방이라는 빈집 속으로 들어서는 행위였다. 그녀가 그를 안내했고 그가 그녀를 안내했지만, 양쪽 다 그곳은 빈집이었다.
그 속에서 그들은 서로의 서랍을 열어보았고, 서로의 몸을 계단으로 삼아서 올라가보기도 하였다. 커튼을 걷고서 바깥 풍경을 내다보기도 하였으며, 다른 방들의 문을 열어보기도 하였다. 그러나 그 모든 방들 또한 텅 비어 있었다.
 그들은 그 빈방들의 미로를 헤매다가 잠이 들곤 했다. 잠이 든 채 그들은 나란히 누워서 천장을 올려다보는 것을 즐겨 했다. 자주 그들은 함께 천장의 한 곳을 바라보고 있었다. 그러나 그 천장의 한 점 또한 어둠 속에 묻혀 있었다.
 그때 그는 고개를 돌려 그녀를 바라보았고, 그때 그는 어두워서 보이지 않는 그녀의 얼굴에서 다시금 어둠에 묻힌 천장을 바라볼 수 있었다. 그들은 서로에게 어둡고 막막한 천장이 되어 있었다. 조금 전까지 함께 바라볼 수 있었던 그 천장이 사라져버리고, 그들은 서로에게 어두운 천장이 되어 상대방의 바닥으로 천천히 내려앉고 있었다.
 그리하여 그녀가 먼저 잠이 들면 그는 그녀의 무의식과 이야기를 나누었다. 이야기중에 자주 그는, 내 말을 긍정하면 오른쪽 발의 두번째 발가락을 까닥거려보라고 말했다. 그러나 그녀는 매번 아무런 응답도 보내오지 않았다. 그때마다 잠을 자고 있는 그녀는 꿈 아닌 꿈, 꿈 없는 꿈, 텅 빈 꿈을 꾸고 있었기 때문이었다.

 그런데 실제로는 손 한번 잡아보지 못한 사이였던 내가 결국 그날 한지연의 목을 조르고 만 것이었다. 나는 분노하고 있었다. 그러나 나는 함정에 빠져 있었다. 그날, 나는 내가 함정에 빠졌다는 사실을 분명히 인식하고 있었다. 나의 그 분노의 감정이 그나마 나의 분노를 이해해줄 수 있었던 한지연에게로 향해 있었다는 것이 내가 함정에 빠졌다는 사실의 증거였다.
 나에 의해 목이 졸려서 그녀가 서서히 바닥으로 무너져내리기 시작할 때, 그곳에 있었던 또 한 사람의 여인이 뒤에서 내 머리를 내리쳤다. 그 타격으로 인해 내가 손에서 힘을 풀자, 이미 거의 혼절 상태에 있었던 그녀가 먼저 바닥에 털썩 쓰러졌고, 그와 동시에 나 또한 의식을 잃으면서 그녀의 몸 위로 넘어졌다.

얼마 후, 내가 다시 정신을 차렸을 때, 내 몸은 소파 위에 뉘어져 있었고, 오른쪽 손목에 채워진 수갑의 다른 쪽 끝이 내 팔을 끌어다가 탁자의 다리에 비끄러매어놓고 있었다. 나는 골이 쏟아져나올 듯이 머리가 아팠던 터라 의식을 회복한 후에도 한참 동안 그대로 누운 채 꼼짝도 할 수 없었다.

그러나 나는 아직 덜 깨어난 나의 희끄무레한 시각을 통해서나마 점퍼 차림의 두 남자가 방안을 왔다갔다하는 모습을 지켜볼 수 있었다. 그들 중의 한 사람은 내 곁에 가까이 머물러 있었고, 다른 한 사람은 무엇인가를 찾는 듯 이리저리 움직이며 방안의 물건들을 뒤적이고 있었다.

그때 한지연의 힘없는 목소리가 들려왔다.
"저 사람 좀 말려줘요. 아무거나 함부로 만지지 않게 해줘요."
나는 뻣뻣한 목으로 있는 힘껏 머리를 들어올리며 간신히 몸을 일으켰다. 그러나 그와 동시에 나는 묶인 팔에 의해 상체가 당겨져서 바닥에 내려앉고 말았다. 나는 천장이 무너져내리고 있는 방안에 들어 있었다. 나는 바닥에 앉은 채 깨어질 듯 아픈 나의 머리로 천장을 버티고 있어야 했다.
"이제야 깨어나는군. 거 보라구, 내가 뭐라 그랬나? 스스로 알아서 깨어날 테니까 공연한 수고를 할 필요가 없다고 했잖아."
그들 중의 하나가 그제서야 탁자의 다리에 묶여 있는 수갑을 풀었다. 나는 바닥으로부터 나의 엉덩이에 전해지는 미지근한 열기에 불쾌감을 느끼며 천천히 일어섰다.

그러자 그들은 내가 다시 쓰러질지도 모른다고 생각했는지 양쪽에서 나를 부축했다. 그러나 곧 나는 그들이 나를 부축하려 하는 것이 아님을 알 수 있었다. 그들은 내 양손에 수갑을 채운 채 나의 몸을 지렛대로 삼아 내려앉는 천장을 버텨내려 하는 것이었다.

나는 바닥과 천장 사이에 끼여 우당탕거리며 그들에 의해 문 쪽으로 끌려갔다. 한지연이 내 뒤를 따라오며 무어라고 소리를 질렀다. 그러나 나로서는 그녀가 무슨 말을 하는지 언뜻 알아들을 수가 없었다. 얼마 전까지 기절해 있다가 방금 깨어나서 맥없이 누워 있던 여자가 그렇듯 갑자기 소리를 치자, 그 바람에 나를 붙들고 있던 두 남자가 걸음을 멈추었고, 그와 동시에 내 팔을 조이고 있던 그들의 손이 조금 느슨해졌다.

순간 나는 넘어질 것 같았다. 그러나 혼자 넘어질 수는 없었다. 살아오면서 그 동안 나는 항상 함께 붙들고 넘어질 것을 찾아왔다. 하지만 그렇다고 내 곁에 서 있는 사내들 중의 하나를 안고 넘어지는 것은 너무도 치욕스러운 일이었다.

나는 그들을 뿌리치고서 앞으로 몇 걸음 걸어나갔다. 곧 그들의 손이 내 어깨 위에 얹어졌다. 그러나 나는 그들의 손길을 무릅쓰고서 좀더 앞으로 발을 옮겼다. 혼자 넘어질 수는 없었다. 살아오면서 그 동안 나는 항상 함께 붙들고 넘어질 것을 찾아왔다. 곧 나는 주방과 거실 사이의 빈 공간에 놓여 있는 냉장고를 두 팔로 껴안았다.

그때 그들이 나를 뒤로 잡아젖혔다. 그러자 내 몸과 함께 냉장고가 옆으로 넘어지면서 안에 든 것을 쏟아냈다. 나는 삽시간에 온갖 냄새를 풍기며 바닥에 널려진 음식물과 그릇 등속을 바라보며 난데없이 엄청난 허기를 느꼈다. 나는 그 모든 것을 허겁지겁 내 속으로 쓸어넣고 싶은 욕망에 사로잡혀 있었다.

하지만 그 순간 다시 나는 잠깐 동안 정신을 잃었던 모양이었다.

손바닥으로 내 얼굴을 쓰다듬는 한지연의 울먹이는 목소리가 눈물처럼 내 귓불을 적시더니 조금씩 귓구멍 속으로 흘러들어오기 시작했다. 나는 마치 냉장고 속에 들어 있는 것 같았다. 나는 냉장고 속이 그렇게 편안하리라고는 상상도 못했다. 처음에 그 찬 기운으로 인해 몸이 식어갈 때에는 살갗이 시려오는 감각을 느끼기도 했지만, 이제 그 속의 다른 모든 것과 똑같은 온도에 이르게 된 지금, 나는 더 이상 추위도 한기도 느끼지 못하고 있었다. 오히려 나는 따뜻함과 포근함을 느끼고 있었다.

그때 나의 얼어붙은 시야의 한 귀퉁이로부터 반은 나방이고 반은 사람인 한 동물의 환영이 나타났다. 그는 날지도 뛰지도 못하면서 헛되이 날려고도 하고 뛰려고도 하고 있었다. 그는 현실 속에서 뛰지도 못하고 꿈속에서 날지도 못하면서, 현실로부터 꿈속으로 뛰어넘으려 하고, 꿈으로부터 현실 속으로 날아오르려 하고 있었다.

성기가 노출된 자의 꿈. 반은 꿈속에 잠긴 채, 벌건 아랫도리를 드러내놓고 있는 자의 사랑. 우리가 자라면서 하는 일이란 고작 자기가 가지고 태어난 날개를 하나씩 분지르는 일이었다. 우리가 죽음을 향해 나아가면서 하는 일이란 고작 자기의 한쪽 반으로 나머지 반을 파내고 그 빈곳에 석고를 채워넣는 일이었다.

13

그는 골짜기 속에 들어와 있었다. 돌아보면 주위는 온통 첩첩한 나무들과 숲뿐이었고, 그 깊은 골짜기 속에서 그가 자신의 의지를 담아 바라볼 수 있는 대상은 먹구름이 덮인 하늘뿐이었다. 그러나 그는 그가 바로 자신의 마음의 고랑 속에 갇혀 있음을 알고 있었다.
 잠시 후, 그는 푸줏간을 겸한 한 허름한 식당 안의 창가에 면한 자리에 앉아 있었다. 그곳에서 그는 간간이 차도 위를 달리는 차량들과 우산을 쓰고 인도 위를 지나는 사람들의 모습을 창문 너머로 바라보고 있었다. 그는 난로를 켜놓은 실내의 따스한 기운에 취해 이따금 졸음 속으로 이끌려들어갔지만, 몸의 긴장이 풀릴 때마다 느슨해진 머릿속으로 파고드는 아득한 느낌에 놀라 언뜻언뜻 정신을 차리곤 하였다.
 그때 트럭이 한 대 달려와서 식당 앞에 멈춰서더니 작업복 차림의 젊은 사내 세 명이 차에서 내렸다. 트럭의 짐칸에는 늙은 암소 서너 마리가 실려 있었다. 그곳 동네 청년들인 그들은 식당 안으로 들어와서 그를 힐끔거리며 주인을 불렀다.
 그들은 젊은이들임에도 불구하고 하나같이 얼굴만으로는 나이를 짐작할 수가 없었다. 그들 중의 하나가 다시 밖으로 나갔고, 나머지 둘은 난로 곁으로 의자를 끌어다놓고서 그 위에 아무렇게나 주저앉았다.
 그들이 면장갑을 벗고서 막 담배를 피워물 때, 짧은 머리 위에 챙 달린 모자를 쓰고 감색 트레이닝복을 입은 또 한 사람의 젊은 사내가 식당 안으로 들어왔다. 작업복 차림의 사내들 중의 하나가 먼저 그를 발견하고서 자리에서 일어나 그에게 손을 내밀었다.
 "아니, 이게 누구야? 언제 나왔어? 고생했지?"
 갑작스런 만남과 질문에 당황한 기색이 역력한 트레이닝복 차림의 사내는 주변을 살피는 듯한 표정을 지었다. 그리고는 상한 두부처럼 푸르딩딩한 얼굴을 바닥으로 떨구며 낮은 목소리로 중얼거렸다.
 "그게 저…… 이제 한 사흘 됐지."
 그때 의자에 앉아 있던 또 한 사내도 몸을 일으켜서 면장갑을 한 손에 몰아쥐며 그에게 손을 내밀었고, 곧 이어 옆 가게에서 음료수를 사가지고 돌아오던 제삼의 사내도 트레이닝복 차림의 사내에게로 다가가 어깨를 두드렸다. 갑자기 세 남자에게 둘러싸인 그 사내는 울상에 가까운 표정을 지으며 빗물에 젖은 모자를 더욱 깊이 눌러쓰고 있었다.

누구든 매 순간 과거와 직면하지 않을 도리가 없는 노릇이었다. 시간이 지난다는 것은 조금씩 다른 식으로 과거와 만난다는 것을 뜻하는 것일 뿐이었다.

내가 결코 그녀에 대한 원한으로 그녀의 목을 조른 것이 아니었다는 사실을 아는 사람은 나 자신과 한지연밖에 없었다. 그녀만이 내가 분노하고 있었으며 그 분노가 반드시 그녀를 겨냥하고 있었던 것이 아님을 이해하고 있었다.

하지만 그런 식의 분노는 분명 폭력에 불과했다. 그믐이라는 그 꿈이 사라진 어둠의 자리에는 한편으로는 세상의 모든 것들에 대한 공격적인 욕망이, 그리고 다른 한편으로는 제도적이고 관습적인 것들에 대한 맹신이 음험하게 숨어 있었던 것이고, 결과적으로 나는 그 둘 중에서 공격적인 욕망인 폭력을 선택한 것이었다.

그러나 내가 이 세상에서 그런대로 가장 잘 할 수 있었던 일은 어떤 경우에든 정확하게 대가를 치르는 일이었다. 구치소 안에 수감되어 나는 평소에 염두에 두지도 못했던 많은 것들에 대해 오래 생각했다. 전쟁, 기아, 죽음에 대한 공포, 자기를 죽여서라도 남들을 놀라켜주고 싶은 욕망, 도박, 매춘.

분명 나는 죄를 지은 것이었다. 남의 불행을 충분히 공감하고서 함께 고통스러워하지 않은 죄. 남의 불행을 나의 불행의 근저에 두지 않고서 그저 강 건너 불 바라보듯 한 죄. 너무도 허약한 현실의 끈에 매달려 있었으면서도 그런 줄도 모르고 있었던 죄. 더욱이 그 끈이 나를 지탱시켜주고 있었던 것이 아니라 오히려 나를 묶고 있었던 것임을 짐작조차 못 했던 죄. 자신의 분노가 기실은 그런 것들을 향해 있었다는 것을 몰랐던 죄.

나는 오랜 시간 담당 형사와 이야기를 나누었다. 나이는 삼십사 세, 이름은 박시진, 직업은 광고회사 대리, 독신. 물론 그 이야기는 조서를 작성하기 위한 것이었다. 이미 한지연은 나의 처벌을 원하지 않으며 그 일은 우발적이고 감정적인 충돌의 결과였다는 내용의 진술서를 제출해놓고 있었다.

"그럼 도대체 왜 그 여자의 목을 조르려 했던 건가요?"

그와 나 사이의 대화는 계속 같은 질문으로 되돌아가고 있었다. 하지만 나는 이미 마음속으로 그를 납득시키는 일을 포기하고 있었다. 그러나 나는 어떤 식으로든 그의 반복되는 물음에 대답을 해야 했다. 그리하여 결국 나는, 요컨대 우리들 속의 적을 처형하기 위한 것이었노라고 말하지 않을 수 없었다.

그 말을 들은 형사는 타자기를 두드리던 손길을 멈추고서 나를 바라보며 말했다.

"이 일은 처음부터 끝까지 어처구니가 없지만, 그 말이야말로 가장 어처구니없는 것이군요. 그렇다면 안락사라도 시킬 생각이었나요? 그 여자에게 불치의 병이라도 있었나요? 그런 구질구질한 이야기들보다는 사랑을 거절당한 보복이었다고 솔직하게 털어놓는 게 어떻겠어요? 그게 아니면, 혹시 박선생 집안에 정신병 경력이 있었던 건 아닌가요? 종교는 뭡니까?"

그러나 내게는 더 이상 대답할 말이 없었다. 그러자 더 이상 내게서 말을 끌어내는 것을 포기한 그는 대충 자기식으로 조서 작성을 마무리짓더니, 이번에는 전혀 다른 말을 가지고 몇 번이고 내게 되풀이했다.
"이제 우리에게 남은 문제는 박자예요. 이 사건과 관계된 주변의 모든 사람들이 박자를 잘 맞춰야 하는 거지요. 그 박자가 잘 맞아야지, 그렇지 않으면 큰일나는 수가 있는 거예요. 결코 방심하면 안 됩니다."

다음날 담당 형사는 무혐의 쪽으로 의견서를 작성하여 검사에게 품신하였다고 나에게 말했다. 그리고 며칠 후, 그가 올린 수사 보고를 검토한 담당 검사 또한 무혐의로 처리하여 기소유예의 결정을 내렸다고 했다.

그리하여 나는 내가 곧 풀려날 것이라고 생각했다. 그러나 어느 부분의 매듭이 잘못된 것인지, 누군가 박자를 제대로 맞추지 못한 것인지, 구치소를 나서면서 나는 곧장 정신병원으로 넘겨졌다. 그리고 그제서야 나는 박자를 잘 맞춰야 하는 사람들 중에서 나의 담당 형사가 가장 중요한 인물이었음을 깨달았다. 나는 그 형사로 하여금 박자를 잘 맞추게 할 수도 있었을 조치를 취하지 않은 것이었다. 그러나 그도 역시 나처럼 살아 있는 상태에서 수시로 뇌사 상태를 맞이하는 또 한 사람의 환자라는 사실을 소홀히 한 것은 분명 나의 잘못이었다.

정신병원에 감정유치된 나는 그곳에서 정신 감정을 받아야 했다. 나는 담당 의사의 의견에 따라 자유의 몸이 되거나 아니면 그곳에서 일정 기간 동안 치료감호를 받아야 하는 것이었다. 나는 그 동안 내가 나 자신을 담당하고 있는 줄 알았다. 그러나 나는 끊임없이 누군가에 의해 담당되고 있었다. 그리하여 나는 지금까지 단 한 순간도 내가 나 자신을 담당하지 못하고 있었음을 깨닫게 되었다.

한지연은 구치소와 정신병원으로 각기 한 번씩 내게 면회를 왔다. 그러나 의례적인 인사말을 빼고는 우리는 아무 말도 나눌 수 없었다. 그녀와 나는 우리 사이에 할말이 남아 있지도, 그렇다고 새로이 생겨나지도 않았음을 확인했을 뿐이었다.

14

그는 빗방울이 섞인 세찬 바람을 맞으며 산을 오르는 일단의 무리들을 뒤따르고 있었다.

방금 전 그는 쇠문을 열어놓고서 의자를 입구 쪽에 가져다놓고 그 위에 앉아 있었다. 그리고는 바람의 방향에 따라 이리저리 휩쓸리며 내리는 비를 오랫동안 바라보고 있었다. 그때 그는 예닐곱 명의 사람들이 웅성거리며 산을 올라가고 있는 것을 보았다. 그때 그들 중의 하나가 잠시 쉬려는 듯 걸음을 멈추더니 몸을 돌려 아래쪽을 내려다보았다. 그리고는 문간에 처연히 앉아 있는 그를 발견하고서 손을 흔들었다.

워낙 거리가 멀고 날씨가 흐려서 그로서는 상대방이 누구인지 잘 알 수 없었다. 그러나 그는 그 동안 낯이 익게 된 동네 청년들 중의 한 사람이려니 짐작하고서 손을 흔들어 답례를 해주었다. 그러나 사내는 계속하여 손을 흔들어댔다. 때때로 두 손을 모아 입에 대고서 무어라고 말하는 시늉을 하는 것으로 보아, 아마도 사내는 그에게 자기들을 따라오라는 신호를 보내고 있는 모양이었다.

하지만 그는 선뜻 몸을 일으킬 수가 없었다. 어떤 이유로든 그 을씨년스러운 날씨에 산을 오른다는 것은 그리 내키지 않는 일이었기 때문이었다. 그러나 일행들이 벌써 저만치 올라가고 있음에도 불구하고, 그 사내는 여전히 그 자리에 버티고 선 채 이제는 아예 두 팔을 흔들어대고 있었다. 그 정도로 그에게 관심을 보이는 것을 보면 분명 '가까운 마음에 이르는 먼 나그네 길'의 주인임에 틀림없을 것이었다.

결국 그는 의자에서 일어서지 않을 수 없었다. 그가 그냥 그 자리에 죽치고 앉아 있다가는 사내가 능선을 따라 뛰어내려올 것이 분명했다. 그는 문턱에 뉘어져 있는 우산을 들고서 창고의 문을 닫았다. 비는 여간해서 그칠 것 같지가 않았다.

그는 미끄러운 발밑을 간신히 건사하면서 산을 오르기 시작했고, 그 행렬 속에 섞일 수 있었던 것은 한참 후의 일이었다.

그들이 그렇듯 비를 맞으며 산을 타고 있는 이유가 무덤을 옮기기 위해서라는 것을 그가 알게 된 것은 창고에서 마주보이는 산의 중턱에 거의 이르러서였다. 그들은 이른바 이장을 하려 하는 것이었으며, 그들이 파려 하는 무덤은 두 개의 능선이 만나기 바로 전의 움푹 패인 곳에 자리잡고 있었다.

그들은 무덤 앞에 이르자 이미 그 일이 손에 익어 있는 듯 모두들 능숙하게 움직이기 시작했다. 마을에서부터 들고 올라온 나무 기둥과 인근의 키 큰 소나무들을 이용하여 무덤 위쪽으로 푸른색 천막이 쳐졌고, 그 옆으로 나뭇잎이 빽빽한 밤나무 밑에 돌로 된 아궁이가 만들어졌으며, 그 위에 미리 준비해온 커다란 찌개 그릇이 놓여졌다.

높이 올라온 탓인지 그곳은 비교적 주변의 영향으로부터 보호받을 수 있는 지형일 것 같았음에도 불구하고 거세게 몰려드는 비바람 앞에서 속수무책이었다. 푸른색의 두터운 비닐 장막이 바람을 끌어안고서 요란한 소리를 내며 펄럭였다. 석유의 도움으로 돌아궁이 속의 비교적 덜 젖은 나무에 간신히 불을 붙인 그들은 소주병을 열고서 양은 접시에 술을 따라 각기 한 잔씩 돌렸다.

장막은 당장이라도 하늘로 날아올라가려는 듯 끊임없이 거칠게 펄럭였고, 그의 귀와 눈은 그 소리와 모습을 담을 때마다 귀청과 망막을 동시에 펄럭거리고 있었다. 이윽고 그들은 손잡이가 길다란 쇠망치와 삽과 곡괭이를 사용하여 봉분을 파헤치기 시작했다. 하늘의 장막은 그칠 줄 모르고 펄럭이고 있었으며, 그 장막이 불러모은 비구름으로부터 한없이 비가 쏟아지고 있었다.

얼마 후, 밑동부터 깎여들어간 봉분이 여럿의 힘에 의해 옆으로 젖혀졌으며, 워낙에 단단하게 다져진 그 둥글고 편편한 덩어리는 조각이 나는 대신 거북이의 등껍질처럼 통째로 벌렁 뒤집히면서 나무뿌리가 뻗고 벌레들이 기어다니는 아랫도리를 고스란히 드러냈다. 그런 동안에도 술잔은 끊임없이 돌았으며, 그들은 서로 교대하여 연장을 넘겨받으면서 흙 묻은 손으로 술잔을 받아들었다.

그때 한 사내가 그에게 술잔 대신 곡괭이를 내밀었다. 그는 거의 반사적으로 선뜻 그것을 받아들었다. 그리고는 이미 무릎 높이까지 패인 직사각형의 구덩이 속으로 들어가서 그 동안 보아둔 대로 각 모서리 부분에 곡괭이의 날을 박아넣었다. 그가 파낸 흙덩어리는 그때그때마다 양쪽에 줄이 달린 길다란 삽과 구덩이 밖에서 그 줄을 잡고 있는 사람들에 의해 퍼올려져 밖으로 버려졌으며, 매 순간 구덩이는 그의 발밑으로 깊어지고 그의 머리 위로 높아졌다.

바람에 날린 흙먼지가 눈에 들어가는 바람에 그가 곡괭이질을 멈추고서 손등으로 눈을 비비고 있을 때, 누군가의 손이 그에게로 쑥 내밀어졌다. 그는 그 손을 잡고서 구덩이 밖으로 나왔다. 그의 발밑으로 드디어 회다짐을 한 부분이 나타난 것이었다.

그러나 너무 단단하게 굳어져 있지 않을까 하여 약간 긴장을 했던 것이 무색할 정도로 회와 흙덩이로 다져진 부분은 몇 번의 곡괭이질과 삽질에 의해 간단히 파헤쳐졌다. 그런 식으로 하여 세 번에 걸쳐

회로 다져진 부분을 파들어갔을 때, 마침내 썩은 판자 밑으로 유골이 드러나기 시작했다.

그들 중의 하나가 갑자기 '무상, 무상'이라고 외치며 구덩이 주위를 빙글빙글 돌기 시작하였으며, 그는 술잔을 입에 대고서 고개를 뒤로 젖혀 푸른색 장막을 올려다보았다. 무상이라니. 그는 마음속으로 도리질을 치고 있었다. 지금 그들은 이장을 해주는 대가로 고기가 가득 들어간 찌개와 술을 제공받고 있는 것이며, 이제 일을 끝내고 마을로 내려가면 술과 음식을 더욱 푸짐하게 대접받을 것이었다.

구덩이 옆의 바닥에 몇 겹의 한지가 깔리고, 그 위에 칠성판이 놓여지고, 다시 그 위에 두개골이 자리를 잡았다. 육십삼 세의 나이로 임종을 맞은 한 여인의 유골이 이십 년 만에 세상에 모습을 드러내고서, 이제 사흘 전에 세상을 떠난 지아비의 곁에 묻히기 위해 새단장을 하는 것이었다.

손가락으로 흙을 파고 손바닥 안에서 흙덩이를 부수는 한 사내의 섬세한 손길에 의해 뼈들이 하나씩 흙의 바다로부터 건져올려졌고, 그 크고 작은 뼈들은 고른 치아를 가진 두개골 밑에서 차례로 자기의 자리를 찾아갔다. 그 각각의 뼈들은 각기 한 조각의 옷자락처럼 그녀의 존재하지 않는, 부끄러운 무의 알몸을 덮어가고 있었다. 손가락 굵기의 갈비뼈들이 그녀의 말라붙은 젖가슴을 가려주었고, 흙과 물기로 얼룩진 대퇴골이 이미 오래 전에 여러 생명을 담았던 그녀의 아랫도리를 감싸안았으며, 뼈다귀라고밖에 부를 수 없는 장딴지 뼈가 그녀의 드러난 종아리를 대신해주고 있었다.

그 동안에도 바람은 점점 더 거세어지고 있었다. 한지와 칠성판이 함께 바람에 들먹이면서 유골을 안고 날아오르려 하였고, 몇 명의 남자가 새로이 몸을 얻은 그녀를 내리눌러야 했다.

그는 장막 밖으로 나서서 떨어지는 빗줄기를 자신의 몸으로 그었다. 그의 몸 안에서는 술로 인한 마비와 마취의 바람이 거세게 몰아치고 있었다. 이윽고 그 바람에 의해 장막이 나무 기둥의 속박을 벗어나서 바닷속의 가오리처럼 온몸을 펄럭이며 날아올랐고, 찌개 그릇이 넘어지면서 안의 것을 바닥에 쏟아놓았고, 구덩이가 크고 작은 흙덩어리들로 삽시간에 다시 메워졌고, 칠성판에 꽁꽁 묶인 유골이 연장들과 함께 사람들의 어깨 위로 올라탔다.

그는 우산을 옆구리에 끼고서 그들의 앞장을 서서 산길을 내려갔다. 그 자신을 포함하여 그들 모두는 각기 그 해골에서 자기 얼굴을 보지 않으려고 애쓰고 있었다. 그러나 그들 각자는 자기 삶의 이장을 꿈꾸고 있었다. 그들은 모두 그 유골을 부러워하고 있었다. 가파른 길은 바람에 의해 어지러웠고, 빗물에 의해 미끄러웠고, 묶인 풀들에 의해 거칠어져 있었다.

한지연이 깁스를 풀 때, 나는 그녀의 곁에 있었다. 그것은 내가 그녀에 대해 가지고 있는 유일하게 즐거운 기억이었다. 깁스를 풀기로 되어 있던 날, 함께 사무실을 나서면서 그녀는 내게 병원까지 태워다달라고 부탁했다.

병원에 이르렀을 때, 그녀는 선뜻 차에서 내리지 못하고 머뭇거리고 있었다. 나는 그녀가 두려워하고 있음을 깨닫고서 병실까지 동행하겠다고 말했고, 그녀는 즐거운 표정으로 그 제안을 받아들였다. 이윽고 전기톱의 회전날이 그녀의 여린 살갗을 위협하면서 석고붕대를 잘라내기 시작하자 그녀는 눈을 들어 나를 바라보았고, 나 또한 그녀의 시선을 내 눈 속 깊이 받아들였다.

곧 희고 단단한 붕대가 양쪽으로 갈라지면서 먼지가 쌓이듯 짧고 검은 털로 덮인 그녀의 왼팔이 드러났다. 털은 근본적으로 음지 식물에 가까운 성질을 가지고 있는 모양이었다. 의사는 그녀의 팔을 쥐고서 뼈의 상태를 살폈고, 그의 엄지손가락이 살을 누를 때마다 그녀의 입에서는 가는 신음 소리가 흘러나왔다.
　얼마 동안 깁스를 한 것인지 알 수는 없어도, 그녀의 왼팔은 오른팔에 비해 눈에 띄게 가늘어져 있었다. 나는 심한 불균형을 이루고 있는 그녀의 두 팔로부터 오랫동안 눈길을 뗄 수 없었다. 그것은 마치 아무런 꿈도 없고 생명도 없이 이끼만 무성한 나뭇가지와 흡사했다.
　그날 나는 그녀를 위해 봉사를 하고 싶었다. 그녀를 물이 있는 곳 어디로든 데려가서 그녀의 왼팔을 더운 물로 씻겨주고 싶었다. 그리고는 마른 수건으로 닦아주고 나서 기형아의 것과 다름없는 그 팔을 애무하듯 오랫동안 어루만져주고 싶었다.
　병원의 현관을 나설 때, 그녀가 새삼스런 눈길로 자신의 팔을 내려다보며 말했다.
　"이런 세상에서 이렇게 쇠약해진 여자는 아무짝에도 쓸모없다는 생각이 드는군요."
　나는 그녀를 혼자 내버려둘 수 없었다. 자동차에 오르기 전에 그녀는 자기가 운전을 하게 해줄 수 있느냐고 물었다. 애초에 운전이 능숙하지 않은 데다가 다친 팔 때문에 오랫동안 운전을 못했기 때문에 누군가 옆에 있는 상태에서 연습을 해두고 싶다는 것이었다. 나는 그녀의 제안을 거절할 수가 없었다.
　그녀의 운전은 무척이나 거칠었다. 다른 자동차들이나 길가의 사람들 혹은 물건들을 아슬아슬하게 지나칠 때마다 나는 긴장하지 않을 수 없었고, 그 긴장감은 차츰 불쾌감으로 변해가고 있었다. 그러다가 급기야 골목에서 빠져나오는 차를 뒤늦게 발견하고서 급정거를 하였을 때, 나는 그녀의 왼팔을 움켜쥐지 않을 수 없었다.
　그러자 그녀는 그제서야 제정신으로 돌아온 듯 가쁜 숨을 몰아쉬며 말했다.
"미안해요. 나도 요즘 내가 너무 모든 일에 혼란스러워하는 걸 느끼고 있어요."

나는 대답 대신 차에서 내렸다. 그리고는 차 안에 앉아 나를 지켜보는 그녀의 눈길을 의식하면서 길 옆에 있는 커피 자동판매기 앞으로 걸어갔다. 그곳에서 커피를 두 잔 뽑아가지고 돌아온 나는 그 중 하나를 그녀에게 건네주었다.

그녀는 후후 입김을 불어가며 뜨거움을 무릅쓰고서 급하게 커피를 마시기 시작했다. 그리고는 금방 비워버린 종이컵을 손안에서 구기며 혼잣말을 하듯 중얼거렸다.

"입 안을 데고 말았어요. 내가 지금 여기서 무얼 하고 있는지 모르겠군요. 당장 이곳을 떠나야겠어요. 집으로 돌아가겠어요."

나는 이제 막 마시기 시작한 커피를 들어보이며 그녀에게 말했다.
"이 커피를 마저 마시고 나서요."
"미안해요. 하지만 난 여기서 머뭇거릴 수가 없어요."

나는 그녀가 공연한 소리를 하고 있는 것이 아님을 알 수 있었다. 그녀의 얼굴이 차갑게 식어가고 어깨가 가늘게 떨리고 있는 것이 내게도 느껴졌기 때문이었다. 그러나 나는 그녀를 안정시키기 위해 짐짓 농담을 하듯 그녀의 말을 받았다.
"그럼 이 커피를 어떻게 하라는 말이오."
"창밖으로 쏟아버려요."

그녀는 농담을 하고 있지 않았다. 나는 선뜻 어찌해야 할지 몰라서 아직 커피가 반 이상 담긴 종이컵을 손에 든 채 그녀의 옆얼굴을 바라보았다. 그러나 그녀는 두 손으로 운전대를 움켜쥐고서 꼼짝도 하지 않고 정면을 응시하고 있었다.
"나를 너무 야단치지 말아요. 나도 어쩔 수 없어요."

그 말과 함께 그녀는 갑작스럽게 클러치와 브레이크를 밟고 있던 발을 떼었고, 그 순간 차가 덜컹거리며 앞으로 움직이면서 종이컵에 든 커피를 내 가슴에 쏟아부었다. 그와 동시에 자동차는 시동이 꺼져버렸으며, 내 가슴 위에서는 커피가 염산처럼 검붉은색으로 타들어가고 있었다. 그러나 커피가 태우고 있는 것은 나의 옷만이 아니었다. 나의 얼굴 또한 단번에 시커멓게 변색되어가고 있었던 것이었다.

그러자 깜짝 놀란 그녀는 손수건을 꺼내들고서 마구 떨리는 손으로 내 옷에 묻은 커피를 닦아내기 시작했다.

"미안해요. 정말 죄송해요. 이러려고 한 게 아니었는데. 이건 내가 아니었어요."

내가 생각하기에도 그것은 맞는 말이었다. 방금 나는 그녀의 말과 행동에서 나방 한 마리가 파닥거리는 모습을 보고 있었다. 그리고 더욱이 그 일은 단순한 사고일 뿐이었다. 겨우 안정을 되찾은 나는 그렇게 말하면서 얼굴과 마음의 경직된 근육을 풀었다. 그때 그녀가 당장이라도 울음이 터질 듯한 얼굴을 숙이고서 내 어깨에 이마를 기댔다.

그날 나는 그녀를 집에까지 태워다주었다. 그녀는 나의 옷을 더럽힌 것에 대한 미안함을 어쩌지 못해하며 내게 잠시 집에 들렀다 가는 것이 어떻겠냐고 말했다. 하지만 나는 그녀의 아파트 문 앞까지 가서 대신 초인종을 눌러주고는 작별 인사와 함께 돌아섰다. 그날, 집으로 돌아오는 동안 나는 목이 뻣뻣해질 정도로 내내 앞만을 응시하고 있었다.

15

창고로 돌아온 그는 손과 얼굴을 씻고, 바지와 구두에 엉겨붙은 진흙을 물로 닦았다. 그리고는 취기로 인해 쉽게 잠에 들 수 있었다. 깨어났을 때에는 이미 저녁이었지만, 머릿속이 어지럽기는 잠들기 전이나 마찬가지였다. 그러나 산에서 내려오면서 사람들과 한 약속을 저버릴 수는 없는 노릇이었다.

그가 손전등을 챙기고서 마을로 내려갔을 때, '가까운 마음에 이르는 먼 나그네 길'의 구석진 자리에는 이미 술과 음식의 자리가 마련되어 있었고, 그 주위에 모두 여섯 명의 사내가 둘러앉아 있었다.

그들은 하나같이 산에서 마신 술로 이미 얼굴이 눈에 띄게 불콰해져 있었다. 더욱이 그가 잠을 자고 있는 동안에도 그들은 이장을 마저 마치기 위해 또 다른 산에 올라 그곳에 미리 파둔 구덩이 속에 뼈를 넣고 그 구덩이를 흙으로 메우고 그 위에 봉분을 만들면서 계속 술을 마셨을 것이니, 분명 그보다 훨씬 취해 있을 것이었다.

그들이 내준 자리에 앉았을 때, 그는 맞은편에 앉은 사내를 전날 본 적이 있다는 데에 생각이 미쳤다. 여전히 짧은 머리 위에 모자를 쓰고 트레이닝복을 입고 있는 그 사내는 아마도 친구들에 의해 강제로 그 자리에 끌려나온 모양인지 고개를 떨군 채 아무 소리도 하지 않고 있었다. 다른 사람들의 소개로 그와 인사를 나눌 때에도 사내는 아무 말도 없이 모자를 눌러썼을 뿐이었다.

그때 주인이 지름이 족히 일 미터는 넘을 듯한 둥글고 커다란 쟁반을 들고서 나타났다. 그리고는 탁자 한가운데를 치우게 하고 그 위에 쟁반을 내려놓으면서 그의 귀에 대고 말했다.
"바로 이게 그겁니다."

그것이 바로 배냇송아지라는 것이었다. 산을 내려오는 동안 주인은 그에게 바싹 붙어서서 걸으며 이미 그것에 대해 귀띔한 바가 있었다. 이장을 부탁한 집 측에서 수고의 대가로 그들에게 배냇송아지를 내기로 되어 있으니 이따가 저녁 무렵에 자신의 가게로 오라고 한 것이었다.

그때 이미 술에 반쯤 취해 있던 그는 건성으로 고개를 끄덕이면서 속으로는 배냇송아지가 무엇일까 생각하고 있었다. 그러나 고개를 끄덕이는 동안에 그는 그것이 뱃속에 송아지가 든 암소를 도살할 때 그 속에 들어 있는 송아지를 부르는 말이라는 것을 짐작할 수 있었다. 그는 스스로 그 말의 뜻을 깨우치고서 계속하여 머리를 끄덕여댔다.

하지만 쟁반에 놓여진 그것은 그가 막연히 예상했던 모습과는 전혀 달랐다. 물론 기왕에 직접 먹을 수 있도록 되어 있을 터에 아기 송아지가 그 모습 그대로 상에 올라오리라고 생각했던 것은 아니었지만, 그러나 막상 눈앞에 펼쳐져 있는 모습을 보니 그로서는 가슴이 섬뜩해지는 느낌을 막을 수 없었다.

푹 삶아진 송아지는 마치 오랜 시간 짓무른 과일처럼 뼈와 살과 가죽을 한눈에 드러내며 해체되어 있었다. 그리고 그 높고 낮은 뼈와 살의 구릉들 사이로 기름이 뜬 누런 국물이 흐르고 있었다.

곧 그 기름의 강 위로 사람들의 손가락이 떠다니면서 지형을 헤집어놓기 시작했고, 그에 따라 골짜기와 야산이 새로이 생겨나면서 강물을 끌어들이고 쏟아내고 가둬두고 있었다. 그는 그 모습에서 내내 자신의 마음의 지형도를 읽을 수 있었다. 그는 끊임없이 쌓이고 무너지고 변형되는 살점과 뼈다귀의 굽이들을 따라 돌고 흐르고 떠나가고 있었다.
 그때 마지막으로 야채 접시를 들고 온 주인이 그의 옆자리로 비집고 들어와 앉으며 그에게 왜 안 먹느냐고 물었다. 그는 대답 대신 미소를 지으며 약간의 살점이 붙어 있는 뼈다귀 하나를 집어들었다. 예상했던 대로 그의 입 안에서 그 살점은 이제 형체를 잃어버린 송아지가 어미의 자궁 속에 들어 있을 때 꾸었을지도 모르는 꿈의 한 자락처럼 부드럽게 부서졌다.
 그가 살을 발린 뼈를 접시 위에 내려놓고서 기름 묻은 손으로 소주잔을 집어들 때, 주인이 입맛을 다시면서 그에게로 슬며시 고개를 기울였다. 그리고는 실은 엊저녁에 서울에서 전화가 왔었노라고 말하면서, 여러 차례 접힌 종잇장을 주머니에서 꺼내어 그에게 건네주었다.
 그는 잔 속의 술을 입 안에 털어넣고는 쪽지를 전해준 데에 대한 답례를 하듯 그 잔을 주인에게 내밀었다. 손가락에 묻은 기름이 종이에 묻어나면서 여기저기에 지장을 찍어댔다. 안희석씨, 11시 30분. 박형이 제출한 사표의 수리는 일단 보류하기로 하였다. 박형의 휴가 기간이 끝날 때쯤 하여 내가 그곳으로 내려가도록 하겠다.
 그때 그는 누군가가 그의 어깨 너머로 목을 쑥 내미는 것을 느꼈다. 그는 반사적으로 종이를 접으며 고개를 돌렸다. 일전에 거미를 잡아먹던 사십대 사내의 얼굴이 그곳에 있었다. 그러나 사내는 그가 읽던 것을 훔쳐보고 있었던 것이 아니었다. 여전히 회색 점퍼 차림을 한 사내는 벌써부터 기름기가 번들거리는 눈길로 쟁반 위에 놓인 살과 뼈의 잔해를 빨고 핥고 집어삼키고 있었다.
 그가 의자째로 몸을 옆으로 밀착시키며 자리를 만들어주자 사내는 옆 탁자에서 의자를 가져다가 그 좁은 공간 속에 끼워놓고는 그 위에 앉았다. 사내가 다짜고짜 쟁반 위로 손을 내밀자 모두들 한마디씩

하기 시작했다.
 배냇송아지를 먹는다는데 병균이 아빠가 냄새를 맡지 못할 리가 없는 일이지. 심장병 치료에 거미가 좋다는 게 정말 사실인가. 말로는 심장병이라지만 눈에 보이는 모든 걸 먹어치우려는 속셈이겠지. 게다가 별난 것들만 먹으니 얼마나 강심장이야. 본인 말로도 심장을 단련시키기 위해서 그런 것들을 먹는다는 거 아니겠어. 먹지 못해 생기는 정신병도 있는 건가. 저 양반 저러다가 쟁반째로 들고 입에 쓸어넣겠군.
 "이러지들 마. 내가 심장에 병이 있다는 건 자네들도 잘 알고 있잖아. 이런 을씨년스런 날씨에 내 송장 치우는 일이 자네들한테도 기분 좋을 게 뭐 있어."
 머리가 듬성듬성한 그 사내는 사람들의 말을 능글능글하게 받아넘겼다. 그리고는 그들의 말에 더 이상 아랑곳하지 않고서 자기 앞에 놓인 것들부터 차례로 하나씩 알뜰하게 집어삼키기 시작했다. 심지어 커다란 뼈다귀까지도 그의 입 안에 거의 다 들어갔다가, 구석진 부분에 박혀 있는 자잘한 살점이 발려지는 것은 물론이고 국물까지 깨끗이 빨린 채 입 밖으로 내뱉아졌다.
 사내의 터무니없는 식성은 조금씩 쟁반 위를 초토화시키면서 그곳의 지형을 사막으로 만들어가고 있었다. 그 광경을 지켜보면서 그는 그 사내에게서 눈도 뜨지 못한 채 어미의 탯줄에 본능으로 매달려 있는 배냇송아지의 모습을 눈앞에 떠올리고 있었다. 그러나 세상으로부터 그에게 연결되어 있는 탯줄은 너무도 변덕스럽고 인색했던 탓에, 사내는 그 탯줄에 필사적으로 매달려 입을 오물거리고 있는 것이었다. 그는 자기 자신이 배냇송아지의 꿈을 꾸기 위해 쉴새없이 입맛을 다시고 있는 것이었다.

내가 정신병원에 들어갔을 때, 그곳에서 만난 모든 사람들이 친절하게도 내게 도와주겠다고 하였다. 내가 기억을 상실했다고 하면, 그들 모두는 내 기억을 회복시켜주겠다고 했다. 내가 정신이 오락가락한다고 하면, 그들 모두는 내 정신을 붙잡아주겠다고 하였다. 내가 까닭없이 머리가 자주 아프다고 하면, 그들은 자신들도 그렇다고 했다.

그러나 그들은 의사들이 아니라 환자들이었다. 그리하여 그곳에서 나는 의사들에 의해 내가 진짜 미친 사람인지도 모른다는 생각에 시달리게 되었다고 한다면, 온갖 충고를 아끼지 않는 다른 환자들로 인하여 나는 내가 미치지 않았다는 사실을 항상 기억할 수 있었다. 그리고 내가 그곳을 나올 수 있었던 것도 근본적으로는 의사들보다 바로 동료 환자들 덕분이었다. 그들로 인해 나는 의사들의 나에 대해 꾸미는 음모에 저항할 수 있었던 것이었다.

그곳에서 나는 소화기 계통의 신병으로 인해 오랫동안 병상 신세를 지다가 급기야 정신이상 증세를 일으켜 들어오게 되었다는 한 남자와 자주 시간을 보내게 되었다. 어떻게 구했는지 온갖 종류의 위장약을 그야말로 밥 먹듯 하고 있던 그는 어느 날 초저녁에 창문을 통해 하늘에 달이 뜬 것을 발견하고서 나를 자기 곁으로 불렀다.

그날 우리는 달에 대해 이야기를 나누었다. 나는 그가 달이라는 존재에 대해 깊이 집착하고 있음을 알 수 있었다. 말하자면 그는 나와 비슷한 편집증 증세를 보이고 있었던 것인데, 그 점이 우리를 가까워지게 한 것이기도 했다.

그가 보기에 달이 뜬 하늘은 창백한 얼굴을 한 외눈박이 괴물이었다. 나는 그가 받은 인상에 공감할 수 있었다. 그가 생각하기에, 만일 달이 두 개였다면 훨씬 많은 사람이 미쳤을 것이었다. 인간들은 하나의 초점만을 가진 자신들의 두 눈으로 하늘에 달린 두 개의 눈을 동시에 바라보려고 허망하게 욕심을 부리다가 결국 스스로 분열되어 버릴 것이기 때문이라는 것이었다. 나는 그의 그런 생각에도 동의할 수 있었다. 하지만 그렇다면 하늘에서 달이 사라지고 난 뒤에는 사람들의 눈도 더 이상 남아 있지 않는 것일까.

"그러나 현대에 이르러 마음이나 정신의 병이란 바이러스 감염에 의한 다른 질병들과 다를 바 없게 되었어요. 그러니 감기를 앓듯이 잠깐 앓고 나서 자리를 털고 일어날 수도 있는 것이지요."

계속되는 말 끝에 그가 의사들의 말투를 흉내내어 그렇게 덧붙였을 때, 나는 그 자신이야말로 달이라는 바이러스에 감염되어 있는 것임을 알 수 있었다.

그와 헤어져 내 병실로 돌아온 나는 오랫동안 의자에 앉아서 생각에 잠겼다. 그때 나는 내가 중요한 상황에 처해 있음을 절감하고 있었다. 나는 한지연을 대신하여, 아니 다른 모두를 대신하여 정신병원에 들어와 있는 것임을 깨달았기 때문이었다. 그렇다면 내 정신 감정의 결과는 다른 모두에게도 더할 나위 없는 중요성을 가지는 것일 터였다.

그런저런 생각으로 자정이 지났을 때, 나는 담당 의사에게 제출하기 위해 그때부터 아침이 올 때까지 글을 한 편 썼다. 그 글을 쓰고 난 뒤 나는 거의 하루종일 잠을 자야 했다.

언젠가부터 내 머릿속은 한 장의 음화에 불과했다. 그런 탓에 나는 그 속에 무엇이 들어 있는지 제대로 알 수가 없었다. 하여 나는 밤마다 그것을 들고서 잠이라는 암실로 들어갔고, 그곳에서 매일 나는 그 음화의 인화를 시도했다.

그러나 매번 인화지에는 아무런 형상도 나타나지 않았다. 그 음화는 먹지 같은 것에 불과했으며, 내 머릿속은 그믐에 다름아니었다.

나는 그 텅 빈 인화지 위에서 내 정신의 그믐을 볼 수 있었을 뿐이었다. 그때 나는 깨어 있을 때에도 실제로 내가 자주 의식의 정전 상태, 그 완벽한 그믐 속으로 자주 빠져들고 있음을 깨달았다.
 이 세상에는 실제로 존재한다기보다, 한 존재와 다른 한 존재 사이에 끼여서 간신히 자기를 존속시키는 사람들이 있다. 그들에게는 스스로를 확인할 수 있는 그림자조차 없으며, 그런 탓에 차라리 그들은 다른 사람들의 그림자만도 못한 것이다.
 그렇다면 나는 어떤 사람들 사이에 끼여서 지상에 존재하고 있는 것이고, 어떤 사람들의 그림자를 빌려서 내 것으로 대신하고 있는 것일까. 나야말로 실제로 존재한다기보다, 다른 존재들 사이에 끼여서 간신히 나 자신을 존속시키고 있는 것이다. 그렇기 때문에 나 자신을 확인할 수 있는 그림자조차 없는 나는 실제로 존재하지도 않는 그림자를 스스로 기꺼이, 내 멋대로 그려가면서 그것을 나 자신의 존재로 간주하고 있는 것이다.
 나는 누군가가 나를 위해 대신 꾸어주는 꿈이다. 그렇다면 나를 대신하여 꿈을 꾸는 자는 누구일까. 하지만 불행하게도 나를 위해 꿈을 꾸어주는 자조차 지상에는 존재하지 않는다. 기껏해야 꿈에서 깨어나는 순간 누군가의 모습이 눈앞에 어른거릴 때, 나는 다른 누군가의 눈에 의해 내가 확인되고 있음을 느끼고서 허망한 기쁨으로 몸을 떨 뿐이다. 따라서 나라는 존재에게 그림자가 있다면, 그것은 내 정신의 그믐인 것이다. 내 정신의 그믐이 나라는 존재의 그림자이며, 또한 나 자신인 것이다.
 그런 사실을 깨닫고서 나는 분노했다. 내가 내 속에서 적어도 분노를 발견할 수 있었다는 사실은 적잖이 다행한 일이었다. 그러나 나의 분노는 자주 병이 되었다. 그 분노도 역시 분노의 그림자에 불과한 것이기 일쑤였기 때문이었다.

요컨대 내 속에 들어 있는 수많은 적들이 나로 하여금 분노하지 못하게 만들고 있었던 것이었다. 그 동안 나는 내 속에 들어 있는 나의 분신들이 대부분 나의 편이고, 나머지 일부만이 적일 뿐이라고 생각했다. 그러나 나는 최근에야 사정이 전혀 반대임을 깨닫게 되었다. 내 속에는 도처에 나의 적들뿐이었다. 내가 느끼는 감정, 내가 가지는 생각들의 대부분도 나의 그 적들이 나 자신의 의지에 반하여 교묘하게 음모를 꾀하고 공작을 획책한 결과에 불과한 것이었다.

그들은 나로 하여금 끊임없이 세상에 대한 반작용에 입각하여 행동하게 했다. 나의 이기심과 무능함과 어리석음은 모두 그러한 일차적인 반작용과 반발에 의한 것이었다. 그럼에도 불구하고 나를 그렇게 만들어놓은 나의 적들은 또한 그런 나를 끊임없이 단죄하려 들었다.

내가 저지르는 죄의 공범자이기도 한 그들이 매순간 나를 단죄하고 핍박함으로써 나로 하여금 나 혼자인 공범자, 공범 없는 이인조, 공범 없는 공범자로 만들어 내게서 나의 모든 것을 빼앗아가려고 하는 것이었다.

그로 인해 결국 나는 그 분노를 실천에 옮기지 않을 수 없었다. 내가 그들을 죽이지 않으면 급기야 그들 쪽에서 나를 죽이려 들 것이었다.

그런 사실을 직시하고 난 날 밤, 나는 내 머릿속의 깊은 골짜기 속으로 들어가서 그 속에 숨어 있는 나 자신의 적들을 하나씩 처형하기로 마음을 먹었다. 애초에 나는 그 적이 하나둘이 아님을 잘 알고 있었던 터라, 만약 단순한 개별적인 처형으로 불가능하다면 나는 그들을 한꺼번에 소탕할 굳은 의지까지 가지고 있었다.

다음날, 나는 그들 중의 한 놈을 앞으로 끌어내어 내게 등을 돌리게 하고서 그 자리에 꿇어앉혔다. 그는 두 손이 뒤로 돌려져서 묶여 있었고, 그의 앞에는 커다란 구덩이가 패어 있었다. 나는 권총을 꺼내들고서 총구를 그의 뒤통수에 가져다 댔다. 그러나 생각처럼 쉬운 일이 아니었다. 나의 두번째 손가락의 지문 부분이 방아쇠의 금속 표면에 닿아 섬뜩한 느낌을 주면서 미끈거렸다. 그 미끈거림으로 인해 다시금 나는 주저하고 있는 것이었다.

그때 그가 무릎을 꿇은 채로 쓱 내게로 고개를 돌렸다. 그는 내가 망설이고 있음을 눈치챈 모양이었다. 나는 그의 얼굴을 내려다보았다. 자기 멋대로 내 유전자를 도용한 그는 나와 너무도 흡사한 모습을 지니고 있었다. 그는 총구를 뚫어지게 바라보더니 가슴에서 칼 하나를 꺼내들었다. 그리고는 조금씩 꿈틀거리며 몸을 일으키려 하였다. 그가 미끈거리는 몸을 뒤채어 이번에도 내게서 빠져나가려 하는 것이었다.

나는 더 이상 나 자신의 미끈거림과 내 손가락 끝의 미끈거림을 견딜 수 없었다. 두 눈에 잔뜩 힘을 주고서 총구를 그의 미간에 가져다 댄 나는 방아쇠를 잡아당겼다.

그 순간 나의 뇌 속에서 솟아나온 칼날이 나의 단단한 두개골을 뚫고서 바깥으로 삐죽이 솟아나왔다. 그의 손에 들려 있던 칼이 내 머리를 찌른 것이었다.

나는 총을 든 손을 툭 내려뜨렸다. 악마의 귀처럼 그믐날 밤에 뼈와 살과 가죽을 가르고 나온 그 칼날의 끝에는 주위를 떠도는 어슴푸레한 빛이 엉겨붙어 희끄무레한 빛의 무리가 이루어져 있었다.

내 머리 위, 정수리 오른쪽 옆으로 비스듬하게 새로이 매달린 귀, 그 날카롭고 시퍼렇게 벼려진 또 하나의 귀. 잠시 나는 그 귀를 통해 세상의 모든 소리에 귀기울였다. 세상의 겉 껍데기가 뻥 뚫리고, 그 구멍을 은빛 칼날이 메우고, 다시 그 칼날이 소리를 대신하여 내 머릿속으로 쏟아져 들어오고 있었다.

그날 밤새도록 나는 수십 명의 적을 처형했고, 그 결과로 내 머리 위에는 칼날로 된 수십 개의 귀가 매달려 빛을 번득이면서 지상의 모든 불빛과 소리들과 경쟁하고 있었다. 나는 온갖 기치와 창검으로 장식한 기사처럼 잠과 어둠과 꿈속을 내달렸다.

그리하여 새벽이 되었을 때, 기진맥진해진 나는 내가 죽인 나 자신의 시체들 위로 쓰러졌다. 그때 그들에게서 흘러나와 시내를 이룬 그들의 핏물로 목을 축이던 나는 문득 깨달았다. 나의 적들은 나 자신과 너무도 대칭적이었다. 그 적들이 바로 나 자신이었다. 그들은 다시 그믐이 되면 악령에 의해 조종되는 유령들처럼 되살아날 것이었다. 그렇다면 결국 나는 나 자신을 처형하는 수밖에 없는 것이었다.

그때 나의 눈앞에 구원의 상처럼, 순결한 희생양처럼 한지연이 모습을 나타냈다. 나는 내게 남은 마지막 힘을 다하여 그녀의 목을 움켜쥐었다. 이제 내가 그녀를 대신하려는 것이었다. 내가 그녀를 대신하여 희생양이 되려는 것이었다.

나에 대한 진단이 끝나던 날, 담당 의사가 자신의 방으로 나를 불렀다. 내가 안으로 들어섰을 때, 그는 안경을 코끝까지 늘어뜨리고서 서류를 뒤적이고 있었다. 나이는 삼십사 세, 이름은 박시진, 직업은 광고회사 대리, 종교는 무, 독신, 감정유치중.

그가 정중하게 나를 의자에 앉게 하고는 입을 열었다. 아마도 내가 쓴 글이 그에게 어느 정도 영향을 미친 모양이었다.

"그 동안 당신을 지켜본 결과, 나도 당신의 공범이 되기로 했어요. 당신이 나를 공범으로 생각하든 말든 상관없이 말이오. 소견서에 그렇게 썼지요. 하지만 세상에 나가면 당신은 또다시 혼자인 공범자가 되는 것이오. 당신이 여기에 쓴 대로, 당신 자신 혼자인 공범 없는 공범자 말이오. 지금 내게는 그게 마음에 걸리지만, 어쨌든 그건 당신 운명인 것이고, 나는 그저 의사일 뿐 당신의 운명을 놓고서 어찌할 도리가 없는 거지요."

얼마 후, 그의 방을 나와서 복도를 따라 걸을 때, 내 입에서는 푸시시거리는 웃음 소리가 흘러나오고 있었다. 그것은 내 마음속의 뜨거운 응어리가 바깥의 찬 공기와 만나서 갑작스럽게 식어버리는 소리였다. 그러고 보면 광기는 결코 어리석음의 소산이 아니었다. 자신이 미쳐가고 있다고 생각할 때, 지상에는 더 이상 숨을 곳이 없게 되고 자기 자신조차 도피처일 수 없게 되는 것이긴 하지만, 그렇듯 자신이 자기 자신에게 함정이 될 때 우리는 우리 자신을 가장 잘 알게 되는 것이었다.

담당 의사는 나로 인해 자기 자신을 두려워하게 된 것인지도 모르는 일이었다. 의사들이 환자로부터 병이 감염되지 않기 위해 모든 수단을 강구하듯이 그는 나의 질병으로부터 피하기 위해 나를 내보내기로 결정한 것일 수도 있는 일이었다. 그렇다면 여하튼 나는 잘 참아낸 것이었다. 나는 그믐날 밤의 춤을 훌륭히 추어낸 것이었다.

16

그날, 한없이 내리는 빗물과 자꾸 머리 위로 치솟는 취기로 인해 그는 산으로 올라가는 것을 만류하는 사람들의 말을 받아들이지 않을 수 없었다. 주점의 귀퉁이에서 잠을 자는 동안 내내 그는 배냇송아지의 기름으로 더럽힌 손과 입을 씻어내기 위해 애를 써야 했다.

아침에 그는 주점의 주인과 함께 해장국을 먹었다. 식사가 거의 끝나갈 때, 깜박 잊고 있었다는 듯 주인이 바지주머니에서 서둘러 쪽지 하나를 꺼내어 그에게 건네주며 말했다.
"오늘 새벽에 대충 치우고 막 자려 하는데, 전화가 왔었어요. 저번에 전화했던 사람 같더군요. 나도 꽤 취한 상태에서 받아쓴 거라 제대로 읽을 수나 있을지 모르겠군요. 하기야 취하기는 그 사람도 마찬가지였지만."
그는 구겨진 종이 위에서 이리저리 마구 달아나고 부서지는 직선과 곡선들을 끌어모아 글자들을 하나씩 재구성해야 했다. 한지연이 찾아간다는 걸 내가 말렸다. 내게 그럴 권리가 없다는 건 잘 알고 있다. 하지만 기왕에 내가 김형을 그곳에 내려보낸 마당에 나로서는 내가 이곳에서 해야 할 일을 다하지 않을 수 없다. 방향성을 잃은 관심은 폭력일 뿐이다.
그것은 분명 술에 취한 안희석이 충동적으로 흘려놓은 언어들이었다. 아마도 한지연과 술을 마시고 있던 중이었을 것이었다. 그는 지난밤에 술에 취해 그 글귀를 불러대는 안희석과 역시 술에 취해 그 글귀들을 종이 위에 적어나가는 주점 주인이 벌였을 희극적인 장면을 잠시 눈앞에 떠올렸다. 그리고는 곧 손안에서 종이를 구겼다. 이제 더 이상 안희석이 전송하는 그 자의적인 기호들을 받아들일 필요가 없는 것이었다.
식당을 나서기 전에 그는 오래 참고 있던 질문을 주인에게 했다. 그 동안 그는 이제나저제나 하며 창고의 주인이 직접 나타나주기를 기다려왔지만, 이제 더 이상 기다리고만 있을 수는 없는 노릇이었다. 창고의 주인이 누구며 어디에 살고 있느냐는 그의 물음에 주점 주인은 난감해하는 표정을 지으며 대답했다.
"그게 말입니다, 우리도 그 사람에 대해 별로 아는 바가 없어요. 이런 좁은 마을에서 서로 잘 모르고 지낸다는 건 분명 흔한 일이 아니긴 해도, 실제가 그런 걸 어쩝니까. 나도 이 마을에 터를 잡은 지가 얼마 되지 않은 터라 자세히는 모르지만, 들리는 말에 의하면 그 사람은 몇 년 전에 서울에서 내려와서 과수원과 그 너머에 있는 오두막을 사들였대요. 그리고는 그 앞쪽에 지금 박형이 머물러 있는 창고를 지어놓고서 일에만 열중하고 있다더군요. 개들도 여러 마리 키우고 있다지요 아마. 여하튼 우리 쪽에서는 몇 번 그 사람과 관계를 가져보려 했는데, 겉으로는 멀쩡해 보이면서도 원체 그쪽에서 다른 사람들 만나기를 꺼려하는 모양입니다. 우리가 처음에 박형을 수상하게 여긴 것도 사실은 그 사람에 대한 감정이 별로 곱지 않았던 탓이었죠."

주인이 말을 하고 있는 동안 그는 안희석에 대해 생각하고 있었다. 안희석은 왜 하필 나를 이곳으로 내려오게 했을까. 그는 내가 그 사내와 어떤 관계를 맺기를 원했던 것일까.

그가 자신의 생각에 골몰하고 있을 때, 주점 주인은 내친김이라는 듯 계속하여 말을 하고 있었다.

"이제야 하는 말이지만, 사실 처음에 우리는 박형을 수상하게 여겼었지요. 처음에 우리집에 와서 나한테 서울에서 오는 전화를 받아달라고 부탁했을 때, 내가 퉁명스럽게 대했던 것도 그 때문이었어요. 우리 사이에서는 박형에 대한 온갖 추측의 말들이 오가고 있었는데, 병균이 애비가 박형이 쫓기고 있는 게 분명하다고 말하는 바람에 진짜로 그런 줄 알았던 거지요. 내가 박형을 의심하면서도 전화를 받아주겠다고 말한 건 따지고 보면 내 쪽에서 호기심이 발동한 결과였던 셈이죠."

주인이 직접 말을 하지 않아도 그는 마을 사람들이 자신에 대해 뒷조사를 하였음을 알 수 있었다. 그들은 경찰관을 통해 그의 자동차 번호를 조회하고 그의 회사로 전화를 걸어서 신원 확인까지 하였을 것이었다. 그리고 그가 창고를 비웠을 때, 그의 짐을 뒤져보기까지 하였을 것이며, 그 모든 과정이 끝난 후에야 그에 대한 경계심을 풀게 되었을 것이었다.

하지만 그는 그 모든 것에 대해 개의치 않고 있었다. 하지만 그는 그들이 자신에 대한 모든 것을 알고 있는 듯한 태도를 취하며 때로 연민의 표정을 짓는 것은 견디기 어려웠다. 그렇다면 이제 그곳조차 그에게 함정이 되고 있는 것이었다.

잠시 후, 그는 창고로 돌아가기 위해 마을을 떠났다. 길을 걸으면서 잠시 그는 자신이 창고로 돌아가고 있다는 사실에 스스로 기가 막혔다. 창고로 돌아간다니, 어디 돌아갈 곳이 없어 창고로 돌아가고 있는 것인가.

도중에 그는 자신의 차가 하얗게 서리를 맞고 있는 것을 보았다. 그 동안 내내 비를 맞으며 씻겨져서 깨끗한 감청색을 띠고 있던 자동차가 허옇게 얼어붙은 채 추위에 떨고 있는 것을 바라보면서, 그제서야 그는 자신이 돌아갈 길을 스스로 끊기 위해 이곳에 들어온 것임을 깨달을 수 있었다. 그러나 길은 여전히 끝나지도 끊어지지도 않고 있는 것이었다.

창고에 이르렀을 때, 그는 그 옆의 언덕 위로 올라가서 주위를 둘러보았다. 그가 창고의 주인이 사는 집을 아직 모른다고 말했을 때, 주점 주인은 고개를 갸우뚱거리며 그를 바라보았다. 그 오두막은 창고 바로 뒤쪽에 있는데 그곳을 아직 모르고 있다니 이해할 수 없다는 것이었다.

가을 장마가 찾아온 것인지 비는 그칠 줄을 모르고 있었다. 그는 우산을 뒤로 젖히고서 주의 깊게 가까운 골짜기들을 살폈다. 그때 비로소 그는 그 오두막을 발견할 수 있었다. 주점 주인이 의아해한 것이 당연할 만큼, 그 집은 그가 서 있던 곳에서 불과 이십여 미터 떨어진 곳에 있었다. 하지만 그가 처음에 찾지 못한 것이 무리가 아닐 만큼, 그 집은 움푹 패인 곳에 들어 있었고, 그 위쪽으로 나무들이 빽빽하게 자라서 지붕을 가리고 있었다.

그는 미끄러운 경사면을 따라 그 집 쪽으로 내려갔다. 그곳에 집이 있다면 어딘가 그리로 내려가는 길이 있을 터였지만, 그는 굳이 그 길을 찾기 위해 주위를 두리번거리고 싶지가 않았다.

언덕을 거의 내려갔을 때, 그는 너무도 쉽게 집 옆의 과수원 앞 공터에서 사람의 그림자를 발견했다. 그가 그림자라고 생각했던 것은 그 사내가 모자 달린 검은색 우비를 입고 있었기 때문이었다. 그가 가까이 다가서면서 인사를 건네자 사내는 흘낏 그의 쪽을 바라보고는 나름대로 성의 있게 답례를 하고서 계속하여 몸을 움직였다.

그는 사내가 자신을 알아보았다는 것을 알 수 있었다. 그는 검은색 장화를 신은 발로 삽날을 땅 속에 박아넣고 있는 사내의 곁으로 다가갔다.

"이렇게 비가 오는데 뭘 하시는 중이죠?"

"개가 죽었어요. 새끼를 뱄었는데, 무슨 일론지 계속 빗속을 돌아치더니 결국은 몸을 풀다가 죽고 말았지요. 내가 일부러 집까지 만들어주었는데, 그 동안 너무 풀어놓고 키웠더니."

사내가 파고 있는 구덩이 옆에 이르렀을 때, 그는 불룩한 비닐 가마니 하나가 바닥에 놓여 있는 것을 발견했다. 그는 어떤 예감 같은 것을 느끼면서 몸을 굽혀 그 가마니 안쪽을 살펴보았다. 과연 그 속에는 그가 개들 중의 두목으로 생각했던 바로 그 개가 눈을 감고 누워 있었다.

그는 잠시 말을 잊고 있다가 불쑥 새끼들은 어떻게 되었느냐고 물었다. 그 개가 집으로 돌아왔을 때에는 이미 거의 기진맥진해 있었고, 그 와중에서 간신히 한 마리를 낳긴 했지만 곧 죽고 말았으며,

내 정신의 그믐 299

나머지는 그대로 뱃속에 든 채로 죽었다는 것이 사내의 대답이었다.
  그는 더 이상 할말을 잃은 채 사내가 일을 마칠 때까지 묵묵히 옆에 서 있었다. 그는 간혹 눈을 들어 혹시 주변에 다른 개들이 있는지 둘러보았지만, 한 마리도 보이지 않았다. 이윽고 사내가 가마니째로 흰색 털을 가진 어미 개와 갈색 털을 가진 새끼를 구덩이 속에 집어넣고서 흙으로 메우고 났을 때, 그는 그 동안 주머니 속에서 만지작거리고 있던 안희석의 명함을 꺼내들었다.
  그러자 사내 쪽에서 그가 무슨 말을 하려고 하는지 알아채고는 먼저 입을 열었다.
  "내가 희석이 형이오. 삼 년 전에 나를 이곳에 내려보낸 것도 그 녀석이었지요."
  사내의 말로 인해 그에게는 아무런 할말이 남아 있지 않았다. 그렇다고 과묵해 보이는 상대방에게 무슨 사연으로 이곳에서 살고 있느냐고 물을 수도 없는 노릇이었다.
  "당신이 여기에 도착한 직후에 희석이가 전보를 보냈는데, 당신을 그냥 내버려두고, 그 대신 멀리서 지켜봐달라고만 하더군요."
  그때 사내가 장화 밑창에 대고 삽날을 두드려 흙을 터는 모습을 바라보던 그는 자신의 눈길이 사내의 얼굴에 미쳤을 때 조금 놀라지 않을 수 없었다. 한없이 가라앉은 표정을 짓고 있는 사내의 눈 밑에는 물기가 축축하게 어려 있었기 때문이었다.
  순간 그는 심정이 아득해지는 것을 느꼈다. 그것은 분명 빗물에 의한 것이 아니었다. 그는 끝없이 까마득하게 떨어져내리고 있었다.
  "그럼 편히 쉬시오."
  이윽고 사내는 삽을 끌며 그에게서 멀어져갔다. 그는 그 자리에 우뚝 선 채 우산을 뒤로 젖혔다. 빗방울들이 까불거리며 그의 얼굴 위로 함부로 뛰어내리고 있었다.

책의 표지가 완성되던 날, 사무실 안의 모든 사람들은 나방과 사람이 맞물려 있는 그 그림을 들여다보며 하나같이 만족해하는 표정을 짓고 있었다. 안희석은 나방과 여인의 벗은 몸 사이의 경계선을 교묘하게 뭉개어놓는 한편, 양쪽의 존재 사이에 구조적인 유사함을 강조해놓음으로써, 보는 이들로 하여금 마치 두 존재 사이에 유전자적 합성이 이루어져 있는 듯한 느낌을 받게끔 만들어놓은 것이었다.

그날 저녁에 나는 안희석과 그외의 몇몇 동료들과 함께 조촐하게나마 기념을 하기 위해 식사를 하게 되었고, 한지연도 연락을 받고서 조금 늦게 그 자리에 나왔다. 음식을 드는 동안 나는 몇 번이고 그녀에게 술을 권했다. 그러나 그녀는 그때마다 번번이 내 잔을 단호하게 물리치다가 마침내 이렇게 말했다.

"오늘밤은 술을 마시면 반드시 악몽이 찾아올 것 같아서 사양하겠어요."

그러나 나는 그녀의 말을 믿지 않았다. 악몽이 그녀의 존재를 넘본다니. 우리 모두 꿈조차 꾸지 못하고 있는데, 어찌 감히 악몽을 꿀 수 있다는 말인가. 하지만 여하튼 나는 더 이상 그녀에게 잔을 권하지 않았다.

그날 그녀는 공교롭게도 내 곁에 앉아 있었다. 음식을 먹고 술을 마시고 하던 중에, 어느 순간 문득 나는 나의 오른쪽 팔이 팔목부터 팔꿈치에 이르기까지 그녀의 왼팔에 닿아 있는 것을 발견했다. 나는 그 미지근한 느낌에 놀라 그녀를 바라보았으나, 그녀는 그런 사실을 의식하지 못하고 있는지, 아니면 그런 정도의 일에는 아랑곳하지 않는 것인지, 앞자리에 앉아 있는 사람과 유쾌하게 이야기를 나누고 있었다.

너무도 자연스런 그녀의 태도로 인해 나 또한 선뜻 팔을 치우려던 생각을 거두었다. 그 대신 나는 내게 닿아 있는 그녀의 팔을 물끄러미 내려다보았다. 그러다가 거의 무의식중에 나는 왼손을 들어 그녀의 오른쪽 팔을 부드럽게 어루만지기 시작했다. 그러나 분명 내 손의 감촉을 느꼈을 것임에도 불구하고 그녀는 여전히 아무런 반응도 보이지 않고 있었다.

그녀의 팔을 쓰다듬던 나의 손길은 차츰 더욱 대담해지고 있었다. 그러면서 언젠가부터 나는 그녀의 팔을 만지면서 내가 내 팔을 만지고 있는 것과 똑같은 느낌을 받고 있었다. 그것은 놀라운 느낌이었다. 내가 만지는 것은 명확히 그녀의 팔이었지만, 동시에 그것은 그녀의 팔이 아니라 나 자신의 팔이었다. 깁스를 푼 그녀의 팔은 여전히 나뭇가지처럼 가늘었고, 그 팔의 감촉은 나로 하여금 '내 몸이 여위었구나' 하는 생각을 일으키고 있는 것이었다.

더욱이 그때 나는 그녀도 나와 똑같은 감각을 느끼고 있고 나와 똑같은 생각을 하고 있음을 확신하고 있었다. 그녀는 나의 손길을 느끼면서 자신이 내 팔을 만지고 있는 듯한 느낌을 받을 것이었다. 비록 그녀가 다른 쪽으로 시선을 두고 있긴 해도, 그녀의 마음의 눈은 분명 내 팔을 물끄러미 내려다보고 있을 것이었다.

말하자면 나의 손은 그녀의 팔의 꿈을 꾸고 있었고, 그녀 또한 나의 손길로 자신의 꿈을 대신하고 있었다. 나는 점점 더 깊이 멍한 상태로 빠져들었다.

그때 결국 그녀가 슬그머니 팔을 거둬들였고, 그제서야 언뜻 정신을 차리고서 고개를 들던 나는 착잡한 표정으로 나를 응시하고 있는 안희석과 시선이 마주쳤다.

자리를 파하고 밖으로 나왔을 때, 우리는 자리를 옮겨서 한잔 더 할 것인가를 놓고서 잠시 망설이다가 그냥 각자 헤어지기로 의견의 일치를 보았다. 우리들 중에서 가장 먼저 한지연이 자신의 검은색 소형차를 몰고서 그곳을 떠났다. 며칠 전부터 그녀는 다시 직접 운전을 하고 있었다. 안희석이 그 뒤를 따랐고, 다음으로 내가 나머지 두 사람과 작별을 나눈 후에 차에 올랐다.

운전을 하기 위해 술 마시기를 자제했던 탓에 취기를 느낄 정도는 아니었지만, 그날 첫 사거리에서 신호등에 걸렸을 때, 나는 다시금 멍한 상태에 빠져들어 넋을 놓고 있다가 급기야 뒤차의 경적에 놀라 급하게 차를 출발시켜야 했다.

두번째 신호등 앞에 이르렀을 때, 갑자기 차량의 통행이 통제되더니 붉은 등을 번쩍이는 두 대의 앰뷸런스가 요란하게 경보음을 울리며 사거리를 대각선으로 통과하여 달려갔다.

그 모습을 본 순간 나는 갑자기 밑도끝도없는 불길한 예감에 휩싸였다. 나는 더 이상 아무 생각도 할 것 없이 곧 차를 출발시켜 그 앰뷸런스들의 뒤를 따랐다. 그리고 얼마 가지 않아서 나는 앞차들과 거의 동시에 사고 현장에 이르렀다. 나는 인도 쪽으로 차를 붙여서 세워놓고는 사람들이 모여 있는 곳을 향해 달려갔다.

사람들과 차들이 한데 뒤섞여 혼잡을 빚고 있었고, 그 속을 비집고 달려가는 나의 시야 속에서 주변의 풍경이 휙휙휙 빠른 속도로 움직이고 있었다. 그 단편적인 장면들의 겹쳐짐 속에서 나는 검은색 소형차와 그녀의 짧은 머리카락을 포착하기 위해 이리저리 고개를 돌렸다.

얼마 후, 마침내 나는 그녀의 자동차를 발견했다. 번호가 츠 3으로 시작되는 것으로 보아 그녀의 것이 분명한 그 차는 그러나 다행히 아무런 손상도 입고 있지 않았다. 그리고 곧 나는 그곳에서 그리 멀지 않은 곳에서 한지연이 사람들의 어깨 너머로 고개를 들이밀고서 사고가 난 차량들과 부상을 당한 사람들을 보기 위해 애쓰고 있는 모습을 찾아낼 수 있었다.

내가 가까이 다가가서 옆에 붙어설 때까지도 그녀는 넋을 잃고 그 아수라장을 바라보느라 나의 존재를 의식하지 못하고 있었다. 나는 잠시 머뭇거리다가 그녀의 이름을 불렀다. 내 목소리가 제법 컸음에도 불구하고, 그녀는 듣지 못한 채 사람들 속에 끼여서 계속하여 고개를 위로 뽑고 옆으로 돌리는 데에만 열중하고 있었다.

그녀의 정신은 사고 상황 자체를 눈에 담는 데에 완전히 쏠려 있었다. 그 모습을 보면서 나는 그녀의 머릿속에서 나방 한 마리가 붕붕거리고 있다는 인상을 받았다. 그녀는 현실을 벗어나서 꿈속에 잠겨 있는 것이었다. 그러나 그 꿈은 나방의 날갯짓처럼 소리만 요란할 뿐, 현실로부터 한치도 날아오르지 못하고 있었다. 나는 그 꿈없는 그녀의 꿈으로부터 그녀를 깨어나게 해주고 싶었다. 나는 그 꿈 아닌 꿈으로부터 그녀를 깨어나게 해주어야 했다.

나는 그녀의 두 팔을 잡고서 그녀의 상체를 내 쪽으로 돌렸다. 한 줌 정도의 여윈 두 팔이 내 손아귀에 들어왔다. 그러자 그제서야 나의 존재를 발견한 그녀는 깜짝 놀란 표정을 짓더니 갑자기 잠에서 깨어난 자의 멍하고 당황한 시선으로 주위를 돌아보았다. 그리고는 순식간에 얼굴을 벌겋게 붉히면서 내 손에서 몸을 빼냈다.

그리고는 아무 말 없이 휙 몸을 돌려 사람들 틈에서 벗어나더니 곧장 자신의 자동차 쪽으로 걸어가기 시작했다. 나는 어느 정도의 거리를 유지하고서 그녀의 뒤를 따랐다. 그녀는 부끄러워하고 있었다.

자동차 앞에 이른 그녀는 잠시 걸음을 멈추고 우뚝 섰다가 이내 다시 몸을 움직여 문을 열고 차에 올랐다. 그리고는 곧 시동을 걸고서 경찰들의 통제를 받아 한 줄로 나아가고 있는 차량들의 행렬 속으로 끼여들어갔다. 나는 그 자리에 선 채 차창 너머로 오랫동안 그녀의 옆모습을 바라보며 서 있었다. 그러나 그 짧지 않은 시간 동안 그녀는 한 번도 내 쪽으로 고개를 돌리지 않았다.
 꿈을 꾸고 있지 않다는 생각만으로는 꿈을 꿀 수 없었다. 꿈을 꿀 수 없는 한 그로 인해 악몽이 찾아드는 일조차 없었다. 나는 멀쩡히 살아 있는 그대로 뇌사 상태에 빠져들어 있었다. 그런 탓에 의식이 없는 와중에도 음식물을 취하고 호흡을 하고 배설을 하듯이, 나의 움직임과 나의 생각은 나 자신의 것이 아니라, 나의 육체, 혹은 이 세상이라는 육체에 전적으로 속하는 것이었다. 그리고 그런 사정은 그녀 또한 마찬가지였다.

17

 그가 잠에서 깨어났을 때에는 이미 다시 저녁이 되어 있었다. 시간은 끊임없이 흐르고 있었다. 시간이라는 존재는 무엇인가를 앞으로 떠미는 일밖에는 하지 못하는 개똥벌레 같은 것이었다. 그것에게는 자기의 구멍을 향해 먹이를 굴리는 일 외에는 관심이 없었으며, 그러고 보면 그 시간이라는 개똥벌레는 참으로 가련한 존재인 셈이었다.
 물론 그는 그 개똥벌레에 의해 끝없이 떠밀리다가 급기야 어느 순간 죽음이라는 굴 속으로 굴러떨어지고 말 것이었다. 하지만 그 개똥벌레로 말미암아 죽음이 목전에 있다는 사실을 다시금 섬뜩하게 깨닫게 됨에도 불구하고, 그래도 매순간 그는 그 시간이라는 존재에 대해 한없는 연민을 느끼지 않을 수 없었다.
 언젠가부터 그는 시간이 그렇듯 한시도 쉬지 못하고 그를 떠미는 행위 자체가 너무도 헛된 도로에 불과하다는 생각을 가지고 있었다.

그런 탓에 그는 떠밀리면서도 자신을 떠미는 그 존재를 가여워하지 않을 수 없었다. 인간이 일단 그렇듯 시간이라는 개똥벌레에 의해 떠밀리고 있음을 스스로 의식하고 나면, 그때부터 그 개똥벌레가 떠미는 것은 바로 자기 자신일 뿐이기 때문이었다.
 전등을 켰을 때, 그는 탁자 위에 편지봉투 하나가 놓여 있는 것을 발견했다. 아마도 창고의 주인이 가져왔다가 그곳에 놓고 간 모양이었다.
 봉투를 집어들고서 머리 쪽을 뜯은 그는 안에 든 흰색 편지지를 천천히 밖으로 끌어냈다. 한지연의 가늘고 창백한 팔이 조금씩 그의 눈앞에 드러나고 있었다.

 오늘 아침 나는 베란다 앞에 앉아서 깁스를 했던 팔을 무심히 들여다보고 있었습니다. 그때 문득 나는 내 팔이 가늘고 둥글게 빚은 사기그릇 같다는 생각을 하였습니다. 그러자 살갗 위로 두드러지게 드러난 정맥들이 내 눈에는 푸른색 균열들처럼 보였습니다. 그 순간 나는 나도 모르게 중얼거렸습니다.
 사기로 된 내 몸에 균열이 생겼구나. 그 균열이 인간 몸의 정맥처럼 온몸으로 퍼져나가고 있구나. 내 몸은 사기그릇의 일부일 뿐이고, 그 위에 상처만이 살아 있는 것이구나.
 그런 생각에 나는 내 심장도 여러 갈래로 금이 가는 것을 느끼고 있었습니다. 내 팔이 부러졌던 것도 사실은 그래서였습니다.
 하지만 지금 내 팔은 다시 붙어 있습니다. 다시는 붙지 못할 사기 조각 같던 그것이 균열을 감추고 상처를 안으로 삼키고서 원래의 모습으로 돌아와 있습니다. 방금 나는 내 팔에서 균열과 상처를 본 것이 아니라, 상처가 아물어들고 균열이 사라지는 것을 지켜본 것이었습니다.

당신을 면회갔을 때, 매번 아무 말도 못하고 당신을 바라보기만 했던 것에 대해 미안하게 생각합니다. 그때 나는 내 상처 속에 들어앉은 채 단지 당신이 빨리 풀려날 수 있게 하는 것만을 생각하고 있었습니다. 그 동안 나는 당신을 용서할 마음은 가지고 있었지만, 이해할 수 있는 자신은 없었습니다. 그런 탓에 나는 어쩔 수 없이 자주 당신에게 화가 나는 것을 느꼈고, 당신을 마지막 만났을 때에는 결국 그 화가 하찮은 오해와 겹쳐져서 폭발하고 만 것이었습니다.

그 동안 내 목 안은 항상 비명들로 가득차 있었습니다. 그것이 내가 한번도 시원하게 웃을 수 없었던 이유이기도 하고, 하고 싶은 말도 제대로 못했던 이유이기도 합니다. 입을 열면 그 비명들이 터져나올 듯했기 때문이었습니다.

하지만 지금 나는 하고 싶은 말을 하지 않을 수 없습니다. 나는 그곳에 머물러 있는 당신이 여전히 갇혀 있다는 느낌을 떨칠 수 없습니다. 당신은 감옥에서 정신병원에서, 이제 외딴집으로 옮겨져 있는 셈입니다. 하지만 당신이 언젠가 내게 말했듯이, 이제 우리는 욕망이 채워지고 욕정이 끝났을 때의 환멸감까지 사랑해야 하지 않을까요.

그 동안 나는 자주 내 몸을 물건들의 일부로 여겨왔습니다. 그런 탓에 나는 때로 그것들을 부숴버리고 싶은 충동에 사로잡히곤 하였습니다. 하지만 지금 나는 당신이 말한 그믐이라는 것이 무엇인지 막연하게나마 알 듯합니다. 이제 나는 그것을 똑바로 바라보고 난 듯한 느낌을 받고 있습니다. 똑바로 바라볼 수 있게 되었으니 그 속을 통과하는 것도 결코 불가능한 일은 아닐 것입니다. 우리가 우리 몸에 균열이 생기는 것을 무릅쓰고서 그 속을 통과하게 되면 이제 우리 쪽에서 그 그믐에 균열이 가게 하는 것이 될 것입니다.

그러나 당신이 그곳에 머물러 있는 한, 언제까지고 내게는 당신 또한 그믐의 일부로 여겨질 것입니다.

　선 채로 편지를 읽던 그는 도중에 읽기를 중단하고서 주위를 돌아보았다. 그는 갑자기 자기 쪽에서도 그녀에게 글을 쓰고 싶은 충동을 느끼고 있었다. 그러나 어디에도 편지지로 쓸 만한 종이는 보이지 않았다.
　그는 만년필을 뽑아들고서 의자 위에 앉았다. 그리고는 그녀의 편지를 뒤집어 탁자 위에 펼쳐놓고서 그 위에 빠른 속도로 글을 써나가기 시작했다.

　이제 내가 달리 무슨 할말이 있겠습니까. 하지만 이곳에 유폐된 상황에서 편지를 쓰는 것 외에 내가 할 수 있는 일이 달리 무엇이 있겠습니까. 그러니 편지에 쓸 말도 없으면서 편지를 쓰는 일밖에 달리 할 일이 없는 마당에 내가 못 할 말은 또 무엇이 있겠습니까.
　나는 언젠가부터 내가 아무런 꿈도 꾸고 있지 않음을 깨달았습니다. 꿈에 대해 연구한 사람들의 말에 의하면, 우리는 잠을 자는 동안 매일 많은 꿈을 꾸지만, 깨어나는 순간 그 꿈들의 대부분을 잊어버리는 것이라고 했습니다. 그러나 지금 나는 내가 밤 동안에 꾼 꿈을 기억하지 못하는 것이 아니라, 애초에 아무런 꿈도 꾸고 있지 않는 것임을 확신하게 된 것입니다.
　언젠가부터 나는 깨어 있는 동안에 자주 의식의 공백, 이를테면 정신의 블랙 홀 같은 것에 빠져들고 있었습니다. 처음에 나는 수시로 머릿속이 멍해지는 상태에 접어들었다가 잠시 후에야 정신을 되찾게 되면서 왜 그런 현상이 내게 찾아오는지 이해할 수 없어 난감해 했습니다. 하지만 아시다시피 평소의 내게 격정적이거나 열렬한 면이 없었던 것은 아니었습니다. 그러나 내가 아무리 격정적이고 열렬한 면을 내보일 때라 하더라도, 그 순간 내가 멍한 상태, 의식의 뇌사 상태 속에 들어 있기는 마찬가지였습니다.
 그러다가 얼마 후에야 나는 그런 현상이 내가 밤에 전혀 꿈을 꾸지 않기 때문에 비롯되는 것임을 알게 되었습니다. 그런 생각이 들 때마다 나는 당황해하는 마음으로 주위를 돌아보았습니다. 각진 책상, 세련된 디자인의 의자, 둥근 플라스틱 통에 뾰족한 바늘들처럼 빽빽하게 꽂혀 있는 필기구들, 사물들의 윤기를 더해주는 전기 스탠드의 불빛, 대형 유리창을 뒤덮은 블라인드. 그리고 그때마다 나는 가슴이 덜컥 내려앉고 말았습니다. 적어도 내게 있어서는 그런 공간 속에서 꿈을 꾼다는 것이 영원히 불가능하게 느껴지곤 했던 것입니다.
 안타깝게도 그것은 악몽조차도 아니었습니다. 내가 무엇인가를 느끼고 경험하고 상상한다 해도, 그것은 방금 죽은, 혹은 뇌사 상태에 빠진 한 인간의 두개골 내벽에 미지근한 온기로 남아 있는 생명에의 기억 같은 것에 불과했습니다. 하지만 매번 나는 그 이상은 아무것도 생각할 수 없었습니다. 생각이 거기에까지 이르게 되면, 매순간 나라는 존재는 전파 방해를 받는 티비 화면처럼 지지직거리며 모습이 흔들리다가 탁 소리와 함께 화면이 꺼지듯 사라져버리곤 했기 때문이었습니다.
 그러던 중에, 달도 뜨지 않고 습기를 머금은 도시의 스모그에 의해 별마저 보이지 않던 어느 그믐날 밤, 나는 오히려 내가 편안함을 느끼고 있음을 알았습니다. 그 어둠 속이야말로 내 정신에게 가장 어울리고, 내 정신과 가장 흡사한 공간이었습니다. 그 칠흑 같은 밤의 시공간 속에서 내 정신은 검은색 털을 가진 늑대처럼 스스로도 이해할 수 없는 열기에 들떠 지상의 모든 구석을 쏘다니고 있었습니다.

그때부터 나는 내 정신의 그믐 속으로 몰입해 들어가고 있었습니다. 그 무렵에 내가 달력이 넘어갈 때마다 그믐에 해당되는 날짜에 표시를 하기 시작한 것은 말하자면 정신의 그믐 속에 빠져들어 꿈을 꾸지 못하는 내가 유일하게 꿈을 꾸는 행위였습니다. 나는 매달 그믐이 되기를 기다리고 있었던 것입니다.

그날, 나는 내가 함정에 빠졌다는 사실을 분명히 인식하고 있었다. 하지만 또한 나는 분노하고 있었다. 그날 밤 늦게 나는 한지연의 집을 방문했다. 그녀가 차를 타고 사고 현장을 떠나고 난 뒤, 나는 다시금 몸과 마음이 멍한 상태에 빠져들어서 어둠 속을 배회해야 했다. 그러다가 결국 그녀가 살고 있는 아파트 건물 앞에 이르렀을 때, 더 이상 아무런 생각도 하지 못한 채 그녀의 아파트 문 위에 붙어 있는 초인종을 눌렀다.

잠시 후, 한지연의 것이 아닌 낯선 목소리가 문 안쪽에서 누구냐고 물었다. 이윽고 문이 열렸을 때, 내 앞에는 목소리만큼이나 낯선 외모의 여인이 버티고 서 있었다. 한마디로 그녀는 한지연과는 비교가 되지 않을 정도로 몸이 뚱뚱했고 다듬지 않은 긴 머리카락이 어깨 위로 함부로 흘러내려 있었다.

"내 동생이에요."

그때 몹시 당황한 얼굴을 하고서 그녀의 옆으로 모습을 나타낸 한지연은 짧게 소개의 말을 하고서 나를 안으로 들어오게 했다. 나는 그녀가 나의 예고 없는 방문으로 인해 화가 나 있다는 것을 알 수 있었다. 내가 어색하게 발을 옮기는 동안 그녀의 여동생은 무뚝뚝한 표정으로 나를 바라보다가, 휙 몸을 돌려 자신의 방으로 들어가버렸다.

그녀는 청소중이었는지 머리에 머플러를 쓰고 있었다. 전기 청소기가 거실 바닥에 그대로 누워 있었고, 빨려고 내놓은 듯 시트 몇 장이 둘둘 말린 채 구석에 처박혀 있었다.
 그녀는 나를 소파에 앉게 하고서, 자신도 내 앞에 앉았다. 아무 말 없이 서로 마주보고 앉은 채 한동안 시간을 흘려보내고 난 후에, 비로소 그녀는 방금 전에 나를 대하던 자신의 태도에 대해 스스로 미안함을 느꼈는지 술 한잔 하겠느냐고 물었다.
 그녀가 양주와 물과 잔이 담긴 쟁반을 소파 앞의 탁자 위에 내려놓을 때, 무선 전화기의 벨이 울렸다. 흠칫 놀란 그녀는 곧 그런 기색을 애써 감추면서 전화기를 집어들고 베란다 쪽으로 걸어갔다. 그리고는 나를 의식하면서 목소리를 낮추어 무어라고 말을 하기 시작했다.
 나는 잔에 술을 따르고서 반씩 나누어 마셨다. 전화 통화는 끊길 듯 끊길 듯하면서 계속 이어지고 있었다. 내가 세 잔째 술을 마셨을 때, 그녀가 갑자기 크고 빠른 목소리로 말했다.
 "권태라구요? 당신이 내게 권태라는 것도 허락해주는 남잔가요?"
 그리고는 그녀는 곧 전화를 끊고서 벽 쪽으로 걸어가더니 전화 플러그를 뽑아버렸다. 그 모습을 보는 순간 나는 갑자기 얼굴이 뜨겁게 달아오르는 것을 느꼈다. 그녀는 내 쪽으로 등을 돌린 채 창밖을 내다보며 가만히 서 있었다.
 나는 그녀가 스스로 안정을 찾도록 자리를 비켜주기 위해 몸을 일으켜 욕실로 들어갔다. 불을 켜는 순간 노란색 플라스틱 통에 빽빽하게 꽂혀 있는 칫솔들이 제일 먼저 눈에 들어왔다. 두 사람이 쓰는 집치고는 너무 수가 많은 그 칫솔들은 각기 나를 향해 아우성을 치고 있었다. 그 일상의 죽음들, 삶의 복병들.
 나는 찬물을 틀어서 대충 얼굴을 씻고 나서 한동안 거울을 들여다보며 서 있었다. 그리고는 욕실을 나서기 전에 그냥 변기의 물갈음

레버를 눌렀다. 그 순간 쏴 하며 온 집안이 떠내려갈 듯한 소리가 일어났다.

내가 물길에 휩쓸리듯 조금은 황망한 마음으로 욕실에서 나왔을 때 그녀는 머리를 감싼 머플러를 다시 단단하게 여미고 있었다. 그때 나는 잠깐 벌어진 머플러 틈 사이로 그녀의 관자놀이 위쪽에 붕대 같은 것이 네모로 접혀져서 반창고에 붙어 있는 것을 보았다.

깜짝 놀란 내가 그녀에게로 다가가자 그녀는 재빨리 머플러를 여몄다. 내가 굳어진 표정으로 그녀를 내려다보고 서 있자, 자신의 상처를 들켰음을 눈치챈 그녀는 아까 전화에 대고 하던 것과 똑같은 말투로 내게 말했다.

"상관없어요. 그러니 박선생님도 상관하지 말아요. 상관없는 일 아니에요? 다른 사람들 일에 그렇게 일일이 상관하고 다니나요?"

그 순간 나는 분노하고 말았다. 나는 적어도 어떤 것들이 내 의식 속으로 끼여들어 내 속에 그믐을 만들어놓는지 알게 된 것이었다. 그러나 그때 나의 그 분노의 감정은 내 분노를 이해해줄 수 있는 유일한 존재였던 그녀를 향해 있었다. 그런 탓에 나는 함정에 빠져 있는 것이었다. 나는 두 방향으로 갈라지는 철로 위에 서 있었다. 저 앞에서 기차가 빠른 속도로 달려오고 있었다. 그것에 깔리지 않으려면 나는 그 기차의 방향이 아닌 선로를 알아내어 그 위로 몸을 피해야 했다.

나는 그녀에게로 걸어가서 머플러를 벗기려 하였다. 그러자 그녀는 얼굴을 심하게 찡그리며 내 손길을 막았다. 그러나 나는 나의 행동을 멈출 수가 없었다. 내 머릿속에서는 오래 전부터 그 속에 갇혀 있던 나방이 마지막 힘을 다하여 날개를 퍼덕거리고 있었다.

머플러가 벗겨지고, 붕대가 떨어져나가고, 피가 엉겨붙은 상처가 드러났다. 그리고 곧 나는 사나운 기세로 내게 덤벼들어 내 가슴을 움켜쥐는 그녀의 목을 조르기 시작하고 있었다. 나는 아무런 생각도 하지 못하고 있었다. 나는 나방이 되어 내 몸에 붙어 있는 또 한쪽의 인간의 몸을 조이고 있었다. 나의 바로 앞으로 한없이 긴 기차가 요란한 소리와 세찬 바람을 일으키며 달려가고 있었지만, 나는 실제로는 아무것도 못 느끼면서 멍하니 서 있을 뿐이었다.

그녀의 가는 두 팔은 끊임없이 내 손을 목에서 풀어내기 위해 안간힘을 썼다. 그러나 나의 손길은 너무도 단호했다. 심지어 나는 그녀의 저항과 싸워야 한다는 생각보다는, 어서 당장 이 상황을 끝내버려야겠다는 조바심만을 느끼고 있었다. 그녀의 저항이 본능적이고 동물적이 되어갈수록, 나는 점점 더 큰 동물적인 슬픔을 느끼고 있었다.

그때 무엇인가가 내 뒤통수를 강하게 내리쳤다. 누군가가 뒤에서 나를 공격한 것이었다. 내가 손에서 힘을 풀자 이미 반쯤 무너져내리고 있던 그녀가 먼저 바닥에 털썩 쓰러졌고, 나 또한 의식을 잃으면서 그녀의 몸 위로 넘어졌다. 나는 집 안에 살찐 팔을 가진 그녀의 여동생이 있다는 사실을 잊고 있었던 것이었다.

18

그는 가급적 낮에는 졸음에 취하듯 무위와 무기력함 속에 잠겨 있으려 하였고, 대신 밤에는 온갖 생각들이 자신의 머릿속을 넘나들도록 내버려두었다. 그리하여 그는 밤에 의해 어두워진 마음으로 환한 낮을 보낼 수 있었고, 낮에 의해 벗겨진 어둠으로 밤을 보낼 수 있었다. 그것이 그가 그곳에서 낮과 밤을 보내는 방법이었다.

잠이 들어 있을 때 그는 천장 쪽에서 따다닥거리는 소리가 제법 크게 울리는 것을 듣고서 눈을 떴다. 그리고는 주의 깊게 천장을 올려다보았다. 하지만 그로서는 자신이 실제로 잠에서 깨어난 것인지 아니면 꿈을 꾸고 있는 것인지, 눈을 뜨고 있는 것인지 아니면 여전히 감고 있는 것인지조차 분간할수 없었다.
 그 소리는 곧 다시 들려왔다. 그러자 이번에는 실제로 그 소리가 들려오는 것인지 아니면 머릿속에서 환청이 들리고 있는 것인지를 알 수 없게 되었다. 들린다고 생각하면 실제로 그러하고, 들리지 않는다고 생각하면 또한 실제로 그러한 그 소리. 개들까지도 놀라켜서 쫓아버렸을지도 모르는 그 소리.
 그러나 그는 불안정한 기류로 인해 심하게 요동치는 비행기 안에 들어 있듯 자신의 잠속에 갇혀 있었다. 그곳에서 그는 인간의 냄새에 취해, 그 자신도 인간의 냄새, 그 악취를 풍기며 바닥에 누워 있었다.
 누군가가 곡괭이질을 하는 소리. 곡괭이의 날이 바닥에서 굴러다니고 있는 해골의 눈구멍에 깊이 박히는 소리. 두개골 부서지는 소리. 개들이 달아나는 소리.
 그는 자신의 오른쪽 눈을 감싸쥐면서 벌떡 몸을 일으켰다. 바깥은 아직 환한 낮이었다. 침대를 벗어난 그는 이불을 몸에 둘둘 감고서 다시 의자 위에 주저앉았다. 비는 잠시 그쳐 있었다. 이제 마침내 그곳을 떠날 때가 가까워진 것이었다.
 잠시 후, 그는 몸에서 이불을 풀어내어 침대 위에 개켜놓고서 창고 밖으로 나갔다. 그리고는 떠나기 전에 창고 주인을 만나기 위해 오두막 쪽으로 통하는 경사면을 따라 아래로 내려갔다.
 얼마 가지 않았을 때, 그는 그곳에서 개들의 모습을 다시 발견할 수 있었다. 멀리서 보기에 저번처럼 그들은 빗물이 고여 있는 진흙탕 위를 철벅거리며 이리저리 뛰어다니고 있었다. 그때 그는 그들의 거친 움직임 한가운데에서 어떤 길쭉하고 희끄무레한 것이 그들의 이빨과 발톱의 공격을 받으며 마구 굴러다니고 있는 것을 보았다.

좀더 가까이 다가간 후에야 그는 그것이 사람임을 알아볼 수 있었다. 그리고 확신할 수는 없었지만, 가는 체구와 회색 점퍼로 미루어 보아 그 사람은 심장병에 걸렸다는 사십대 사내임을 짐작할 수 있었다.

그 순간 그는 자기도 모르게 크게 소리를 지르며 그들을 향하여 언덕을 뛰어내려갔다. 그러자 저번에 그의 가방을 물어뜯던 때와 마찬가지로 그들은 갑자기 나타난 방해자에 놀라 동시에 움직임을 멈추었다. 그리고는 잠시 주위를 돌아보더니 일제히 몸을 돌려 그곳을 떠나 언덕을 넘어 사라졌다.

그는 흙탕물을 튀기면서 쓰러져 있는 사내에게로 달려갔다. 그가 가까이 다가섰을 때 사내는 스스로 어렵게 몸을 일으켰다. 사내의 얼굴은 피투성이였고, 옷은 여러 군데가 붉게 물든 채 찢겨져 있었다. 그는 어찌할 바를 몰라 두 손을 쳐들어 사내를 부축하려 하였다. 그러나 사내는 자신의 두 손으로 그를 저지하는 몸짓을 취하며 몇 걸음 뒤로 물러섰다. 그러다가 갑자기 몸을 돌려서 나무들 사이로 빠져 길도 없는 경사진 언덕을 따라 뛰어내려가기 시작했다.

그는 두 손을 늘어뜨린 채 사내의 뒷모습이 나무 줄기와 가지들 사이에서 조금씩 찢기고 부서지며 차츰 흔적도 없이 사라지는 것을 지켜보고 있었다. 사내는 다시금 자신의 악몽 속으로 달아나고 있는 것이었다.

그때 그는 자신이 두목 개가 묻힌 곳 옆에 서 있다는 사실을 깨달았다. 바닥은 반 정도의 깊이까지 파헤쳐져 있었고, 그 옆에 삽이 하나 버려져 있었다. 그는 천천히 몸을 굽혀서 그 삽을 집어들었다.

저녁 시간이 다 되어 정신병원을 나오던 날, 나는 한지연이 정문 앞에서 나를 기다리고 있을지도 모른다고 막연하게 기대하고 있었다. 그러나 나를 맞은 것은 안희석 혼자였다.

그와 내가 말없이 함께 걸어서 주차장에 이르렀을 때, 나는 그곳에 나의 자동차가 서 있는 것을 발견했다. 그의 세심한 배려에 고마움을 느낀 나는 공연히 감상적이 되어 어디론가 잠시 떠나 있으면 좋겠다고 그에게 말했다.

그러자 뭔가 할말을 참고 있는 듯하던 안희석은 기다렸다는 듯이 내게 자신의 명함과 함께 약도 한 장과 봉투 하나를 내밀었다. 그리고는 내가 원한다면 그냥 지금 당장이라도 약도에 그려진 곳으로 갈 수 있다고 말했다. 명함 속의 그곳에는 먹는 것과 자는 것을 해결할 수 있는 빈집이 있고, 그곳의 주인에게 자신의 명함만 보여주면 언제까지고 그곳에 머물 수 있게 해주리라는 것이었다.

약간 얼떨떨해진 나는 그에게 서울을 떠나기 전에 잠깐 동안이라도 한지연을 만나고 싶다고 하였다. 그러자 안희석은 조금 당황해하면서 그럴 필요가 어디에 있느냐고 말했다. 그는 나로 하여금 그런 번거롭고 불필요한 만남을 피할 수 있게 하기 위해 이미 나의 하숙집에 들러 여행 가방을 챙겨서 자동차 속에 넣어두었다는 것이었다.

순간 나는 안희석이 바라는 바가 무엇인지 알 수 없었다. 하지만 나는 그의 말에 동의하지 않을 수 없었다. 이제 와서 그녀를 만난다고 하여 새삼스레 무얼 어쩔 것이고 무슨 말을 할 것인가.

그러나 나는 그녀에게 최소한 전화라도 걸어야겠다고 그에게 말했다. 나의 자동차가 그곳에 놓여 있다는 사실에 처음에는 고마움을 느꼈지만 갑자기 그 모든 상황들 속에서 나는 어딘가 심상치 않은 구석이 있음을 감지했기 때문이었다.

안희석은 더 이상 아무 말도 하지 않고서 공중전화기 쪽으로 걸어가는 나의 뒤를 따라왔다. 전화를 받은 것은 그녀의 비만한 여동생이었다. 한지연을 바꿔달라는 나의 말에 대한 그녀의 대답은 너무도 간단했다. 아파요. 지금 많이 아파요.
 잠시 할말을 잊었다가 다시 말을 이으려 하자 통화가 끊기는 소리와 함께 뚜뚜뚜 하는 신호음이 들려왔다. 나는 머릿속이 뜨겁게 타오르는 것을 느끼며 다시 그녀의 전화번호를 눌렀다. 그러나 계속하여 통화중 신호가 울릴 뿐이었다.
 나는 더 이상 아무것도 생각할 수 없었다. 서둘러 나의 자동차 쪽으로 되돌아가는 나의 뒤를 안희석이 다시 따라왔다. 내 생각을 짐작한 그가 내 팔을 잡고서 말했다.
 "그 여자를 만나러 가는 건 좋지만, 그전에 내 말을 들어두라구. 그동안 한지연은 사고를 당한 게 아니었어. 사고 때문에 팔이 부러지고 머리가 깨진 게 아니었다구. 그 여자는 자해를 한 거야. 자기 스스로 자기에게 그런 짓을 한 거란 말이야. 그게 그 여자가 세상과 자기 자신에게 복수를 하는 방법이었다고 내게 말하더군. 그러니 그 여자를 그냥 내버려둬. 박형이 가면 또 무슨 짓이 벌어질지 아무도 모르는 거야."
 그 말을 듣는 순간, 나는 몸의 움직임을 멈추었다. 그녀가 자해를 한 것이라면, 그렇다면 나는 그녀의 목을 조름으로써 나 자신에게 자해를 한 것이었다. 그녀가 한 행동이나 내가 한 행동은 피차 다를 바가 아무것도 없었다.
 그때 안희석이 내게 무어라고 계속 말을 하려 하였지만 나는 그의 손을 뿌리치고서 차에 올라탔다. 그리고는 급하게 후진을 하여 주차장을 벗어나서 내처 그녀의 집을 향해 달려갔다.
 어리석은 것. 나는 어두워져가는 밤거리를 노려보며 중얼거렸다.

그러나 그 말은 한지연과 나 자신을 동시에 지칭하는 말이었다. 어리석은 것. 나와 그녀는 각기 반쪽의 몸으로 서로에게 연결되어 있는 것이었다.
　초인종을 누르고 났을 때 예상했던 대로 여동생의 목소리가 누구냐고 물었다. 내가 아무 대답도 하지 않자 문이 빠끔히 열렸다. 순간 나는 손에 힘을 주어 문을 밀었다. 그러나 덜컥 소리를 내며 안전 고리에 걸려버린 문은 더 이상 안으로 밀리지 않았고, 그 틈으로 여동생이 얼굴을 내보였다. 그녀는 그럴 줄 알았다는 듯이 얼굴 가득 득의의 미소를 짓고 있었다.
　나는 다시금 터져나오려 하는 분노의 감정을 간신히 다스리며 문을 열어달라고 말했다. 그러자 그녀는 말없이 고개를 저었다. 경찰을 부르겠어요. 나는 잠깐이면 된다고 말했다. 그러나 대답은 마찬가지였다. 경찰을 부르겠어요. 그리고는 문이 쿵 소리를 내며 닫혔다. 나는 견고한 벽의 일부가 되어버린 문에 대고서 말했다. 잠시 후에 멀리 떠날 생각이오, 그러기 전에 언니에게 몇 마디 할말이 있어요, 나는 당신이나 언니를 조금도 미워하지 않아요, 그냥 얼굴만이라도 보게 해줘요.
　말을 마치고 난 나는 문에 이마를 기대고서 한동안 꼼짝도 않고 있었다. 나는 그녀가 안쪽에서 문에 달린 구멍 속의 렌즈를 통해 나의 동정을 살피고 있음을 알고 있었다. 그녀는 몸이 크고 머리가 단순한 만큼 마음도 약할 것이었다.
　내가 오랫동안 미동도 하지 않고서 같은 자세를 유지하고 있자, 급기야 자기 쪽에서 안절부절못하게 된 그녀는 결국 문을 열었다. 내가 안으로 들어서자 그녀는 바짝 긴장하여 경계의 자세를 취하며 뒤로 물러섰다. 그리고는 여차하면 당장이라도 주변의 물건을 집어들려는 듯 큰 눈으로 주위를 두리번거렸다.

나는 오른손을 들어 그녀를 안심시키기 위한 몸짓을 취하면서 한지연의 방 쪽으로 걸음을 옮겼다. 방문을 열고 안으로 들어서니 그녀는 시트를 목 밑까지 끌어당겨 몸에 둘둘 말고서 내 쪽으로 등을 돌리고 누워 있었다.

나는 침대 쪽으로 다가서면서 조용히 그녀의 이름을 불렀다. 그러자 그와 동시에 그녀는 화들짝 놀라 몸을 돌리며 상체를 일으켰다. 그리고는 나를 발견하자마자 시트를 머리 위로 뒤집어쓰면서 다시 옆으로 누워버렸다.

그날, 나는 시트로 머리부터 발끝까지 가리고 있는 그녀의 곁에 앉아서, 그녀가 내 말을 듣고 있는지 아닌지 확인할 길도 없이, 많은 이야기를 하였다. 나는 구치소와 정신병원을 거치면서 겪었던 많은 일들에 대해 두서 없이 주절주절 말을 늘어놓았다. 그러다가 마침내 나는 그녀에게 작별을 고했다. 그러나 내내 아무런 반응도 표하지 않고 있던 그녀는 여전히 죽은 듯이 누워 있었다.

몸을 일으킨 나는 선 채로 그녀를 내려다보았다. 흰색 시트는 그녀를 완전히 가리고 있었지만, 그 대신 그녀의 몸의 윤곽을 그대로 드러내주고 있었다. 그때 나는 그녀가 그 흰색 이불보로 얼굴을 덮은 채 그 속에서 가쁘게 숨을 몰아쉬고 있다는 것을 알았다. 나는 이젠 정말 가겠노라고, 머리의 상처는 다 나았느냐고, 면회 올 때마다 상처를 머리카락으로 감추고 있는 줄은 알고 있었지만 차마 물을 수는 없었노라고 말하면서 손을 뻗어 그녀의 어깨를 가볍게 두드렸다. 그 순간 그녀는 다시금 온몸으로 전율을 일으키며 사지를 움츠렸다.

그때 나는 어딘가 이상하다는 느낌을 강하게 받았다. 그녀의 태도는 어느 때보다도 낯설게 느껴질 정도로 신경질적이었고 지나치게 경직되어 있었기 때문이었다. 나는 의아함과 아울러 두려움을 동시에 느끼면서 나도 모르게 시트 자락을 움켜쥐었다. 그리고는 손에 힘을 주어 있는 힘껏 잡아당겼다. 어쩌면 그녀는 또다시 자신에게 해를 가하여 이번에는 몸 전체에 붕대를 감고서 누워 있는 것인지도 모르는 일이었다.

단번에 시트가 벗겨진 순간 얼굴이 벌겋게 달아올라 있는 그녀가 본능적으로 두 팔을 들어 자신의 상체를 가렸다. 그러나 다음 순간 나는 검은색 속치마를 입은 그녀의 몸에서 다친 곳이 없음을 확인하고는 안도의 한숨을 내쉬었다. 그렇다면 그녀는 대체 왜 나를 이렇게 대하고 있는 것일까. 이번에는 그녀가 나를 대신하여 분노하고 있는 것일까.

그때 그녀의 여동생이 더는 못 참겠다는 듯이 방안으로 뛰어들어 왔다. 정말 경찰을 부를 거예요. 그녀는 두 손으로 우악스럽게 내 가슴을 밀어내기 시작했다.

"당신이 어떤 사람인지 이젠 잘 알고 있어요. 당신이 무슨 권리로 나를 희생양으로 삼는 거지요? 나는 이미 나 자신에게 충분히 희생당해왔단 말이에요."

한지연이 내지르는 비명과도 같은 소리는 여동생의 손길보다 더 강하게 내 몸에 타격을 가했고, 결국 나는 뒷걸음질을 치면서 거실로 밀려났다. 방문이 거칠게 닫혀버린 것도 그와 거의 동시에 일어난 일이었다. 그녀는 내가 정신병원에서 쓴 글을 읽거나 그 글에 대해 안희석에게서 듣고서 결정적인 오해를 하고 있는 것이 분명했다.

나는 눈앞이 캄캄해져 있었다. 다시금 정신의 그믐이 나를 집어삼킨 것이었다. 그러나 저번과는 달리 그곳에서 내가 할 수 있는 일은 아무것도 없었다. 이제 나는 그녀의 목을 조를 수조차 없는 것이었다.

그때 나는 내 손에 여전히 시트가 들려 있다는 것을 깨달았다. 나는 마치 피 묻은 옷이라도 들고 있는 듯 깜짝 놀라 온몸으로 전율감을 느끼며 시트를 베란다 쪽으로 내던졌다.

내 손을 벗어나 천막을 펼치듯 날아간 시트는 바깥 공기의 흐름으로 인해 반쯤 열려 있는 실내 유리문 사이로 단번에 빨려나갔다. 그러나 그것은 유령처럼 어두운 밤하늘 속으로 날아오르는 대신 베란다 위의 화분대에 한쪽 자락이 걸린 채 허공을 향해 아우성치듯 펄럭거리기 시작했다.

펄럭거림. 꿈꿀 수 없는 자의 꿈. 꿈 없는 자의 삶.

나는 한동안 두 손을 떨군 채 그 모습을 지켜보았다. 그것은 나에 대한 세상의 완벽한 몰이해를 내게 알리는 깃발이었다. 그러나 그와 동시에 그것은 바깥의 온 세상을 향하여 세차게 펄럭이며 신호를 보내고 있었다. 바로 이 자이다. 이 자를 조심하라. 이 자를 믿지 말라. 이 자를 멀리하라.

잠시 후, 나는 계속 뒷걸음질을 쳐서 그들의 아파트를 벗어났다.

요컨대 나는 그녀로 하여금 꿈 아닌 꿈으로부터 깨어나게 해주고 싶었다. 나는 악몽을 꾼다는 그녀의 말을 처음부터 믿을 수 없었다. 분명 그녀는 악몽조차 꾸지 못하고 있는 것이었으며, 차라리 그것이 그녀에게는 악몽일 것이었다.

그리하여 나는 그녀가 진정으로 꿈을 꿀 수 있기를 바랐다. 그리고 그럼으로써 나 또한 꿈을 꾸고자 했다. 나는 꿈을 꾸기 위해 그녀의 목을 조른 것이고, 그렇게 하여 부분적으로나마 나의 꿈을 되찾을 수 있으리라 믿었던 것이었다.

실제로 그녀는 일상 자체의 파고를 높이는 방법을 알고 있었다. 그녀는 일상이 잔잔한 호수의 수면 같은 것으로 남아 있는 것을 원하지 않았다. 그녀는 격정의 화산과 눈물의 호수를 함께 가지고 있는 연인과 흡사했다. 그러나 그것은 꿈이 아니었다. 그것은 꿈을 흉내내고 꿈을 만들어내고자 하는 공허한 욕망과 같은 것이었다.
　내가 그녀와 열렬한 사랑에 빠져서 언젠가 그녀와 뜨겁게 정사를 나누게 된다고 하더라도, 그 사랑은 결코 꿈이 아닐 것이고, 따라서 우리가 함께 꿈을 꾸는 일은 있을 수 없을 것이었다. 흥분으로 긴장된 얼굴의 근육이 풀리고 몸에 맺힌 땀이 마르고 눈빛의 열기가 가라앉고 나면, 다시금 그녀의 얼굴은 모조지로 예쁘지만 조잡하게 만든 달의 모습으로 돌아갈 것이고, 나 또한 텅 빈 정신과 표정 없는 짐승의 얼굴로 되돌아가서 멀거니 그녀를 건너다볼 것이었다. 그리하여 우리는 결코 악몽을 공유하는 사이조차 될 수 없을 것이었다.
　결국 우리 각자는 자폐증 환자였고, 그녀와 나 사이에 오갔던 감정은 자폐증 환자들의 사랑과 같은 것이었다. 우리가 열정적으로 세상을 대하면 대할수록 우리는 점점 더 심한 자폐증 증세 속으로 빠져드는 것이었다.
　하지만 그러면서도 그녀에게는 나를 집요하게 자극하는 어떤 면이 분명히 있었다. 당연히 나는 내 주위의 다른 모든 사람들에게서도, 특히 안희석에게서도 마찬가지로 그 그믐이 드러나는 것을 자주 보았다. 그러나 그로 인해 내가 고통을 받는 일은 없었다. 무엇보다도 안희석은 자신의 고통까지도 장난스러워했기 때문이었다.
　거기에 비해 실제로 나는 그녀에 의해 끊임없이 자극받고 있었다. 돌이켜보면 나는 그녀의 꿈 없는 꿈에 의해 매순간 고통스럽게 도발당하고 있었던 것이었다. 그리하여 나는 나의 자폐증을 벗어나서 그녀의 꿈을 깨우고 나의 꿈 또한 깨우기 위해 그녀의 목을 조른 것이었다.
　그러고 보면 안희석에 의해 그녀가 나방과 한몸이 되기에 이른 것은 적어도 그녀와 내게 있어서는 무척이나 의미심장한 일이었다. 그런 탓에 정신병원을 나섰을 때, 주차장에서 기다리고 있던 그가 내게 일주일간의 휴가비가 든 봉투와 더불어 이 창고로 오는 약도를 건네주었을 때, 나는 그가 다시금 내 머릿속에도 나방 한 마리를 넣어주고 있는 것이 아닐까 의심했었다. 그렇다면 나는 그 약도를 구겨버려야 했고, 실제로 그러려고까지 하였다. 그러나 나는 그럴 수가 없었다. 비록 그가 나를 다시 나방으로 만들어 청소기 속에 가둬두려 하는 것이라 해도, 내게는 더 이상 달리 선택의 여지가 없었던 것이었다.

19

그는 침대 머리맡에 걸터앉아서 등을 벽에 기대고 있었다. 그 동안 그는 서울에 남겨놓고 떠나온 그의 온갖 욕망들이 잘 훈련된 사냥개처럼 서울 집의 침대에 남아 있던 체취를 맡고서 그곳까지 그를 추적해왔음을 잘 알고 있었다.
그들은 밤마다 그의 꿈의 창고를 에워싸고서 그에게 소리를 질러댔다.
어서 밖으로 나와라. 내 말 들리는가. 네가 그 안에 있다는 걸 알고 있다. 그러니 아직 기회가 있을 때 투항하라. 너는 포위되었다. 너도 그 사실을 잘 알고 있을 것이다. 시간이 많지 않다. 헛된 반항하지 말고 빨리 손들고 나와라. 너는 진정한 인간이지도 못하다는 걸 모르는가. 항복하면 살려주겠다. 우리에게 협조하라. 그러면 너를 영원히 살게 해주겠다. 약속한다. 너를 알고 있던 모든 사람들이 지금 이곳에 와서 너를 기다리고 있다. 지금 그들이 너를 대신하여 고문을 받고 있는 것이다.

그 목소리들이 끊임없이 그의 두개골을 두드려댄 것은 사실이었다. 그러나 그는 그곳에 온 이후로, 간단없이 들려오는 그 소리에 귀를 기울이지 않았다. 그가 듣고 있었던 것은 추적자들의 목소리가 아니었다.

그때 갑작스런 강한 바람에 유리창 하나가 떨어져내려서 창고 바닥에 부딪혀 박살이 났다. 나는 그 동안 내가 다시는 돌아가지 못하리라는 생각을 마음속에 가지고 있었다. 그러나 언제까지고 창고 속에 들어앉아 있을 수는 없는 것이었다.

열린 창문 구멍을 통해 세찬 바람이 몰아쳐 들어왔다. 창고 안의 모든 것을 뒤흔들어대는 그 바람으로 인해, 누군가가 밖에서 잡아흔들 듯 창고의 문짝들이 덜컹거리는 소리를 내기 시작했다. 나는 그 덜컹거림에 응답을 해야 했다. 하지만 이제 나는 세상으로 돌아가려는 것이 아니었다. 나는 새로이 세상 속으로 나아가려 하는 것이었다.

나는 벌떡 몸을 일으켰다. 밖으로 나갈 준비가 된 나는 내 앞에서 커다란 백기가 거센 바람을 감았다가 풀었다 하며 펄럭이는 광경을 생생히 목도할 수 있었다. 거센 바람을 맞아 거칠게 날리는 그 흰색 장막을 바라보며 나는 눈까풀을 깜박거리고 있었다. 시간이 지날수록 바람이 더욱 거세게 휘몰아쳐서 장막을 잡아흔들었고, 그럴수록 더욱 빠르게 깜박거리던 나의 눈까풀 또한 급기야 장막이 되어 펄럭이기 시작하였다.

나는 가슴이 활짝 열려서 갈비뼈가 허옇게 드러난 채 온몸을 펄럭거리며 날아가고 있었다. 나는 어둠 속을 정확히 날아다니는 박쥐처럼 내 온몸을 장막처럼 활짝 펼치고서 공중으로 떠오르고 있었다. 나는 쉬지 않고 하얀 깃발처럼 나부꼈다.

누구든 머리에 백기를 꽂고서 수시로 그 백기를 펄럭이며 살아가고 있는 것이었다. 그 백기가 세상의 때에 얼룩이 져서 수시로 색이 달라지는 것일 뿐이며, 그로 인해 우리는 백기가 바로 우리 머리 위에 존재하고 있다는 사실을 자주 잊게 되는 것이었다. 그렇다면 중요한 것은 그 백기의 존재를 매순간 의식하는 것, 그 백기가 언제까지고 흰색을 유지하게끔 하는 것이었다. 그리고 지금 나는 스스로 기꺼이 그 백기가 되어 있는 것이었다.

나는 앞으로 걸어나갔다. 이제 내 정신의 그믐은 결연한 슬픔 같은 것이 되어 있었다. 그러나 나는 그들에게 투항을 하는 것이 아니었다. 나는 진정으로 세상에 내 몸을 맡기려 하는 것이었다.

나는 창고의 문을 활짝 열어제쳤다. 그리고 그와 동시에 치렁치렁한 흑발과도 같은 빗줄기가 콜타르로 칠해진 시꺼먼 벽처럼 그를 막아섰다. 그는 온몸이 떨려오는 것을 느끼고 있었다. 그러나 그것은 오한이나 전율 때문이 아니라, 세상이라는 그 텅 빈 의식의 공간과 대면해야 한다는 긴장감이었다.

그런 탓에 그는 자신도 모르게 두 발을 주춤거리며 몸을 움츠리고 있었다. 그렇다면 아직 방심할 수 없는 노릇이었다. 나는 외투 주머니에서 권총을 꺼내어 들고서 그의 뒷머리에 들이댔다. 나는 행여 그가 다시금 칼을 꺼내들지 않을까 하여 내심으로 경계하고 있었다. 그러나 차가운 금속의 감각을 뒤통수에 느낀 그는 마치 내가 그러기를 기다렸다는 듯이 슬쩍 입가에 미소를 머금으며 어깨를 폈다. 나는 두 눈에 힘을 주고서 잠시 어둠 속을 응시했다. 이윽고 나는 두 손을 앞으로 뻗어서 어둠으로 덧칠된 그 검은 화폭을 찢어냈다. 그리고는 천천히 빗속으로 걸어들어갔다.

길을 막지 말라.

길을 가면 끊임없이 도처에 길을 가로막는 사람들뿐이었다.
 누군가에게 '당신은 어디로 가고 있는가'라고 묻고자 한다면, 우선 당신 스스로 길 옆으로 비켜서야 한다는 것을 잊지 말도록 하라. 그의 앞을 가로막은 상태에서 그런 질문을 던진다면, 당신에 의해 길이 막혀버린 그가 뭐라고 대답할 수 있겠는가.
 그러니 당신으로 인하여 잠시나마 그가 멈춰서게 하는 대신, 그가 걷고 있는 길 옆으로 비켜나서, 아니면 곁에서 그를 따라 걸으며 '당신은 어디로 가고 있느냐'고 묻도록 하라. 그러면 그는 계속 걸으며 눈을 들어 길 끝을 바라보면서 당신에게 대답을 할 것이다.
 하지만 그가 어디로 가고 있는지 알 수 있는 더 좋은 방법은, 그의 곁에 바싹 붙어서서 그가 어디로 가는지 함께 걸어가보는 것이다. 그래야만 그는 당신에 의해 걸음이 멈춰지거나 새삼스레 멀리 눈길을 던져야 하는 일을 당하지 않고서, 묵묵히 길을 계속 걸어나갈 수 있을 것이다.
 하지만 그보다 더욱 좋은 방법이 있다면, 그것은 당신이 그가 가는 방향을 미리 짐작하여 앞장서서 걸으며 그를 인도하는 것이다. 그리하여 그로 하여금 수시로 당신의 방향을 수정하게 하여, 오히려 그가 당신을 막아서게 하라. 그리하여 너와 그가 하나가 되게 하라.
 하지만 길을 가면 달도 없는 그믐밤에 도처에서 길을 막고 어디로 가고 있느냐고 소리를 지르는 사람들뿐이었다. 그믐은 하늘에 있는 것이 아니라, 우리들의 지상에, 바로 길 위에 있는 것이었다.

20

작가 후기

 근 삼 년 만에 그 동안 써온 네 편의 중편소설로 한 권의 책을 엮는다.
 돌이켜보자면, 특히 이 소설들, 이 이야기들을 쓰면서, 나는 내 안팎의 온갖 적들과 싸워야 했다.
 그것은 수시로 내게 허무감을 조장하여 이야기를 멈추게 하려는 힘, 나를 미혹에 빠트려서 이야기를 그릇된 방향으로 나아가게 하려는 힘, 또한 나를 교묘히 부추겨서 이야기를 계속해나가게 하려는 힘과의 싸움이었다.
 그런 의미에서 그것은 문학의 이름으로 문학을 위반하는 행위, 나의 내밀한 욕망과도 무관하지만은 않은 그 행위와의 싸움이기도 했다.
 그리하여 그 싸움이 잠정적으로 끝이 나서, 이제 이 책이 내 정신의 황폐한 뻘 위에 앙상한 골격으로 세워진 지금, 비로소 나는 소설가임을 인정한다.
 그러나 이 말은 현실의 자양을 충분히 받아들이지 못했고, 내 의식의 미로를 충분히 돌아보지도 못했고, 문학이라는 문제와 정면으로 마주서지도 못했으면서도, 어쩔 수 없이 이야기를 계속했고 앞으로도 계속할 것인 나 자신에 대한 변명에 다름아니다.

이미 나는 매번 수없이 많은 변명을 통하여 이야기의 운을 떼고, 이야기의 방향을 조정하고, 그리고 이야기의 끝을 냈던 것이다.

어차피 글이란 쓰는 이의 한계를 세상에 공공연히 드러내어 삶의 본질과 역설적으로 만나는 공간인 마당에, 변명이야말로 내게, 그리고 모든 인간에게 주어진 가장 실존적인 언어가 아니겠는가.

1995년 7월
최 수 철